COMMON MASTER PRESS+

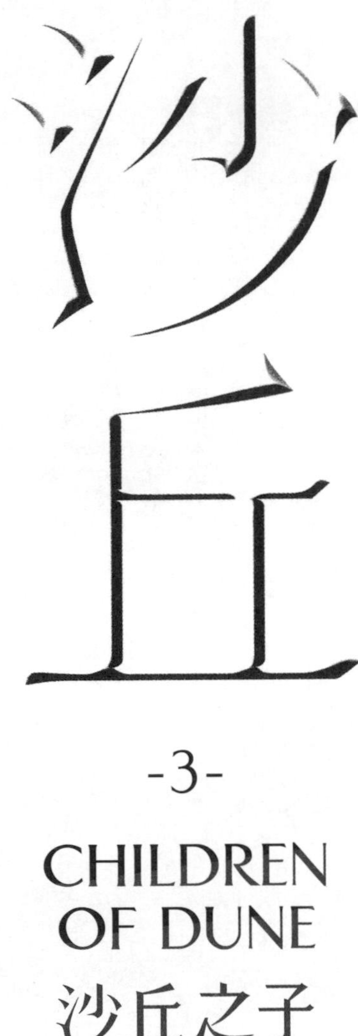

-3-

CHILDREN OF DUNE
沙丘之子

法蘭克・赫伯特—著 老光—譯

FRANK HERBERT

獻給貝芙，

因為我們的愛是對彼此的美好奉獻，

也因為我願將她的美麗與智慧分享給世人。

本書受她啟發。

1

摩阿迪巴的教誨已經成為學者、盲從者和偏離正道者的辯論場。他倡導一種平衡的生活方式，一種哲學，讓人類得以應對多變宇宙造成的問題。他說人類仍在演化，這個過程永遠不會結束。他說人類演化所遵循的原則是多變的，只有永生者才能明白。壽命有限的凡夫俗子如何能思索此間精義？

——晶算師鄧肯・艾德侯

• • •

洞穴地面未經雕琢的岩石上鋪著深紅地毯，上面有道光點。光的來源不明，就那麼照在香料纖維織成的紅色織品上。這個像在搜尋什麼東西的光點直徑大約兩公分，飄忽不定——時而拖得很長，時而變成橢圓。當光點射上一張床的深綠色側面時，倏然向上躍起，在床上一路拖開。

一名髮色紅褐的孩子躺在綠被下，臉上還帶著嬰兒肥，嘴很大，沒有弗瑞曼人那種典型的瘦骨嶙峋、頭髮稀疏，但也不像異星球的人那樣潤澤。光點經過孩子緊閉的眼睛時，小小的身體動了動，光點隨即消失。

現在，岩洞裡只能聽到均勻的呼吸聲，以及岩洞上方高處的捕風蒸餾器隱約傳來水滴落入盆那令人安心的嗒嗒聲。

光點再次出現在穴室裡——比剛才稍稍大了一些，也更亮了點。這次似乎連光源也一起現身了：一個頭罩兜帽的人堵住石室邊緣的拱門，光源就在那裡。光點再次在石室內四處游移，摸索著、試探著，彷彿帶著某種威脅、某種焦躁。光點避開了熟睡的孩子，在洞頂角落的換氣口柵格上頓了一下，隨後開始探查幔帳上的一道凸起。牆上覆蓋著綠金兩色相間的幔帳，讓這間封閉的岩室顯得柔和了些。

現在，光點消失了。兜帽下的人動了起來，衣物摩擦發出的聲音暴露了他的行動，他停在拱門一側的崗哨上。任何一個熟悉泰布穴地的人都會立刻認定他是史帝加，這裡的耐巴，那對孤兒雙胞胎的保護人，兩人有一天將繼承父親摩阿迪巴的衣缽。史帝加經常在夜間巡視雙胞胎的住處，總是先到珈尼瑪就寢的地方看看，然後再到隔壁確認雷托的安全。

我是老傻瓜，史帝加想。

他用手指觸摸光點投影儀冰冷的表面，隨後掛回腰帶的鐵環上。投影儀令他很煩躁，雖然他很依賴這種皇室的精密儀器——投影儀能探測出大型生物。剛才的操作顯示皇家寢室中除了那對熟睡的孩子，沒有其他活物。

史帝加知道，自己的思緒和情感就像那個光點一樣飄忽。他無法撫平內心的躁動不安，某種巨大的力量控制了他，把他推到眼前的這一刻。現在，他感到威脅加劇。這裡有塊磁鐵，將整個宇宙的宏偉夢想都吸了過來，所有人間財富、世俗權力和神祕力量，都比不上摩阿迪巴的宗教遺產那麼神聖真實。雷托和他妹妹珈尼瑪的身體裡彙聚了驚人的力量。儘管摩阿迪巴已經逝去，但只要這對雙胞胎活著，他就仍然活在兩人體內。

兩人不僅僅是九歲大的孩子，還是一股天然的力量，人民尊崇、畏懼的對象。兩人的父親是保羅·亞崔迪，也就是摩阿迪巴，所有弗瑞曼人的馬赫迪。摩阿迪巴點燃了全人類的一場大爆炸，弗瑞曼人從沙丘星出發，藉著聖戰，將他們對救世主的熱愛散播到宇宙各處，神權政府無所不在的權威在每顆星球上都留下了印記。

然而摩阿迪巴的孩子也是血肉之軀，史帝加想，我拿刀輕輕捅兩下，心臟就會停止跳動，體內的水也會回歸部落。

這個想法讓他的思緒變成了一團亂麻。

殺死摩阿迪巴的孩子！

但是，多年來的經歷讓他有自省的智慧。史帝加知道如此可怕的想法源於什麼——源於受到詛咒的左手，而不是受到祝福的右手。對他來說，阿耶蒂和布爾汗已毫不神祕。他曾經以身為弗瑞曼人自豪，沙漠是他的朋友，在內心深處他的星球叫做「沙丘」，而不是所有皇家星圖上標注的「厄拉科斯」。

他想，傳說中的弗瑞曼救世主還只是夢想的時候，一切是多麼簡單啊。我們找到自己的馬赫迪之後，在整個宇宙大肆散布救世主之夢，聖戰所到之處，人們紛紛祈求自己的救世主降臨。

史帝加望向黑漆漆的石室。

如果我的刀能夠解放那些民族，他們會把我當成救世主嗎？

雷托在他的小床上不安地翻來覆去。

史帝加嘆了口氣。他從未見過那位亞崔迪家的祖父，雷托這名字就是繼承自他。很多人都說摩阿迪巴的道德力量來自那位祖父，但那股令人敬畏的正直會在這一代消失嗎？史帝加發現自己無法回答。

他想：泰布穴地是我的，我統治這裡，我是弗瑞曼的耐巴。如果不是我，也不會有摩阿迪巴。現在，這對雙胞胎……兩人的母親荃妮是我的親人，我的血液也流淌在兩人的血管裡。在那裡，我與摩阿迪巴、荃妮以及其他人結合了起來。我們對我們的宇宙做了什麼？

史帝加無法解釋他為什麼會在夜深人靜的時刻想起這些，這些念頭又為什麼使他如此內疚。他縮在自己的兜帽長袍裡。現實與夢想有天壤之別。友好的沙漠一度布滿星球表面，但是現在已經縮減成原來的一半。四處蔓延的植物長成神話中的樂園，讓他感到不安。這和夢想中的不一樣。他的星球不一樣了，他知道自己也變了。比起過去身為穴地首領的自己，現在他精明多了。他明白了很多事：統治的經驗、小小決策帶來的深遠後果。然而他覺得這種知識和精明只是貼在鐵芯外的一層表皮，遮蓋了內部那股更簡單、更宿命的意識。現在，那根古老的鐵芯向他大聲呼喊，懇求他回歸更單純的價值。

泰布穴地清晨的聲音擾亂了他的思緒。人們開始在岩洞走動。他感到一陣微風拂過他的面頰：人們打開密封門，走入黎明前的黑暗。這陣風也說明現在人們多麼粗心，擁擠的居民不再遵循節約用水的規矩。是啊，當這個星球第一次出現降雨，當天空中出現了白雲，當八個弗瑞曼人在過去乾涸的河床上被洪水吞沒以後，他們為什麼還需要節約用水呢？溺水事件發生以前，沙丘星的語言裡沒有「溺死」這個詞彙。但這裡已經不再是沙丘星了，這裡是厄拉科斯……而現在是清晨，一個重要日子的清晨。

摩阿迪巴的母親，也就是這對皇室雙胞胎的祖母潔西嘉，今天將回到這顆行星。為什麼她選擇在此時結束自我放逐？為什麼她要放棄卡樂丹的安逸舒適，選擇危險的厄拉科斯？

史帝加還有其他憂慮：她會察覺自己的動搖嗎？她是貝尼．潔瑟睿德女巫，受過女修會最嚴格的訓練，又是實至名歸的聖母。這樣的女人很敏銳，也很危險。她是否會下令他舉刀自裁？列特－凱恩斯的烏瑪衛士在他死於非命之後就收到了這個命令。

我會服從她的命令嗎？他想。

他無法回答。他又想起了列特－凱恩斯，正是這位行星學家首先夢想要把這布滿沙漠的沙丘星轉變為宜人的綠色星球——如同眼下的情形。列特－凱恩斯是荃妮的父親，沒有他，也就沒有夢想，沒有荃妮，沒有這對皇室雙胞胎。想起這一串脆弱的因果，史帝加就心灰意冷。

我們是怎麼在這裡相遇的？他問自己，我們是怎麼結合起來的？目的是什麼？我的責任是不是去終結這一切，粉碎這種結合？

史帝加承認體內有駭人的渴望。他可以作出那樣的決定，不顧親情和家族，做一個耐巴有時不得不做的：為了全體部落的利益，取人性命。某種角度上，這樣的謀殺是最終極的背叛和暴行。殺害這麼小的孩子！然而，雙胞胎不僅僅是孩子。兩人吃過香料，參加過穴地狂歡，在沙漠裡找過沙鱒，也玩過弗瑞曼孩子的遊戲……兩人也列席帝國議會。這麼稚嫩的孩子，卻已經具備足夠的智慧參與議會了。兩人的肉身還是孩子，卻擁有高齡長者的經驗，生來就有完整的基因記憶，和姑母厄莉婭一樣，都因這種可怕的意識而與其他人格格不入。

史帝加無數次在夜半時分發現自己的思緒糾纏在這對雙胞胎和兩人的姑母所共有的異常上。他屢屢被這種折磨驚醒，起身來到雙胞胎的臥室，腦中還殘留著剛才的噩夢。現在，他的疑慮已逐漸清晰。他知道，無法作出決定本身就是一種決定。這對雙胞胎和兩人的姑母在子宮內就已然覺醒，擁有祖先遺傳給兩人的所有記憶。這是香料成癮的結果，是母輩——潔西嘉女士和荃妮的香料癮。潔西嘉先生下兒子摩阿迪巴，上癮後才生了厄莉婭。後見之明讓一切昭然若揭：貝尼．潔瑟睿德主導的無數代育種計畫創造了摩阿迪巴，但女修會的計畫中並沒有美藍極。哦，她們知道這個可能，但是她們太害怕，稱之為妖煞。最讓人不安的莫過於此——妖煞。她們會這麼叫，一定有自己的道理。而且如果她們認為厄莉婭是妖煞，那麼這對雙胞胎也是，因為荃妮也同樣上癮了，她的身體在懷孕時飽含香料，而且不知為何，她正好讓摩阿迪巴的基因更加完整。

史帝加思緒翻騰。這對雙胞胎毫無疑問超越了父親。但，是往哪個方向？男孩提到一種成為他父親的能力，也實際證明過。雷托還是嬰兒的時候，就展示過只有摩阿迪巴才可能擁有的記憶。還有其他祖先在那一片廣袤的記憶伺機而動嗎？那些人的信仰和習慣可能會對世人造成難以形容的危險嗎？

妖煞，神聖的貝尼．潔瑟睿德女巫如此形容，卻也對雙胞胎的基因序列虎視眈眈。她們只想要精子和卵子，不想要自作主張的軀殼。這是潔西嘉女士這次回來的原因嗎？為了扶持她的公爵伴侶，她已經和女修會斷絕關係，但是有傳言說她又皈依了貝尼．潔瑟睿德。

我可以結束這一切夢想，史帝加想，*輕而易舉*。

然而，自己竟然會考慮這麼做，這再次令他覺得匪夷所思。這個摧毀了他人夢想的現實世界應該由摩阿迪巴的雙胞胎負責嗎？不。兩人不過是透鏡，讓光線流洩而過，展示宇宙的新形狀。煎熬中，他的思緒又回到弗瑞曼人的原始信仰，他想著：*神的旨意已降，不必催促。神會指引方向，而有些人會偏離正道。*

最令史帝加憂煩的是摩阿迪巴的信仰。為什麼他們把摩阿迪巴當成神？為什麼要將血肉之軀推上神壇？摩阿迪巴的「黃金永生會」創造了怪獸般的統治機構，強橫干涉一切人類事務。政府和宗教合而為一，犯法就是違背教規。任何瀆神的跡象都難逃質疑政府法令的嫌疑，任何反叛都會引來地獄烈火及自以為公正的審判。

然而制定這些政府法令的，正是凡人。

史帝加悲傷地搖搖頭，沒有發覺僕人已經進入皇家接待室，準備開始清晨的工作。

他用手指撫摸掛在腰間的晶刃匕，想著匕首象徵的往昔，想著自己不止一次同情那些反叛者，他們發起的叛亂在自己的命令下全數剿滅。困惑不停湧上，他真希望自己知道如何化解，回到這把匕首所代表的簡單世界。但宇宙是不可能倒轉的，只會不停朝這一片灰濛濛的無盡虛空投映影像。即使他的匕首殺死了雙胞胎，也會被虛空彈回來，徒然在人類歷史中織入更多變數，製造新一波混亂，促使人類嘗試其他形式的秩序和失序。

史帝加嘆了口氣，這才意識到周圍的動靜。是的，這些侍從代表一種以摩阿迪巴雙胞胎為中心的秩序。他們不時進出，滿足這裡的各種需求。最好向他們效法，史帝加告訴自己，最好等事情發生再來看著辦。

我也是僕人，他告訴自己，我的主人就是慈悲的神，寬容的神。他引用了一段話：「我們在他們的脖子套上枷鎖，高齊下頦，所以他們的頭高高仰起；我們還在他們的身前和身後豎起屏障，並蓋住他們，所以他們什麼也看不到。」

這是弗瑞曼古老教誨裡的一段話。

史帝加暗自點頭。

得以看見、得以預知下一個時刻，像是摩阿迪巴可畏的預象，讓人類多了些籌碼，有更多選擇的空間。拿掉了枷鎖，是的，或許這是神的一時興起。另一個普通人無法釐清的複雜問題。

史帝加把手從刀上拿開。晶刃匕引發的回憶使他的手指一陣微微刺痛。但是，曾經在沙蟲巨嘴中閃閃發光的刀刃現在正靜靜躺在刀鞘裡。史帝加知道，他現在不會拔出刀來殺死那兩個孩子。他決定了，最好還是遵從他至今仍然珍惜的傳統美德：忠誠。能夠理解的複雜性總比無法理解的好，當下也總比夢中的未來好。史帝加口中苦澀的味道告訴他，有些夢想可以多麼虛無又令人作嘔。

不！不需要更多的夢想了！

2

問：「你見過傳道人嗎？」

答：「我見過一隻沙蟲。」

問：「沙蟲怎麼了？」

答：「給了我們呼吸的空氣。」

問：「那我們為什麼要摧毀沙蟲的領地？」

答：「因為沙胡羅（沙蟲的神名）下了令。」

——哈克・阿拉達《厄拉科斯之謎》

• • •

按照弗瑞曼人的習俗，亞崔迪雙胞胎在黎明前一小時起床。兩人在相鄰的兩個穴室中，以一種神祕的和諧同時打著哈欠，伸著懶腰，感知著周圍岩洞內的活動。兩人能聽到侍從在前廳準備早餐，一種簡單的稀粥，椰棗和堅果混合未完全發酵的香料提取出的汁液。前廳中裝有一些燈球，柔和的黃光穿過開放式拱廊照進穴室。雙胞胎在柔光下迅速穿好衣服，著裝的同時還能聽到對方的動靜。兩人不約而同穿上蒸餾服以抵擋沙漠焚風。

雙胞胎在前廳會合，注意到侍從立即安靜下來。雷托在他光滑的灰色蒸餾服外披著鑲黑邊的褐色斗篷，妹妹則穿著綠色斗篷。兩人斗篷的領口都用亞崔迪紅鷹形的別針扣起。別針以黃金製作，上面還有代表鷹眼的紅寶石。

看到這樣華麗的服飾，史帝加的妻子之一赫若說道：「你們穿成這樣是為了祖母吧。」雷托端起碗，看了看赫若那黝黑、滄桑的臉，搖頭說道：「妳怎麼知道我們不是為了自己才穿上盛裝呢？」

赫若迎著他促狹的目光，面不改色地說：「我的眼睛和你一樣藍！」

珈尼瑪大聲笑出來。赫若是這種弗瑞曼式鬥嘴的高手。她接著說道：「不要嘲弄我，孩子。你有皇家血統沒錯，但我們都帶著香料成癮的印記：沒有眼白的眼睛。有了這種印記，哪個弗瑞曼人需要更多華服或尊榮？」

雷托微笑著，懊悔地搖了搖頭：「赫若，我親愛的，如果妳年輕一些，沒有嫁給史帝加，我會娶妳的。」

赫若平靜地接受了這個小小的勝利，示意其他侍從繼續整理前廳，準備好迎接今天的重要場面。「好好吃你的早餐，」她說，「你今天需要體力。」

「那妳同意招待祖母時，我們這樣穿沒有太過盛重？」珈尼瑪嘴裡塞滿稀粥，含混不清地問道。

「別怕她，珈尼。」赫若說道。

雷托吞下一口粥，用刺探的目光看著赫若。這女人真是鬼機靈，一眼就看穿盛裝的花招。「她會覺得我們怕她嗎？」雷托問道。

「應該不會。」赫若說道，「要記得，她是我們的聖母。我知道她的本事。」

「厄莉婭穿成什麼樣？」珈尼瑪問道。

「我還沒看到她。」赫若簡短地回答，轉身離去。

雷托和珈尼瑪互換眼色，心照不宣，然後伏下身去，迅速吃完早餐，隨即來到寬闊的中央通道。

珈尼瑪用兩人共享的基因記憶中的一種古語：「這麼說，我們今天會有祖母了。」

「這讓厄莉婭很煩心。」雷托說道。

「她那樣的權力，誰會想放棄？」珈尼瑪說。

雷托輕笑幾聲，以如此稚嫩的身體來說，聲音成熟得很怪異。「不只這事。」

「她母親的雙眼能不能看到我們看到的事情？」

「為什麼不能呢？」雷托反問道。

「是的……厄莉婭擔心的可能正是這個。」

「誰能比妖煞更了解妖煞？」雷托問道。

「你知道，我們也可能錯了。」珈尼瑪說。

「但是我們沒有錯。」他隨即引用了貝尼．潔瑟睿德《光明書》中的一段話，「我們有理由和駭人事例稱呼出生前就擁有記憶的人為妖煞。又有誰知道我們墮落的過去中會冒出哪個迷茫且受詛咒的人格來接管我們的軀體？」

「我知道來龍去脈，」珈尼瑪說道，「但如果真是這樣，為何我們沒有遭受這種內部攻擊？」

「可能是父母在保護我們。」雷托說。

「那麼，厄莉婭為什麼沒有受到同樣的保護？」

「我不知道。可能因為她的父母中有一位還在人世，也可能只是因為我們還年幼，還算堅強。也許當我們變老了，變得更加憤世嫉俗的時候……」

「我們跟祖母相處時，必須非常小心。」珈尼瑪說道。

「而且不能提到那個在我們星球上遊蕩，四處散布異端的傳道人？」

「你不會真的認為他是我們的父親吧！」

「我沒辦法判斷，但是厄莉婭怕他。」

珈尼瑪使勁搖搖頭：「我不相信這些關於妖煞的胡扯！」

「妳的記憶和我的一樣多，」雷托說，「願意相信什麼，就相信什麼吧。」

「你認為這是因為我們還不敢進入香料的入定狀態，而厄莉婭已經試過了？」珈尼瑪問。

「這正是我的想法。」

兩人不再說話，並加入中央通道的人流中。泰布穴地有點涼意，但穿著蒸餾服很暖和，雙胞胎把冷凝兜帽甩在紅髮後方，臉龐透露了兩人擁有相同的基因：豐滿的嘴唇、寬闊的眼距，還有香料上癮後的純藍眼珠。

雷托率先發現兩人的姑母厄莉婭正向兩人走來。

「她來了。」他用亞崔迪氏族的戰時密語示警。

厄莉婭停在兩人面前，珈尼瑪朝姑姑點了點頭，說：「戰利品問候她顯赫的親人。」她用契科布薩語強調了自己的名字所代表的意義——戰利品。

「妳看，我敬愛的姑姑，」雷托說道，「為了迎接妳的母親，我們今天特地做好了準備。」

在皇室眾人中，只有厄莉婭絲毫不覺得雙胞胎的成人言行有任何奇怪之處。她瞪了瞪兩個孩子，然後說：「你們兩個都住嘴！」

厄莉婭的紅銅色頭髮攏在腦後，以兩只金色水環束起。鵝蛋形的臉上眉頭緊鎖，大大的嘴巴往下一扁，流露一絲任性，全藍的眼睛周圍有憂愁的魚尾紋。

「我警告過你們今天應該怎樣表現，」厄莉婭說道，「你們和我一樣，都知道理由。」

「我們知道妳的理由，但是妳可能不知道我們的。」珈尼瑪說道。

「珈尼！」厄莉婭怒斥。

雷托盯著姑姑，說：「跟以前一樣，我們不會裝成只會傻笑的嬰兒。」

「沒人要你們傻笑。」厄莉婭說道，「但我們認為，如果你們讓我母親生出什麼危險的想法，那是不智之舉。這點伊若琅也同意。誰知道潔西嘉女士決定扮演什麼角色？畢竟，她是個貝尼．潔瑟睿德。」

雷托搖了搖頭，思索著：為什麼厄莉婭沒看出我們的懷疑？她是不是陷得太深了？他特別留意厄莉婭臉上細微的基因特徵，那透露了她外祖父的身分。弗拉迪米爾．哈肯能男爵可不是和藹的人。想到這一點，雷托感到微微心煩意亂：他也是我的祖先。

他說：「潔西嘉女士受過統治訓練。」

珈尼瑪點點頭：「她為什麼選擇在這個時候回來？」

厄莉婭沉下臉：「她會不會只是想看望孫兒？」

珈尼瑪想：我親愛的姑姑，這只是妳的希望。但這太不可能了。

「她不能統治這裡，」厄莉婭說道，「她已經有卡樂丹，應該夠了。」

珈尼瑪安撫道：「我們的父親在走入沙漠等待死亡之前，讓妳成為攝政。他……」

「妳有什麼意見嗎？」厄莉婭質問。

「這是合理的選擇，」雷托接過妹妹的話，「只有妳能夠了解像這樣的人」

「有傳言說我的母親已經重返女修會。」厄莉婭說，「你們都知道貝尼．潔瑟睿德是怎麼想的……」

「妖煞。」雷托接道。

「是的！」厄莉婭咬著牙。

「俗語說，一日女巫，終身女巫。」珈尼瑪說道。

妹妹，妳在玩危險的遊戲，雷托想。但他還是接下妹妹的話說：「跟其他貝尼·潔瑟睿德相比，我們的祖母簡單多了。厄莉婭，妳也有她的記憶，肯定知道她會怎麼做。」

「簡單！」厄莉婭搖搖頭。她環顧四周，看了看擁擠的中央通道，然後轉頭對雙胞胎說：「如果我母親可以用簡單來形容，你們現在就不會站在這裡了——我也不會。我會是她的第一個孩子，而這一切都不……」她半是聳肩，半是顫抖，「我警告你們兩個，今天一定要謹言慎行。」厄莉婭抬起頭，「我的侍衛來了。」

「妳仍然認為我們陪妳去太空港不安全？」雷托問道。

「在這裡等，」厄莉婭說，「我會帶她過來。」

雷托和妹妹互使眼色，說道：「妳跟我們講過好幾次，在我們以自己的身體實際經歷過人事之前，我們從先人繼承的記憶不太實用。我們也這麼認為。我們預計祖母抵達之後會有危險的改變。」

「你們要一直這麼想。」厄莉婭說道。她轉過身，在侍衛簇擁下沿著通道快步走向正式的大門。撲翼機在那裡等著。

珈尼瑪拭去一滴右眼流出的淚水。

「給死者的水？」雷托挽著妹妹的手臂，輕聲說。

珈尼瑪深深吸了一口氣，想著剛才自己觀察姑姑時，是怎麼用了她從體內歷代先祖的經驗中找出的方法。「香料引發的入定？」她問道，心裡知道雷托會怎麼說。

「妳有更好的解釋嗎？」

「只是想討論一下，為什麼我們的父親……甚至我們的祖母，沒有被壓垮？」

他仔細看了看她，說道：「妳和我一樣清楚問題的答案。兩人在到厄拉科斯之前就有穩定的人格。至於入定，這個嘛……」他聳了聳肩，「兩人在出生之前並未擁有祖先的記憶，但厄莉婭……」

「為什麼她不相信貝尼．潔瑟睿德的警告？」珈尼瑪咬著下唇，「厄莉婭獲得的資訊明明和我們一樣。」

「她們叫她妖煞很久了。」雷托說道，「妳不會覺得躍躍欲試，想要知道我們是不是比他們還要強大嗎……」

「不，我不覺會！」珈尼瑪避開兄長探詢的目光，全身顫抖。只要查一下自己的基因記憶，女修會的警告就歷歷在目。出生前就擁有記憶的人很容易長成邪惡的成年人，可能的原因是……她又一次戰慄了。

「很遺憾，我們的祖先沒幾個人在出生前就有記憶。」雷托說。

「說不定有。」

「那我們早就……啊，是的，又是這個沒有解決的老問題：我們真的能夠獲得每一位祖先的全部經驗嗎？」

從自己的心慌，雷托知道這場對話一定也讓妹妹很不安。兩人探討這個問題很多次了，都沒有結果。他說：「每次她催促我們嘗試入定的時候，我們都必須拖延、拖延再拖延。對香料過量萬分小心，這是我們最好的選擇。」

「要讓我們過量，劑量要非常高才行。」珈尼瑪說道。

「我們的耐受性可能很高，」他贊同道，「看看厄莉婭吧，她服用的劑量多大。」

「我很同情她，」珈尼瑪說，「那誘惑一定既幽微又陰險，神不知鬼不覺纏上她，直到……」

「是的，她是受害者，」雷托說道，「妖煞。」

「我們也可能搞錯了。」

「可能。」

「我一直在想，」珈尼瑪若有所思地說，「我下一次追尋的祖先記憶會不會就是……」

「歷史就在妳的枕邊。」雷托說道。

「我們要找機會和祖母談談這個問題。」

「她的記憶也在我腦內這麼催促著。」雷托說。

珈尼瑪迎著他的目光，說道：「知道太多，永遠無法帶來簡單的決定。」

3

沙漠邊緣的穴地，
屬於列特，屬於凱恩斯，
屬於史帝加，屬於摩阿迪巴，
然後又屬於史帝加。
耐巴一一長眠沙中，
但是穴地依然屹立不垮。

——弗瑞曼歌謠

• • •

離開那對雙胞胎時，厄莉婭感到自己心跳加速。有那麼幾秒鐘，她差點衝動地決定留在兩人身旁，請求兩人幫助。多麼愚蠢懦弱啊！想起那一刻，厄莉婭心中響起警鐘，一言不發。這對雙胞胎敢窺探未來嗎？那條道路吞噬了兩人的父親，現在一定也引誘著兩人——入定及入定帶來的預象正在變幻莫測的風中向兩人招手。

為什麼我看不到未來？厄莉婭想，我這麼努力嘗試，預象為什麼總是避開我？

一定要讓這對雙胞胎嘗試，她告訴自己。兩人仍有兒童的好奇心，而這種好奇心又與跨越數千年的記憶緊緊相連。

和我一樣，厄莉婭想。

她的侍衛打開穴地正式大門的水氣密封裝置，站在入口兩側，她隨後走上停著撲翼機的洞口邊緣。沙漠深處吹來的風挾著沙塵颳過天空，但天色仍很亮。從穴地的燈球走到日光中，厄莉婭的思緒不由得向外翻飛。

為什麼潔西嘉女士選擇在這時候回來？風聲也傳到卡樂丹了嗎？關於攝政女王是多麼的……？

「我們得快，殿下。」一名侍衛在風聲中高聲說道。

旁人幫助厄莉婭登上撲翼機，並繫好安全帶。但是她的思緒仍不停躍出。

為什麼是現在？

撲翼機的機翼向下一沉，機身騰空而起。她切切實實感受到王位帶來的浮華和權力——但是這些是多麼脆弱，喔！多麼脆弱啊！

為什麼是現在，在自己的計畫還沒有完成的時候？

空中飄浮的沙塵漸漸消散了，她可以看到陽光照耀著大地。地貌正在發生巨大變化，過去乾燥的土地覆上了大片植被。

如果無法預見未來，我會失敗的。哦，只要我能像保羅那樣看見預象，我將會完成多大的奇蹟！痛苦的渴求使她渾身戰慄，她多麼希望自己可以放下權力。喔！如果可以像其他人一樣多好，在最安全的蒙昧狀態中一無所知地半活著，直到呱呱墜地，來到世間。但是，不！她生來就是亞崔迪人，母親的香料癮將累積萬年的意識強加給無辜的她。為什麼母親要回來？

葛尼・哈萊克應該和她在一起——那位忠誠的家臣，外貌醜陋的職業殺手，忠心且正直，擅長用尖針奪人性命以及演奏巴利斯九弦琴的樂師。有人說他是母親的入幕之賓，這還有待追查，或許可以用這件事扭轉全局。

她拋開了想變成普通人的願望。

必須引誘雷托入定。

她想起以前問過雷托，他會怎樣處理和葛尼．哈萊克的關係。雷托當時便察覺這個問題背後的深意，說哈萊克忠誠到「過份的程度」，然後又補充了一句：「他欽佩我……的父親。」

她注意到那片刻的猶豫，雷托差點脫口說出「我」，而不是「我父親」。是啊，有時基因記憶和自己的情緒是難分彼此的，而葛尼．哈萊克會讓雷托更難分辨兩者。

厄莉婭的嘴角露出一絲冷笑。

保羅去世後，葛尼選擇和潔西嘉女士一起回卡樂丹，他再來到沙丘星將攪亂許多事。他效忠保羅的父親及其繼承者，從雷托一世、保羅到雷托二世。此外還有貝尼．潔瑟睿德育種計畫的成果：潔西嘉、厄莉婭、珈尼瑪。葛尼會讓大家的角色更加混亂，這可能會有利用價值。

如果他發現我們身上有他最憎惡的哈肯能血統，會有什麼反應？

厄莉婭的微笑變成了沉思。畢竟，那對雙胞胎還是孩子。兩人就像有無數父母的孩子，記憶既屬於別人，也屬於自己。兩人將站在泰布穴地的洞口，看著祖母乘坐的撲翼機在厄拉欽恩盆地降落。飛機在空中留下的拖痕清晰可見——潔西嘉真的到了，她的一雙孫兒看到了嗎？

母親會問我是怎麼訓練兩人的，厄莉婭想，會問我是否明智審慎地運用普拉那－並度訓練。而我會告訴她，兩人自己訓練自己，就像我以前一樣。我會引用她孫子的話：「在統治者的責任中，有一項是進行必要的懲罰……但前提是受害者要求懲罰。」

厄莉婭突然想到，如果她能讓潔西嘉女士將心力都放在雙胞胎身上，其他事情或許就能逃過她的法眼。這有可能。雷托很像保羅。而且，有何不可？他想要的話就可以成為保羅，就連珈尼瑪也具備這種駭人能力。

就像我可以成為我的母親，或是任何一個與我們共享人生記憶的人。

她將思緒轉向別處，看著大盾壁的風景，隨後又想到：離開水分豐沛、溫暖安全的卡樂丹，重返沙丘星球厄拉科斯，她會有什麼感受？在這裡，她的公爵遇害，她的兒子成了殉教者。

為什麼潔西嘉女士在這個時候回來？

厄莉婭找不到答案——沒有明確答案。她可以和另一人共用自我意識，但兩人的經歷不同，動機也會變得不一樣。個體的個人行動才能顯示個體的決定。對於出生前就有記憶的亞崔迪來說，這一點尤為重要。兩人的降世不同於常人：當肉體離開子宮時，是兩具有意識、會呼吸的肉體徹底分離，因此給小生命帶來多重的痛苦。

厄莉婭對母親又愛又恨，而她覺得這不足為奇。她必須如此，那是一種必要的平衡，不需要怪罪自己或別人。應該譴責貝尼．潔瑟睿德嗎？因為潔西嘉女士的道路是她們設計的？當某人的記憶涵蓋千年，歉疚、指責也會變得稀薄。女修會只是想繁衍出一個奎薩茲．哈德拉赫，除了是成熟聖母的男性版本，還更進一步——一個具有超常感知和意識的人，可以同時出現在多重時空。在這個計畫中，潔西嘉女士僅僅是育種計畫的棋子，然而她居然有失體面地愛上了分派給她的生育對象。她沒有按照女修會的命令在首胎懷上女孩，反倒如她摯愛的公爵所願，生下男孩。

而且是在染上了香料癮之後生下我！現在，她們排斥我。現在，她們怕我！她們的確該怕……

她們的奎薩茲．哈德拉赫保羅提前一代降世，這是她們長期計畫中的一個小小失算。現在她們又面臨一個新問題：妖煞，身上帶著她們累世累代尋求的寶貴基因。

厄莉婭感到眼前落下一片陰影，抬頭一看，她的護衛隊已排成高空警戒隊形。她搖了搖頭，停止胡思亂想。追憶過去，把死者的錯誤揉成一團有什麼幫助？現在畢竟是全新的時代了。

鄧肯．艾德侯已用他的晶算師意識推算「潔西嘉為什麼在這時候回來」，他的大腦可以像古代電腦那樣運算。他說，她回來是為了幫女修會取回雙胞胎，因為兩人身上也有那些寶貴基因。他很可能是對的，這個目的可能足以讓潔西嘉女士離開她自願隱居的卡樂丹。如果女修會命令她……除此之外，還有什麼原因能讓她回到這個充滿痛苦回憶的地方？

「我們會弄清楚的。」厄莉婭喃喃道。

她感到撲翼機在她堡壘的屋頂上降落，有如一個明確又令人不快的標點符號，讓她心中充滿了嚴峻的預感。

4

美藍極，字源不明（被認為源於古老地球）：詞義一，香料的混合物；詞義二，產於厄拉科斯（沙丘）的香料，可抗衰老，智者薩卡德統治時期的皇家化學師元修夫．尚艾許科第一個注意到這種物質；美藍極只存在於厄拉科斯的沙漠最深處，與第一位弗瑞曼救世主摩阿迪巴（亞崔迪）的預知力密切相關，宇航公會的領航員和貝尼．潔瑟睿德也使用這種香料。

——《皇家詞典》（第五版）

．．．

兩隻大型貓科動物在曙光中躍上山脊，悠然跑動。牠們並不是在急切地尋找獵物，只是在巡視領地。牠們被稱作拉扎虎，是八千年前被帶到薩魯撒．塞康達斯行星的特殊種，用基因手段消除了古老地球原生種的一些特徵，同時強化了其他特點。虎牙仍然很長。臉很寬，長著機靈警覺的眼睛。腳掌加大，以適應崎嶇不平的地面。帶鞘的爪子伸出後大約有十公分長，在爪鞘的摩擦壓迫下，爪尖像剃刀一樣鋒利。毛皮是均勻的褐色，幾乎能在沙地上隱身。

拉扎虎和先祖還有一點不同之處：還是幼獸時，大腦就被植入訊號接收器，手持遙控器，就可以隨意操控牠們。

天氣很冷，拉扎虎停下來，仔細查看地形，在空氣中呼出一團白霧。牠們周遭是星球上刻意不開發的乾燥荒涼地帶，人們從厄拉科斯偷渡來少數沙鱒，岌岌可危地養在這裡，想靠沙鱒打破香料壟斷。這兩頭大貓所站之處散落著褐色岩石，稀疏灌木在晨曦下長長的陰影中投出銀亮綠意。

大貓身體微震，警覺了起來，眼睛慢慢往左，接著頭才轉了過來。下方遠處那片崎嶇的土地上，有兩個孩子手牽著手，沿著一條乾河床艱難往上爬。這兩個孩子看起來年齡相當，大約九到十歲，一頭紅髮，穿著蒸餾服，外面披上乳白罩袍，罩袍邊緣和額頭都用珍珠光澤的絲線繡上亞崔迪氏族的鷹徽。孩子邊走邊高興地說話，虎視眈眈的大貓可以清晰聽到兩人的聲音。拉扎虎知道這個遊戲，牠們先前就玩過，但是仍然文風不動，等待遙控器傳來追擊指令。

一個男人出現在兩隻大貓身後的山脊上。他停了下來，仔細研究面前的場景：大貓和孩子。他穿著鐵灰色的皇家薩督卡制服，上面的徽章顯示他的軍階是萊文布雷徹——霸夏的副手。一條綁帶從他的頸後穿過手臂下方，胸前有一個薄口袋裝著遙控器，兩隻手都可以輕易按下按鈕。

兩隻老虎沒有轉過身來看他，牠們已經很熟悉這個男人的聲音和氣味。他趴在大貓兩步外，抹了抹額頭上的汗水。氣溫很低，但這工作卻讓人發熱。他再次用灰白的眼睛打量眼前的場景：大貓和孩子。他把一縷濕透的金髮塞進黑色頭盔，用手按了一下喉嚨中植入的麥克風。

「大貓已經發現兩人了。」

植入兩耳後的接收器傳來回覆的聲音：「我們看到了。」

「這一次怎麼辦？」萊文布雷徹問道。

「沒有接到追擊指令，大貓也會行動嗎？」接收器裡的聲音反問道。

「牠們準備好了。」萊文布雷徹說道。

「很好。讓我們看看四節訓練課夠不夠。」

「你們準備好了就告訴我。」

「好了。」

「開始行動。」萊文布雷徹說道。

他拔開遙控器右側紅鍵上的安全閂，按下按鍵，現在那對大貓不再受任何約束了。他把手指放在紅鍵下方的黑鍵上，以防老虎攻擊自己。但老虎根本沒有注意他，而是在地面匍匐，動作流暢地邁開寬大的腳掌，開始朝山脊下那對孩子逼進。

萊文布雷徹蹲下來仔細觀察。他知道周圍某個地方有具隱蔽的傳輸眼，會將一切傳送到堡壘的一面祕密螢幕上，讓他的王子親眼看到。

大貓先是邁著大步走，隨後開始狂奔。

孩子正專心攀爬岩脊，還沒有意識已經身處險境。其中一個孩子正在大笑，聲音在寂靜的空氣中顯得高亢。另一個孩子絆了一下，重新站穩身子後，轉過身，看到了那對大貓，指著說：「看啊！」

兩個孩子都停了下來，好奇地盯著突然出現在眼前的迷人動物。兩隻拉扎虎襲擊時，兩人還站著不動。孩子一下子就死了，脖子立即斷裂。大貓開始張口進食。

「需要我召回牠們嗎？」萊文布雷徹問道。

「讓牠們吃吧。牠們幹得很漂亮，我就知道牠們沒問題，這兩隻真是厲害。」

「也是我見過最好的。」萊文布雷徹贊同道。

「很好。已經派了人去接你。通話完畢。」

萊文布雷徹站起身來，伸了伸懶腰，忍著不看左側的高地，那裡的閃光點暴露了傳輸眼的位置，他的良好表現已經傳送到遠方的霸夏面前。萊文布雷徹嘴角上揚：這任務將讓他升官。他彷彿感受到巴圖徽章正別在領子上，接著是波薩格……甚至有一天會成為霸夏。在已逝的沙德姆四世之孫法拉肯的部隊裡，表現優良的人都會很快晉升。有一天，當王子坐上他理應得到的皇帝寶座，前途更是無可限量。霸夏可能都不是他的人生巔峰，這個世界需要更多男爵和伯爵……在亞崔迪雙胞胎被除掉之後。

5

弗瑞曼人必須回歸原初的信仰，重拾自己打造人類共同體的創造性。他必須回到過去，想起自己在沙丘星上求生時學到的內容。弗瑞曼人唯一該做的，就是擁抱靈魂深處的教誨。對他而言，帝國、蘭茲拉德和鉅貿聯會的世界毫無意義，只會剝奪他的靈魂。

——厄拉欽恩的講道

• • •

潔西嘉女士乘坐的航艦停靠在登陸區暗褐色的平地上，剛結束太空飛行的機身還在轟轟作響，呻吟不絕。四周人山人海。她估計大約有五十萬人，其中大概只有三分之一是朝聖者。他們站在那裡，因敬畏而靜默不語，全神貫注望向星艦的出口平臺。平臺艙門的陰影遮住了她和她的隨從。

還有兩小時才到正午，但人群上方的空氣已映出灰濛濛的微光，預示著今日的燠熱。

潔西嘉頭戴聖母的羊毛兜帽，一頭夾雜銀絲的紅銅色頭髮緊貼著鵝蛋臉。她伸手撫了撫頭髮，知道自己在長途旅行後臉色欠佳，而且黑色的羊毛也不適合她。但她過去在這裡就是這身裝扮，弗瑞曼人不會忘記羊毛長袍代表的意義。她嘆了口氣，星際旅行並不輕鬆，過去的記憶更如重擔壓在心頭——先前她的公爵就是被迫從卡樂丹來到厄拉科斯這片領地。

她使用貝尼．潔瑟睿德訓練出來的能力慢慢掃視眼前的人海，偵測重要細節。他們中有戴著灰色蒸餾頭罩、一身沙漠深處裝扮的弗瑞曼人，也有穿著白色長袍、肩膀上別著贖罪標記的朝聖者，還有零零星星的富有商人，穿著無帽的輕便常服，炫耀他們在厄拉欽恩灼熱的空氣中並不在乎流失水分……還有「忠信會」的代表，身穿綠色長袍，戴著厚重兜帽，站在自己虔誠的小圈子裡顯得與人群格格不入。

視線離開人群之後，她心頭升起似曾相識之感。陪著摯愛的公爵一起抵達當地是多久的事情了？二十多年。她不喜歡回憶令人心跳失速的往事。在她心裡，時間沉甸甸的，停滯不前，彷彿她離開這顆行星的那些年並不存在。

又一次踏入惡龍之口了，她想。

就在這裡，在這片平原上，她的兒子從已逝的沙德姆四世手中奪下帝國，那一次的歷史動亂已將這片土地刻入人類的腦中和信仰裡。

聽到身後隨從的騷動，她又嘆了口氣。厄莉婭遲到了，他們必須等候。厄莉婭和她的隨從正從人群邊緣慢慢走向這裡，皇家衛隊在前方開道，在人海中引起陣陣波浪。

潔西嘉再次打量四周。很多地方都和以前不同了。登陸區的塔臺上新增了祈禱用的陽臺。平原左方目力所及之處矗立著一排駭人的塑鋼建築，那是保羅建造的堡壘——「沙地上方的穴地」，人類有史以來最大的單一建築，容納整座城市還綽綽有餘。在那裡，有著帝國中最強大的政權，厄莉婭以她兄長為基礎建立的「忠信會」。

必須鏟除那裡，潔西嘉想。

厄莉婭的代表團已經到達出口舷梯的下方，正站著等候。潔西嘉認出了粗獷的史帝加。神呀，竟然還有伊若琅公主！婀娜的身形掩飾了她的殘暴，風向不定的微風拂動她兜帽下的金髮。她絲毫沒有變老，像是在對歲月示威。還有隊伍最前端的厄莉婭，一臉張揚的青春，目光盯著航艦艙門的陰影。潔西嘉仔細端詳女兒的臉，嘴角抿成一線。一股沉重感從潔西嘉的體內竄過，她聽到自己的心在耳邊吶喊：傳言是真的！太可怕了！太可怕了！厄莉婭落入了邪道。稍微受過訓練的人都能看出證據。妖煞！

潔西嘉用片刻工夫調整情緒，才發現自己原來多麼希望那些謠言都是假的。

雙胞胎呢？她問自己，雙胞胎也迷失了嗎？

潔西嘉以神母的儀態慢慢走出陰影，來到舷梯口，她的隨從則依指示留在原處。接下來是最關鍵的時刻。現在，潔西嘉獨自站在所有人眼前。她聽到葛尼．哈萊克在身後緊張地清著嗓子。葛尼多次反對她這樣做：「不用屏蔽場？天啊！妳瘋了！」

但是，在葛尼眾多可貴的品德中，最核心的就是服從。他會表達異議，然後服從命令，就像現在。

潔西嘉現身時，人海湧出一陣低呼，如同巨大沙蟲發出沙沙聲。她依祭司團規定，舉起雙臂表示賜福。人們紛紛跪倒在地，儘管很多人並不情願，但整片人海彷彿巨大的有機體，就連官方代表也不得不遵從。

潔西嘉記下人海中遲疑的區域，她知道身後的眼線和她混在人群中的密探已經記下一張臨時地圖，可以揪出那些不甘願下跪的人。

潔西嘉仍然保持雙臂上舉，葛尼和他的手下向前，迅速繞過她，走下舷梯，毫不理會官方代表驚異的表情，到人群中跟打手勢表明自己身分的密探會合。他們在人海中迅速散開，不時跳過一群群下跪的人，在狹窄的人縫間疾奔。少數被鎖定的人意識到了危險，想要逃走，卻成了最明顯的獵物——一把飛刀或一道繩圈，逃跑者已然倒地。其他人則被趕出人群，雙手受縛，跌跌撞撞。

整個過程中，潔西嘉始終伸展雙臂，用她屹立的身影賜福，讓人群保持順服。她聆聽眾人竊竊私語，但早就知道人們大多在說些什麼，因為那是她預先安排的：聖母歸來是為了掃除懶散敷衍的人。祝福天神之母！

一切落幕之後，幾具死屍癱軟在地，束手就擒的人被關進塔臺下的圍欄內，潔西嘉這才放下雙臂，前後大概只過了三分鐘。她知道葛尼和他的手下不太可能抓到那些最具威脅的首領，那些傢伙十分敏感警覺，但會捕獲幾條有趣的小魚，當然不免也有一些無足輕重的敗類和笨蛋。

潔西嘉放下手臂後，人們發出歡呼，站了起來。

潔西嘉獨自走下舷梯，彷彿什麼都沒發生。她忽略自己的女兒，只留意史帝加。他桀驁不馴的黑色大鬍子從蒸餾服的兜帽下散出來，帶著一些灰白，但炯炯有神的全藍雙眼依舊，和兩人首次在沙漠相遇時一樣。史帝加明白也認同剛才那一幕的意義。他是真正的弗瑞曼耐巴，男人的領袖，從不怯於做出見血的決定。他的第一句話完全符合他的性格：

「歡迎回家，女士。能看到直接有效的行動總是讓人高興。」

潔西嘉露出矜持的微笑：「封鎖機場，史帝加。在審問那些囚犯之前，不准任何人離開。」

「已經辦好了，女士。」史帝加說道，「葛尼的人和我一起計畫好了。」

「這麼說來，那些出手相助的人是你的部下。」

「一部分是，女士。」她察覺到話中的保留之意，點了點頭，「過去那些日子，你對我了解得很透徹，史帝加。」

「正如您過去費心告訴我的，女士，人們觀察存活下來的人，並向他們學習。」

厄莉婭走上前來，史帝加站到一旁，讓潔西嘉直接面對她女兒。

潔西嘉知道無法隱藏自己發覺了什麼，所以無意掩飾。如有需要，厄利婭可以像任何女修會的高手一樣觀察入微，從潔西嘉的行為舉止就可以知道她看出、破解了什麼。她們是誓不兩立的敵人，連這個詞都太輕描淡寫。

厄莉婭選擇憤怒，這是最簡單、最適當的反應。

「妳竟敢不徵求我的意見，就籌畫這種行動？」她衝著潔西嘉的臉質問。

潔西嘉溫和地說道：「妳剛剛也聽到了，葛尼根本沒告訴我整個計畫。我們以為……」

「還有你，史帝加！」厄莉婭轉身面對他，「你究竟效忠誰？」

「我宣誓的對象是摩阿迪巴的孩子，」史帝加生硬地說，「我們除去了一個對他們的威脅。」

「這個消息為什麼沒有讓妳高興呢……女兒？」潔西嘉問道。

厄莉婭眨了眨眼，朝她母親瞟了一眼，強壓下內心的波瀾，勉強露齒微笑。「我很高興……母親。」她說。她的確高興，這點連厄莉婭本人都感到驚訝。她心中一陣狂喜，終於和母親敞開來談了。曾讓她無比擔憂的那一刻已經過去，而權力平衡並沒有改變。「我們方便時再詳談這個問題。」厄莉婭同時對母親和史帝加說道。

「當然。」潔西嘉說道，並示意談話結束，轉過身來看著伊若琅公主。

在幾次心跳之間，潔西嘉和公主靜靜站著端詳彼此——兩個貝尼．潔瑟睿德，都為同一個理由與女修會決裂：愛。兩人所愛的男子都已死去。公主對保羅的愛沒有得到回報，成了他的妻子，卻不是愛人。現在，弗瑞曼情人荎妮為保羅所生的兩個孩子是她活下去的理由。

潔西嘉率先開口：「我的孫兒在哪裡？」

「在泰布穴地。」

「在這裡太危險了，我了解。」

伊若琅微微點了點頭。她看到了潔西嘉和厄莉婭的交鋒，但厄莉婭事先已讓她做好心理準備：「潔西嘉已經回到女修會，我們都知道她們對保羅的孩子有什麼打算。」伊若琅一直不是貝尼．潔瑟睿德的高徒，她的價值主要在於她是沙德姆四世的女兒。她總是太高傲，不想費心提升自己的能力。現在，她突然選邊站，辜負了自己所受的訓練。

「真的，潔西嘉。」伊若琅說，「妳應該事先徵詢皇家議會的意見。現在的做法是不對的，僅僅透過……」

「我是不是應該斷定妳們兩人都不信任史帝加？」潔西嘉問道。

伊若琅意識到這個問題不該回答，這點聰明她還是有的。她暗自慶幸失去耐性的祭司代表團正走上前來，並和厄莉婭交換了一下眼色，想著：潔西嘉還是一如既往的自信、傲慢！一條貝尼・潔瑟睿德格言在她腦海浮現：傲慢之人不過是在築起城牆，掩蓋自己的疑慮和恐懼。潔西嘉就是這樣嗎？顯然不是，那麼，那就是一種姿態了。但又是為了什麼呢？這問題深深困擾著伊若琅。

祭司亂哄哄地簇擁著摩阿迪巴的母親。有些只是碰了碰她的手臂，多數人深深鞠了個躬並向她問候。最後輪到代表團的兩位領導者上前，如同他們被授與的角色——「那些在前的，將要在後。」他們臉上掛著練過的笑容，告訴她正式的潔淨儀式將在堡壘內舉行，也就是過去保羅的要塞大本營。

潔西嘉研究著眼前這兩人，心生厭惡。其中一人叫賈維德，是陰鷙的圓臉年輕人，幽暗的眼睛深處有掩蓋不住的猜忌。另一人叫贊巴特勒夫，他很快就提起自己是潔西嘉某個弗瑞曼耐巴故友的次子。他很容易看穿：沒心沒肺，瘦長臉，金色鬍子，一副很有見識的樣子。

兩人中，賈維德看來更為危險，既孤僻，又有魅力，而且——她找不到別的詞來形容他——令人反感。她覺得他的腔調很怪，一口古老弗瑞曼口音，彷彿來自某個與世隔絕的小部族。

「告訴我，賈維德，」她說道，「你來自何方？」

「我只是沙漠中一名樸實的弗瑞曼人。」他說道，每個音節都顯示他在撒謊。

贊巴特勒夫以近乎冒犯的語氣打斷兩人，口氣像在嘲弄：「說到過去，可談的實在太多了，女士。您知道，我是最先意識到貴公子神聖使命的那批人之一。」

「但你不是他的敢死隊員。」她說道。

「不是，女士。我更偏好哲學，為了成為祭司而潛心求學。」

好確保你的皮囊安然無恙，她想。

賈維德道：「他們在城堡內等著我們，女士。」

她再次聽出他那啟人疑竇的口音。「誰在等我們？」她問道。

「忠信大會，所有追隨您神聖之子的名字和事蹟的人。」賈維德說道。

潔西嘉掃視四周，見厄莉婭朝賈維德露出了笑臉，於是問道：「他是妳任命的人嗎，女兒？」

厄莉婭點點頭：「一個注定要成就大事的人。」

但是潔西嘉發現賈維德並沒有因這句讚譽而流露絲毫欣喜。她暗暗記下這人，準備讓葛尼特別調查。此時，葛尼和五名親信走了過來，表示他們已經開始審問那些不情願下跪的可疑分子。他邁著強健的步伐，眼睛東看西看，四處觀察著，全身上下既放鬆又警覺。這本領是潔西嘉教他的，源於貝尼．潔瑟睿德的普拉那－並度訓練。他是醜陋的大塊頭，身體所有反應都經過嚴格訓練，是不折不扣的殺手，令人畏懼，但潔西嘉愛他，視他為在世者中最為重要的人。一道赤棘鞭抽出的傷疤沿著他的下巴蜿蜒，看上去十分凶惡，但朝史帝加露出的笑容使他的臉變得柔和。

「幹得好，史帝加。」他說道，兩人像弗瑞曼人那樣互相抓住對方的手臂。

「潔淨儀式。」賈維德道，碰了碰潔西嘉的手臂。

潔西嘉回過頭，講話時字斟字酌，用上了控制他人的魅音，精心計算好語調和口氣，以精準勾動賈維德和贊巴特勒夫的情緒：「我回到沙丘星，是為了看望孫子和孫女。我們非得浪費時間跟著祭司瞎鬧嗎？」

贊巴特勒夫的反應是震驚不已。他張大嘴巴，驚恐地瞪大眼睛，看了看周圍聽到這句話的人，留意每個人的反應。跟著祭司瞎鬧！這種話從救世主的母親口中說出來，會帶來什麼後果？

然而，賈維德的反應證實了潔西嘉對他的判斷。他抿緊嘴，接著卻又露出微笑，但眼睛裡沒有笑意。他也沒有四處觀望，留意別人的反應。賈維德早已對隊伍裡的每個人瞭若指掌，用聽的就知道此後該特別留意哪些人。幾秒鐘後，賈維德驟然收起笑容，意識到剛才自己露出了馬腳。賈維德的準備工作做得不錯：他了解潔西嘉女士的觀察力。他的頭微微一點，承認了她的能力。

電光石火間，潔西嘉權衡了情勢。只要朝葛尼微微示意，就能置賈維德於死地。可以就地處決，以殺一儆百，也可以稍後悄悄找個機會，安排成一次意外。

她想：我們企圖隱藏內心最深處的動機時，身體卻會洩密。貝尼．潔瑟睿德的訓練能挖出蛛絲馬跡，讓高手看穿別人的一舉一動。她認為賈維德的智力相當有價值。如果爭取到他，他便能經由他深入厄拉欽恩的神職人員圈子。而且，他還是厄莉婭的手下。

潔西嘉說道：「我的隨行人員不能太多，不過我們可以再加一個人。賈維德，你加入我們。贊巴特勒夫，抱歉了。還有，賈維德，我會參加這個……這個儀式……如果你堅持的話。」

賈維德深深吸了口氣，低聲說道：「謹遵摩阿迪巴之母的吩咐。」他看了看厄莉婭，然後是贊巴特勒夫，目光最後回到潔西嘉身上，「我很不願耽誤您和孫兒團聚，但是，這是……是為了帝國……」

潔西嘉想：好。他本質上是個商人。一旦訂下合適的價碼，我們就收買他。她甚至樂於見到他堅持要她參加他寶貴的儀式。這個小小的勝利會讓他在同伴中樹立威信，她和他都清楚這一點。接受他的潔淨儀式或許就是頭期款，用來買下他未來的服務。

「我想你已經準備好交通工具。」她說道。

6

請看沙漠變色龍，牠能把自己融入環境。研究牠，你就能了解生態系統的本質和個人性格的根基。

——《哲辯書》，《海特紀事》

• • •

雷托坐在那裡，彈奏著一把小小的巴利斯琴。這是琴技出神入化的巴利斯琴演奏師葛尼・哈萊克在他五歲生日時寄給他的。練習了四年之後，雷托的演奏已經相當流暢，但一側的兩根低音弦仍令他感到棘手。他覺得情緒低落時彈奏巴利斯琴頗有撫慰作用——珈尼瑪也發現了這一點。此刻，他坐在泰布穴地上方崎嶇不平的岩架最南端，在暮色中輕輕彈奏著。

珈尼瑪站在他身後，小小的身子散發出怨氣。史帝加向兩人告知祖母將在厄拉欽恩耽擱一陣子以後，她就不想待在穴地外，尤其反對在夜晚即將降臨時來到這裡。她嘗試催促哥哥，問：「你剛剛彈的是什麼？」

他的回答是開始另一首曲子。

從接受這件禮物到現在，雷托頭一次強烈地感覺到這把琴出自卡樂丹的某位大師之手。他擁有的遺傳記憶會引發他強烈的鄉愁，讓他思念亞崔迪氏族統治的那顆美麗行星。雷托只要在彈奏這段曲子時放鬆心防，記憶便在他的腦海中流過，例如葛尼用巴利斯琴給他的上司暨友人保羅．亞崔迪解悶的好幾段記憶。隨著自己手中的琴聲，雷托覺得內在父親對他的影響力越來越大。但他仍舊繼續彈奏著，時間一秒秒過去，自己與這件樂器的聯繫變得更加緊密。他感受到體內有個絕對完美的集合體，知道怎麼演奏巴利斯琴，只是九歲孩子的肌肉還無法適應這樣的內在覺知。

珈尼瑪不耐煩地點著腳尖，沒有意識到正好和音樂的節拍同步。

雷托專注地抿著嘴，突然中斷熟悉的旋律，開始演奏另一首非常古老的樂曲，比葛尼彈奏過的任何曲子都更加古老。當弗瑞曼人遷徙到他們的第五座星球時，這首曲子就已經很古老了。隨著手指帶點猶疑的演奏，雷托可以聽見來自記憶深處、具有禪遜尼意味的歌詞：

大自然奇妙的形態
蘊含著美好的本真
有人稱之為衰亡
有了這美好的存在
新生命找到了出路
淚水默默滑落
卻只是靈魂之水
使新的生命
化為痛苦的存在
脫離所見

因死亡而圓滿

他彈完了最後一個音符。珈尼瑪在身後問道：「好討厭的歌。為什麼唱這首？」

「因為合適。」

「你會為葛尼唱嗎？」

「也許。」

「他會說那是無病呻吟。」

「我知道。」

雷托扭過頭看著珈尼瑪。他並不驚訝她知道這首曲子以及歌詞，但是在一瞬間，他對自己和妹妹合而為一的程度感到敬畏！即使一人死去，仍會活在另一人的意識中，所有共同的記憶都會保留下來，兩人就是如此緊密，像一張超越時間的網。他突然感到害怕，把目光從她身上移開。他知道，這張網上一直都有些縫隙，而他此刻的恐懼來自最新的縫隙——他感到兩人的生命開始分離，他想：我要怎麼把只發生在我身上的事告訴她呢？

他眺望沙漠遠處，凝視那些高大、新月狀的沙丘如波浪般在厄拉科斯表面湧動。沙丘背後拖著長長的陰影。那裡就是坎登，沙漠的中央。近來已經很難在那一帶看到巨型沙蟲的痕跡。落日為沙丘披上血紅緞帶，在陰影的邊緣鑲上一圈熾烈的光。一隻翱翔在緋紅天空的鷹引起了他的注意，鷹猛衝下來，攫住一隻歐石雞。

他下方的沙漠地表草木萋萋。時而露出地表、時而鑽入地下的水渠灌溉著這片植物。水來自安裝在他身後岩壁最高處的巨型捕風器，亞崔迪氏族的綠旗在那裡迎風飄揚。

水，還有綠色。

厄拉科斯的新象徵：水和綠色。

長出植被的沙丘形成一片鑽石形的綠洲，在他下方伸展。他慢慢屏氣凝神，進入敏銳的弗瑞曼意識中。下方的斷崖傳來一隻夜梟啼叫，加深了此刻他神遊蠻荒過往的感受。

Nous avons changé tout cela，他想。下意識地轉換成他與珈尼瑪私下使用的古語之一。「我們改變了這一切。」他嘆了口氣。*Oublier je ne puis*。「但我無法忘卻過去。」

在綠洲盡頭，他在微光中看到弗瑞曼人稱之為「空地」的地方——從未有植物成長的不毛之地，水和大規模的生態計畫正在改變那裡。在厄拉科斯的一些地方，人們甚至看到山丘覆上綠色天鵝絨般的森林。厄拉科斯上出現了森林！有些年輕一代很難想像這些起伏的蓊鬱山丘之下便是荒涼的沙丘。在這些年輕人的眼中，森林和綠葉都不足為奇。但是雷托發現自己正以古老的弗瑞曼方式思考，警惕變化，憂慮新事物。

他說道：「孩子告訴我，他們已經很難在地表淺層找到沙鱒了。」

「那又怎麼樣？」珈尼瑪不耐煩地問道。

「世界開始快速天翻地覆了。」他說道。

斷崖上的鳥再次鳴叫。黑夜攫住了沙漠，正如那隻鷹攫住歐石雞一樣。入夜後他常會受到記憶的攻擊，潛藏在他深處的所有生命都在此刻大聲叫囂。珈尼瑪並不像他那樣排斥這種事，但她知道他內心的不安，同情地將一隻手放在他肩頭。

他憤怒地撥了一下巴利斯琴的琴弦。

他要怎麼告訴她，自己是怎麼了？

他腦海中浮現的是戰爭，無數的生命展開他們古老的記憶：暴力事件、愛情的倦怠、形形色色的地方和臉孔……人民掩藏的悲痛和歡騰。他聽到輓歌在早已隕落的行星上飄盪，碧綠的舞蹈和火紅的燈光，悲鳴和歡呼，無數的對話。

在夜幕籠罩下的曠野，這些記憶的攻擊最難承受。

「我們該回去了吧？」她問道。

他搖搖頭。她感覺到他的動作，意識到他內在的掙扎比她以為的還要深。

為什麼我總是在這裡迎接夜晚？他問自己。珈尼瑪的手從他肩上抽走了，但他卻沒有察覺。

「你在折磨自己，而且你知道你這麼做的原因。」她說道。

他聽出了她語氣中的一絲責備。是的，他知道。答案就在他的意識裡，如此明顯：因為我內在的已知與未知讓我像海浪一樣起伏。他感到他的過去波濤洶湧，彷彿自己踏在衝浪板上。他將父親那跨越時空的預知記憶套在一切之上，但他還是想要完整的過去。他想要，但是過去極其凶險，他心知肚明，因為自己身上發生了新的變化，他得告訴珈尼瑪。

一號月亮慢慢升起，月光下，沙漠開始發亮。他眺望遠方，起伏的沙漠連向天際，讓人誤以為沙漠靜止不動。侍者躺在他左方不遠處，那是一大塊岩石露頭，被風沙磨得又低又彎，彷彿一條衝出沙丘的黑色沙蟲。總有一天，他腳下的岩石也會被侵蝕成那個形狀。那時泰布穴地將會消失，只留在他這類人的記憶中。他並不懷疑那時候世上仍會有他這樣的人。

「為什麼你一直盯著侍者看？」珈尼瑪問道。

他聳了聳肩。他和珈尼瑪常不顧護衛官的指示跑到侍者那裡，兩人在那裡發現了一個祕密藏身處。雷托現在知道那地方為什麼吸引兩人了。

他腳下有個因漆黑而顯得很近的地方，一段水渠映出月光霜華，掠食魚在其中激起陣陣漣漪。弗瑞曼人向來在水中放養這種魚，用來驅趕沙鱒。

「我站在魚和沙蟲之間。」他喃喃道。

「什麼？」

他大聲重複了一遍。

她一隻手掩上嘴巴，開始揣測是什麼令他感動。父親也曾有類似的舉動，她只需要向內觀看就可以找到答案。

雷托渾身一震。他內在的記憶讓他和從未到過的地方緊緊相連，如今記憶又提供了許多答案，而答案指向的問題，自己甚至還沒問過。他內在似乎有一面巨大螢幕，上面顯示著各種關係和事件。沙丘星的沙蟲不會靠近水，水對沙蟲中毒。然而在史前時期，這裡是有水的，白堊盆地就是過去的湖泊和海洋。鑽一道深井，就能發現沙鱒封存的水。他似乎親眼目睹了整個過程，看到這顆行星經歷的一切，並且預見了人類干預自然將帶來的浩劫。

他用稍微高於耳語的音量說道：「我知道發生了什麼事，珈尼瑪。」

她朝他彎下腰：「什麼？」

「沙鱒……」

他陷入了沉默。他一直提起巨大沙蟲的單倍體階段，她不知道原因，但不敢追問。

「沙鱒，」他重複道，「是從別的地方帶來的。那時，厄拉科斯還是潮濕的行星。沙鱒大量繁殖，超出了本地生態系統的極限。牠們將游離的水全部包入胞囊內，把星球變成了沙漠……牠們的目的是生存。在夠乾燥的行星，牠們才能長到沙蟲的形態。」

「沙鱒？」她搖了搖頭，但並不是懷疑雷托的話，只是不願意深入自己的記憶，前往他蒐集到這個資訊的地方。她想：沙鱒？無論是她現在的肉身，還是她的記憶棲居過的其他肉身，都在童年玩過一種遊戲：用棍子挖出沙鱒，讓沙鱒形成一層手套般的薄膜，再拿到亡者蒸餾器取出水分。很難將這種傻乎乎的小動物與生態圈的巨變聯繫在一起。

雷托自顧自地點了點頭。弗瑞曼人早就知道必須在蓄水池放入驅逐沙鱒的掠食魚。只要有沙鱒，地表附近就無法積聚夠多的水。他下方的水渠內就有掠食魚在游動。如果只是少量的水，例如人體細胞內的水，沙蟲還可以處理。可是一旦接觸較大的水體，沙蟲體內的化學反應就會紊亂，並迸裂死去，然後製造出危險的美藍極濃縮物，也就是弗瑞曼人在穴地狂歡中稀釋服用的終極意識藥物。純淨的濃縮物則帶領摩阿迪巴穿越時間之牆，進入其他男性從來不敢涉足的記憶交融之井。

珈尼瑪感受到兄長的顫抖。「你做了什麼？」她追問道。

但他不想中斷他的靈啟之旅：「沙鱒減少……行星生態的改變……」

「但牠們當然會反抗這種改變。」她說，開始理解他聲音中的恐懼。雖然並不樂意，她還是加入了兄長的靈啟。

「沙鱒一消失，沙蟲也會跟著滅絕。」他說道，「必須警告各部落。」

「不會有香料了。」她說道。

兩人同時看見人類干擾沙丘星的古老生物關係後，即將引發一場系統性危機，言詞無法盡述的危機。

「厄莉婭知道這件事，」他說道，「所以才那麼得意。」

「你怎麼能肯定呢？」

「我肯定。」

現在，她知道雷托為什麼煩躁了，她心頭一股涼意。

「如果她不承認，部落就不會相信我們。」他說道。

他的話直指眼前的重大問題：弗瑞曼人會指望九歲兒童的智慧嗎？越來越遠離本心的厄莉婭就是利用了這一點。

「我們必須說服史帝加。」珈尼瑪說道。

兩人一起轉過頭去，凝視月光照亮的沙漠。有了剛才的靈啟，眼前的世界已經全然不同。在兩人眼中，人類對環境的影響變得如此明顯，他們感到自己是整個精妙平衡的動態系統中不可或缺的一部分。這個新觀點涉及意識的真正變化，使兩人的觀察變得空前敏銳。列特－凱恩斯說過，宇宙是不同動物不斷交流的場所，單倍體的沙鱒剛才就像人類一樣向兩人吐露了一些話。

「這會威脅到水，各部落會理解的。」雷托說道。

「但是威脅不僅限於水，而是……」她陷入了沉默，明白了他話中的深意。在厄拉科斯，水是終極的權力象徵。歸根究柢，弗瑞曼人是適應力極強的物種，壓力下的治理專家，能夠在沙漠生存。儘管他們仍舊明白古老的必需品，但水變得充裕以後，水所象徵的意義也發生了奇異的變化。

「你是指對權力的威脅。」她更正他的話。

「當然。」

「但他們會相信我們嗎？」

「如果他們看到了危機，如果他們看到了失衡——對，他們會相信我們的。」

「平衡，」她說道，引用許久前她父親所說的話，「讓人有別於暴徒。」

她的話喚醒了他體內的父親記憶，他說道：「經濟對上美麗，這個故事比示巴女王[1]還要古老。」他嘆了口氣，扭頭看著她，「我開始做預知夢了，珈尼。」

她倒抽一口氣。

他說道：「史帝加告訴我們，祖母有事耽擱了——但我早已知道這個時刻。現在，我懷疑其他的夢可能也是。」

「雷托……」她搖了搖頭，眼睛忽然有些潮濕，「父親比較晚才開始做這些夢。你不覺得這可能只是——」

「我夢見自己身穿鎧甲，在沙丘上狂奔。」他說道，「然後我去了迦庫魯圖。」

「迦庫……」她清了清嗓子，「古老的神話而已！」

「不，迦庫魯圖確實存在，珈尼！我必須找到他們稱為『傳道人』的那個人，我必須找到他，然後問他。」

「你認為他是……我們的父親？」

「問問妳自己的心吧。」

「很可能是他。」她同意道，「但是……」

「有些事，我知道我必須去做，但我真的不願意。」他說道，「我第一次理解了父親。」

他的思緒將她拒於門外，她感覺到了，於是說道：「那個傳道人也可能只是個年老的祕教徒。」

「但願如此。但願。」他喃喃自語道，「我真希望是這樣！」他身子前傾，站了起來。巴利斯琴隨著他的動作在他手中低吟，「即使他是加百列，我也希望他沒有宣告末日降臨的號角。」他靜靜眺望月光下的沙漠。

她轉過頭，朝他注視的方向看過去，看到穴地周圍腐爛的作物上真菌發出的螢光。那裡是充滿活力

1 示巴女王：出現在《聖經》和《古蘭經》的神祕人物，阿拉伯半島的女王。——譯注

的世界，即使沙漠正在酣睡，仍然有東西保持清醒。她感受著那份清醒，聽到動物在她下方的水渠喝水。雷托的靈啟改變了這個夜晚，這是生機勃勃的瞬間，在永恆的變化中發現規律的時刻。在這一刻，她從兩人在地球時代的過往中感受到久遠的脈動，這一切都封藏在她的記憶之中。

「為什麼是迦庫魯圖？」她問道。平淡的語氣和這時的氣氛十分不相稱。

「為什麼……我不知道。當史帝加第一次告訴我們，說他們如何殺死了那裡的人，並把那裡列為禁地時，我就想……和妳想的一樣。但是現在，危機來自那裡……還有那個傳道人。」

她沒有回話，也沒有要求他分享更多預知夢，她知道沉默就足以讓他知道自己是多麼恐懼。擁有預知夢，就踏上了通向妖煞的道路，這一點，兩人都很清楚。他轉過身，帶領她沿著岩石走向穴地入口時，那個沒有說出口的詞沉甸甸地壓在兩人心頭：妖煞。

7

宇宙屬於神，是一個整體，其完滿的特質讓所有區隔無所遁形。短暫的生命，即便是我們稱之為智慧生命、具有自我意識和理性的生物，對這個整體所掌握的任何一部分，也不過是脆弱的託管。

——宗教大同編譯委員會的注解

•••

哈萊克高聲說著話，但真正的訊息是藉由手勢傳達。他不喜歡祭司為這次報告準備的小接待室，知道裡面一定布滿了竊聽設備。讓他們試著破解細微的手勢吧！亞崔迪氏族使用這種通信方式已經好幾個世紀了，沒有人比他們更精於此道。

屋外，天色已暗。這間屋子沒有窗戶，光線來自上方角落的燈球。

「我們抓的人中，很多是厄莉婭的手下。」哈萊克比畫著，眼睛看著潔西嘉的臉，嘴裡卻說著這些人的審問還未結束。

「這麼說，和你預料的一樣。」潔西嘉用手語回答。隨後點了點頭，嘴裡說道，「審訊完成以後，我希望你提出完整的報告，葛尼。」

「當然，女士。」他說道，繼續手語表達：「還有一件事讓人很不安。在濃烈藥物的作用下，有些人提到了迦庫魯圖。但是，一說出這個名字，他們立刻就斷氣了。」

「讓心臟停止的制約術？」潔西嘉用手勢問道。隨後她開口說道：「你有釋放任何俘虜嗎？」

「放了一些，女士——明顯不重要的人。」同時他的手指也在飛快比畫，「我們懷疑是強迫心跳中止的手法，但還不確定。驗屍仍未完成，但我認為應該立刻讓妳知道迦庫魯圖這件事，所以馬上趕來了。」

「公爵和我一直認為迦庫魯圖是有趣的傳說，可能有些事實依據。」潔西嘉的手指比畫道。她強行壓下提到逝去的愛人時心頭湧起的悲傷。

「您有什麼命令嗎？」哈萊克大聲問道。

潔西嘉同樣開口回答，下令他返回登陸區，等掌握確定資訊時再回報，但是手指卻發出其他指令：「重新聯繫你的走私販友人。如果迦庫魯圖確實存在，他們只能靠出售香料維生。除了走私販，他們找不到其他市場。」

哈萊克微微點了點頭，同時用手語道：「我已經著手聯繫了，女士。」畢生所受的訓練促使他又補充了一句：「在這裡妳一定要非常小心。厄莉婭是妳的敵人，大多數祭司都是她的人。」

「賈維德不是。」潔西嘉的手指回答道，「他恨亞崔迪家的人。我想，除了高手，沒人發現這一點，但我非常肯定。他另有圖謀，而厄莉婭不知道。」

「我要給您增派侍衛，」哈萊克大聲說道，避免與潔西嘉不悅的目光相交。「我確信這裡有危險。您今晚會住在這裡嗎？」

「我們等一下去泰布穴地。」她說道，頓了頓，本想告訴他不要再加派侍衛，但最終還是選擇了沉默。應該要相信葛尼的直覺，不止一位亞崔迪學到了這一點，對此，葛尼有遺憾也有欣慰。「我還得見修道院的院長。」她說道，「這是最後一場會面，我很高興快要擺脫這裡了。」

8

我看到沙中出現另一頭獸，像羔羊般長著兩隻角，嘴巴卻像龍長滿尖牙又噴火，身體熒熒發光，散發出高熱，又像蝮蛇一樣發出嘶聲。

——修訂版《奧蘭治合一聖書》

• • •

他稱自己為傳道人，但厄拉科斯上很多人都認為他是從沙漠返回的摩阿迪巴——摩阿迪巴並未死去。他確實可能還活著，畢竟，有誰看到了他的屍體？但真要這麼說，被沙漠吞沒的屍體又有誰能看到？雖然如此，疑問仍然存在：真是摩阿迪巴嗎？經歷過那段日子的人，沒有一個站出來說：「是的，他就是摩阿迪巴，我認識他。」儘管如此，還是可以拿兩人來比較一番。

和摩阿迪巴一樣，傳道人也是盲人，眼窩是兩道黑洞，周圍的疤痕看上去像是熔岩彈所造成。他的聲音具有強大的穿透力，和摩阿迪巴一樣，能迫使你以真心回應，這點很多人都注意到了。他身形瘦削，髮色灰白，滄桑的臉龐布滿皺紋。但久居沙漠之人似乎都如此，只要看看你自己就知道此言不虛。還有一個爭議之處：傳道人有一個為他引路的弗瑞曼年輕人，但沒人知道這小夥子來自哪個穴地。有人問他時，他總是說自己是受雇於人。人們爭論說，洞悉未來的摩阿迪巴不需要領路人，除了在他生命的盡頭，當他痛不欲生時。眾所周知，那時他的確需要領路人。

一個冬日早晨，傳道人出現在厄拉欽恩的街道上，一隻古銅色、青筋暴出的手搭在年輕領路人肩上。小夥子聲稱自己名叫阿桑・塔里格，他在穴地練就了敏捷的身手，即使清晨熙來攘往的人群激起燧石味的塵土，他依然可以帶著雇主穿行其中，從未讓雇主的手離開他的肩膀。

大家注意到，盲人那件傳統罩袍下的蒸餾服非同尋常。過去，只有沙漠最深處的穴地才會製造這樣的蒸餾服，那跟現在的低劣貨有天壤之別。用來將他鼻端的水氣送到罩袍下方回收層的集水管由某種織物裹住，那是一種近乎絕跡的黑色藤蔓織物。蒸餾服的面罩扣在臉的下半部，上面布滿褐沙刻出的綠色斑紋。總而言之，這位傳道人代表沙丘星的過去。

那個冬日早晨，群眾中有許多人注意到他，畢竟弗瑞曼盲人相當罕見。弗瑞曼律法仍然要求將盲人交給沙胡羅。儘管在水分充足的現代社會，大家不再那麼謹守律法，那些字句依然沒有絲毫更動。盲人是奉獻給沙胡羅的禮物，會被帶到大平漠拋棄，任由沙蟲吞噬。此時，人們總會選擇最大的沙蟲出沒的地區，也就是那種被稱為「沙漠長老」的沙蟲。這些事城裡人也知道。因此，一個弗瑞曼盲人足以引起大家的好奇，人們紛紛停下腳步，看著這奇怪的一對。

小夥子看起來大概十四歲，穿著改造過的輕便蒸餾服，臉暴露在會奪走水分的空氣中。瘦削的身材，全藍的香料眼睛和小巧的鼻子，純真無害的表情掩蓋了年輕人常有的桀驁不馴。和小夥子截然相反，盲人令人想起幾乎快湮沒的過去——步幅很大，但步法很飄忽，長年在沙漠行走或騎乘沙蟲的人才這樣走路。脖子挺得筆直，盲人常無法做到這一點。只有在他側耳傾聽某些聲響時，兜帽下的頭才會轉動。

這兩個怪人穿過白天的人群，最後來到臺階前。梯田似的臺階通向峭壁般矗立的厄莉婭神殿，宏偉的程度只有保羅的堡壘可以媲美。傳道人和領路人一起登上臺階，一直爬到第三道平臺，朝聖者就是在這裡等待上面那些巨門在晨間開啟。門大得足以讓古代宗教的大教堂穿過。據說，穿過巨門意味著把朝聖者的靈魂壓成纖塵，小到得以穿過針眼，進入天堂。

在第三道平臺邊緣，傳道人轉過身，他空洞的眼窩彷彿在觀察四周，看到了城市的居民（其中有些是弗瑞曼人，穿著裝飾用的蒸餾服仿製品），看到了剛剛步下宇航星艦的心急朝聖者正等著踏出虔誠的第一步，確保自己在天堂有一席之地。平臺是喧鬧的地方。有穿著綠袍的忠信會信徒，隨身帶著受過訓練的鷹，能發出「天堂之喚」。商販大聲叫賣食物。待售的商品琳琅滿目，兜售聲此起彼落。還有沙丘占卜師手持魃迦藤製的小冊子，上面印有注解。一名小販手持一小段奇特的布料，保證「摩阿迪巴本人親手觸摸過！」另一人拿著一瓶水，「經鑑定來自摩阿迪巴住過的泰布穴地」。人們用上百種凱拉赫方言交談，其間還穿插帝國邊緣星球語言刺耳的喉音和尖聲。幻臉人和侏儒（來自忒萊素星系那些可疑的技工行星）身穿鮮亮衣物，在人群中穿來蹦去。這裡有乾瘦的臉，也有豐潤的、充滿水分的臉。匆忙的腳步在粗糙的塑鋼表面上移動，發出沙沙聲，其間不時響起祈禱者熱切的呼喚：「摩——阿——迪——巴！摩——阿——迪——巴！請聆聽我靈魂的乞求！你是法力神授的救世主，請接受我的靈魂！摩——阿——迪——巴！」

朝聖人群旁，兩名藝人正在表演，以賺取一些賞金。他們朗誦的是當紅戲劇的臺詞，「阿姆斯泰得和林德格拉夫的辯論」。

傳道人側耳傾聽。

表演者是聲音沉悶的中年城市人。在雇主要求下，年輕領路人開始描繪兩人的樣子。他們穿著寬鬆的長袍，甚至不屑在水分充足的身體上裹件蒸餾服仿製品。阿桑・塔里格覺得這種服飾頗好玩，但馬上遭傳道人斥責。

背誦林德格拉夫那一段的表演者正在發表收場演說：「呸！只有意識之手才能抓住宇宙。正是這隻手在操控你寶貴的大腦，因而也就操控你大腦所操控的任何事物。只有在這隻手完成職責之後，你才能看見你創造了什麼：你成為了有意識的人！」

他的演說贏得了幾聲稀疏的掌聲。

傳道人吸了吸鼻子，聞到這個地方豐富的氣味：從不合身的蒸餾服中散發出的濃重酯味、各地的麝香、普通的沙塵燧石味、無數異星食物從嘴裡散出的氣體，厄莉婭神殿內點燃的稀有熏香也隨著巧妙引導的氣流籠罩著階梯。傳道人吸收著周圍的資訊，思維在他眼前形成了圖像：我們還是走到了這一步，我們弗瑞曼人！

忽然間，平臺上的人群紛紛轉身朝向另一側。沙舞者來到階梯底部的廣場，之中約有五十人用繩子連在一起。這群人為了進入出神狂喜狀態，顯然已經跳了好幾天。他們隨著神祕的音樂舞動，嘴角淌著白沫。有三分之一的舞者已經失去知覺，只是吊在繩子上，如同木偶被其他人拖來拽去。就在這時，一個木偶醒了過來。人群顯然知道接下來會發生什麼事。

「我——看——見——了！」剛醒來的舞者高聲喊道，「我——看——見——了！」他抗拒著其他舞者的牽引，炯炯發亮的目光投向左右，「城市所在的地方，將會只剩沙子！我——看——見——了！」

旁觀者爆發出哄堂大笑，就連新來的朝聖者都發出了笑聲。

傳道人再也無法忍受。他抬起雙臂，用曾經命令過眾沙蟲馭者的聲音喝道：「安靜！」廣場上的人群在這句沙場口號中安靜了下來。

傳道人用瘦骨嶙峋的手指了指舞者。真神奇，他似乎能看到面前的景象。「你們聽到那個人了嗎？褻瀆者，偶像崇拜者！你們都是！摩阿迪巴的宗教並不是摩阿迪巴本人，他就像拋棄你們一樣拋棄了宗教！沙塵必掩埋這裡，沙塵必掩埋你們！」

說完，他放下雙臂，一隻手放在年輕領路人肩上，下令道：「帶我離開這裡。」

或許是因為傳道人的措辭：他就像拋棄你們一樣拋棄了宗教；或許是因為他的語氣顯然比普通人更加強烈，肯定受過貝尼．潔瑟睿德魅音的訓練，只用細微的音調變化就能指揮眾人；又或許只是這片土地本身的魔力——摩阿迪巴在此生活過、行走過也統治過。平臺上有人衝著傳道人遠去的背影放聲高呼，聲音因敬畏而顫抖，他說：「那是摩阿迪巴回到我們身邊了嗎？」

傳道人停住腳步，手伸進罩袍下方的口袋，掏出一件東西，只有離他最近的幾個人才能認出那是什麼。是一隻風乾的人手——偶爾能在沙漠中找到，像這顆行星在嘲笑人類的渺小。這種東西通常被視為沙胡羅的訊息。手縮成緊握的拳頭，被沙暴磨出斑斑白骨。

「我帶來了神之手，這就是我帶來的一切！」傳道人高聲說道，「我代表神之手講話。我是傳道人。」

有些人將他的話理解為那隻手屬於摩阿迪巴，但其他人的注意力都放在他那居高臨下的姿態和可怕的聲音上。從此之後，厄拉科斯開始流傳他的名字，但這並不是人們最後一次聽到他的聲音。

9

我親愛的朋友，所有人都知道，美藍極帶來的體驗無比珍貴。或許真是這樣，然而，我仍然有深切的疑慮。每次服用美藍極都會獲益？我認為，某些人違逆神旨，玷汙了美藍極。用所有人類的話來說，這冒犯了靈魂。他們對香料只知一二，便自以為獲得了恩典。他們嘲笑同胞，深深傷害了真正的信仰，並惡意扭曲了香料這份厚禮的真意，造成的損害是人力無法彌補的。要想真正與香料合而為一，同時心靈不受腐蝕，必須言行一致。如果你的行為引發了一系列邪惡的後果，他人只能根據這些後果來評判你，而不是根據你的解釋。因此，我們應該評判摩阿迪巴。

——《異端之研究》

• • •

這是間小屋子，帶著些許臭氧味，燈球發出暗淡的光線，在地上投下一片灰色陰影。牆上裝著一面傳輸眼監視器，發出金屬藍色光澤。螢幕寬約一公尺，高度大約只有三分之二公尺。畫面是一座貧瘠多石的遙遠山谷，兩隻拉扎虎正在享用剛捕獲的血淋淋獵物。老虎上方的山脊上，可以看到一名穿著薩督卡制服的瘦子，衣領上別著萊文布雷徹的徽章，胸前掛著遙控器。

螢幕前有一把懸浮椅，椅子上坐著一個年紀不明的金髮女子。她長著一張鵝蛋臉，看著螢幕時，纖細的雙手緊緊抓著扶手。鑲著金邊的白袍罩住全身，隱藏了她的曲線。她右方一步外站著一名矮壯男子，身穿傳統皇家薩督卡軍團金色及紅銅色相間的霸夏軍服，灰髮理成小平頭，下方是一張毫無表情的正方形臉。

女人咳嗽一聲，道：「正如你的預料，泰卡尼克。」

「確實如此，公主。」霸夏用嘶啞的嗓音回答道。

她為他的緊張笑了笑，接著問道：「告訴我，泰卡尼克，我兒子會喜歡法拉肯一世皇帝這個稱號嗎？」

「這個尊號很合適，公主。」

「我問的不是這個。」

「他可能不會同意取得那個，嗯，稱號所採取的某些做法。」

「又是這句話……」她轉過身，在暗處看著他，「以前你效忠我父親，他的皇位被亞崔迪氏族奪走，那不是你的錯。但是當然，你和其他人一樣，都能強烈感受到失去這一切所帶來的痛——」

「溫西希婭公主要指派我什麼特別的任務嗎？」泰卡尼克問道，嗓音一如既往的嘶啞，現在又多了一層渴望。

「你有打斷我說話的壞習慣。」她說道。

他笑了，露出牙齒，在螢幕的照射下閃閃發光。「您不時令我想起您父親。」他說道，「在指派棘手的……嗯，任務時，總是這麼宛轉。」

她的目光從他身上移開，回到螢幕上，以掩飾她的惱怒。她問道：「你真的認為那些拉扎虎能將我的兒子推上皇位？」

「完全可能，公主。您得承認，對於那兩頭虎來說，保羅．亞崔迪的雜種不過是可口的佳餚。等那對雙胞胎死了之後……」他聳了聳肩。

「沙德姆四世之孫將成為合法繼承人。」她說道，「但還必須取決於我們是否能取得弗瑞曼人、蘭茲拉德和鉅貿聯會的支持，更不用說亞崔迪氏族的任何倖存者都會——」

「賈維德向我保證，他的人能輕易對付厄莉婭。在我看來，潔西嘉女士不能算作亞崔迪家的人。剩下的還有誰？」

「蘭茲拉德和鉅貿聯會不過是逐利之輩，」她說道，「但是怎麼對付弗瑞曼人？」

「我們會用摩阿迪巴的宗教淹沒他們！」

「說比做容易，我親愛的泰卡尼克！」

「我懂，」他說道，「我們又回到老問題了。」

「為了爭奪權力，柯瑞諾氏族幹過比這更殘酷的事。」她說。

「但要信奉……這個摩阿迪巴的宗教！」

「別忘了，我兒子尊重你。」她說。

「公主，我一直盼望柯瑞諾氏族重掌大權，薩魯撒的每個薩督卡都這麼想。但如果您……」

「泰卡尼克！這裡是薩魯撒‧塞康達斯。不要受帝國的懶散習氣影響。講全名、完整頭銜——講究每個細節，這樣才能將亞崔迪的血脈埋到厄拉科斯沙漠深處。每個細節，泰卡尼克！」

他知道她的招數。那是她從她姊姊伊若琅那裡學來的花招。但他覺得自己的立場很不利。

「你聽到了嗎，泰卡尼克？」

「聽到了，公主。」

「我要你改信摩阿迪巴的宗教。」她說道。

「公主，我會為您赴湯蹈火，但是——」

「這是命令，泰卡尼克！」

他嚥了口唾液，轉頭盯著螢幕看。拉扎虎已用完大餐，正躺在沙地上清理自己，伸出長長的舌頭舔洗爪子。

「這是命令，泰卡尼克——你明白嗎？」

「謹遵所命，公主。」語調一如往常。

「不要嘲弄我，泰卡尼克。我知道你不願這麼做。但如果你能帶頭——」

「您的兒子不會跟從的，公主。」

「他會的。」她指了指螢幕，「還有件事，我覺得那個萊文布雷徹可能會帶來麻煩。」

「麻煩？怎麼會？」

「有多少人知道老虎的事？」

「那個萊文布雷徹、老虎的馴獸師……一個運輸機駕駛員、您，當然還有……」他敲了敲自己的椅子。

「買家呢？」

「他們什麼也不知道。您擔心什麼，公主？」

「我兒子，怎麼說呢，他有點敏感。」

「薩督卡是不會洩漏祕密的。」他說道。

「死人也不會。」她的手向前伸，按下了螢幕下方的紅鍵。

拉扎虎立刻抬起頭，繃緊身體，盯著山上的萊文布雷徹。隨即，兩頭老虎不約而同轉過身，朝山脊奔去。

一開始，萊文布雷徹顯得很輕鬆，他在遙控器上按了一個鍵，但是兩隻大貓仍舊朝他狂奔而來。他開始慌亂，一次次重重按下那個鍵。隨後，他一臉恍然大悟，將手猛地伸向腰間的佩刀，但太遲了。一隻鋒利的爪子掃中他的胸膛，將他擊倒在地。當他倒下時，另一隻老虎用巨大的犬齒咬住他的脖子，使勁一甩，他的頸椎斷了。

「注意細節。」公主說道。她轉過身，看到泰卡尼克抽出了刀，不禁愣了一下。但是他將刀遞給了她，刀把朝前。

「或許您希望用我的刀來處理另一個細節。」他說道。

「把刀收回刀鞘，別像個傻瓜！」她怒喝道，「有時，泰卡尼克，你讓我——」

「那是很優秀的人，公主。我手下數一數二優秀的。」

「我手下數一數二優秀的。」她糾正他。

他深深地、顫抖著吸了一口氣，將刀收入鞘中：「您準備怎麼對付我的運輸機駕駛員？」

「一場意外。」她說道，「你要告誡他，將這對老虎運回我們這裡時要萬分小心。當然，等他把老虎交給星艦上賈維德的人之後……」她看了一眼他的刀。

「這是命令嗎，公主？」

「是的。」

「那麼我呢？應該自殺，還是由您親自處理，嗯，這個細節？」

她假裝平靜，語氣凝重地說：「泰卡尼克，如果我不是完全確信你會為我赴湯蹈火，你不可能帶著武器站在我的身旁。」

他嚥了口唾沫，看著螢幕。老虎再次張口大嚼。

她忍住了，沒有看螢幕，繼續盯著泰卡尼克道：「另外，你還得告訴買家，不要再給我們送來符合要求的雙胞胎孩子了。」

「遵命，公主。」

「不要用這種語氣和我說話，泰卡尼克。」

「是，公主。」

他的嘴唇抿成一條直線。她開口問道：「這樣的服裝，我們還有多少套？」

「六套，長袍、蒸餾服和沙地靴，上頭都繡有亞崔迪的家徽。」

「像那兩套一樣華麗？」她朝螢幕點了點頭。

「特為皇家而製，公主。」

「注意細節，」她說，「將這些服裝送到厄拉科斯，給我的皇室外甥作禮物。那是來自我兒子的禮物，你明白嗎，泰卡尼克？」

「完全明白，公主。」

「讓他起草一封適當的短信。上面應該說，他以這些薄禮宣示向亞崔迪氏族的忠誠。諸如此類的話。」

「在什麼時機？」

「總有生日或聖日，或什麼特殊的日子，泰卡尼克。我交給你處理。我相信你，我的朋友。」

他默默看著她。

她的臉沉了下來：「你知道我相信你，對吧？我夫婿死後，我還能相信誰？」

他聳了聳肩膀，想像著她和蜘蛛有多麼相像。和她過分親近並無好處，他現在懷疑，他的萊文布雷徹就是和她走得太近了。

「泰卡尼克，」她說道，「還有一個細節。」

「是，公主。」

「我的兒子正在接受治國的訓練，總有一天他必須將寶劍抓在自己手中。你應該知道那個時刻何時會來，到時候，我要你立即通知我。」

「遵命，公主。」

她向後一靠，眼光彷彿可以看穿他：「你不同意我的做法，我知道。但我不在乎，只要你能記住那個萊文布雷徹的教訓就好。」

「他擅長訓練動物，但可以捨棄。我記住了，公主。」

「我不是這個意思！」

「不是嗎？那麼……我不明白。」

「軍隊，」她說道，「是由可以捨棄、可以替換的人組成的。這才是我們應該從萊文布雷徹身上學到的教訓。」

「可替換的，」他說道，「包括最高統帥？」

「沒有最高統帥，軍隊就沒有理由存在了，泰卡尼克。正是這個原因，你才要馬上信奉摩阿迪巴的宗教，同時開始改變我兒子的信仰。」

「我立即著手，公主。我猜您不會要我為此而縮減他的武術課程？」

她從椅子裡站起身，繞著他走了一圈，在門口停了一下，沒有回頭，直接說道：「總有一天，你會知道我忍耐的限度，泰卡尼克。」說完，她走了出去。

10

我們要麼摒棄長久推崇的相對論，要麼不再相信我們能不斷精確預測未來。事實上，洞悉未來會引發一系列在傳統假設下無法回答的問題，除非首先將觀察者投射到時間之外，再使所有運動都變得無效。如果你接受相對論，就意味著接受時間和觀察者之間是相對靜止的，否則便會出現偏差。這就無異於聲稱無人能夠精確預測未來。但是，我們怎麼解釋地位崇高的科學家不斷追尋這個虛無的目標呢？還有，我們又怎麼解釋摩阿迪巴呢？

——哈克・阿拉達，有關預知的演講

・・・

「我必須告訴妳一些事，」潔西嘉說道，「儘管我的話會激起很多我們共有的回憶，而且會置妳於險境。」

她停下來，看看珈尼瑪的反應。

兩人坐在泰布穴地一間石室內的軟墊上，不受外人打擾。掌控這次會面需要相當的技巧，而且潔西嘉不確定是否只有自己在掌控。珈尼瑪似乎能預見並推動每一步。

夜幕已降下快兩小時了，見面時相認的激動已退去。潔西嘉勉力緩和心跳，將心緒拉回這個掛著深色幔帳、放置著黃色坐墊的岩室。為了應付不斷累積的緊張，她發現自己多年來首次默唸制驚禱文：

「我絕不能害怕。恐懼會扼殺心智。恐懼是小號的死神，會徹底摧毀一個人。我要面對恐懼，讓恐懼掠過我，穿過我。當這一切過去，我將睜開靈眼，凝視恐懼走過之路。恐懼消逝後，不留一物。唯我獨存。」

她默默背誦完畢，平靜地做了個深呼吸。

「有時會起點作用。」珈尼瑪說道，「我是說禱文。」

潔西嘉閉上眼睛，想掩飾心頭的震撼。很久沒人能這麼深入她內心了。這令人不安，尤其引發這一切的人還隱藏在孩子的面具後方。

然而，潔西嘉還是壓下恐懼，睜開了眼睛，找到內心騷動的源頭：我害怕自己的孫兒。兩個孩子還沒有像厄莉婭那樣顯示出妖煞的特性。不過，雷托似乎有意隱瞞什麼。正是如此，她才使巧計將他排除在這次會面之外。

潔西嘉一陣衝動，放棄了自己一貫的不動聲色。她知道，偽裝在這裡派不上什麼用場，只會妨礙溝通。自從與公爵的柔情時刻逝去之後，她就不曾拿下情緒的面具。她發現卸下面具對她既是種解脫，也帶來痛苦。面具後方是任何詛咒、祈禱或經文都無法洗去的事實，星際旅行也無法拋在身後。保羅的預象已經過重組，時間也纏上了他的孩子。雙胞胎就正如虛空中的磁鐵，吸引了一切邪惡，以及對權力可悲的濫用。

珈尼瑪看著祖母的表情，為潔西嘉放棄自制感到驚訝。

就在那一刻，她們頭部動作出奇地一致——同時轉過頭，目光相對，互相凝視，探究對方的內心。無需語言，兩人靈犀相通。

潔西嘉：我希望妳看到我的恐懼。

珈尼瑪：現在我知道妳是愛我的。

這是全然信任的時刻。

潔西嘉說道：「妳父親還是孩子時，我把一位聖母帶到卡樂丹去考驗他。」

珈尼瑪點點頭。那一刻的記憶是那麼栩栩如生。

「那時候，我們貝尼·潔瑟睿德已經十分注意這個問題了。我們養育的孩子應該是真正的人，而不是無法控制的動物。究竟是人還是動物，這種事不能光從外表判斷。」

「妳們接受的就是這種訓練。」珈尼瑪說道。記憶湧入她的腦海：那個年邁的貝尼·潔瑟睿德，凱亞斯·海倫·莫哈亞，帶著淬毒的戈姆刺和灼痛之盒來到卡樂丹城堡。保羅的手（在共享的記憶中，是珈尼瑪自己的手）在盒子裡承受劇痛，老婦人卻平靜地說，他一將手從痛苦中抽出，就會立刻死去。頂在男孩脖子旁的毒針不會給他任何生還的機會，而那蒼老的聲音嗡嗡解釋著原理：

「你聽過吧，動物為了掙脫捕獸夾，會咬斷一條腿。那是野獸的伎倆，人則會待在陷阱裡，忍痛，裝死，這樣才有可能殺死設下陷阱的人，免得自己的同類受他危害。」

珈尼瑪為記憶中的痛苦搖了搖頭。那種燒灼！那種燒灼！當時，保羅覺得盒子裡的手痛苦不堪，皮膚都捲了起來，肌肉變得酥脆，一塊塊剝落，只剩下燒焦的骨頭。而這一切只是騙局——手並沒有受傷。然而，受到記憶的影響，珈尼瑪的前額上還是冒出了汗珠。

「妳顯然以一種我辦不到的方式記住了那一刻。」潔西嘉說道。

瞬間，在記憶的帶領下，珈尼瑪看到了祖母的另一面：她早年在貝尼·潔瑟睿德學校受訓，心理已受過制約，那會驅使她做出什麼事？這個問題勾起了新的疑問：潔西嘉為何回到厄拉科斯？

「在妳和妳哥哥身上重複這項考驗未免太過愚蠢，」潔西嘉說道，「妳已然知道試驗的原理。我只好假定你們是真正的人，不會濫用你們繼承的能力。」

「但妳其實並不相信。」珈尼瑪說道。

潔西嘉眨了眨眼睛，明白兩人間又悄悄出現了隔閡。她問道：「妳相信我對妳的愛嗎？」

「相信。」沒等潔西嘉說話，珈尼瑪抬起手，「但愛無法阻止妳毀滅我們。哦，我知道背後的理由：『最好讓獸人死去，不要讓獸人重新創造自己。』尤其這獸人帶有亞崔迪的血統時。」

「至少妳是真正的人，」潔西嘉脫口而出，「我相信我的直覺。」

珈尼瑪看到了她的真誠，於是說道：「但妳對雷托沒有把握。」

「沒有。」

「妖煞？」

潔西嘉只得點了點頭。

珈尼瑪說道：「至少現在還不是。我們都知道其中的危險。我們都看到了厄莉婭體內的妖煞是如何在作祟。」

潔西嘉雙手捂住眼睛，在可憎的事實面前，即便愛也無法保護我們。她知道自己仍然愛著女兒，並為命運默默哭泣：厄莉婭！哦，厄莉婭！我很抱歉妳的毀滅我也有一份。

珈尼瑪清了清嗓子。

潔西嘉放下雙手，心想我可以為我可憐的女兒悲傷，但現在還有其他事需要處理。她說：「那麼，妳已經看到厄莉婭身上發生的事。」

「雷托和我都親眼看到了。我們沒有能力阻止，儘管我們討論了各種方法。」

「妳確信你哥哥沒有受到這個詛咒？」

「我確信。」

話中的信心明確無疑，潔西嘉發現自己接受了她的保證，隨即問道：「妳們是怎麼逃脫的？」

珈尼瑪解釋了她和雷托的推測，即兩人一直避開香料引發的入定，而厄莉婭卻經常這樣做。接著，她向潔西嘉透露了雷托的夢和兩人談論過的計畫，甚至還提到迦庫魯圖。

潔西嘉點點頭：「但厄莉婭是亞崔迪家的人，那會是很大的問題。」

珈尼瑪陷入沉默。她意識到潔西嘉仍舊懷念她的公爵，彷彿他昨天才剛離世，而她會確保他的名譽和記憶不受任何玷汙。公爵生前的記憶在珈尼瑪的意識中浮現，讓她更確信自己的判斷。她因理解而心下一軟。

「對了，」潔西嘉用輕快的語氣說，「那個傳道人是怎麼回事？昨天那個要命的潔淨儀式之後，我收到不少有關他的報告，令人不安。」

珈尼瑪聳聳肩：「他可能是——」

「保羅？」

「是的，但我們還無法驗證。」

「賈維德對這個謠言嗤之以鼻。」潔西嘉說道。

珈尼瑪猶豫了一下，說道：「妳信任賈維德嗎？」

潔西嘉的嘴角浮出一絲冷笑：「不會比妳更信任。」

「雷托說賈維德總是在不該笑的時候發笑。」珈尼瑪說道。

「別談賈維德的笑容了。」潔西嘉說道，「妳真的相信我兒子還活著，易容之後又回到這裡？」

「我們認為有這種可能。雷托……」突然間，珈尼瑪覺得自己的嘴巴好乾，記憶中的恐懼讓她胸口一緊。她強壓下恐懼，描述雷托做過的預知夢。

潔西嘉的頭左右搖動，彷彿受了傷。

珈尼瑪說道：「雷托說他必須找到這個傳道人，確定一下。」

「是的……當然。當初我真不該離開這裡。我太懦弱了。」

「妳為什麼責備自己呢？妳已經盡了全力。我知道，雷托也知道。甚至厄莉婭也知道。」

潔西嘉一隻手放在脖子上，輕輕拍了拍，說道：「是的，還有厄莉婭的問題。」

「她對雷托有某種特異的吸引力，」珈尼瑪說道，「這也是我要單獨和妳會面的原因。他也認為厄莉婭已經沒有希望，但還是想方設法和她在一起……研究她。這……這非常令人擔憂。每當我想要說服他別這麼做時，他總是馬上睡著。他……」

「她給他下藥了？」

「沒有，」珈尼瑪搖了搖頭，「他只是對她有某種古怪的憐憫。還有……在夢中，他總是喃喃唸著迦庫魯圖。」

「又是迦庫魯圖！」潔西嘉轉述了葛尼的報告——關於那些在登陸區露出馬腳的陰謀者。

「有時我懷疑厄莉婭想讓雷托去搜尋迦庫魯圖。」珈尼瑪說道，「妳知道，我一直認為那只是傳說。」

潔西嘉的身體一震：「可怕，太可怕了。」

「我們該怎麼做？」珈尼瑪問道，「我不敢搜尋我的所有記憶，我內在所有的生命——」

「珈尼瑪！我警告妳不能那麼做。妳千萬不能冒險……」

「即使我不冒險，仍有可能發生。我們並不知道厄莉婭身上到底發生了什麼事。」

「不！妳不會被……被附身的。」她咬牙說出了這個詞，「好吧……迦庫魯圖，是嗎？我已經派葛尼去查這個地方——如果真有這個地方的話。」

「但他要怎麼……哦！當然，利用走私販。」

潔西嘉一言不發。這句話再次證明了珈尼瑪的心智如何與她體內其他的生命意識共同運作。我的意識！這真是太奇怪了，潔西嘉想道，這具幼小的肉軀能承載保羅所有的記憶，至少是保羅與他的過去決裂之前的記憶。這是在侵犯隱私，而潔西嘉的直覺是排斥。貝尼．潔瑟睿德早有判斷，而且堅定不移：妖煞！現在，潔西嘉發現自己漸漸認同這個判斷。但是，這孩子身上有某種美好，願意為她的哥哥犧牲，這一點無可否認。

我們是同一生命，一起走向黑暗的未來。潔西嘉想，我們身上流著相同的血。她下定決心，一定要進行她和葛尼．哈萊克預先訂好的計畫。雷托必須與妹妹分開，必須按女修會的要求接受訓練。

11

我聽到風越過沙漠，我看到冬夜的月亮如巨船升上虛空。我對風及月起誓：我將堅定心志，統治有方。我將協調我所繼承的過去，成為承載記憶的完美倉庫。我將以仁慈而不是學識聞名。只要人類存在，我的臉將始終在時間的長廊內發出亮光。

——雷托的誓言，哈克．阿拉達引述

．．．

早在年幼時，厄莉婭．亞崔迪就已花費無數時間在普拉那－並度訓練上，希望能強化她的自我人格，以對抗體內其他記憶的襲擊。她知道問題所在——只要身在穴地，就無法擺脫美藍極的影響。美藍極無孔不入：食物、水、空氣，甚至她夜晚依偎著哭泣的布料。她很早就意識到穴地狂歡的作用，那時部落的人會喝下沙蟲的生命之水。在狂歡中，弗瑞曼人得以釋放他們基因記憶庫中累積的壓力，否認這些記憶。她看到同伴在狂歡中短暫被附身。

但對她來說，這種解脫、否認都不存在。在出生前很久，她就有了完整的意識，周圍發生的一切如洪水般湧入，而她被封在子宮裡，只能與所有祖先相連，而穴地的亡者也藉由香料引發的精神合一進入潔西嘉女士的意識中。在厄莉婭出生之前，她已經掌握了貝尼．潔瑟睿德聖母所需的一切知識，以及許許多多他人的記憶。

伴隨這些知識而來的，是可怕的現實——妖煞。如此龐大的知識壓垮了她。她出生前便有了記憶，無法逃脫。但厄莉婭還是努力對抗她那些更可怕的先祖。她一度取得代價慘重的勝利，熬過了童年。她有過真正的、不受侵擾的自我，但寄居在她體內的生命無時無刻不在隨意入侵，她永無寧日。

總有一天，我也會成為那樣的生命，她尋思。這個想法讓她不寒而慄：潛伏在自己後代的生命中，侵擾、抓取，企圖經由意識得到更多體驗。

恐懼在她的童年滋長，蔓延到青春期。她曾與恐懼鬥爭，但從未祈求別人的幫助。誰能理解她的祈求？她的母親不會，母親從來沒有擺脫對女兒的恐懼，這種恐懼來自貝尼．潔瑟睿德的判斷：出生之前就有記憶的人是妖煞。

在過去某個夜晚，她的兄長獨自一人走進沙漠，迎向死亡，將自己獻給沙胡羅。每個弗瑞曼盲人都應當這麼做。就在那個月，厄莉婭嫁給了保羅的劍術師父，鄧肯．艾德侯，一個由忒萊素人復活的晶算師。她母親隱居在卡樂丹，厄莉婭成了保羅雙胞胎的合法監護人。

也成了攝政女王。

責任帶來的壓力驅散了長久的恐懼，她向內在生命敞開胸懷，向他們徵求建議，在入定中尋找指引。危機發生在某個普通的春日，摩阿迪巴堡壘上空天氣晴朗，極地的寒風不時颳過。厄莉婭仍然穿著弔喪的黃衣，顏色如同乏味的太陽。過去幾個月，她越來越抗拒內在母親的聲音。在神殿舉行的聖日典禮即將到來，人們正在準備，而母親總是對此嗤之以鼻。

體內潔西嘉的意識不斷消退，消退……最終消退成沒有面目的命令，要求厄莉婭遵從亞崔迪的律法。新的生命開始大聲疾呼，要求出場。厄莉婭覺得自己開啟了無底深淵，各式面孔像一群蝗蟲從中湧出。最後，她開始留意一個野獸般的人：哈肯能家族的老男爵。魂飛魄散中，她放聲尖叫，用叫聲壓倒內心的呼喊，為自己贏得片刻安寧。

那個早晨，厄莉婭在堡壘的天臺花園作早餐前的散步。為了打贏內心這場戰役，她開始嘗試一種新方法，專注思索禪遜尼的告誡上：

離開梯子，或許會往上跌！

但大盾壁反射的清晨陽光不停干擾她。她的目光落在長滿花園小徑的絨草上，發現葉子上綴滿了夜晚水氣凝成的露珠，一顆顆彷彿在告訴她，擺在她面前的選擇何其繁多。多到令她眼花，每顆露珠都映著一張面孔，寄居在她體內的眾多面孔。

她想全神貫注在青草引發的聯想上。大量露水表明了厄拉科斯的生態改造進行得多麼深入。北緯地區日益溫暖，大氣中的二氧化碳濃度正在升高。她想到明年又該有多少公頃土地會覆上綠色，每公頃綠地都需要一千零三十六立方公尺的灌溉水。

儘管努力考慮這些實際事務，體內那些如鯊魚般圍著她的意識仍然揮之不去。

她將手放在前額，使勁按壓。

昨天落日時分，她的神殿侍衛帶來了一名人犯讓她審判：艾薩斯．培曼，表面上是個門客，向從事聖物和小飾物交易的小氏族內布拉斯效力，但其實是鉅貿聯會的密探，任務是估計每年的香料產量。在厄莉婭下令將他關入地牢時，他大聲抗議「亞崔迪氏族不公不義！」他本應立即吊死在三角架上，但他的膽大包天引起厄莉婭的注意。她在審判席上聲色俱厲，想從他嘴中挖出更多情報。

「為什麼鉅貿聯會對我們的香料產量這麼感興趣？」她逼問道，「告訴我們，說不定就可以放了你。」

「我只收集有市場價值的資訊，」培曼說道，「我不知道別人買了之後會拿去做什麼。」

「為了這點蠅頭小利，你就膽敢擾亂皇室的計畫？」厄莉婭喝道。

「皇室從來不考慮我們可能也有自己的計畫。」他反駁道。

厄莉婭被他豁出去的膽量所吸引，說道：「艾薩斯．培曼，你願意為我工作嗎？」

聽到這話後，他的黑臉上浮出一絲笑容，露出潔白的牙齒：「妳都差點要揮揮手處死我了。我怎麼突然變得這麼有價值，值得妳開價？」

「你有簡單實用的價值。」她說道，「你很勇敢，而且你總是挑選出價最高的雇主。我的出價會比帝國的任何人還高。」

他為他的服務開了個天價，厄莉婭一笑置之，給出她認為比較合理的價錢。當然，即使是這個價錢，也比他以往收到的出價高得多。她又補充道：「別忘了，我還送了你一條命。我想你會把這份禮物視為無價之寶。」

「成交！」培曼喊道。厄莉婭手一揮，讓負責祭司任免的茲亞仁庫．賈維德帶走他。

不到一小時，正當厄莉婭準備離開審判庭時，賈維德匆忙走了進來，報告說有人聽到培曼在背誦《奧蘭治合一聖書》上的經文，那是「Maleficos non patieris vivere」。

「汝等不該容忍女巫存活。」厄莉婭翻譯道。這就是他的答謝！他也是那些陰謀置她於死地的人！一陣前所未有的憤怒沖刷著她，她下令立即處死培曼，將他的屍體送入神殿的亡者蒸餾器。在那裡，至少他的水能對祭司團的水庫有些微貢獻。

那一晚，培曼的黑臉整晚糾纏著她。

她嘗試了所有手法，想驅逐這個不斷控訴她的影像。她背誦弗瑞曼《克里奧斯書》上的布吉語錄：「一切無事！一切無事！」但培曼纏著她不放，使她昏昏沉沉迎來了新的一天，並在如寶石般折射著陽光的露珠中又看到了他的臉。

一名女侍衛出現在低矮的含羞草叢後，在天臺門旁請她用早餐。厄莉婭嘆了口氣。她覺得在地獄與地獄之間其實沒什麼選擇。意識的呼喊和侍衛的呼喊——都是毫無意義的聲音，卻都堅持發出要求。她真想用刀鋒結束這些如沙漏般源源不絕的聲音。

厄莉婭沒有理睬侍衛，眺望著天臺花園外的大盾壁。絕壁下是一片山麓沖積扇，看上去像一把由岩屑形成的扇子，早晨的陽光勾勒出沙地三角洲的輪廓。她想，不明就裡的眼睛或許會將那面大扇子看成河水流過的證據，但其實那是她兄長用亞崔迪氏族的原子彈炸開了大盾壁，打開通向沙漠的缺口，讓他的弗瑞曼軍隊能騎著沙蟲，出其不意打敗沙德姆四世。現在，人們在大盾壁的另一面挖了一條寬闊的水渠，以此阻擋沙蟲入侵。沙蟲無法穿越水面，水會使牠中毒。

我的意識中也有這麼一道屏障嗎？她想。

這個想法讓更昏沉，更恍惚。

沙蟲！沙蟲！

她的記憶中浮現出沙蟲的一組畫面：強大的沙胡羅、弗瑞曼人的創造者、沙漠深處的致命動物，卻創造出眾多東西，包括無價的香料。她不禁想：多麼奇怪啊，平凡而強韌的沙鱒長成的龐然大物。沙鱒就像她意識中的眾人，一條條在行星的岩床上相接，形成有生命的蓄水池，攔住行星上的水，使沙蟲得以生存。厄莉婭感到她身上也存在著類似的關係：她意識中的其他人有一些正在攔住足以毀滅她的危險力量。

那侍衛又喊了起來，請她去用早餐，聲音中有一絲明顯的不耐。

厄莉婭轉過身，揮手讓她離開。

侍衛照辦，但離開時重重摔上了門。

摔門聲傳到厄莉婭耳裡，她覺得自己努力拒斥的一切終究還是擊中了她，體內的其他生命像巨浪般湧出，每個咄咄逼人的生命都把自己的臉推到她視野的中心位置——一大群臉。長著癬斑的臉、冷酷的臉、陰沉的臉。各式各樣的臉隨著浪濤沖向她，要求她一起墜落漂流。

「不，」她喃喃自語道，「不……不……不……」

她本該倒在小徑上，但身下的長椅接住她癱軟的身體。她想坐起來，卻發現辦不到，只得攤在冰冷的塑鋼椅上，嘴仍喃喃抵抗著。

內在的潮水繼續上升。

她感到自己能敏銳察覺最微小的跡象，她知道其中的風險，但仍留意體內每張大聲疾呼的嘴喊出的話。所有聲音都在要求她的注意：「我！我！」「不，是我！」但她知道，一旦她將注意力完全放到某個聲音上，她就會迷失自我。在眾多面孔之中盯著某一張，被他的聲音帶著走，意味著她將被這張面孔單獨控制。

「妳會這樣，是因為預知力。」一個聲音低聲說。

她雙手捂住耳朵，想：我不能預言未來！入定對我沒有用。

但那聲音堅持著：「妳可以的，只要妳得到幫助。」

「不……不。」她喃喃自語。

其他聲音在她意識內響起：「我，阿伽門農[2]，妳的祖先，命令妳聽從我的吩咐！」

「不……不。」她雙手使勁壓住耳朵，耳朵旁的肉都壓疼了。

一陣癲狂的笑聲在她耳內響起：「奧維德[3]死了之後變成什麼？簡單。約翰·巴特利特[4]的引用書目。」

2 阿伽門農：特洛伊戰爭中希臘軍隊的統帥。——譯注

3 奧維德：古羅馬時代的詩人，著有《變形記》。——譯注

4 約翰·巴特利特（1820-1905）：，美國出版商暨編輯，編撰了《常用引語》和《莎士比亞作品索引》。——譯注

這些名字對困境之中的她毫無意義。她想朝著他們及腦海中的其他聲音尖叫，卻無法發出自己的聲音。

剛才那名侍衛又被派回天臺。她站在含羞草叢後的門口，再次瞟了一眼，見厄莉婭躺在長椅上，便對她的同伴說道：「嗯，她在休息。妳知道她昨晚沒睡好，讓她再打個盹也好。」

但厄莉婭沒有聽到侍衛的聲音。一陣刺耳的歌聲吸引了她的注意：「我們是快活的鳥兒，啊哈！」聲音在她顱內迴蕩，她想著：我快瘋了。我快喪失神智了。

長椅上的雙腳微微動彈，想要逃跑。她覺得只要能控制自己的身體，她會立刻逃離。她必須逃走，以免意識內的潮流將她吞沒，永遠腐蝕她的靈魂，但她的身體卻不聽使喚。帝國內最強大的力量隨時聽命於她的一時興起，而此刻的她卻無法命令自己的身體。

一個聲音在體內笑道：「從某方面來說，孩子，每一次創造都代表一場災難。」嗓音低沉，朝她的眼睛隆隆作響。又是一陣笑聲，彷彿是對剛才那句話的嘲弄。「我親愛的孩子，我會幫助妳，但妳也得幫助我。」

厄莉婭牙齒打顫，對壓下所有吵鬧聲的低沉嗓音說：「是誰……誰……」

一張面孔在她意識中成形。一張嬰兒般笑咪咪的肥臉，但眼睛中卻閃爍著貪婪的眼神。她想抽回意識，但僅能做到離那張臉稍微遠一點，看到與臉相連的身體。那身體異常臃腫，裹在長袍中，長袍下端微微凸出，表示這團脂肪需要移動式懸浮器的支撐。

「看哪，」低沉的聲音說道，「我是妳的外祖父。妳認識我，我是弗拉迪米爾．哈肯能男爵。」

「你……你是死人！」她喘息道。

「當然，我親愛的！妳體內絕大多數人都是死人。但其他人不會來幫助妳，他們不了解妳。」

「走開，」她懇求道，「哦，請你離開。」

「可妳需要幫助呀，孩子。」男爵的聲音勸誘道。

他看上去是多麼厲害啊，她想，在緊閉的眼睛內看著男爵的形象。

「我願意幫助妳，」男爵花言巧語道，「而這裡的其他人只會搶著控制妳的全部意識，每一個人都想驅逐妳的意識，但是我……我只要求一個屬於自己的小角落。」

她體內的其他生命再次大聲喧嚷。潮水再次威脅要淹沒她，她聽到了母親的聲音在尖叫。厄莉婭想：她不是死人。

「閉嘴！」男爵命令道。

厄莉婭感到自己產生了一股強烈渴望，想強化那道命令。這份渴望流過她的整體意識。內在的平靜如同涼水般淌過全身，野馬狂奔般的心跳逐漸恢復正常。男爵的聲音又適時響起：「看到沒？我們兩人聯合起來，所向披靡。妳幫助我，我幫助妳。」

「你……你想要什麼？」她低聲道。

她眼簾內的肥臉露出沉思的表情。「嗯……我親愛的外孫女，」他說道，「我只要求一些小小的樂趣。讓我不時和妳的意識交流，不用讓其他人知道。讓我能體驗妳生活的一小部分，例如，當妳依偎在愛人的懷中時。我的要求很高嗎？」

「不……不高。」

「很好，很好。」男爵得意地笑道，「作為回報，我親愛的外孫女，我能在很多方面幫助妳。我可以向妳提出忠告，供妳諮詢。讓妳無論在體內還是體外都戰無不勝。妳將摧毀一切反對者。歷史會遺忘妳哥哥，記住妳的名字。未來是妳的。」

「你……不會讓……其他人控制我嗎？」

「他們無法抵擋我們！獨自一人，我們會被控制，但聯合起來，我們就能指揮他人。我會證明給妳看，瞧！」

男爵不再說話，在她體內存在的象徵——他的形象也消失了。接下來，沒有任何其他人的記憶、臉孔或聲音侵入她的意識。

厄莉婭悠悠吐出一大口氣。

伴隨著嘆息，一個想法冒了出來，強行進入她的意識，彷彿那是她自己的想法，但她能感受到背後另有一個沉默的聲音。

老男爵是邪惡的。他謀殺了妳父親，他還想殺了妳和保羅。他試過，只不過沒有成功。

男爵的聲音響了起來，臉卻沒有出現：「我當然想殺了妳。當時妳難道沒有擋住我的路？但是，那場爭執結束了。妳贏了，孩子！妳是新的真理。」

她感到自己不斷點頭，臉龐擦過長椅粗糙的表面。

他的話有道理，她想。貝尼．潔瑟睿德有句箴言：論辯的目的是為了改變真理的本質。這句箴言讓男爵的話顯得合情合理。

是的……貝尼．潔瑟睿德肯定會這麼想。

「沒錯！」男爵說道，「我死了，妳還活著。我只留下微弱的存在，我只是妳體內的記憶、妳的奴僕。我提供明智的建議，要求的回報是如此微薄。」

「你建議我現在該怎麼做？」她試探著問道。

「妳在懷疑昨晚的判斷，」他說道，「妳不知道有關培曼言行的報告是否屬實，或許賈維德覺得培曼威脅到自己的地位。不就是這個疑慮令妳寢食難安嗎？」

「是……是的。」

「而且，妳的疑慮是基於敏銳的觀察，不是嗎？賈維德一副和妳越來越親密的樣子，連鄧肯都察覺了，不是嗎？」

「這你是知道的。」

「很好，讓賈維德成為妳的情人。」

「不！」

「妳擔心鄧肯？妳丈夫是晶算師也是祕教徒，肉體的活動不會刺激或傷害到他。難道妳不覺得有時他很難以親近嗎？」

「但……但是他……」

「只要鄧肯知道妳採取的手段是為了摧毀賈維德，他晶算師的那部分會理解妳的。」

「摧毀……」

「當然！危險的工具雖然也可以用，但一變得太過危險，就應該拋棄。」

「那麼……我是說……為什麼……」

「啊哈，妳這個小傻瓜！這是很有價值的教訓。」

「我不明白。」

「有無價值，我親愛的孫女，取決於成果，以及這一成果對其他人的影響。賈維德必須無條件服從妳，將完全接受妳的指揮，他的——」

「但這種教訓是不道德的……」

「別傻了，孩子！道德必須基於實用，『凱撒的歸凱撒』什麼的。只有妳內心最深的欲望得到滿足，才稱得上真正的勝利。妳難道不欣賞賈維德的男人味嗎？」

厄莉婭嚥了口唾沫，雖然羞於承認，但在這個內在觀察者面前，她無所遁形，只得說道：「是……是。」

「好！」這聲音在她腦海中聽起來是多麼歡快啊，「現在我們開始相互理解了。妳先讓他感到無依無靠，然後，在妳的床上，讓他相信妳對他無法自拔，這時就可以問他有關培曼的事了。裝作是開玩笑，是兩人之間的情趣。當他承認欺騙妳之後，妳就在他的肋骨間插入晶刃匕。啊哈，流淌的鮮血會令妳心滿——」

「不，」她喃喃道，嘴巴因恐懼而發乾，「不……不……不……」

「那麼，就讓我替妳做吧。」男爵堅持道，「妳也承認這是必須的。妳只需要做好準備，我會暫時取代……」

「不！」

「妳的恐懼是如此明顯，孩子。我只是暫時取代妳的意識。許多人都可以完美無瑕地模仿妳……但妳知道的，如果是我，噢，人們能立即看出我的存在。妳知道弗瑞曼律法如何對付被附身的人，妳會被立即處死。是的——即便是妳，也同樣會被立即處死，而妳也知道，我不希望發生這樣的事。我會幫妳對付賈維德，一成功，我馬上退開。妳只需要——」

「這算什麼好建議？」

「因為能幫妳除去危險的工具。還有，孩子，我們之間將建立起合作關係，這種關係可以教妳如何判斷未來，而那——」

「教我？」

「當然！」

厄莉婭雙手捂住眼睛，想認真思考。但她知道，任何念頭都可能被她體內的這個存在察覺，而且，可能就是那個存在先想出來的，卻被她當成自己的。

「妳沒必要這麼憂慮，」男爵勸誘著道，「培曼這傢伙，是——」

「我錯了！我累了，決定得太倉促。我本該先確認……」

「妳做得對！妳的判斷不該基於亞崔迪氏族那種愚蠢的抽象信念，什麼公正，公正才是妳失眠的原因，而不是培曼的死亡。妳作出了正確的決定！他也是危險的工具。妳是為了保持社會穩定才這麼做——這才是明智的決斷，關於公正什麼的，都是胡扯。世上哪有什麼公正？試圖實現虛假的公正只會引起社會動盪。」

聽了他對她的辯護之後，厄莉婭感到一絲欣喜，但這番說辭罔顧道德，仍令她如受雷擊。「公正是亞崔迪氏族……是……」她的雙手從眼睛上放下，但雙眼依然緊閉。

「妳所作出的一切宗教裁決，都應該記取這次的錯誤。」男爵道，「任何決定都只能從一個點出發：對維護社會秩序是否有利。無數文明都想要建立在公正的基礎上，愚不可及，那摧毀了更重要的自然階層。任何個體的價值都應該依他與整個社會的關係而定。社會如果沒有明確的階層，就沒有人可以在其中找到自己的位置——不管位置是高是低。來吧，來吧，孫女！妳必須成為人民的嚴母，妳的任務就是維持秩序。」

「但保羅所做的一切都是為了……」

「妳哥哥死了，他失敗了！」

「你也是！」

「沒錯……但對我來說，這只是計畫之外的一場意外。來吧，來對付這個賈維德，用我告訴妳的方法。」

這個想法讓她身體一熱。她快速說道：「我會考慮的。」她想：其實，只要讓賈維德安分下來就行。

不必為此殺了他。而且，那個傻瓜可能會情不自禁……在我床上。

「您在和誰說話，夫人？」一個聲音問道。

在那一刻，厄莉婭慌亂了起來，以為這是體內喧囂生命的又一次入侵。但她認出了這個聲音。她睜開雙眼，姿亞蓮卡．華利弗，厄莉婭女子侍衛隊的隊長，站在長椅旁，那張粗糙的弗瑞曼臉上神情憂慮。

「我在和我內仕的聲音說話。」厄莉婭說道，在長椅上坐直身體。她感到通體舒暢，惱人的體內喧囂消失後，她心神舒暢。

「您內在的聲音，夫人。是的。」她的回答使姿亞蓮卡的雙眼閃閃發光。人人都知道厄莉婭能利用其他人沒有的體內資源。

「把賈維德帶去我的住處，」厄莉婭說道，「我要和他談談。」

「您的住處，夫人？」

「是的！我的私人房間。」

「遵命。」侍衛服從了命令。

「等等，」厄莉婭說道，「艾德侯大師去泰布穴地了嗎？」

「是的，夫人。他按您的吩咐，天沒亮就出發了。妳想讓我去……」

「不用，我自己處理。還有，姿亞，不要讓任何人知道賈維德被帶到我的房間。妳親自去，這件事非常重要。」

侍衛摸了摸腰間的晶刃匕：「夫人，是不是有威脅到——」

「是的，有威脅，賈維德是關鍵人物。」

「哦，夫人，或許我不應該帶他……」

「姿亞！妳認為我對付不了他嗎？」

侍衛露出殘酷的笑容：「原諒我，夫人。我馬上帶他去您的私人房間，但是……如果夫人允許，我會在門口安排幾個侍衛。」

「妳就夠了。」厄莉婭道。

「是，夫人。我馬上去辦。」

厄莉婭點點頭，看著姿亞遠去。看來她的侍衛不喜歡賈維德，這是他的另一個不利的之處。但他仍然有價值——非常有價值。他是打開迦庫魯圖的鑰匙，有了那地方……

「或許你是對的，男爵。」她低語道。

「妳明白了！」她體內的聲音得意地笑道，「啊哈，為妳效勞很愉快，孩子，這只是開始……」

12

以下是通俗史學的幻想，任何成功的宗教都必須鼓吹：惡有惡報、勇者才能奪得美人心、誠實乃上策、事實勝於雄辯、邪不勝正、為善自得其樂、壞人會改邪歸正、宗教護符能祛除惡靈附身、只有女人才懂得古老的神祕事物、富人注定不幸福……

——《護使團教導手冊》

• • •

「我叫穆里茨。」一名乾瘦的弗瑞曼人說道。

他坐在山洞內的岩石上，洞內點著一盞香料燈，躍動的燈光照亮了潮濕的洞壁，從這裡延伸出去的幾條通道消失在黑暗之中，其中一條傳來滴答的水聲。對於弗瑞曼人來說，水意味著天堂，但是，穆里茨對面那六個被縛的人並不希望聽到這規律的滴答聲。石室通道深處的亡者蒸餾器散發一股腐臭味。

一名年紀約十四個標準年的少年從通道中走了出來，站在穆里茨左側。在香料燈的照耀下，一把出鞘的晶刃匕反射著朦朧的黃光。少年舉起刀，朝每個被縛的人比了比。

穆里茨指著少年道：「這是我兒子，阿桑．塔里格，快要接受成人考驗了。」

穆里茨清了清喉嚨，依次看向六名俘虜。他們坐在他對面，形成鬆散的半圓，兩腿被香料纖維繩緊緊捆住，雙手反綁，繩子在脖子上打成死結，脖頸處的蒸餾服被割開。

被縛的人毫不畏懼地看著穆里茨。其中兩人穿著寬鬆的異星服飾，表明他們是厄拉欽恩的富裕市民，皮膚比同伴光滑得多，膚色也淺些。他們的同伴則外表乾枯，骨架突出，一望而知出生於沙漠。

穆里茨的長相很像沙漠原住民，但雙眼凹陷得更深，在香料燈的照射下也沒有絲毫反光。他的兒子就像他未成年的翻版，一張扁平的臉上掩飾不住內心的風暴。

「我們這些流亡者有特殊的成人考驗。」穆里茨說道，「總有一天，我的兒子會成為舒洛克的裁決者，我們必須知道他能否善盡職責。我們的裁決者不能忘記迦庫魯圖和我們的絕望日。克拉里茲克——狂暴的颱風，在我們的心中翻湧。」他用單調的誦經語調說完了這番話。

坐在穆里茨對面的一個城市人動了動：「你不能這樣威脅我們、綁架我們。我們安安靜靜來到這裡，是為了烏瑪。」

穆里茨點了點頭：「為了尋找個人的宗教覺醒，對嗎？好，你會如願以償。」

城裡人說道：「如果我們——」

他身旁一個膚色黝黑的弗瑞曼人打斷他：「安靜，傻瓜！這些人是盜水者，是我們以為已經被徹底消滅的人。」

「那不過是傳說。」城裡人說道。

「迦庫魯圖不只是傳說，」穆里茨說。他再次指了指他的兒子，「我已經向你們介紹了阿桑·塔里格。我是這地方的阿理伐，你們唯一的裁決者。我的兒子也將接受訓練，成為發現魔鬼的人。傳統的做法總是最好的做法。」

「這正是我們來到沙漠深處的原因，」城裡人抗議道，「我們選擇了傳統的做法，在沙漠中——」

「帶著雇來的領路人，」穆里茨指指深膚色的俘虜，「你以為通向天堂的道路可以用買的？」穆里茨抬頭看著他兒子，「阿桑，你準備好了嗎？」

「我常常想著很久以前的那個夜晚，他們闖入我們這裡，殺死我們的人。」阿桑說，語氣透著緊張，「他們欠我們水。」

「你父親將其中六人交給你了，」穆里茨說道，「他們的水是我們的。他們的影子是你的，他們的影子將成為你的守護者，讓你提防魔鬼。他們將為你效力，直到你進入形象界。你打算怎麼做，我的兒子？」

「我感謝父親。」阿桑說道，向前邁了一小步，「我接受流亡者的成人考驗。這是我們的水。」

說完，這個少年走向俘虜。從最左邊開始，他一一抓住俘虜的頭髮，將晶刃匕從下頷向上插進大腦。他手法熟練，不多浪費一滴血。只有一個城裡人在少年抓住他頭髮時抵抗，大聲號啕。其他人都按照傳統方式朝阿桑．塔里格吐口水，說：「看，當我的水被動物取走時，我毫不珍惜！」

殺戮結束後，穆里茨拍了拍手，僕人走上前來清理屍體。「現在你是成年人了，」穆里茨說道，「敵人的水只配餵給奴隸。至於你，我的兒子……」

阿桑．塔里格緊張地朝父親看了一眼，繃得死緊的嘴唇一撇，勉強露出一絲笑容。

「不能讓傳道人知道這件事。」穆里茨說道。

「我知道，父親。」

「你做得很好，」穆里茨說道，「闖入舒洛克的人必須死。」

「是，父親。」

「從此之後你可以擔負重任了，」穆里茨說道，「我為你驕傲。」

13

世故的人可以反璞歸真。這其實是指他的生活方式變了。過去的價值觀改變了，開始與大地上的萬物相連。這種新的生存方式能出現，是因為他理解了世界多元、環環相扣的諸般事件，而那名為自然，是因為他尊重自然這一系統內部的力量。有了這種理解和尊重，就是所謂的「反璞歸真」。反之亦然：純樸的人也可以世故，但此一轉變必將傷害他的心靈。

——哈克・阿拉達《雷托傳》

• • •

「我們要怎麼確定？」珈尼瑪問道，「這樣做非常危險。」

「我們以前也試過。」雷托爭辯道。

「這次可能會不一樣。如果——」

「我們面前只有這條路。」雷托說道，「妳也同意我們不能走香料那條路。」

珈尼瑪嘆了口氣。她不喜歡這種唇槍舌劍，但她知道兄長是逼不得已，也知道自己為什麼憂心忡忡。只需看看厄莉婭，就能體會內在世界是多麼凶險。

「怎麼了？」雷托問道。

她又嘆了口氣。

兩人在屬於自己的祕密基地盤腿而坐，這是一道岩縫，從山洞通向斷崖。她的父母過去常常坐在那座斷崖上，看著太陽普照沙漠。現在已是晚餐結束後兩個小時，也是這對雙胞胎進行訓練的時間。在身體和心智之間，兩人選擇了鍛鍊心智。

「如果妳不肯幫忙，我就一個人試。」雷托說道。

珈尼瑪的目光從他身上移開，看著封閉這道岩縫的黑色密封門。雷托仍然眺望著大平漠。這段時間以來，兩人常用一種古老的語言交流，語言的名字已經湮沒了。古老的語言能讓兩人的思想不外洩，外人無從刺探，連厄莉婭也不行。厄莉婭擺脫了混亂不休的內在世界後，就與意識中的其他記憶切斷了聯繫，最多只能聽到隻字片語。

雷托深吸一口氣，聞到獨特的弗瑞曼穴地氣味，這種氣味在無風的石室中經久不散。這裡聽不到穴地內部隱約的喧鬧，也感覺不到潮濕和悶熱，對兩人來說都是解脫。

「我同意我們需要他的指引，」珈尼瑪說道，「但如果我們……」

「珈尼！我們需要的不僅僅是指引，我們需要保護。」

「或許根本沒有所謂的保護。」她盯著兄長，直視他的目光，像伺機而動的掠食動物。他的眼神證明了他溫和的外表只是假象。

「我們不能被附身。」雷托說道。他使用了那種古語中的特殊不定詞，語氣和語調相當平和，但富含言外之意。

珈尼瑪準確聽出他的本意。

「Mohw'pwium d'mi hish pash moh'm ka」，她吟誦道。抓住了我的靈魂，就抓住了一千個靈魂。

「比這還要多。」他反駁道。

「明知風險，你仍堅持。」她使用的是陳述句，而非疑問句。

「Wabun'k wabunat!」他說道。起身，汝等起身！

他感覺自己的選擇勢在必行，最好主動踏出第一步。兩人必須將過去綁上此時此刻，然後伸向未來。

「Muriyat」，她低聲讓步道。必須帶著溫情來做。

「當然。」他揮了揮手，表示完全同意，「那麼，我們將像我們的父母那樣，請求指引。」

珈尼瑪一言不發，喉嚨裡像是哽了什麼東西，下意識望向南方一望無際的流沙漠。殘陽下，沙丘上一片淺灰色的圖案。兩人的父親就是朝那個方向最後一次走進沙漠。

雷托看著斷崖下方的穴地綠洲。一切都朦朦朧朧，但他知道綠洲的形狀和顏色：紅銅色、金色、紅色、黃色、鐵銹色和赤褐色的花叢一直生長到岩石旁，這片水渠灌溉出來的植栽，便由岩石圍住。岩石外側，一片厄拉欽恩本地植物因這些外來的植物和太多的水而全數死亡，正發出惡臭，並成為阻擋沙漠入侵的屏障。

珈尼瑪說道：「我準備好了，我們開始吧。」

「好的，別管那麼多了！」他伸出手，抓住她的手臂說道，「珈尼，唱那首歌吧，那會讓我放鬆。」

珈尼瑪靠向他，左臂摟住他的腰，深深吸了兩口氣，清了清嗓子，開始平靜地唱起她母親經常為父親唱的那首歌：

我將此贖回你所賭的誓言；
我向你拋灑甘甜之泉。
生命將在這個無風之地茁壯。

吾愛，你必將活在宮殿，
敵人必墜入虛空。
我們一起走過這條路，
愛已經為你指明天邊。
我會引領你走上那條路，
我的愛就是你的宮殿……

她的聲音飄盪在寧靜的沙漠上。雷托感到自己不斷下沉、下沉——變成了他的父親，父親的記憶如同毯子一樣鋪展開來。

在這短暫的時空，我必須成為保羅，他告訴自己說，我身旁不是珈尼瑪，而是我深愛的荃妮，她明智的勸告多次拯救了我們。

而珈尼瑪，則滑入她母親的個人記憶中，一如她原先的預料，輕而易舉的程度令人畏懼。女性要做到這一點更加容易——也更加危險。

珈尼瑪以突然變得沙啞的嗓音說道：「看，親愛的！」一號月亮已經升起，冷光照耀下，兩人看到一條橙色火弧升入天空。載著潔西嘉女士來此的星艦正載滿香料，返回軌道上的基地。

就在這時，一陣最深刻的記憶擊中了雷托，如同嘹亮的鐘聲般在他腦海內迴響。在這瞬間，他變成了另一個雷托——潔西嘉的公爵。他強迫自己拋開這些回憶，但已然感受到針扎般的愛和痛。

我必須成為保羅，他告誡自己。

令人驚恐的雙身性出現了。雷托覺得自己成了一面黑色螢幕，而父親則是投射在螢幕上的影像。他同時感覺到自己和父親的肉身，兩者間忽隱忽現的差異似乎就要壓倒他了。

「幫幫我，父親。」他喃喃自語道。

混亂的階段過去了。現在，他的意識成了另一人的意識。雷托自己的本體站在一旁，成了觀察者。

「我的最後一個預象還沒有實現。」他以保羅的聲音說道，「妳知道我看到了什麼。」

她用右手摸了摸他的臉頰：「你走進沙漠，是為了尋求死亡嗎，我親愛的？是這樣嗎？」

「或許吧。但那個預象……難道那還不足以成為我活下去的理由？」

「哪怕是作為盲人活下去？」她問道。

「哪怕是作為盲人活下去。」

「你想去哪裡？」

他顫抖著，深深吸了口氣：「迦庫魯圖。」

「親愛的！」淚水滑下她的面頰。

「英雄摩阿迪巴必須被徹底摧毀，」他說道，「否則，這個孩子無法帶領我們走出混亂。」

「黃金之路，」她說道，「這是不祥的預象。」

「這是唯一可能的預象。」

「厄莉婭失敗了，接著……」

「徹底失敗。她的表現妳也看到了。」

「你母親回來得太晚了。」她點了點頭，珈尼瑪那張兒童的臉上有荃妮的聰慧表情，「再沒有其他的預象了嗎？或許……」

「沒有，親愛的，時候未到。窺視未來，然後安全返回——這種事，這孩子目前還無法做到。」

他再一次顫抖著吐出一大口氣，旁觀的雷托能感覺到父親多麼希望再活一次，在活著時作出決定……他多麼希望能夠改變過去的錯誤決定！

「父親！」雷托喊道，聲音彷彿在自己的顱內迴蕩。

接著，雷托感到一股意志的深沉行動，父親在體內緩慢退去，似乎戀戀不捨。自己的感官和肌肉逐漸被釋回。

「親愛的，」荃妮的聲音在他耳邊低語，放慢了保羅退回的速度，「怎麼了？」

「先等等。」雷托說道，這是他自己的聲音，焦躁不安。他接著說：「荃妮，妳必須告訴我們，我們怎麼才能……才能避免重蹈厄莉婭的覆轍？」

體內的保羅回答了他，聲音直接傳到他耳內，時斷時續，伴隨著長時間的停頓：「沒有確切的方法。你……也看到了……差點……發生在……我身上的……事。」

「但是厄莉婭……」

「該死的男爵控制了她！」

雷托感覺自己的喉嚨發乾，彷彿在冒煙：「他……控制……我了嗎？」

「他在你體內……但是……我……我們不能……有時我們能……互相感覺到，但是你……」

「你能看出我的想法嗎？」雷托問道，「你能知道他是否……」

「我有時能感覺到你的想法……但是我……我們只活在……你意識的……思索中。你的記憶創造了我們。危險……那是精確的記憶。而……我們之中……熱衷於權力的人……那些不擇手段追求權力的人……那些人的記憶……更精確。」

「更強大？」雷托低語道。

「更強大。」

「我知道你的預象，」雷托說道，「與其讓他控制我，還不如把我變成你。」

「不！」

雷托點點頭，他知道父親需要用多麼強大的意志才能回絕他的請求。他也意識到一旦父親沒能抵抗誘惑會有何等後果，任何形式的附身都會讓被附身的人成為妖煞。意識到這一點，他產生了全新的力量，感到自己的身體變得異常敏銳，對過去的錯誤──他自己的和他祖先的錯誤，也有了更深層的體認。猶疑不定讓他變得軟弱，這一點，他現在明白了。這一刻，誘惑與恐懼在他體內展開了激烈的鬥爭。這具肉體能將美藍極轉化為未來景象。有了香料，他可以呼吸到未來的空氣，扯碎時間之幕。他感到自己很難擺脫這誘惑，於是雙手合十，進入普拉那－並度意識，擊退了誘惑。他的肉身帶著保羅從血脈取得的知識：尋求未來的人希望在明日的競賽中獲勝，卻發現自己陷入了生命泥淖。保羅的預象指出了脫離泥淖的生路，儘管險象環生，但雷托知道沒有別的選擇。

「生命的樂趣及美麗，都在於生活中埋藏了驚奇。」他說。

一個溫柔的聲音在他耳內低語：「我一直深知這樣的美麗。」

雷托轉過頭，珈尼瑪的雙眼在皎潔的月光下閃閃發光。他看到荃妮在注視他。「母親，」他說道，「妳必須退去。」

「啊，誘惑！」她說道，吻了吻他。

他推開她。「妳會奪走妳女兒的生命嗎？」他問道。

「太簡單了……簡單到可笑。」她說道。

雷托只覺得恐懼在體內升起。他想起體內父親的自我用了多麼強大的意志才放棄他的肉體。他方才退到一旁觀察並傾聽，從父親身上學到了東西，珈尼瑪也在那個旁觀的世界中嗎，她會永遠無法脫身嗎？

「我會鄙視妳，母親。」他說道。

「其他人不會鄙視我，」她說道，「成為我的愛人吧。」

「如果我這麼做……妳知道你們會變成什麼樣的人，」他說道，「我父親會鄙視妳。」

「絕不會！」

「我會！」

這聲音脫離他的意志，直接從他喉嚨跳了出來，帶著保羅向他的貝尼．潔瑟睿德母親學來的魅音。

「別這麼說。」她嗚咽道。

「我會鄙視妳！」

「不……不要這麼說。」

雷托摸了摸喉嚨，感到那裡的肌肉再次屬於自己：「他會鄙視妳，他將不再理睬妳，他將再次走入沙漠。」

「不……不……」

她用力搖頭。

「妳必須走，母親，」他說道。

「不……不……」但聲音已不再像剛才那麼堅定。雷托看著妹妹的臉，上面的肌肉劇烈扭動，表情隨著體內的騷亂不停變幻。

「走，」他低語道，「走吧。」

「不……」

他抓住她的手臂，感覺到她肌肉的顫抖和神經的抽搐。她掙扎著，想掙開他，但他抓得更緊，同時低聲說道：「走……走……」

雷托不斷責備自己說服珈尼瑪進入這場雙親的遊戲。兩人曾多次玩過這個遊戲，但近來珈尼瑪一直在抗拒。他意識到女性更承受不住內在攻擊。看來那便是貝尼·潔瑟睿德恐懼的源頭。

數小時過去了，珈尼瑪的身體仍然在內部戰役中顫慄、扭動著，但是現在，妹妹的聲音也加入了爭執。他聽到她在對體內的形象說話、祈求。

「母親……求妳了──」她說道，「妳看看厄莉婭！妳想成為另一個厄莉婭嗎？」

終於，珈尼瑪倚在他身上，低聲說道：「她接受了。她走了。」

他輕撫她的頭：「珈尼瑪，對不起，對不起。我再也不會讓妳這麼做。我太自私了。原諒我。」

「沒什麼需要原諒的。」她喘息著說道，彷彿消耗了太多體力，「我們學到了很多東西，我們必須了解的東西。」

「她對妳說了很多嗎？」他說道，「待會我們分享一下……」

「不！現在就分享。你是對的。」

「我的黃金之路？」

「是，你那該死的黃金之路！」

「除非配備了必要資訊，否則邏輯毫無用處，」他說道，「但是我──」

「祖母回來是為了指引我們，還有，看看我們是否已經被……汙染了。」

「鄧肯早就這麼說過。這沒什麼新的──」

「他藉由計算得出了這個答案。」她同意道，聲音逐漸變得有力。她離開他的懷抱，望向黎明前寧靜的沙漠。這場戰役……這些知識耗掉了兩人一整夜。水氣密封門後方的侍衛有得解釋了，雷托命令他不要讓任何人前來打擾。

「人們常是經由歲月學會分辨微妙的差異，」雷托說道，「而我們從體內那麼深遠的記憶中學到了什麼？」

「我們看到的宇宙從來都不是完全精確的物理宇宙，」她說，「所以，我們不能把祖母理解成只是個祖母。」

「那會很危險了。」他同意道，「但我的問題——」

「有些東西超越了微妙。」她說道，「我們必須在意識中留出一部分，用來體察我們無法預先體察的一切。正是為了這個……母親才會常常和我說起潔西嘉。當我和她都融入內在交流之後，她說了很多事。」

珈尼瑪嘆了口氣。

「我們知道她是我們的祖母，」他說道，「妳昨天和她相處了好幾個小時，這就是為什麼——」

「我們對她的認識將決定我們對她採取什麼態度，只要我們願意。」珈尼瑪說道，「我母親反覆這樣警告我。她引用了祖母的話，而且——」珈尼瑪碰了碰他的肩膀，「我還在我體內祖母的聲音中聽到那些話在迴響。」

「她在警告妳小心！」雷托說道。這種想法讓他很不舒服。這個世上還有什麼是靠得住的嗎？

「最致命的錯誤源自過時的假定。」珈尼瑪說道，「這就是母親反覆引用的話。」

「徹徹底底的貝尼．潔瑟睿德。」

「如果……如果潔西嘉徹底回歸貝尼．潔瑟睿德……」

「對我們來說就危險了，極度危險。」他說道，「我們身上流著奎薩茲．哈德拉赫的血脈，他們的男性貝尼・潔瑟睿德。」

「她們不會放棄尋找，」她說道，「但她們可能放棄我們，祖母可能就是她們的工具。」

「還有另一種解決方法。」他說道。

「是的，我們兩個，結成配偶。但她們也知道，這種近親繁殖有隱性遺傳的隱憂。」

「她們一定研究過有多大勝算。」

「我們的祖母一定也參與了。我討厭這樣。」

「我也不喜歡。」

「不過，這不是第一次，以前也有皇室試過……」

「那令人作嘔。」他說道，身體一陣戰慄。

她感受到他的顫抖，陷入了沉默。

「力量。」他說道。

由於兩人之間的神奇連結，她知道他在想些什麼。「奎薩茲・哈德拉赫的力量必須被毀滅。」她同意道。

「如果為她們所用的話。」他說道。

就在這時，白晝降臨下方的沙漠，兩人感受到了熱氣。斷崖下人工林的顏色顯得分外鮮明，淺綠色的葉子沿著地面投下穗狀陰影。低矮的太陽發出的銀亮光線照亮了青翠的綠洲，在隱蔽的斷崖邊灑滿金色和紫色的陰影。

雷托站起來，伸了個懶腰。

「那就黃金之路吧。」珈尼瑪說道，既是對他，也是對自己說。她知道，父親最後的預象已與雷托的預知夢交會，融為一體。

有東西掠過兩人身後的密封門，有人聲從那裡傳來。

雷托換了一種語言，以私下用的古語說「Lii ani howr samis sm'kwi owr samit sut」。字面意思是：我們會攜手邁向死亡，但只有一人能活著回來報告。

珈尼瑪也站了起來，兩人一起通過密封門，回到穴地。侍衛站了起來，跟隨雙胞胎前往兩人的住處。穴地的人群在兩人面前讓開的樣子與以往不同，還不斷與侍衛交換眼神。在沙漠中獨自過夜是弗瑞曼聖人的傳統，所有烏瑪都經歷過這種守夜。摩阿迪巴經歷過……還有厄莉婭。現在輪到這對皇家雙胞胎了。

雷托注意到這個不同之處，並告訴了珈尼瑪。

「他們不知道我們為他們作出了什麼決定，」她說道，「他們並不真的知道。」

他仍然以私下用的古語說道：「這件事必須看來像是出於偶然。」

珈尼瑪遲疑片刻，稍稍整理她的思路，隨後開口道：「到那時候，就為手足哀悼吧。必須完全是真的，甚至墳墓都得造好。心必須尾隨沉睡，才不會無法醒來。」

在那種古語中，這段話運用了一個與不定詞分離的代詞賓語，講得相當迂迴。這種語法允許每組片語調轉方向，變化出幾種不同的含意，每個含意都很明確且迥然相異，但又有微妙的關聯。其中一個含意是：兩人冒著生命危險展開雷托的計畫，不論是模擬死亡，或真正的死亡，都沒有差別。由此產生的變化無異於死亡。這整句話還有另一層意思，那就是活著的人要付諸行動。任何一步差錯都將毀掉整個計畫，使雷托的黃金之路成為死路。

「說得好。」雷托同意道。他掀開門簾，兩人走進住所的接待室。

見兩人進來，室內的僕人一頓，停下手中的工作。雙胞胎走進通向潔西嘉女士房間的拱廊。

「記住，你並不是歐西里斯[5]。」珈尼瑪提醒他道。

「我也不打算成為他。」

珈尼瑪抓住他的手臂，讓他停下。「厄莉婭 darsatay haunus m'smow」，她警告道。

雷托盯著妹妹的眼睛。她說得對，厄莉婭的行為的確散發汙濁的氣味，而祖母一定發現了。他對妹妹發出感激的微笑。她把古語和弗瑞曼迷信結合起來，指出一個最基本的部落兆頭。M'smow，也就是夏夜的臭味，被視為是死於魔鬼之手的預兆。

「我們亞崔迪氏族向來有膽大妄為的名聲。」他說道。

「需要什麼就一把拿來。」她說道。

「要麼如此，要麼向我們那位攝政女王請願。」他說道，「厄莉婭會很樂意看到我們這麼做。」

「但是我們的計畫……」她嚥下了後半句話。

我們的計畫，他想，現在，她已經完全支持這個計畫了。他說：「我們的計畫就像是汲水的苦工。」

珈尼瑪回頭看了看兩人剛剛經過的接待室，聞到了早晨模糊的味道，感受到永恆之始的氣息。她喜歡雷托以這種方式運用古語：汲水的苦工。這是一句誓言，他將兩人的計畫看成農活：施肥、灌溉、除草、栽種、修剪——但是在弗瑞曼語境中，這樣勞動也會同時發生在另一個世界，代表培養富足的靈魂。

在岩石通道內逗留時，珈尼瑪打量著兄長。她越來越明顯感覺到他的請求有兩層：一、他和父親關於黃金之路的預象；二、要她允許他依計畫展開極其危險的行動：創造新神話。這令她害怕。他是否還有一些預象沒有跟她分享？他是否將自己視為潛在的神，將領導人類重生——就像他父親？對摩阿迪巴的崇拜已經漸漸走上了邪路，原因之一是厄莉婭的錯誤管理，另一個原因則是不受約束的軍事化祭司團凌駕

5 歐西里斯：埃及神話中的冥王，多次死而復生。——編注

在弗瑞曼權力之上。雷托要革新這一切。

他隱瞞了一些事，她意識到。

她回想起他對她描述的夢境。夢中的現實是如此輝煌，清醒之後，他會失神遊蕩數小時。他說過，那些夢始終不變。

「在明亮的澄黃日光下，我站在沙地上，但天上沒有太陽。隨後我明白了，我自己就是太陽，我的光芒如同黃金之路，照耀四方。我意識到這一點之後，從身體裡走了出來。我轉身，期望看到自己像顆太陽。但我不是太陽，而只是一幅塗鴉，是兒童畫，眼睛歪歪扭扭，手臂和腿如同樹枝。我的左手拿著一根權杖，而且是真正的權杖──細節清晰，比我那樹幹般的手臂還要真實。權杖在移動，嚇到我了。隨著權杖移動，我覺得自己在慢慢醒來，但我知道自己仍在夢中。我意識到我的皮膚被某種東西裹住了──盔甲，隨著我的移動而移動。我看不到盔甲，但我能感覺到。這時，恐懼離開了我，因為盔甲給了我一萬人的力量。」

珈尼瑪盯著雷托，他想閃避她的目光，繼續前往潔西嘉的房間，但珈尼瑪拒絕了。

「這條黃金之路並沒有比其他道路好。」她說道。

雷托盯著兩人之間的岩板，感到珈尼瑪的懼疑又回來了。「我必須這麼做。」他說道。

「厄莉婭被附身了，」她說道，「同樣的事也可能發生在我們身上。甚至可能已經發生，只是我們不知道罷了。」

「不會，」他迎著她的目光，搖了搖頭，「厄莉婭抵抗過，而那使她體內的生命有了力量。她被自己的力量擊敗了。我們則大膽探究內在，尋求古老的語言和知識。我們已經與體內的生命相融，我們沒有抗拒，而是與他們共生。這就是昨晚我從父親那裡學來的，也是我必須學會的。」

「他在我體內沒有提過這些。」

「當時妳在傾聽我們母親說話，這是我們──」

「我差點就迷失了。」

「她在妳體內仍舊那麼強大嗎？」他的臉由於恐懼而繃緊了。

「是的……但現在，我認為她在用愛保護我。你在和她對抗時做得很好。」珈尼瑪回想著體內母親的形象，說道，「我們的母親為了我而跟其他人一起待在形象界，但她已經嘗過地獄的果實。現在我可以放心聆聽她說話。至於其他人……」

「是的，」他說道，「而我則聆聽父親，但我覺得，我聆聽的其實是祖父的意見。或許同名使我更容易聽從他的忠告。」

「那你有請教他，我們是不是要跟祖母談論黃金之路嗎？」

雷托頓了頓，等著一名僕人端著潔西嘉女士的早餐盤從前方走過。空氣中瀰漫著香料的強烈氣味。

「她同時活在我們和她自己體內，」雷托說道，「所以，她的意見會被諮詢兩次。」

「我不行，」珈尼瑪抗議道，「我不會再冒這種險了。」

「讓我來吧。」

「我想，我們都承認她已經回歸女修會。」

「是的。貝尼．潔瑟睿德是她生命的開端，她自己則占據了生命的中段，現在貝尼．潔瑟睿德又成了她生命的結尾。但是記住，她身上也有哈肯能的血，比我們更接近哈肯能家族，而且和我們一樣經歷過內在的共同生命。」

「但她的經歷非常淺。」珈尼瑪說道，「你還沒有回答我的問題。」

「我想，我不會和她說黃金之路。」

「我可能會。」

「珈尼瑪！」

「我們不需要更多亞崔迪神祇！我們需要的是人性。」

「這我向來贊成，還記得嗎？」

「是的。」她深深吸了口氣，別開目光。接待室的僕人在一旁偷偷窺視，從語氣中聽出兩人在爭論，只是聽不懂那種古語。

「我們別無選擇，」他說道，「如果我們不行動，同樣會死在自己的刀口上。」他使用的是弗瑞曼語言，本意是「把我們的水灑入部落的蓄水池。」

珈尼瑪再次望向他。她只能同意，但覺得自己陷入了迷魂陣。兩人都知道，不管怎麼做，未來都躲不過懲罰。珈尼瑪確信這一點，而經由體內無數生命蒐集到的資料更強化了這個事實。然而，利用這些生命的經驗，會強化他們的力量，珈尼瑪為此膽戰心驚。他們潛伏在她體內，猶如一群伺機而動的魔鬼。除了她母親。她曾經掌控珈尼瑪的肉身，但最終還是放手了。直到現在，那場內在戰役仍讓珈尼瑪驚魂未定。如果不是雷托的勸阻，她可能會就此迷失。

雷托說他的黃金之路能帶領大家走出困境，雖然他沒有全盤說出他的預象，令珈尼瑪惴惴不安，但她相信他的真誠。他的計畫需要自己的豐富創造力才有機會實現。

「我們會受到考驗。」他說道，他知道她在擔心什麼。

「不是用香料。」

「甚至可能會用到。當然了，在沙漠中，還有附身測試中。」

「你從來沒有提過附身測試！」她責備道，「這是你夢境的一部分嗎？」

他賣力嚥口唾沫，潤潤喉嚨，咒罵自己一時口快：「是的。」

「在你的夢中，我們……被附身了嗎？」

「沒有。」

她想像著測試——古老的弗瑞曼測試，通常以橫死收場。看來這個計畫還很複雜，會讓兩人走在鋼絲上，兩側都是萬丈深淵，無論倒向哪一側，都不會有神智正常的人相扶。

雷托知道她在想什麼，說道：「權力向來吸引瘋狂的人。我們必須避開體內那些狂人。」

「你確信我們不會……被附身？」

「只要我們創造出黃金之路，就不會。」

她仍然懷疑，說道：「我不想懷上你的孩子，雷托。」

他搖了搖頭，強壓著全盤托出的衝動，用古語中的皇家正式用語說道：「吾妹，我愛妳勝過愛自己，但那並非我渴望的柔情。」

「很好。那麼，和祖母見面之前，讓我們回頭談談另一件事。一把插在厄莉婭身上的刀或許會解決我們的大半問題。」

「相信這麼做可行，就等於相信在泥地走路可以不留痕跡。」他說道，「再說，厄莉婭會給任何人這種機會嗎？」

「大家都在議論賈維德的事。」

「鄧肯看起來像是戴了綠帽嗎？」

珈尼瑪聳聳肩。「毒藥一號，毒藥二號。」對於皇室來說，把伴侶按照威脅程度標號，是稀鬆平常的做法。

「我們必須按我的方法去做。」他說道。

「另一種方法可能沒那麼骯髒。」

聽到她的回答之後，他知道她已經打消疑慮，同意了他的計畫。他沒有感到一絲欣喜。他發現自己正看著雙手，懷疑手上沾著洗不掉的汙跡。

14

這是摩阿迪巴的成就：將每個人的潛意識都視為未經開掘的記憶庫，保存在其中的記憶可以追溯我們共同起源的原始細胞。他說，我們每個人都能量出與那個共同起源的距離。看到並說出這一點之後，他作出了大膽的決定。摩阿迪巴承擔起整合基因記憶、使之不斷進化的任務。於是，他撕開了時間之幕，使過去與未來融為一體。這就是摩阿迪巴傳給他兒女的創造力。

——哈克．阿拉達《厄拉科斯的證言》

．．．

法拉肯大步走在祖父的皇宮花園中，薩魯撒．塞康達斯行星上的太陽正往中午位置攀升，他的影子也越來越短。他必須盡量邁開大步才跟得上身旁的高大霸夏。

「我有疑慮，泰卡尼克。」他說道，「哦，寶座對我有吸引力，這不可否認。但是——」他深吸了一口氣，「——我有許多愛好。」

剛剛與法拉肯之母激烈爭辯過的泰卡尼克轉頭看著身邊的王子。少年即將年滿十八，肌肉已相當結實。時間流逝，他越來越不像溫西希婭，而老沙德姆的影子卻越來越明顯。比起承擔皇室職責，老沙德姆更鍾情自己的嗜好，這使他的統治日漸軟弱，最終失去了皇位。

「你必須做出決定。」泰卡尼克說道，「哦，當然，你一定有時間滿足某些愛好，但是……」

法拉肯咬了咬下嘴唇。他因職責而來到這裡，但覺得有些洩氣。他寧願回到那片岩石飛地上，沙鱒的實驗正在進行。那是潛力無窮的計畫：打破厄拉科斯的香料壟斷。如果成真，以後什麼都有可能。

「你確信那對雙胞胎會被……除掉？」

「沒有什麼事能完全確定，我的王子，但是機會很高。」

法拉肯聳了聳肩。暗殺是皇室生活的一部分，他們的語言充滿了各種除去重要人物的微妙表述，一個簡單的詞語就能讓人知道毒是下在飲料中還是食物中。他猜他們會以毒殺解決那對雙胞胎，這不是個令人愉快的想法。無論從哪方面來說，那對雙胞胎都是最有趣的兄妹。

「我們一定要搬去厄拉科斯嗎？」法拉肯問道。

「置身壓力最大的地方，是最好的選擇。」法拉肯很明顯在迴避某些問題，泰卡尼克想知道那是什麼？

「我很困擾，泰卡尼克。」法拉肯說道。兩人繞過角落裡的灌木叢，走向巨大黑玫瑰包圍的噴泉，灌木叢後方傳來園丁修剪枝條的聲音。

「什麼？」泰卡尼克立即問道。

「有關，嗯，你加入的宗教……」

「這沒什麼奇怪的，我的王子。」泰卡尼克說道，他希望自己的聲音仍然能保持鎮定，「這種宗教對我意義非凡。對薩督卡戰士來說，這是非常合適的宗教。」至少後面這句話是真的。

「是的……但我的母親對此似乎很高興。」該死的溫西希婭！他想，她令她兒子起疑了。

「我並不在意你母親的想法，」泰卡尼克說道，「一個人的信仰是他的私事。或許她從中看到了某些有助於你登上皇位的東西。」

「我也是這麼想。」法拉肯說道。

哈，好個敏銳的小子！泰卡尼克想。他說道：「你親自去了解那宗教吧，馬上就會明白我的選擇。」

「可那是……摩阿迪巴那一套呀。他畢竟是亞崔迪家的人。」

「我只能說，神的作為何等奧祕。」泰卡尼克說。

「我明白了。告訴我，泰卡尼克，為什麼剛才你要我和你一起散步呢？馬上到正午了，這個時候你通常都會奉我母親之命出去辦事。」

泰卡尼克在一張石凳前停住腳步，望向眼前的噴泉及噴泉後方的大玫瑰。水聲撫慰著他。開口說話時，他仍然凝視著噴泉。「我的王子，我做了一些你母親不喜歡的事。」他暗自想道：只要他相信了，她那該死的安排就有可能成功。泰卡尼克幾乎期盼她的安排失敗。把那個該死的傳道人帶到這裡來，她瘋了！而且代價高昂！

泰卡尼克不再開口，等待著。法拉肯問道：「好吧，你做了什麼，泰卡尼克？」

「我帶來一名解夢人。」泰卡尼克說道。

法拉肯看了一眼自己的同伴。有些老薩督卡原本就喜歡玩這種解夢遊戲，被「無上做夢者」摩阿迪巴打敗之後更是愈演愈烈，認為夢中有讓他們重返權力和榮耀的通道。但泰卡尼克對這種遊戲向來避之唯恐不及。

「聽上去不像你會做的事呀，泰卡尼克。」法拉肯說道。

「我只能說這是由於我最近信奉的宗教。」他看著噴泉說。說到宗教，當然，這就是他們冒險把傳道人帶到這裡的原因。

「那麼，就從你的新宗教說起吧。」法拉肯說道。

「遵命。」他轉過身，看著這位握有所有夢境的少年，那些夢境提煉出來的道路，便是柯瑞諾氏族的未來。

「祭司團和國家，我的王子，還有科學和信仰，甚至進步與傳統，甚至更多東西——所有這些，都整合在摩阿迪巴的教義中。他教導說世上沒有永不讓步的對立，除了在人們的信仰之中，還有，有時在人們的夢裡。人們從過去發掘未來，但這二者都屬於同一個整體。」

雖說還有些懷疑，但法拉肯發覺自己被這番話吸引住了。他聽出泰卡尼克的語氣中有一絲不情願，好像是被迫說出這番話的。

「這就是你帶來這位……這位解夢人的原因？」

「是的，我的王子。或許你的夢能夠穿越時空。只有當你認知到宇宙是緊密的整體時，你才能掌握潛伏在你體內的潛意識。你的那些夢……怎麼說呢……」

「但我覺得我的夢沒什麼用，」法拉肯反駁道，「那些夢確實讓人很好奇，但僅止於此。我沒想到你會……」

「我的王子，你做的任何事都是重要的。」

「謝謝你的恭維，泰卡尼克。你真的相信這傢伙能破解宇宙之謎？」

「是的，我的王子。」

「那就讓我母親不高興吧。」

「你會見他嗎？」

「當然——你帶他來，不就是為了讓我母親不高興嗎？」

他在嘲笑我嗎？泰卡尼克不禁懷疑。他說：「我必須提醒你，這位老人戴著面罩，那是伊克斯人的一種裝置，使盲人能用皮膚感知外界。」

「他是盲人？」

「是的，我的王子。」

「他知道我是誰嗎？」

「我告訴他了，我的王子。」

「很好，我們去他那裡吧。」

「如果王子能稍候片刻，我會將那人帶來這裡。」

法拉肯看了看噴泉花園的四周，笑了。這個地方倒是與這種愚昧行為非常相配。「你跟他說過我做的夢嗎？」

「說了個大概，我的王子。他會請你進一步說明。」

「哦，很好。我等著。帶那傢伙過來吧。」

法拉肯轉過身，聽見泰卡尼克匆忙離去。一名園丁在灌木叢那頭工作，他只能看到園丁頭上戴著褐帽，閃亮的剪刀在綠色植物上戳來戳去，動作頗有催眠作用。

解夢什麼的都是胡扯，法拉肯想，泰卡尼克沒問過我就這麼做是不對的。他在這個年紀信教就已經夠怪了，現在又來解夢這一套。

身後傳來腳步聲，是熟悉的泰卡尼克自信步伐，以及拖沓的腳步聲。法拉肯轉過身，看著漸漸走近的解夢人。所謂的伊克斯面罩是張黑色網紗，從額頭遮到下巴，沒有眼孔，製造這東西的伊克斯人吹噓說整張面罩就是一隻眼睛。

泰卡尼克在兩步外停住腳步，但戴面罩的人繼續前進，停在離他不到一步的地方。

「這位是解夢人。」泰卡尼克說道。

法拉肯點點頭。

面罩老人深深咳了一聲，彷彿想從胃裡咳出什麼。

法拉肯敏銳地聞到老人身上有股香料發酵的酸味。那是從裹著他身體的灰色長袍內散發出來的。

「面罩真的是你身體的一部分？」法拉肯問道，意識到自己不想要那麼快談解夢的話題。

「當我戴著時，是的。」老人說，發音帶有輕微的鼻音，是弗瑞曼口音。「你的夢，說吧。」

法拉肯聳聳肩。又有何妨？這不就是泰卡尼克帶老人前來的原因嗎？但真是如此嗎？法拉肯心下有些懷疑，問道：「你真的是解夢人？」

「我前來為你解夢，殿下。」

法拉肯再次聳肩，這個戴著面罩的傢伙令他緊張。他朝泰卡尼克看了一眼，對方仍然站在剛才的位置，雙臂環抱胸前，眼睛盯著噴泉。

「你的夢。」老人堅持道。

法拉肯深深吸了口氣，開始回憶自己的夢。當他完全投入時，開口敘述就不再那麼困難了。他描述了水在井中向上流，原子世界在他的腦中躍動，蛇變身為沙蟲，然後爆炸，化為塵埃。談到蛇的故事時，他意外發現自己需要更多心力才能說出口。有股強烈阻力堵在他口中，他大為惱怒。

法拉肯最後住口不談了，老人無動於衷，黑色網紗面罩隨著他的呼吸微微飄動。法拉肯等待著，但無人打破沉默。

法拉肯問道：「你不打算解我的夢嗎？」

「我解完了。」他說道，聲音彷彿來自遠方。

「是嗎？」法拉肯聽出自己的聲音有多尖銳，這些夢使他忐忑難安。

老人毫不在意，仍一言不發。

「告訴我！」他語氣中的憤怒已經很明顯了。

「我說我解完了，」老人說道，「但我還沒有同意向你解釋夢境。」

連泰卡尼克都震動了，他放下雙臂，雙手在腰間握拳。「什麼？」他咬牙切齒道。

「我沒有說我會公布我的解釋。」老人說道。

「你希望得到更多的報酬？」法拉肯問道。

「我被帶到這裡來時，並沒有要求報酬。」他回答中的某種傲慢緩解了法拉肯的憤怒。以任何標準來說，這都是個勇敢的老人。他一定知道不服從的結局就是死亡。

「讓我來，我的王子。」泰卡尼克搶在法拉肯開口前說，「你能告訴我們，為什麼你不願意公布你的解釋嗎？」

「好的，閣下。這些夢告訴我，解釋夢中的事情毫無必要。」

法拉肯再也控制不住自己了：「你是說我早就知道這些夢的含意？」

「或許是的，殿下，但這並不是我的重點。」

泰卡尼克走上前，站在法拉肯身旁，一起盯著老人。「講清楚。」泰卡尼克說道。

「對。」法拉肯說道。

「如果我解釋了你的夢，探究你夢中的水和沙塵、蛇和沙蟲，分析在你腦中躍動的原子，我腦中也有同樣的原子——哦，我尊貴的殿下，我的話只能讓你更加迷惘，而且你會堅持自己錯誤的理解。」

「你不擔心你的話惹我發怒嗎？」法拉肯問道。

「殿下！你已經發怒了。」

「你不相信我們？」泰卡尼克問道。

「非常接近了，閣下。我不相信你們兩人，不過那是因為你們不相信自己。」

「你太踰越了。」泰卡尼克說道，「這樣以下犯上，早就可以處死了。」

法拉肯點了點頭：「不要激怒我們。」

「柯瑞諾氏族憤怒的致命後果眾所周知，薩魯撒．塞康達斯的殿下。」老人說道。

泰卡尼克抓住法拉肯的手臂，問道：「你想激怒我們殺了你？」

法拉肯沒有想到這一點，如果說他真這麼做了，意味著什麼？他感到一陣寒意。這名自稱傳道人的老人……是否深藏不露？他的死亡會帶來什麼後果？殉教者可能相當危險。

「我想，不管我說了什麼，你都會殺了我。」傳道人說道，「我想你了解我的價值，霸夏，而你的王子卻很懷疑。」

「你堅持不肯解夢嗎？」泰卡尼克問道。

「我已經解過了。」

「你不肯公布你從夢境看出什麼？」

「你在責怪我嗎，閣下？」

「你有什麼價值，讓我們不能殺你？」法拉肯問道。

傳道人伸出他的右手：「只要我揮一揮這隻手，鄧肯就會來到我面前聽候差遣。」

「毫無根據的吹噓。」法拉肯說道。

但是泰卡尼克卻搖了搖頭，想起他與溫西希婭的爭執。他說：「我的王子，這可能是真的，傳道人在沙丘星有很多追隨者。」

「你為什麼沒說他來自那個地方？」法拉肯問道。

沒等泰卡尼克回答，傳道人便對法拉肯說道：「殿下，你不用對厄拉科斯感到歉疚。你只不過是你這個時代的產物。」

「歉疚！」法拉肯勃然大怒。

傳道人只是聳了聳肩。

奇異的是，這個動作讓法拉肯轉怒為喜。他放聲大笑，扭過頭，見泰卡尼克正驚訝地看著他。他說：「我喜歡你，傳道人。」

「我很高興，王子。」老人說。

法拉肯忍住笑意：「我們會在這裡安排一個房間，你會正式成為我的解夢人——哪怕你不說你看到了什麼，你還可以給我講講沙丘，我對那個地方非常好奇。」

「我不能答應你，王子。」

他的怒火重燃。法拉肯看著他黑色的面罩：「為什麼不能，解夢人？」

「我的王子。」泰卡尼克說道，碰了碰法拉肯的手臂。

「什麼事，泰卡尼克？」

「我們帶他來這裡時，跟宇航公會簽署了協定，他會回到沙丘星。」

「我將被召回厄拉科斯。」傳道人說道。

「誰在傳喚你？」法拉肯問道。

「比你更強大的力量，王子。」

法拉肯不解地看了泰卡尼克一眼：「他是亞崔迪氏族的間諜嗎？」

「不太可能，我的王子，厄莉婭懸賞他的命。」

「如果不是亞崔迪氏族，那麼是誰在傳喚你？」法拉肯轉過頭，看著傳道人。

「比亞崔迪氏族更強大的力量。」

法拉肯笑了出來。簡直一派祕教徒的胡言。泰卡尼克怎麼會上這種傢伙的當？這位名傳道人最可能是被——某種夢傳喚。夢有這麼重要嗎？

「這是在浪費時間，泰卡尼克。」法拉肯說道，「你為什麼要把我拉入這齣鬧劇？」

「這是很划算的交易，我的王子。」泰卡尼克說道，「這名解夢人答應了我，他會讓鄧肯．艾德侯成為柯瑞諾氏族的間諜，只要他能見到你並給你解夢。」泰卡尼克暗自想道：解夢人對溫西希婭是這麼說的！但此時他心中卻十分懷疑。

「為什麼我的夢對你這麼重要，老頭？」法拉肯問道。

「你的夢告訴我，有些重大事件正朝必然的結果推進。」傳道人說道，「我必須盡快回去。」

法拉肯嘲弄道：「但你仍然沒有解釋，不給我任何建議。」

「建議，我的王子，是危險的東西。但我會斗膽說上幾句，你可以視為建議，或任何博君一粲的笑話。」

「有何不可。」法拉肯說道。

傳道人戴著面罩的臉直直對著法拉肯：「政權會因看似微不足道的原因而壯大或衰敗，王子。不管是多麼微小的事件！兩個女人的爭吵……某天的風向……一個噴嚏、一次咳嗽、衣物的長度，或沙子偶爾迷住了弄臣的眼睛。歷史發展的軌跡不總是依帝國大臣的雄圖大略而定，也不受教皇假借神的權力發表的談話所左右。」

法拉肯發覺自己被這番話深深觸動了，他無法解釋自己的情緒。

然而泰卡尼克的思緒卻鎖定在其中一個單詞上。為什麼傳道人要特別提到衣物呢？泰卡尼克想到送給亞崔迪雙胞胎的皇家服裝，還有受訓的老虎。這個老人在迂迴地提出警告嗎？他知道多少？

「你的建議是什麼？」法拉肯問道。

「如果希望成功，」傳道人說道，「你必須縮小策略的應用範圍。策略用在什麼地方？用在特定的地方，針對特定的人群。但再怎麼無微不至，仍然會漏掉一些無關緊要的細節。王子，你的策略能縮小到地方總督的妻子身上嗎？」

泰卡尼克冷冷地插話道：「為什麼要抓著策略說個沒完，傳道人？你認為我的王子將擁有什麼？」

「他被人帶領著追求皇位，」傳道人說道，「我祝他好運，但他需要的遠不只是好運。」

「這些話很危險，」法拉肯說道，「你怎麼敢這麼說？」

「野心通常對現實無動於衷，」傳道人說道，「我敢這麼說，是因為你正站在十字路口。你可以受人愛戴。但現在，你身邊圍著一群罔顧道德正當性的人，向你提出建言的人，都『戰略至上』。你年輕、強壯、剛硬，但你缺乏高階的訓練，無從發展性格。這很令人遺憾，因為你有弱點，而這方面，我已經描述過了。」

「什麼意思？」泰卡尼克問道。

「說話小心點，」法拉肯說道，「什麼弱點？」

「你沒有深究過你究竟喜歡什麼樣的社會，」傳道人說道，「你沒有考慮人民所望。即便是你正在追求的帝國，你也沒有想像過應該是什麼形式。」他將戴著面罩的臉轉向泰卡尼克，「你的眼睛盯著權力，而不是權力的微妙運用和危害，你的未來因此充滿未知。無法看到每個細節時，你怎麼能創造新時代？你的剛強心志不會為你所用，這就是你的弱點。」

法拉肯久久盯著老人，思索這樣的思維所暗示的深層問題。道德！社會目標！在演化的前進大勢上，這些只不過是將信仰丟到一旁的神話！

泰卡尼克說道：「我們談得夠多了。我們談好的價碼呢，傳道人？」

「鄧肯．艾德侯是你們的了，」傳道人說道，「利用他的時候要小心，他是無價之寶。」

「哦，我們有個合適的任務要給他。」泰卡尼克說道，他看了一眼法拉肯，「可以走了嗎，我的王子？」

「在我改變主意之前，送他走吧。」法拉肯說道。隨後，他盯著泰卡尼克：「我不喜歡你這樣利用我，泰卡尼克！」

「原諒他吧，王子。」傳道人說道，「你忠誠的霸夏無意間執行了神的旨意。」鞠了躬之後，傳道人離開了，泰卡尼克也匆匆隨他而去。

法拉肯看著遠去的背影，想著：我必須研究一下泰卡尼克信奉的宗教。隨後他沮喪地笑了笑，多奇怪的解夢人啊！但這又有什麼？我的夢並不重要。

15

他看到了盔甲的預象。盔甲不是他自己的皮膚。盔甲比塑鋼更堅固。沒有東西能穿透他的盔甲——刀、毒藥、沙子不行，沙漠上的沙塵或乾熱也不行。他的右手握著製造大沙暴的力量，能震動大地，將萬物化為烏有。他的雙眼緊盯著黃金之路，左手拿著至高無上的權杖。他的眼睛看到了黃金之路另一端的永恆。

——珈尼瑪《我兄長的夢》

• • •

「我最好永遠不當皇帝。」雷托說道，「哦，我不是指我重蹈了父親的覆轍，利用香料窺探了未來。我這麼說，是出於自私。我和妹妹需要一段自由的時光，讓我們真正了解自己。」

他不說了，一臉好奇地盯著潔西嘉女士。他已經說出他和珈尼瑪商量好要說的事，祖母會怎麼回答呢？

潔西嘉在朦朧的燈光下打量她的孫子，一盞燈球照亮了她在泰布穴地的房間。這是她抵達翌日的清晨，但她已經接到了令人不安的報告，說雙胞胎一整晚都在穴地外守夜。兩人做了什麼？她昨晚輾轉難眠，渾身痠痛。這是身體在要求她放鬆。自從在太空港目睹那場重大行動之後，她一直繃緊神經，強撐著處理所有繁重的必要事務。這裡便是出現在她噩夢中的穴地——但外面卻不是她記憶中的沙漠。那些花都是從哪裡來的？而且，周圍的空氣太過潮濕，年輕人穿戴蒸餾服的紀律也相當散漫。

「孩子，你需要時間了解自己的什麼？」她問道。

他微微搖了搖頭，心裡明白以兒童的身軀做出這個成人的動作其實很古怪。他暗暗告誡自己，一定要讓這女人難以招架。「首先，我不是孩童。哦……」他指了指自己的胸膛，「這是孩童的身體，毫無疑問。但我不是孩童。」

潔西嘉咬了咬上嘴唇，這個動作會洩漏她的心情，但她並不在意。她的公爵，多年前死在這座災星上的公爵，曾嘲笑她這個動作。「唯一不受妳控制的反應。」他是這麼說的，「那告訴我，妳很不安。讓我親吻這對嘴唇，好讓它們停止顫抖。」

現在，這個繼承了她公爵名字的孫子同樣笑著說了一句話，讓她震驚到心臟都停止了跳動。他說：「妳很不安，我從妳嘴唇的顫抖中看出來了。」

全憑貝尼．潔瑟睿德訓練出的強大自制力，她才多少恢復了鎮定，勉強開口道：「你在嘲笑我？」

「嘲笑妳？我永遠不會嘲笑妳。但是我必須讓妳明白，我們和其他人很不一樣。請妳想想很久以前的那場穴地狂歡，當時，老聖母將她的生命和記憶給了妳。她讓自己的意識和妳相連，給了妳那條……那條長長的一珠串，上面的每一顆都是一個人，妳至今仍擁有那些人。所以，妳應該能夠體會我和珈尼瑪正在經歷的事。」

「也就是厄莉婭經歷過的事？」潔西嘉有意試探他。

「妳不是和珈尼瑪討論過她嗎？」

「我希望和你談談。」

「那好。厄莉婭不願接受自己，結果變成她最怕的那種人，無法將體內過去的生命移交給潛意識。對任何人來說，這都非常危險，而對我們這種出生前就有記憶的人來說，則比死亡更可怕。關於厄莉婭，我只能說這麼多。」

「那麼，你不是孩童。」潔西嘉說。

「我有數百萬歲了。那需要做點調適，而普通人永遠不會有這種需求。」

潔西嘉點了點頭，平靜了些，但遠比和珈尼瑪在一起時還要戒慎小心。珈尼瑪在哪裡？為什麼只有雷托一個人來？

「那麼，祖母，」他說道，「我們是妖煞，還是亞崔迪家的希望？」

潔西嘉沒有理睬這個問題，反問道：「你妹妹在哪裡？」

「她去引開厄莉婭，讓我們不受她打擾，這是必要的。但珈尼瑪不會比我吐露更多事，昨天妳沒有觀察到嗎？」

「我昨天的觀察是我的事。你瞎扯什麼妖煞？」

「瞎扯？別來貝尼·潔瑟睿德那一套說教，祖母。我也可以這樣對付妳，從妳的記憶裡挖出話術，一字不差地用在妳身上。我看穿的不只是妳顫抖的嘴唇。」

潔西嘉搖了搖頭，感受到這個繼承了她血脈的……人有多冷酷。他掌握的資源令她心驚。她試著配合他的語氣，問道：「你知道我的目的嗎？」

他哼了一聲：「妳不必問我是否沒學到我父親的教訓，我沒有窺探過我們這個時代之外的東西——至少沒有主動尋求過。對於未來，每個人都可能產生幻覺，當未來變成現實時，覺得這個現實似曾相識。我知道預知未來的陷阱，我父親的生命已經告訴了我。不，祖母，完全掌握未來，就等於完全為未來所困。那會摧毀時間，把現在變成未來，而我要的是自由。」

潔西嘉啞口無言。她能說什麼，還有什麼是他不知道的？這令人毛骨悚然！他是我！也是我摯愛的雷托！這想法讓她震驚。在那一刻，她想像著這副兒童面孔會不會變成她愛的那張臉，死而復生……不！

雷托低下頭，斜睨著她。是的，她終究是可以操縱的。他說道：「當妳想預測未來時——我希望這種情形很少發生，妳和其他人幾乎沒有分別。大多數人會想像，如果能預知明天鯨魚皮的報價會有多棒，或是想確定哈肯能家族是否會再次統治他們的家鄉羯地主星。但我們不同，我們不必預知，也能摸清哈肯能家族的底細，不是嗎，祖母？」

她拒絕上鉤。他當然知道他的祖先身上流著哈肯能家族喪心病狂的血。

「哈肯能是什麼人？」他煽動道，「野獸拉班是什麼人？我們又是什麼人，嗯？我離題了。我說的是預測未來的神話：完全掌控未來！掌握一切！將帶來多麼巨大的財富啊——當然也有巨大的代價。烏合之眾相信，只要有一點好處，知道得越多越好。多好啊！如果你將某人的生命劇本交給他，裡面的對白到他死亡的那一刻都不會改變——那會是多麼殘酷的禮物。無限的厭倦！每一刻都不過是在重演他早就一清二楚的劇情，沒有絲毫偏差。他事先便知道一切回答、一切意見——周而復始，沒完沒了……」

雷托搖了搖頭：「無知有其優勢，充滿驚奇的宇宙才是我祈求的！」

潔西嘉聽著這番長篇大論，驚訝地發現，他的用語與他父親極其相似——她那失蹤的兒子。甚至連想法也是，保羅完全可能說出一模一樣的話。

「你讓我想起你父親。」她說道。

「妳難過嗎？」

「多多少少，但知道他活在你體內，我很欣慰。」

「但他是怎麼活在我體內，妳知道的卻不多。」

潔西嘉感覺他的語氣很平靜，但滲出絲絲苦澀。她抬起下頜，直視著他。

「還有，你的公爵是如何活在我體內。」雷托說道，「祖母，珈尼瑪就是妳！她跟妳合而為一的程度，讓妳在懷上我們父親之後的生命都毫無祕密可言。還有我！我就是部肉身記錄器！有時我覺得記錄已經多到我無法承受。妳來這裡是為了評判我們，評判厄莉婭？還不如說是我們在評判妳！」

潔西嘉要求自己回應，卻找不到答案。他在做什麼？為什麼要強調自己的與眾不同？他想讓世人排擠他嗎？他是否走到了厄莉婭那一步——妖煞？

「我的話令妳不安。」他說。

「是的。」她放任自己徒勞地聳聳肩，「是的，令我不安——原因你很清楚。我相信你回顧過我所受的貝尼．潔瑟睿德訓練。珈尼瑪承認她這麼做過，我知道厄莉婭……也做了。你的與眾不同會帶來什麼後果，你心裡有數。」

他抬頭仰望她，眼光專注，讓人緊張。「是的，但我們本來不想這麼做。」他說道，聲音裡有股潔西嘉自己的疲倦，「我們跟妳的愛人一樣知道妳嘴唇顫抖的祕密，我們可以隨時記起妳的公爵私下在妳耳畔傾訴的愛意。妳已經在理智上接受了這一點，這毫無疑問，但我提醒妳，只在理智上接受是不夠的。如果我們中的任何一人成了妖煞，那可能是我們體內的妳造成的！或是我的父親……或母親！妳的公爵！控制我們的，可以是你們其中的任何一人——情況都是一樣的。」

潔西嘉感到她的胸膛裡陣陣燒灼，她的雙眼濕潤了。「雷托……」她終於強迫自己喊出他的名字，發現那並不如她想像的那麼痛苦，「你想從我這裡得到什麼？」

「我想要教我的祖母。」

「教我什麼？」

「昨晚，珈尼瑪和我扮演了母親和父親，差點毀了我們，但我們學到很多。只要把意識調整到適當狀態，我們就可以掌握許多情況，也能簡單地預測未來。還有厄莉婭——她很可能在密謀綁架妳。」

潔西嘉眨了眨眼，這突如其來的指控令她如受雷擊。她很清楚這一招，她自己也用過很多次：先讓一個人沿著某個方向推理，然後從另一個方向丟出驚人的事實。一次深呼吸之後，她恢復平靜。

「我知道厄莉婭在做什麼……我知道她是什麼，但是……」

「祖母，憐憫她吧。不僅用妳的智慧，也用妳的心。妳以前就這麼做過。妳是個威脅，而厄莉婭想要她的帝國——至少，她變成的東西要的是這個。」

「我怎麼知道這不是另一個妖煞在對我說話？」

他聳聳肩。「這就要用妳的心去感受了。珈尼瑪和我知道她是怎麼墜落的，要習慣內在眾人的叫喊並不容易，哪怕暫時壓制下去了，但只要回憶起什麼，那些人便會爭先恐後湧上來。總有一天——」他嚥了口唾沫，「一個強大的內在生命會覺得共用肉身的時機到了。」

「你不能做些什麼嗎？」她問出這個問題，但害怕聽到答案。

「我們相信可以做些什麼……是的，不能向香料屈服，這非常重要。還有，不能一味壓制。我們必須加以利用、整合，最終將他們融入我們的自我。我們將不再是原來的自我——但我們也沒有被附身。」

「你剛才說有個綁架我的陰謀。」

「這很明顯。溫西希婭對她兒子有很高的期待，厄莉婭則野心勃勃，還有……」

「厄莉婭和法拉肯？」

「這倒沒有什麼跡象。」他說道，「但是厄莉婭和溫西希婭在兩條平行的道路上前進。溫西希婭有個姊姊在厄莉婭的宮殿裡，還有比傳個消息更簡單的事嗎……」

「你知道這則消息？」

「就像我看到並逐字讀過一樣。」

「但你並沒有親眼見到？」

「沒有必要。我只需要知道亞崔迪家的人都聚在厄拉科斯，所有水都匯入同一座池子。」他比畫出行星的形狀。

「柯瑞諾氏族不敢進攻這裡！」

「如果他們真的進攻，厄莉婭會從中得利。」他嘲諷的語氣惹怒了她。

「我不需要我孫子庇護我！」她說道。

「哼，女人，不要再把我當成妳的孫子！把我當成妳的雷托公爵！」他的語氣、面部表情，甚至突兀的手勢，都神似她的公爵。她心一慌，沉默不語。

雷托用淡漠的語氣說道：「我在幫妳做好準備。妳至少配合一下。」

「厄莉婭為什麼要綁架我？」

「當然是為了栽贓給柯瑞諾氏族。」

「我不信，就算是她，也不可能這麼荒唐！太危險了！她怎麼能這麼做！我沒辦法相信！」

「事到臨頭妳就會相信了。嗯，祖母，珈尼瑪和我只是偷聽了一下我們的內心，就知道了。這不過是在保存自己，不然我們要怎麼去想我們身邊的各種狀況？」

「我絕不相信厄莉婭會計畫綁架——」

「神呀！妳，一個貝尼．潔瑟睿德，怎麼會這麼愚蠢？整個帝國都在猜測妳為什麼到這裡來。溫西希婭的宣傳機構已經做好準備要讓妳聲名掃地。厄莉婭不能坐視這種事發生，如果妳的名聲毀了，對亞崔迪氏族來說是致命打擊。」

「整個帝國在猜測什麼？」

她盡量以冰冷的口氣說出這句話，知道她無法用魅音來誘騙這個並非孩童的人。

「潔西嘉女士打算讓雙胞胎交配！」他怒喝道，「這就是女修會想要的，亂倫！」

她眨了眨眼睛。「無聊的謠言。」她吞了口唾沫，「貝尼．潔瑟睿德不會允許這種謠言在帝國內隨意散布。別忘了，我們仍然有影響力。」

「謠言？什麼謠言？妳們當然不排斥讓我們交配。」他搖了搖頭，示意她別說話，「別不承認。走著瞧吧，等我們度過青春期，再來看妳在這個家族中的影響力會比沙蟲面前揮舞的破布大上多少。」

「你覺得我們是這麼愚蠢的人嗎？」潔西嘉問道。

「我的確這樣認為。妳們女修會只不過是一群愚蠢的老女人，滿腦子想的都是育種計畫！珈尼瑪和我知道她們手中的籌碼，妳覺得我們是傻子嗎？」

「籌碼？」

「她們知道妳是哈肯能的後代！她們的配對紀錄裡寫著：譚妮蒂亞．萊芮思為弗拉迪米爾．哈肯能男爵生下了潔西嘉。那份紀錄一旦意外地公開，妳就會……」

「你認為女修會墮落到勒索我？」

「我知道她們會。哦，她們會為勒索包上糖衣。她們要妳去調查妳女兒的謠言，用妳的好奇和憂慮來引誘妳上鉤，她們激發了妳的責任感，讓妳為隱居卡樂丹感到愧疚。而且，她們還給了妳拯救孫兒的機會。」

潔西嘉目瞪口呆。他彷彿竊聽了她與女修會督察的多次激動會談。她感到自己完全被他的話控制住了，開始相信他所說的厄莉婭綁架陰謀或許是真的。

「妳看，祖母，我得要做十分艱難的決定。」他說道，「首先，要遵循亞崔迪氏族的神話嗎？要為我的子民而活……並為他們而死嗎？還是選擇另一條道路，一條可以讓我活上數千年的道路？」

潔西嘉不由自主地畏縮了。對方輕易說出的這些話觸及了貝尼．潔瑟睿德的大忌，很多聖母本來大可以選擇那條路……或者嘗試如此，畢竟女修會的創始人手握操控體內化學性質的方法。一旦有人開始嘗試，所有人遲早都會走上這條路，世上會有越來越多永保青春的女人，而這瞞不過世人。她們確信，這條路最終會毀了她們，因為壽命有限的人類會對付她們。不——這是大忌。

「我不喜歡你的思路。」她說道。

「妳不理解我的思路。」他說道，「珈尼瑪和我……」他搖了搖頭，「厄莉婭本來可以做到，可惜她放棄了。」

「你確定？我已經通知女修會厄莉婭觸犯禁忌了。看看她的樣子吧！自從我離開這裡，她一天都沒變老……」

「哦，那個！」他手一揮，表示自己談的並非女修會的肉身修練，「我說的是別的事——一種任何人都不會達到的無懈可擊。」

潔西嘉一言不發，驚駭於他那麼輕易就從她口中套出祕密。他當然知道這種消息等於判了厄莉婭死刑，雖說他轉變了話題，但談的同樣是滔天大罪，難道他不知道這些話題有多凶險？

「解釋清楚。」她終於說道。

「怎麼解釋？」他問道，「除非妳能理解時間並不像表面那樣，否則我無從解釋。我父親懷疑過，他離頓悟只有一步遠，但他退縮了。現在輪到珈尼瑪和我了。」

「我堅持要求你解釋。」潔西嘉摸了摸藏在長袍褶口的毒針，那是一根戈姆刺，輕輕一刺就能在幾秒鐘內取人性命。她們警告過我或許會用上。這想法使她手臂的肌肉微微顫抖，幸好還有長袍掩飾。

「好吧。」他嘆了口氣，「首先，關於時間，一萬年和一年是沒有區別的，十萬年和一次心跳也沒有區別。沒有區別，是時間的第一個事實。第二個事實是，整個宇宙的時間都在我體內。」

「一派胡言。」她說道。

「看吧，妳不明白。那我盡量用另一種方式來解釋。」他邊說邊舉起右手比畫，「我們向前，我們回來。」

「這些話什麼也沒解釋！」

「說得對，」他說道，「有的東西是無法用語言解釋的，必須自行體會。但妳還沒有準備好冒這樣的險，就像妳雖然在看著我，卻看不見我一樣。」

「但是……我正看著你，我當然看見了你！」她盯著他。他的話使用了她在貝尼．潔瑟睿德學過的禪遜尼法書：玩弄語言，混淆一個人對哲學的理解。

「有些事件不是妳能控制的。」他說道。

「這句話怎麼解釋那……那種還沒人達到的無懈可擊？」

他點了點頭：「如果有人用香料來延緩衰老和死亡，或用妳們貝尼．潔瑟睿德視為洪水猛獸的肉身修練，這種延緩都只是虛幻的控制。一個人不論是迅速還是緩慢地走過穴地，他終究越過了穴地。時間的旅程只是種內在經歷。」

「為什麼要這樣玩弄口舌？甚至早在你父親出生前，我就不再故弄玄虛了。」

「啊哈，妳已經接近了！」

「哼！」

「祖母？」

「什麼？」

他久久不發一言，隨後道：「明白了嗎？妳仍然可以忠於自己。」他對她笑了笑，「但是妳無法看透暗影，而我就在暗影裡。」他又笑了笑，「我的父親曾非常接近這裡。當他活著時，他活著，但是當他死時，他卻沒有死去。」

「你在說什麼？」

「他的屍體在哪裡？」

「你認為是那個傳道人……」

「可能，但即便如此，那也不是他的軀體。」

「你什麼也沒解釋清楚。」她責備道。

「我早就說過妳不會明白的。」

「那為什麼……」

「因為妳要求我解釋，我只好告訴妳。現在，讓我們回到厄莉婭和她的綁架計畫……」

「妳想觸犯禁忌嗎？」她問道，抓住她長袍內淬毒的戈姆刺。

「妳要親自處決她嗎？」他問道，語氣是虛偽的溫和。他指著她藏在長袍內的手，「妳認為她會讓妳得手嗎？或是妳認為我會讓妳得手？」

潔西嘉發覺自己連吞口水都辦不到了。

「至於妳的問題，」他說道，「我沒打算觸犯妳們的禁忌，我沒有那麼愚蠢。但妳讓我非常訝異，妳竟敢審判厄莉婭。她當然違反了貝尼．潔瑟睿德的戒律！妳期待什麼？妳遠離她，讓她成為有實無名的女王，掌握一切權力！妳隱居在卡樂丹，躺在葛尼的懷抱裡舔舐妳的傷口。很好。但妳憑什麼審判厄莉婭？」

「我告訴你，我不會——」

「閉嘴！」他別開目光，一臉厭惡，但他的話卻是用特殊的貝尼．潔瑟睿德方式說出——能控制他人心智的魅音。她無法開口，彷彿有一隻手捂住她的嘴。她想：這恐怕是我所碰過最高明的魅音了。這想法令她覺得好過一點。她常對別人施展魅音，從沒想過有一天會受魅音影響……再也不會了……從學校時代開始……

他重新望著她：「對不起，我只是剛巧知道妳的反應會有多輕率，當妳……」

「輕率？我？」聽到這話，她比受到魅音攻擊更加惱怒。

「妳，」他說道，「輕率。如果妳還有一絲坦率，就應該能看清自己的反應。我叫了妳，而妳的回答是『什麼』。我禁錮了妳的舌頭，喚起了妳的所有貝尼．潔瑟睿德迷思。用妳學到的方法審視內心吧，妳至少可以為自己做到——」

「大膽！你知道什麼……」她嚥下了後半句話。他當然知道！

「我說，審視內心！」他說，語氣迫切。

他的口吻再一次鎮住她。她發覺自己的感知停頓了，呼吸變得急促，除了意識，整個人只剩跳動的心臟，還有喘息……突然間，她發現自己的貝尼．潔瑟睿德訓練無法使心跳和呼吸恢復正常。她震驚地瞪大雙眼，感到肉身執行的指令並非出於自己。慢慢地，她恢復了鎮靜，但那樣的感受仍在。整場談話中，這個不是孩童的人就像在彈奏一把上好的古琴般引導著她。

「現在妳應該知道，妳那寶貝女修會對妳的心理制約有多麼深。」他說道。

她只能點頭。她對語言的信任被打碎了。雷托迫使她直接審視自己的肉身世界，而她離開時膽戰心驚，意識煥然一新。「讓我看看他的肉身！」他將她自己的肉身展示給她看，彷彿那才剛出世。除了早年在瓦拉赫學校的時光、在公爵的採購人還沒來到她面前的那些可怕日子之外，她從未對自己的下一刻感到如此惶惑不安。

「妳會讓自己被綁架。」雷托說。

「但是……」

「我不想和妳討論這件事。」他說道，「妳要讓自己被綁架，把我的話當作公爵給妳的命令。事件結束後，妳會明白我的用意。妳將會面對一位非常有趣的學生。」

雷托站起身，點了點頭，說道：「有些行為有終無始，有些有始無終，一切取決於觀察者所處的位置。」語畢他轉身離開了房間。

在二間前廳，雷托看見珈尼瑪正匆匆往兩人的私人住處走去。看到他時，她停了下來：「厄莉婭正忙著忠信會的事。」她看了看通向潔西嘉房間的通道，一臉詢問。

「成功了。」雷托說道。

16

任何人都能認出暴行，無論是受害者還是加害者，無論距離遠近。暴行沒有藉口，也沒有減免罪責的理由。暴行從來無法平衡或矯正過去，只能武裝未來，製造更多暴行。暴行能自我繁殖，是最野蠻的一種亂倫。暴行的禍首，也必須為繁殖出的更多暴行負責。

——哈克．阿拉達《摩阿迪巴外典》

．．．

剛過正午，多數朝聖者都躲到蔭涼處，試著提振精神。傳道人手搭在年輕領路人阿桑．塔里格的肩上，來到厄莉婭神殿下方的大廣場。他長袍飄動，口袋內放著他在薩魯撒．塞康達斯行星上用過的黑紗面罩。面罩和那名男孩的作用完全一樣：偽裝。一想到這個，他就忍俊不住。只要他仍然需要眼睛的替代品，疑團就會繼續存在。

讓神話滋長，讓懷疑持續，他想。

不能讓人發現那面罩只是一塊布，而不是伊克斯人的製品。他的手也不能從阿桑．塔里格瘦弱的肩上挪開，一旦別人看到傳道人像正常人一樣行走，儘管他的雙眼是兩道沒有眼珠的眼窩，所有疑慮仍然會消散，他所培養的小小希望就會破滅。每一天，他都在祈禱發生改變，被某個他沒料到的東西絆倒，但即使是薩魯撒．塞康達斯行星，對他而言也不過是塊再熟悉不過的鵝卵石。沒有改變，也發生不了改變……

時候未到。

很多人注意到他經過店鋪和拱廊市集時的動作：頭從一側轉到另一側，不時停在某道門或某個人身上，動作並不像盲人，這也有助於神話滋長。

厄莉婭從神殿城堞的垛口瞭望，看著下方遠處那張布滿疤痕的臉，尋找蛛絲馬跡——洩漏他身分的明確特徵。所有謠言都上報給了她，每一條都帶來了恐懼。

她以為自己下達的逮捕令不會走漏，但那現在也成了新謠言傳回她耳中。她的侍衛並非人人都守口如瓶。她現在只希望侍衛能遵守她的新命令，不要公開場合逮捕這名穿著長袍的神祕人物，否則人們會將消息傳播開來。

廣場燠熱難當，傳道人的年輕領路人已拉起長袍上的面罩，蓋過鼻梁，只露出黑色雙眼及消瘦的額頭，蒸餾服的集水管在面罩下鼓起，厄莉婭由此知道他們來自沙漠。他們藏身在沙漠的什麼地方？

傳道人沒有用面罩來抵禦酷暑。他甚至拿下了蒸餾服的集水管，讓臉暴露在陽光下，以及從廣場地磚不斷往上蒸騰的無形熱浪中。

神殿的階梯上，九名朝聖者正在屈膝告別。廣場上的陰影中可能還站著五十多人，多數是朝聖者，正在虔誠地遵照祭司要求進行各種告解。觀眾中有幾名信使，一些沒有賺夠的商販還不捨得關門躲開一天中最熱的時刻。

厄莉婭站在垛口瞭望，感受令人大汗淋漓的炎熱，知道自己正夾在理性和感性之間。過去，她經常看到兄長卡入其中進退不得。向體內生命求教的衝動如同不祥的嗡嗡聲，在她腦中盤桓不去。男爵就在那裡，隨時等候她的呼喚。只要她無法作出理智的判斷，不知發生在身邊的事究竟屬於過去、現在還是將來時，他就會利用她的恐懼。

如果那下面的人是保羅呢？她問自己。

「胡扯！」她體內的聲音說道。

但是，有關傳道人的報告，字字句句都確鑿無疑。異端！保羅想親自推毀以她之名建立的組織？一想到這種可能性，她便驚駭難安。

真的不可能嗎？

她想起今天早晨在議會的發言，當時，她對伊若琅大發雷霆，後者堅持要接受柯瑞諾氏族送來的服裝。「有什麼關係？反正和往常一樣，所有送給雙胞胎的禮物都會徹底檢查。」伊若琅申辯道。

「就算我們發現這份禮物很安全，又怎麼樣？」厄莉婭叫喊道。

不知出於何種原因，這才是她最擔心的：發現禮物沒有危險。

最終，她們接受了精美的衣物，開始討論另一個議題：要給潔西嘉女士在議會中留個位置嗎？厄莉婭設法推遲了投票。

向下望著傳道人時，她想的就是這些事。

另外，她治下的情勢也暗潮洶湧，正如這顆行星對被迫改變的反撲。沙丘曾經象徵無垠沙漠的力量。表面上，這力量確實縮小了，但關於沙丘神力的神話正在迅速蔓生。唯一不變的只有「流沙漠」，星球深處的沙漠之母，四周荊棘圍繞，弗瑞曼人仍然稱之為「暗夜女王」。荊棘叢的後方是綿延到沙漠上的翠綠丘陵。所有山丘都是人造的，上面的植物都是人類像爬蟲一樣孜孜矻矻種下。厄莉婭這種在傳統暗褐色沙漠中長大的人很難接受這些山丘上的綠意，在她和所有弗瑞曼人的心中，流沙漠仍然控制著沙丘星，永不鬆手。一閉上眼睛，她就能看到那片沙漠。

在沙漠的邊緣能看到青翠的山丘，沼澤向沙漠伸出了綠色的爪子——但另一側的流沙漠仍然和以往一樣強大。

厄莉婭搖了搖頭，俯視著傳道人。

他已經走上神殿前的第一級臺階，轉過身，看著空曠的廣場。厄莉婭按下身旁的按鈕，將下方的聲音放大，心頭一股自艾自憐——自己孤零零守在這裡，有誰是能信任的？史帝加算一個，但他已經被這個盲人動搖了。

「你知道他怎麼計算嗎？」史帝加問過她，「我聽到他數錢付給他的領路人。對我這雙弗瑞曼耳朵來說，他的聲音很奇怪，讓人毛骨悚然。他是這麼數的：'shuc、ishcai、qimsa、chuascu、picha、sucta，等等。我只在很久以前的沙漠裡聽過這種數法。」

聽到他這番話後，厄莉婭知道她不能派史帝加去完成那項必須完成的任務。哪怕是那些將攝政女王最微弱的暗示視為絕對命令的侍衛，她也必須小心。

他在下面做什麼，那個傳道人？

廣場周圍遮陽篷和街道拱廊下的市集還是那副俗麗的模樣，展示臺上擺著商品，只有幾名男孩在看。少數幾個商人沒去睡午覺，嗅著偏僻地區染上香料餅味的錢，聽著朝聖者錢包裡的叮噹聲。

厄莉婭打量傳道人的後背。他似乎準備開始演說，但語氣有點遲疑。

為什麼我要站在這裡看著那具老舊殘破的軀殼？她問自己，下面那個廢物不可能是我哥哥的「聖軀」。憤怒與沮喪充斥了她的心。她怎樣才能摸清這個傳道人的底細，在不調查的前提下打聽出真相？她進退不得。對這個異端分子，她只能流露出一點點好奇，不敢表現得太過在意。

伊若琅也感覺到了。她素以貝尼·潔瑟睿德的從容聞名，如今卻在議會上高聲喊道：「我們的權力有穩固到可以這樣自滿嗎？」

連史帝加都心頭一震。

賈維德讓大家回過神來：「我們沒時間理這種微不足道的事。」

賈維德是對的。怎麼看待自己又有何重要？他們要關心的是如何握住帝國的權力。

但是，恢復鎮定的伊若琅講出的話更讓人坐立難安：「我告訴你們，我們已經失去某種關鍵的東西。這樣一來，我們會沒有能力做出明智的決策。這段時間，我們就像有勇謀衝向敵人那樣，總是憑衝動做決定。不然就是乾等，那不過是另一種形式的放棄，讓別人牽著鼻子走。我們難道忘了嗎？目前這股浪潮就是我們掀起的。」

而這一切都終結到是否接受柯瑞諾氏族的禮物上。

必須除掉伊若琅，厄莉婭暗自決定。

那名老人在下面等待什麼？他自稱傳道人，為什麼不講道？

伊若琅的指責是錯的，厄莉婭對自己說道，我仍然可以作出正確的決定！必須做出生死攸關決定的人，必須作出決定，否則會進退不得。保羅過去總是說，在一切非自然的事物中，停滯是最危險的，變動才是永恆的。一切都關乎變化。

我會讓他們看到變化！厄莉婭想著。

傳道人舉起雙臂，為眾人賜福。

還在廣場的人走到他身旁，厄莉婭注意到他們的遲疑。是的，有傳聞說傳道人已經引起厄莉婭的不悅。她朝窺視孔一側的伊克斯揚聲器湊近，揚聲器傳來廣場上人群的嘈雜聲、風聲，還有腳底摩擦沙子的聲音。

「我給你們帶來四個訊息！」傳道人說道。

他的話在厄莉婭的揚聲器中轟鳴，她調低了音量。

「每條訊息都送給某個特定的人。」傳道人說道，「第一條送給厄莉婭，這個封地的主人。」他指了指身後神殿的窺視孔，「我給她帶來了一個警告：妳把時間的祕密縫在腰帶內，為了一只空錢包出售了妳的未來！」

他好大的膽子。厄莉婭想。但是他的話讓她動彈不得。

「我的第二條訊息，」傳道人說道，「送給史帝加，弗瑞曼的耐巴。他相信他能將部落的力量轉變為帝國的力量。我警告你，史帝加，在一切創造中，最危險是僵硬的道德規範。那會回頭向你反撲，讓你無處容身！」

他太過分了！厄莉婭想著，我必須派侍衛去，不管會有什麼後果。但是她的手仍然垂在身側，沒有任何動作。

傳道人轉過身來，看著神殿，向上爬了一級臺階，隨後轉身面朝廣場，左手始終搭在領路人肩上。他大聲說道：「我的第三條訊息送給伊若琅。公主，沒人能忘記自己遭到的羞辱。我警告妳，設法逃走吧！」

他在說什麼？厄莉婭問自己。我們是羞辱了伊若琅，但是……為什麼他要警告她逃走？我剛剛才作出這個決定！她毛骨悚然，傳道人是怎麼知道的？

「我的第四條訊息送給鄧肯·艾德侯，」他叫喊道，「鄧肯！你接受的教育讓你相信忠誠可以換來忠誠。哦，鄧肯，不要相信歷史，因為歷史是由金錢推動的。鄧肯！摘下你的綠帽，做你認為最正確的事。」

厄莉婭咬著她右手的手背。綠帽！她想伸手按下傳喚侍衛的按鈕，但是她的手無法動彈。

「現在我將對你們佈道，」傳道人說道，「這是來自沙漠的佈道。我想讓摩阿迪巴的祭司，那些用武器傳教的人聽聽我的佈道。哦，你們這些相信天命的人！你們是否知道既定的命運也有凶暴的一面？你們只因生活在摩阿迪巴的護佑下，就沾沾自喜。我說你們已經拋棄了摩阿迪巴。在你們的宗教中，神聖已經取代了愛！你們會引來沙漠的報復！」

傳道人低下頭，彷彿在祈禱。

厄莉婭感覺自己在顫抖。神啊！那個聲音！長年的炎熱風沙使那聲音變得沙啞，但仍舊帶著保羅的痕跡。

傳道人再次抬頭，低沉的聲音在廣場迴蕩，更多人被這個來自舊時代的奇人吸引，聚集到廣場上。

「經上是這麼記載的！」傳道人叫道，「那些在沙漠邊緣祈求露水的人，會招來洪水！理性的力量無法使他們逃脫命運！因為理性來自驕傲，而驕傲會讓人在行惡時無從看清自己的作為。」他壓低聲音，「據說摩阿迪巴死於預知，對未來的所知殺死了他，使他越過了現實宇宙，進入現象界。我告訴你們，這都是摩耶的幻境。這樣的想法缺乏現實的支撐，無法脫離你們去做任何真實的事。摩阿迪巴自己說過他沒有神力，無法解開宇宙之謎。不要懷疑他。」

傳道人再次舉起雙臂，聲音洪亮：「我警告摩阿迪巴的祭司！斷崖上的火會焚燒你們！自我欺騙的人終將被謊言毀滅，兄弟的鮮血也無法淨化。」

他放下手臂，找到他的領路人，在全身僵住的厄莉婭停止顫抖前就離開了廣場。這麼膽大包天的異端！一定是保羅。她必須警告她的侍衛，不能在公開場合對傳道人下手。下方廣場上的動靜證實了她的想法。

儘管傳道人滿口異端邪說，但下面沒人阻攔他離去。神殿的侍衛沒有前去追趕他，也沒有朝聖者阻止他。這個具有精神感召力的盲人！每個看到或聽到他的人都感受到他的力量，他神授的天賦。

儘管天氣酷熱，厄莉婭還是突然一陣寒意。她覺得自己對帝國的掌握像是有了實體，而這實體一碰即碎。她想到政權已岌岌可危，不由得緊抓著窺視孔邊緣，彷彿在握緊權力。政權的核心，是由蘭茲拉德、鉅貿聯會和弗瑞曼軍團三者的平衡所撐起，宇航和貝尼．潔瑟睿德則在暗處不動聲色地發牌。還有科技發展的滲透，哪怕那是來自人類最遙遠的邊疆，也會一點一滴啃噬中央的權力。允許伊克斯和忒萊素的工廠生產也無法緩解壓力。此外，還有柯瑞諾氏族的法拉肯，沙德姆四世的繼承人，一直在旁虎視眈眈。

失去弗瑞曼人，失去亞崔迪氏族對香料的壟斷，她會握不住權力。所有力量都將消散。她能感到權力正從她手中滑落。人們很在意這個傳道人。要他噤聲會很危險，然而讓他像今天這樣在廣場上繼續佈道也同樣危險。她看到了失敗的第一個徵兆，也很清楚問題會以什麼模式擴大。貝尼．潔瑟睿德早已將問題具體成文：

「在我們的宇宙中，數量龐大的人民受制於一小股強大力量乃司空見慣。在此，我們提出廣大民眾起身反抗統治者的主要條件——

「一、找到一位領袖時。這是對權力最緊迫的威脅。必須將領袖握在自己手中。

「二、看出自己身上的枷鎖時。讓人民保持愚昧、盲目。

「三、看見從奴役中逃脫的希望時。永遠不能讓人民相信有可能逃脫！」

厄莉婭搖搖頭，感到自己的臉頰隨著搖頭這個動作而顫抖。她的帝國已經出現了這些跡象，散布各處的密探給她的報告無不證實她的猜測。弗瑞曼聖戰無窮無盡的戰火無處不在，「宗教合一之劍」所及之處，人民出現受壓迫的種種態度：戒備、隱瞞、找藉口逃避。權力的所有化身，這實際上就是指宗教當局，成了眾矢之的。哦，朝聖者仍然蜂擁而來，其中某些人可能真的非常虔誠。但在大多數情況下，朝聖者都別有用心，最常見的就是尋求晉身之階。朝聖代表順服，以及獲得真正的、有形的權力，而這種權力可以輕易地轉化成財富。朝聖者從厄拉科斯返鄉後，會獲得新的影響力和社會地位，當他藉此大撈一筆時，家鄉星球不敢有半句質疑。

厄莉婭知道一個流行的謎語：「從沙丘星帶回家的空錢包中，你能看到什麼？」答案是：「摩阿迪巴的眼睛（火鑽石）。」

厄莉婭腦中不由得冒出種種壓制社會動盪的傳統方法：必須讓人民明白，與權力對抗永遠會遭到懲罰，而協助統治者則會受重賞。帝國軍隊必須隨機換防，政權的主要附庸必須隱瞞立場，攝政女王必須把握準確時機，鎮壓潛在的反抗者，讓他們措手不及。

我失去對時機的判斷力了嗎？她想著。

「這是多傻的猜測啊。」她體內有個聲音說。她感到自己平靜了一些。是的，男爵的計畫非常好。排除了潔西嘉女士的威脅，同時嫁禍於柯瑞諾氏族，好主意。

傳道人可以過陣子再來對付這個。她了解他的立場。他是肆無忌憚的古老投機者，在奉她為正統的沙漠中活躍、運作的異端。這是他的力量。他是不是保羅其實無關緊要……只要人們無法確定就行。厄莉婭的貝尼·潔瑟睿德知識告訴她，傳道人的力量中藏著鑰匙，可以讓她找到他的弱點。

我們會找到傳道人的弱點。我要派密探盯著他，每時每刻。一旦時機來臨，我們將讓他身敗名裂。

17

弗瑞曼人宣稱他們是在神的默示下向世人傳送宗教啟示，對此我不會與他們爭論。我要大肆嘲笑的，是他們同時宣稱的一種觀念啟發。當然，他們提出這兩種主張是為了維護他們的官僚體制，並在受壓迫意識越來越高漲的宇宙中讓自己永存。以所有受壓迫者的名義，我警告弗瑞曼人：短暫的權宜之計從來無法長久。

——傳道人在厄拉欽恩的講道

• • •

夜裡，雷托和史帝加離開穴地，來到低矮岩稜上的狹窄岩架上。泰布穴地的人稱這塊岩石為「侍者」，在二號月亮暗淡的月牙光線下，站在岩架能俯瞰整個沙漠——北方的大盾壁和艾達華峰、南方的大平原，還有向東朝哈巴亞山脊綿延的滾滾沙丘。沙暴剛過，漫天黃沙遮蓋了南方的地平線，月光給大盾壁罩上了一層霜華。

史帝加本不願意來，但雷托激起了他的好奇心，他才加入這次探險。為什麼非得冒險在晚上穿越沙漠？這孩子還威脅說如果他拒絕，他就找機會一個人偷溜出去。他對這場行動大惑不解，想想看，這兩個大活靶在晚上沒有防衛！

雷托蹲在岩架上，面朝南方的大平原。偶爾，他會捶打自己的膝蓋，一副沮喪的模樣。

史帝加站在主人身旁兩步外，雙臂環抱胸前，夜風輕輕拂動他的長袍。他擅長安靜等待。

對於雷托來說，穿越沙漠是對內在焦慮的回應。珈尼瑪無法再冒險與他一起對抗體內生命之後，他需要尋找新盟友。他費盡心機讓史帝加加入這場行動。有些事必須讓史帝加知道，好讓他為未來的日子作好準備。

雷托再次捶打膝蓋。他不知道如何開始！他常覺得自己是體內無數生命的延伸，那些生命真實、親密到就像是他自己的。這些生命的河流沒有盡頭，不會結束——只有永恆的開始。有些時候，這些生命會發起圍攻，衝著他嘶喊，彷彿他是他們窺視外界的唯一窗口，而窗口外危機四伏，已經摧毀了厄莉婭。

雷托注視著沙暴殘留的飛沙在月光下閃著銀光。連綿不絕的沙丘散布整個大平原。風吐出矽晶岩礫，在沙漠上形成一層層波浪，有細砂、砂礫，還有小卵石。就在他融入那片靜謐時，黎明降臨了。時間向他步步進逼，已經是阿卡德月，而他身後是最後一刻的冗長等候：漫漫酷暑，炎熱的風，像這樣受陣風及無盡惡劣天候折磨的夜晚。他越過肩膀，環視星光下有如一邊斷裂線條的大盾壁，他種種問題的禍源就潛伏在岩壁後的北方凹地上。

他再次凝視沙漠，望入熾熱的黑暗中，天亮了，朝陽在漫天沙塵中升起，形成一道道光柱，為沙塵的紅色流光染上一抹橙色。他閉上雙眼，想像厄拉欽恩的一天會如何展開。這座城市靜靜躺在他的潛意識中，像散落在光明與陰影之間的盒子。沙漠……盒子……沙漠……盒子……

睜開眼睛時，眼前仍是沙漠，整片廣袤無邊的黃褐風飛沙。烏溜溜的陰影從沙丘底座向外伸展，像是由剛剛退下的黑夜放射出來。這些陰影是時間與時間之間扣連的環。他想起昨晚他蹲在這裡時史帝加焦躁不安的樣子，老人很糾結他為何一言不發，而且莫名其妙來到此地。史帝加一定與他敬愛的摩阿迪巴一起度過了很多類似的夜晚，他現在正走來走去，四下掃視。史帝加不喜歡暴露在陽光下，典型的弗瑞曼老人。

雷托同情史帝加的日光恐懼症。黑暗儘管暗藏恐怖，仍是一體的，光明卻由很多事物構成。夜晚能扣留恐懼的氣味和身影，只能聽到窸窣的聲音。夜晚割裂了三維空間，所有東西都被放大了——號角更嘹亮，匕首更鋒利，但白天的恐怖其實更駭人。

史帝加清了清嗓子。

雷托頭也不回地說：「我有個非常嚴重的問題，史帝加。」

「我想也是。」史帝加的聲音在雷托身邊響起，既低沉又小心翼翼。這孩子的聲音太像他父親了，讓人不安。這是種禁忌的魔法，史帝加不由得一陣強烈反感。弗瑞曼人知道附身的恐怖，被附身的人都會立即被處死，體內的水被灑在沙漠上，以防汙染部落的蓄水池。死人就應該死去。人們藉由孩子來延續生命，這是正道，但孩子不應該長得跟祖先一模一樣。

「我的問題是，我父親留下了太多未完的事。」雷托說道，「尤其是我們生活的核心。帝國不能再這樣下去了，史帝加，現在的帝國太不重視人類生活。我講的是生命，你明白嗎？生命，而不是死亡。」

「有一次，你父親的某個預象讓他十分不安，他和我說過同樣的話。」史帝加說道。

雷托禁不住想用一種輕鬆的回應打消他的不解和恐懼，也許是提議中止齋戒。他發現自己飢腸轆轆，他們的上一頓是昨日的午餐，雷托堅持整晚禁食。但現在他心頭有另一種渴望。

我生命中的難題，也就是這裡的難題，雷托尋思，沒有任何新的創造。我只是不斷回溯、回溯、回溯，直到連距離都不見了。我無法看到地平線，也無法看到哈巴亞山脊。我找不到試煉的源頭。

「真的沒有東西能代替預象，」雷托說道，「或許我真該冒險試試香料……」

「然後像你父親那樣被毀掉？」

「進退兩難。」雷托說道。

「你父親曾經向我坦承，對未來知道得太多，意味著將自己鎖在未來，缺乏變化的自由。」

「這個矛盾就是我們的難題。」雷托說道，「預知的能力既微妙又強大，可以讓未來變成現在。但是，在盲人的國度裡，明眼人是很危險的。如果你想向盲人解釋你看到什麼，表示你忘了盲人自有一套內在機制去適應黑暗。他們就像一部沿著自己的道路前進的巨大機器，有自己的動力，自己的習性。我怕盲人，史帝加，我怕他們。在前進的道路上，他們可以輕易碾碎任何擋道的東西。」

史帝加盯著沙漠。澄黃的黎明已經變成了大白天。他問：「我們為什麼要來這裡？」

「我想讓你看看我可能的葬身之地。」

史帝加緊張了，隨即說道：「這麼說，你還是看到了預象！」

「也許只是一場夢。」

「為什麼要來這麼危險的地方？」史帝加盯著他的主人，「我們應該馬上回去。」

「今天我不會死，史帝加。」

「不會？你的預象裡有什麼？」

「我看到了三條路，」雷托說著，陷入了回憶，聲音於是聽上去有些昏沉，「其中一條要求我殺死我的祖母。」

史帝加警覺地朝泰布穴地的方向看了一眼，彷彿擔心潔西嘉女士能隔著沙漠聽到他們的談話：「為什麼？」

「以防止不再壟斷香料。」

「我不明白。」

「我也不明白，但這就是我在夢中拿出刀子時的想法。」

「哦，」史帝加明白拿出刀子意味著什麼，他深深吸了口氣，「第二條路呢？」

「珈尼和我結合，確保亞崔迪的血脈。」

「哼……！」史帝加厭惡地呼了口氣。

「在古代，對國王或女王來說，這麼做很平常。」雷托說道，「但是珈尼和我已經決定不這麼做。」

「我警告你，最好堅持這個決定！」史帝加的聲音中帶著殺氣。根據弗瑞曼律法，亂倫是死罪，違背者會被吊死在三角架上。他清了清嗓子，問道：「那麼第三條呢？」

「將我的父親降級成人類。」

「他是我的朋友，摩阿迪巴。」史帝加喃喃道。

「他是你的神！我必須除去他的神格。」

史帝加轉過身，背對沙漠，看著摯愛的泰布穴地旁的綠洲。這類談話總讓他十分不安。

雷托聞著史帝加身上的汗味。他多麼想就此打住，不再提及這些必須在此說清楚的重大話題。他們可以就此聊上大半天，從具體說到抽象，彷彿他們不用做出真正的決定，不用面對眼前的問題。而且毫無疑問，柯瑞諾氏族對自己和珈尼瑪的生命都構成真正的威脅。史帝加曾提議暗殺法拉肯，在他的飲料裡下鴆毒。據說法拉肯嗜愛甜酒。那種做法當然不妥當。

「如果我死在這裡，史帝加，」雷托說道，「你必須提防厄莉婭。她已經不是你的朋友了。」

「你說這些都是為了什麼？一下子是死，一下子又是你姑母？」史帝加真的發火了。殺死潔西嘉女士！提防厄莉婭！死在這裡！

「人們不斷迎合她的號令。」雷托說道，「統治者不必是先知，史帝加，不必像個神，統治者只需要做到明察。我帶你到這裡來，就是為了說明我們的帝國需要什麼：優秀的統治。要做到這一點，靠的不是律法條文或是慣例，而是統治者的素質。」

「攝政女王將帝國事務管理得不錯，」史帝加說道，「你長大後……」

「我已經長大了！我是這裡最老的人！在我旁邊，你就是個牙牙學語的嬰兒。我能記起五千多年前的事。哈！我甚至還記得弗瑞曼人移民到厄拉科斯之前的事情。」

「你為什麼要說這些虛無的事？」史帝加厲聲問道。

雷托對著自己點了點頭。是啊，為什麼呢？為什麼要講述那幾世紀的記憶呢？此時的弗瑞曼人才是他的迫切問題，他們中的大多數還是半開化的野人，會天真地嘲笑他人的不幸。

「主人死後，晶刃匕也會消失。」雷托說道，「現在，摩阿迪巴已經消失了。為什麼弗瑞曼人還活著？」

這種跳躍性的思維令史帝加陷入迷霧。他不知該說什麼，雷托的話有其深意，但是他無法理解。

「眾人期望我登基為皇，但我必須是僕人。」雷托說道，扭頭看著史帝加，「我的祖父來到沙丘星時，在他的紋章加上了這句格言：『我在此，我留存於此。』」

「他沒得選擇。」史帝加說道。

「很好，史帝加，我也沒有。從我的身世、我對於適任的理解、匯聚在我身上的一切來看，我都應該成為皇帝。我甚至知道這個帝國需要什麼：優秀的政體。」

「『耐巴』有個古老的字義，」史帝加說道，「『穴地的僕人』。」

「我還記得你給我的訓練，史帝加。」雷托說道，「為了恰當的統治，部落必須有方法找出人選，而這些人選的生活會反映政府應有的治理方式。」

史帝加以他內心深處的弗瑞曼靈魂說道：「時機一到，你就會繼承帝位。但是首先，你必須證明自己有統治者的作風。」

雷托突然笑了，隨後說道：「你懷疑我的忠實嗎，史帝加？」

「當然不。」

「我與生俱來的權利？」

「你就是你。」

「假如我能達到人們的期望，人們就會認為我是忠實的，是嗎？」

「這是弗瑞曼人的做法。」

「那麼，我就不能忠於內在的感受了嗎？」

「我不明白這有——」

「無論我為壓制欲望付出了什麼代價，只要我永遠表現得體，人們就會這樣評價我，是嗎？」

「這就是自制的本質，孩子。」

「孩子！」雷托搖了搖頭，「啊，史帝加，你給我的，是打開政府的理性道德的鑰匙。我必須始終如一，每個行動都忠於過去的傳統。」

「沒錯。」

「但我的過去比你們還要悠遠！」

「差別在——」

「我沒有單一的自我，史帝加。我是眾人的綜合體，我記憶中的傳統遠比你所能想像的還要古老。這就是我的重擔，史帝加，我被過去驅動著。我腦內塞滿了天生的知識。這些知識拒絕新的事物，拒絕改變。然而摩阿迪巴卻改變了這裡的一切。」他指指沙漠，手臂畫了個半圓，將他身後的大盾壁也畫了進去。

史帝加轉身看著大盾壁。在摩阿迪巴的時代，岩壁腳下建起了一座村莊，供沙漠裡栽種植物的工作隊居住。史帝加看著人造物入侵大地。改變？是的，前方的村莊是真真實實的存在，令他相當不舒服。他靜靜站在那裡，不理會蒸餾服內側凹凸的表面造成的騷癢。村莊侵犯了這顆行星原有的秩序。突然間，史帝加希望能有狂風呼嘯著越過眾多沙丘，掃平這個地方。這種感受讓他全身發顫。

雷托說道：「你注意到了嗎，史帝加？新的蒸餾服品質很糟，我們的水分流失得太多了。」

史帝加差點脫口問道：我不是早就說過了？改口說：「我們的人民越來越依賴藥物。」

雷托點點頭。藥物改變了人體的溫度，減少水分流失。藥物比蒸餾服便宜，使用起來也方便。但是服用藥物有副作用，其中之一就是反應變遲鈍，偶爾會視線不清。

「我們來這裡就是為了這個？」史帝加問道，「聊蒸餾服的工藝？」

「不行嗎？」雷托問道，「既然你不願意面對我必須討論的話題。」

「我為什麼要提防你姑母？」他的聲音中流露出怒氣。

「因為她利用了老弗瑞曼人抵制變化的心態，卻要帶來更多、更可怕的變化，多過你的想像。」

「無中生有！她是真正的弗瑞曼人。」

「哈，真正的弗瑞曼人忠於過去，而我擁有古老的過去。史帝加，如果我完全迎合這種守舊的習性，我會需要一個封閉的社會，完全依賴過去種種神聖的規則。我會限制移民，向人民解釋移民會帶來新思想，威脅整個社會結構。這樣一來，行星上的小城邦都將獨立發展，各自有自己的樣貌，最後造成巨大的差異，將帝國壓到四分五裂。」

史帝加乾嚥了一口。這些都是摩阿迪巴會說的話，他彷彿聽到他的聲音在迴蕩。這些描述是可怕的悖論，但如果允許任何變化……他搖了搖頭。

「那麼過去確實可能指引你做出正確的行動，假如你還活在過去的話，史帝加。但是情勢變了。」

史帝加完全贊同，情勢真的變了。人們該怎麼做？他目光投向雷托身後那片他看不到的沙漠，陷入沉思。摩阿迪巴曾經走在那上面。太陽已然升起，大平原一片金黃，沙礫遍布的溪流上方有灰撲撲的熱浪。往日常懸浮在遠方哈巴亞山脊上的飛塵，如今清晰可見，而中間隆起一彎彎沙丘的沙漠正逐漸消退。在熱浪後方，他看到了植物正往沙漠邊緣蔓延。摩阿迪巴讓生命在這片荒地萌芽勃發。紅銅色、黃金色、火紅色的鮮花，鐵銹色、酒紅色、灰綠色的葉子，以及灌木叢下的濃重陰影。白天的熱浪使影子看上去彷彿在顫動，在空氣中一抖一抖。

史帝加說道：「我只是弗瑞曼人的領袖，而你是公爵的兒子。」

「你不知道自己在說什麼。」雷托道。

史帝加皺了皺眉。摩阿迪巴也這麼說過他。

「你還記得，不是嗎，史帝加？」雷托問道，「我們在哈巴亞山脊腳下，那個薩督卡上尉——記得他嗎，阿拉夏姆？為了救自己，他殺死同伴。那天你多次警告，說留下那個薩督卡的性命非常危險，說他已經看到我們的祕密。最後你說，他一定會洩漏看到的一切，必須殺死他。我的父親說你不知道自己在說什麼。你覺得委屈，你告訴他，你只是弗瑞曼人的領袖，而公爵必須懂更多更重要的事情。」

史帝加盯著雷托。我們在哈巴亞山脊腳下！我們！這……這個孩子，那天連胎兒都還不是，卻知道所有細節，只有親身經歷的人才可能記得的細節。這是另一個證據，不能以普通孩子的標準來看待這對亞崔迪雙胞胎。

「現在你聽我說，」雷托說道，「如果我死了，或在沙漠失蹤了，你必須逃離泰布穴地。這是命令。你要帶著珈尼，還有……」

「你還不是我的公爵！你還是……孩子！」

「我是住在孩子體內的成年人。」雷托指著他們下方的一道岩縫說道，「如果我死在這裡，那道岩縫就是我的葬身之地。你會看到鮮血，到時候你就明白了。帶著我的妹妹和——」

「我會將你的侍衛人數增加一倍，」史帝加說道，「你不能再出來了。我們現在就回去，你……」

「史帝加！你阻止不了我。再想想發生哈巴亞山脊的事，想起來了嗎？採收機正在沙漠上工作，一條大沙蟲來了，無法從沙蟲那裡救回採收機。我父親為自己無法挽救採收機而懊悔，但葛尼只關心他在沙漠中失去的人手。記得他是怎麼說的嗎？『你父親會更在意無法救回的人。』史帝加，我命令你去救人，他們比財富更重要。珈尼是最珍貴的，我死之後，她是亞崔迪唯一的希望。」

「我不想再聽了。」史帝加說完轉過身，沿著岩石向下走向沙漠中的綠洲。他聽到雷托尾隨在他身後，不久就越過他，回頭望著他說：「你注意到了嗎，史帝加？今年的少女多麼漂亮啊。」

18

一個人的生命，正如一戶家庭或一支民族一樣，最終只能靠記憶延續。我的人民必須體認到這一點，這是他們走向成熟的必經之路。人類就像一個有機體，藉由持續的記憶，在潛意識庫中儲存越來越多的經驗，以此應對不斷變化的宇宙。但是，這些儲存的經驗大多在偶發的意外中失落了，這些意外，我們稱之為「命運」。多數經驗無法整合到演化出來的人類關係中，因而在不斷變化的環境中，不會被人類列入考量或發揮作用。人類這一物種會遺忘！而這正是奎薩茲．哈德拉赫的特殊價值。對此，貝尼．潔瑟睿德深信不疑──奎薩茲．哈德拉赫從不遺忘！

──哈克．阿拉達《雷托之書》

•••

史帝加無法解釋，但雷托不經意的那句話令人心神不寧。穿過沙漠回到泰布穴地的途中，雷托的話不停鑽入他腦中，壓過了雷托在侍者岩上說的任何話。

的確，這一年，厄拉科斯的少女分外標緻，少年也是。年輕人的臉閃耀著豐潤的光澤，眼睛明亮幽深，經常不戴著蒸餾面罩和蛇形集水管，大方露出五官。在戶外也經常不穿蒸餾服，而寧願穿上新式服裝，走動間，衣物下青春的曲線若隱若現。

厄拉科斯全新的壯麗景觀是年輕人展露身軀之美的絕佳背景。和以前相比，人們現在經常入迷地看著褐紅色岩石間生長出來的一叢叢細嫩綠枝葉。代表洞穴都市文化、在所有出入口安裝精巧的密封裝置和捕風器的古老穴地，現在正蛻變成由泥磚建成的露天村莊。泥磚！

為什麼我巴不得那些村莊毀掉？史帝加陷入沉思，差點絆倒。

他知道自己屬於即將消失的那一群人。沙丘星上的揮霍讓老弗瑞曼人瞠目結舌——水白白散入空氣中，僅僅是為了壓製出蓋房用的磚頭。蓋一戶房子用的水足夠整個穴地用上一年。新式建築竟然還有透明窗戶，太陽的熱能可以進入屋內，蒸發屋內人身上的水分。這些窗子還大大敞開著。

住在泥磚屋的新弗瑞曼人可以向外眺望自然風光。他們不再縮在穴地內跟別人擠成一團。當視野改變時，想像力也隨之不同。史帝加能感覺到這一切。新視野讓弗瑞曼人與帝國的其他地方相連，空間也無限開展。過去嚴酷的自然環境一直將他們困在水分稀缺的厄拉科斯，使他們無法像其他行星上的居民一樣有開放的心胸。

史帝加能感受到這些變化正與內心深處的疑慮及不安形成鮮明對比。以前弗瑞曼人幾乎不會考慮離開厄拉科斯，到水源充足的世界去展開新生活，出走的夢想，他們無權擁有。

他看著前方少年行進中的後背。雷托剛才提到星際移民的管制。是的，對於絕大多數異星世界的人來說，管制移民是真實存在的措施，即使在某些星球，人們只能將移民當成寄托心靈的夢想。但在這方面，過去的厄拉科斯最為極端。弗瑞曼人一貫內向，身體被困在岩洞內，思想也困在自己的大腦中。

「穴地」這個詞，本意是遭遇麻煩時的避難所，但在現實中，卻成了巨大無比的監獄，禁錮著整個弗瑞曼民族。

雷托說的是事實——摩阿迪巴改變了這一切。

史帝加悵然若失，他覺得自己的古老信仰正分崩離析，新的外部視野使生命渴望逃離這所監獄。

「今年的少女多麼漂亮啊。」

古老的法則（我的法則！他承認）迫使他的人民忽略所有歷史，除了那些指向弗瑞曼民族苦難的歷史。老弗瑞曼人會閱讀他們艱難的遷徙史，如何對抗一次次迫害。過去的行星政府遵循舊帝國的政策，壓制創造力和任何形式的發展與演進。對於舊帝國和掌權者來說，繁榮意味著危險。

史帝加渾身一震，意識到厄莉婭設定的道路同樣危險。

他再次絆到，落後雷托更遠了。

在古老的法則和宗教中，沒有未來，只有無盡的現在。在摩阿迪巴之前，史帝加看到弗瑞曼人被訓練得只相信失敗，不相信他們有機會實現什麼。好吧……他們相信列特－凱恩斯，但是他設定的時程長達四十代，那不是什麼實現，那是一個夢，而且，也是內向的夢。

摩阿迪巴改變了這一切！

在聖戰中，弗瑞曼人知道了很多關於老帕迪沙皇帝沙德姆四世的事，這位柯瑞諾氏族第八十一任皇帝坐上金獅寶座，控制帝國轄下的無數個星球。對他來說，厄拉科斯是試驗場，用來測試種種他想用施行在整個帝國的政策。他在厄拉科斯上的行星總督利用弗瑞曼人一貫的悲觀來鞏固他的統治，並確定星球上的每個人，甚至包括四處為家的弗瑞曼人，都將無數的不公正和無法解決的問題視為理所當然。當地人被教導要將自己視為沒有希望的人，也不會有任何人會來拯救他們。

「今年的少女多麼漂亮啊。」

看著雷托遠去的背影，史帝加想，這個少年是如何讓這些想法湧現的——而且只用一句看似簡單的話。就因為這句話，史帝加開始用全新的眼光審視厄莉婭和他自己在議會中的角色。

厄莉婭喜歡說古老的法則不易改變，史帝加承認她的話令人隱隱安心。變化是危險的，創新必須壓制，個人意志必須摒棄。除了否定個人意志外，祭司團還有其他功用嗎？

厄莉婭一直說，公開競爭的機會必須減少到可控制的程度，這就意味著科技的威脅只會用於限制人民。過去，科技就是這樣為統治者效力的。否則……否則……

史帝加再次踉蹌。此時他已走到水渠邊，見雷托在水畔的一排杏樹下等他，聽到他走在未經修剪的草地上傳出的唰唰聲。

未經修剪的草地！

*我應該相信什麼？*史帝加自問。

他這一代的弗瑞曼人相信，任何人都必須深切體認自己的極限。在封閉社會中，傳統當然是最重要的控制力。人們必須了解各種限制：時代的限制、社會的限制和領地的限制。穴地成為形塑一切思想的模子，這有什麼問題嗎？界限感必須滲透到每個人的選擇中：家庭、聚落、政府踏出的每一道，都應該落在圍欄內。

史帝加停住腳步，目光越過果園看著雷托。少年站在那裡，笑著朝他點點頭。

*他知道我腦中亂成一團嗎？*史帝加想著。

這個弗瑞曼老耐巴極力回歸弗瑞曼人的傳統教義。生活的任何方面都需要確定的型態，從神祕的內在知識──怎麼做會有效、怎麼做沒效出發，畫出一道圓。這個模子規範了生活、部落、社會中的所有元素，也規範了政府，甚至越過了政府。這個模子必須是穴地，以及沙漠中與穴地對應的──沙胡羅。巨大的沙蟲無疑是最令人敬畏的生物，但一受威脅，就會躲到深不可測的地底。

變化是危險的！史帝加告誡自己。保持不變和穩定才是政府的正確目標。

但是，少年和少女是那麼美好。

他們記得摩阿迪巴推翻沙德姆四世時所說的話：「我要的不是帝王的長壽，而是帝國的永存。」

這不就是我一直跟自己說的嗎？史帝加尋思。

他又開始邁步，朝雷托右方的穴地入口前進。少年走過來，攔住了他。

史帝加提醒自己，摩阿迪巴說過：「社會、文明和政府就和個體生命一樣，也會出生、成熟、生育，然後死去。」

不論危險與否，變化總是存在的。美好的年輕弗瑞曼人知道這件事，他們會向外看，看到變化，並且做好準備。

史帝加被迫停住腳步。他要麼停下，要麼繞過雷托。

少年嚴肅地盯著他，說道：「你懂了嗎，史帝加？傳統並不是你想的那種至高無上的指引。」

19

弗瑞曼人離開沙漠太久就會死去，這就是我們所謂的「水病」。

——史帝加《釋經》

・・・

「開口要求你做這件事，我感到很為難。」厄莉婭說道，「但是……我必須確保保羅的孩子有帝國可以繼承，這是我這個攝政女王存在的唯一理由。」

厄莉婭坐在鏡前，梳洗完畢後，她轉過身看著丈夫，猜測她這番話他有多相信。她需要仔細觀察鄧肯・艾德侯。毫無疑問，他比過去那個亞崔迪氏族的劍術大師還要敏銳，也更加危險。他的外表仍然保持原貌，黑色鬈髮下是稜角分明的深色臉龐，但是多年前從甦亡人狀態醒來之後，他的內在也經歷一場劇變。

她揣測了無數次。他如此神祕而孤獨，是不是因為那個死而復生的甦亡人仍舊潛藏在他體內。忒萊素人在他身上施展精妙科技之前，鄧肯的言行帶著鮮明的亞崔迪標誌——忠誠，狂熱地固守僱傭軍先祖的道德準則，脾氣來得快也去得快。他與哈肯能家族有不共戴天之仇，在戰鬥中為了救保羅而死。但是忒萊素人從薩督卡手中買下他的肉身，並用再生箱培育出一個活死人：鄧肯・艾德侯的肉身，卻沒有他的意識和記憶。他被訓練成晶算師，並被當成一份禮物，一部人類電腦，一件被植入催眠指令要暗殺主人的精美工具，送給了保羅。鄧肯・艾德侯的肉身抗拒催眠指令，在難以忍受的壓力下，他的前身重新回到了他身上。

厄莉婭早就在心中暗暗認定，將他看成鄧肯是件危險的事。最好把他當成海特，他死而復生之後的新名字。還有，絕不能讓他看到她體內的哈肯能男爵。

鄧肯看到厄莉婭在觀察他，轉了個身。愛無法掩飾她身上的變化，也不能隱藏她明顯的企圖。忒萊素人給他的金屬複眼能冷酷地看穿所有偽裝。在他的眼中，現在的她是個沾沾自喜的人，幾乎就是男性的模樣，他無法忍受看到她現在這個樣子。

「你為什麼轉身？」厄莉婭問道。

「我必須想想這件事，」他說道，「潔西嘉女士是……亞崔迪氏族的人。」

「而你是向亞崔迪氏族效忠，而不是我。」厄莉婭沉下臉說。

「不要把我看成反覆無常的人。」他說。

厄莉婭抿著嘴。她逼得太急了？

鄧肯走到陽臺上，從這裡能俯瞰神殿廣場的一角。他看到朝聖者開始聚在那裡，厄拉欽恩的商人圍繞在他們身邊，就像一群看到獵物的掠食動物。他特別注意到一小群商人，手上挽著香料纖維籃子，身後跟著幾名弗瑞曼僱傭兵，神色漠然地在人群中穿行。

「他們賣蝕刻的大理石塊。」他指著他們說道，「你知道嗎？他們把石塊放在沙漠中，讓沙暴侵蝕。有時他們能在石塊上發現有趣的圖案，他們聲稱這是一種新的藝術形式——沙丘星的沙暴蝕刻大理石真品，非常受歡迎。上星期我買了一件五穗金樹，很美，很精細。」

「不要轉移話題。」厄莉婭說道。

「我沒有轉移話題。」他說道，「它很漂亮，但不是藝術。人類創造藝術品，用的是自己的力量、自己的意志。」他將右手放在窗戶上，「那對雙胞胎厭惡這座城市，我明白兩人的想法。」

「我看不出這兩者有什麼關係。」厄莉婭說道，「我們並不是要真的綁架我母親。作為你的人質，她會很安全。」

「這座城市是盲人建造的。」他說道，「你知道嗎？雷托和史帝加上星期離開泰布穴地去了沙漠，一整晚都不在。」

「我有接到報告。」她說道，「那些來自沙漠的小東西——你想讓我禁止銷售嗎？」

「那樣會打擊商業。」他轉過身說道，「妳知道我問他們為什麼要去沙漠時，史帝加是怎麼回答的嗎？他說雷托想和摩阿迪巴的靈魂溝通。」

厄莉婭突然一陣不寒而慄。她朝鏡子看了一陣子，讓情緒鎮定下來。雷托不可能為了這種蠢事在夜裡進入沙漠。這是個陰謀嗎？

艾德侯舉起手遮住眼睛，不想和她四目相交，說道：「史帝加告訴我，他和雷托一起去，是因為他仍舊信奉摩阿迪巴。」

「他當然了！」

艾德侯輕輕笑了，聲音空洞，「他說他保持這種信仰，是因為摩阿迪巴總是為小人物著想。」

「你怎麼回答？」厄莉婭問道，她的聲音暴露了她的恐懼。

艾德侯將手從眼睛上拿開：「我說，『那麼妳也是小人物之一。』」

「鄧肯！這是危險的遊戲。引誘那個弗瑞曼耐巴，你會喚醒一頭野獸，毀掉我們所有人。」

「他仍然相信摩阿迪巴，」艾德侯說道，「這就足以保護我們了。」

「他怎麼回答？」

「他說他知道自己的想法。」

「我明白了。」

「不……我不相信妳明白了。會咬人的東西，牙齒可比史帝加長多了。」

「我不知道你今天是怎麼了，鄧肯。我要求你做一件非常重要的事，這件事很要緊……你為什麼要扯這些不相關的事？」

她聽起來多麼暴躁啊。他再次轉身看著陽臺的窗戶。「當我接受晶算師的訓練時……要學習如何運用自己的心智。厄莉婭，這非常難。妳首先必須學會放任心智去思考。那很怪。妳能運用自己的肌肉，努力鍛鍊、強化，但心智必須自行運作。當妳學會之後，心智會讓妳看到妳不願意看到的東西。」

「這就是你想侮辱史帝加的原因？」

「史帝加不了解自己的心智，他沒有讓心智自由。」

「除了在香料狂歡時。」

「即使在那種場合下也沒有，這也使他成為耐巴。要成為領袖，就必須控制和限制自己的反應，做人們期望他做的事。一旦妳清楚這一點，妳就摸透了史帝加，也能測量他牙齒的長度。」

「那就是弗瑞曼人的作風。」她說道，「好吧，鄧肯，你做，還是不做？她必須被帶走，還得看上去像是柯瑞諾氏族幹的。」

他依然一言不發，以晶算師的方式研究她的語氣和說法。這個綁架計畫顯示了她的冷酷無情，發現她的這一面令他震驚。僅僅為了她眼下的這個理由就拿母親的生命來冒險？厄莉婭在撒謊。或許有關厄莉婭和賈維德的謠言是真的。這個想法使他心下一沉。

「這件事，我只能信任你。」厄莉婭說道。

「我知道。」他說。

她把這句話當成他的承諾，對鏡中的自己笑了起來。

「妳知道，」艾德侯說道，「晶算師看人的方法是，將每個人都看成一系列關係的組合。」

厄莉婭沒有回答。她坐在那裡，陷入回想，臉上頓時一片空白。艾德侯轉頭凝視她，看到她這樣的表情，不禁一陣戰慄。她彷彿在用只有自己才能聽到的聲音跟人交流。

「關係。」他低聲道。

他想：一個人必須擺脫過去的悲痛，就像蛇蛻皮一樣——只為了長出新皮，並受新皮束縛。政府也一樣，甚至攝政也是如此。過去的政府正如蛻下的舊皮，依然有跡可循。我必須實行這個計畫，但不是以厄莉婭所命令的方式。

不久後，厄莉婭肩膀震了震，說道：「這段時間裡，雷托不該那樣隨便出去。我會訓斥他。」

「和史帝加在一起也不行？」

「和史帝加在一起也不行。」

她從鏡子旁站起來，走到艾德侯站立的窗邊，一隻手抓住他的手臂。

他控制自己，不讓身體顫慄。她內在有些東西令他厭惡。

她內在的東西。

厭惡使他無法看著她。他聞到她身上化妝品發出的美藍極味，不禁清了清嗓子。

她說道：「我今天很忙，要檢查法拉肯的禮物。」

「那些衣物？」

「是的。他真正想做的，絕對不只送禮。而且，我們不能忘了他手下那個霸夏泰卡尼克，他精通鴆毒、憔瑪思和一切神不知鬼不覺的宮廷暗殺。」

「權力的代價。」他說著，手臂從她手中掙脫，「但我們仍然很靈活，而法拉肯做不到。」

她打量他雕塑般的五官。有時他是那麼高深莫測。他所說的靈活，只是單純指行動自由讓軍方充滿活力嗎？不一定，厄拉科斯的生活已經安逸太久，因無處不在的危險而磨利的知覺可能會在閒置中退化。

「是的，」她說道，「我們還有弗瑞曼人。」

「靈活，」他重複道，「我們不能退化成步兵。那麼做太傻了。」

他的語氣惹惱了她，她說道：「法拉肯會使用任何手段摧毀我們。」

「啊，妳說得對。」他說道，「這也是一種先發制人，一種我們以前沒有的靈活。我們曾經有規範，亞崔迪氏族的規範。為此，我們總是嘗盡苦頭，讓敵人大肆掠奪。當然，這個限制現在已經不在了，我們同樣靈活，亞崔迪氏族和柯瑞諾氏族。」

「我們綁架母親，是為了不讓她受到傷害。」厄莉婭說道，「我們仍然有自己的規範。」

他低頭看著她。她知道刺激晶算師去進行運算可能很危險。她會不知道他運算出什麼嗎？然而……他仍然愛她。他一隻手拂過眼睛。她看上去多嬌嫩啊！潔西嘉女士是對的，兩人在一起這麼多年，厄莉婭連一天都沒變老。她那繼承自貝尼．潔瑟睿德母親的臉蛋仍十分柔和，但她有一雙亞崔迪眼睛——嚴厲，總是在審度，像鷹眼。而如今，這雙眼睛後面更暗藏著冷酷的算計。

艾德侯為亞崔迪氏族效力多年，了解家族的優勢與弱點。但是厄莉婭內在的這個東西，是他從未見過的新東西。亞崔迪氏族可能會對敵人使詐，但絕不會針對朋友和盟軍，更不用說家人了。這個原則深入亞崔迪氏族的骨髓：盡最大能力來援助自己的人民，讓他們看到亞崔迪氏族治下的生活更加美好，以坦蕩的行為向友人展現友情。然而，厄莉婭現在的要求不符合亞崔迪的風範。他全身的細胞和神經都感覺到了這一點。他成了一整套裝置，感測到厄莉婭的異常。

突然間，他的晶算師感覺中樞啟動了，心智進入超然物外的入定，時間不復存在，只剩運算。厄莉婭能看出他在做什麼，但晚了，他已投入運算。

運算：厄莉婭的意識內有個鏡像的潔西嘉女士，這是個準生命，就像死前的鄧肯·艾德侯永遠留在他的意識內一樣。厄莉婭在出生前就擁有記憶，所以形成這種意識，而他則是因為忒萊素人的再生箱。但是，厄莉婭卻排斥潔西嘉的鏡像，拿母親的生命去冒險，這表示厄莉婭已經完全被體內另一個「準生命」附身，開始排斥其他生命。

被附身！

異化！

妖煞！

身為晶算師，他接受了這個現實，轉而考慮問題的其他層面。亞崔迪家的所有人都在這顆行星上，柯瑞諾氏族會冒險從太空發動攻擊嗎？他的心智開始翻閱那些終結了原始形態戰爭的公約：

一、所有行星都承受不起太空攻擊。因此，每個大氏族都在行星外側設置了報復性裝置。法拉肯當然知道，亞崔迪氏族不會遺漏這類基本防禦。

二、核武器以外的所有投射武器和炮彈都會被屏蔽場擋下，這正是徒手搏鬥回歸人類戰場的原因。但步兵有其局限，就算柯瑞諾氏族將薩督卡恢復到厄拉欽恩戰役前的戰力，仍然比不上凶狠血性的弗瑞曼人。

三、為數龐大的技術人員不斷威脅行星上的封建制度，但是巴特勒聖戰的影響延續至今，科技無法毫無節制地發展。這類威脅只有可能來自伊克斯、忒萊素和一些邊陲行星，但他們承受不起帝國其他行星的眾怒。巴特勒聖戰的影響不會消失。機械化戰爭需要龐大的技術階級。亞崔迪帝國已經疏導這些人，讓他們投入別的行業。帝國的封建體系很穩固，這再自然也不過，若要向散落宇宙各地的新邊疆——新行星擴張，封建是最好的社會型態。

鄧肯覺得自己的晶算師意識正在不斷閃爍，塞滿了本身的記憶資料，完全不受時間流逝的影響。他確信柯瑞諾氏族不敢進行非法的原子攻擊，因為他很清楚，帝國掌握的原子彈相當於其他大氏族的總和。柯瑞諾氏族一旦違反公約，至少有一半的大氏族會想都不想就立即反擊。亞崔迪氏族無需開口，就會有排山倒海的軍力湧來支援他們的報復性裝置。恐懼自會吹響集結的號角，薩魯撒・塞康達斯行星及其盟軍將在熾熱的煙塵中化為烏有。柯瑞諾氏族不會冒這種滅族的風險，他們無疑會遵守協定。原子彈只能有一種用途：當人類受到「其他智慧生命體」的攻擊時用來保衛自己。

這一連串運算相當清晰，沒有任何模糊的中間地帶。厄莉婭決定綁架她母親，是因為她異化了，不再是亞崔迪氏族的人。柯瑞諾氏族確實是個威脅，但不是厄莉婭在議會中宣稱的那種威脅。厄莉婭想除去潔西嘉女士，是因為貝尼・潔瑟睿德的智慧早已看到他現在才看到的東西。

艾德侯搖搖頭，脫離了晶算師意識，這才看到站在他面前的厄莉婭正在研究他，一臉冷漠。

「妳難道不想直接殺掉潔西嘉女士？」他問道。

他捕捉到厄莉婭臉上一閃而逝的竊喜，但她立即用佯裝的怒火掩飾，斥喝道：「鄧肯！」

是的，這個異化的厄莉婭更希望直接弒母。

「妳是害怕妳母親，而不是為她擔心。」他說道。

她繼續緊盯著他，日光一瞬也不瞬。「我當然害怕。她向女修會舉發了我。」

「什麼意思？」

「你不知道貝尼．潔瑟睿德最無法抗拒的誘惑是什麼嗎？」她向他走近，眼睛透過睫毛看著他，誘惑道：「我只想要保持力量，隨時戒備，以守護那對雙胞胎。」

「妳剛才說到誘惑。」他說道，保持著晶算師平靜的語氣。

「這是女修會隱藏得最深、最恐懼的祕密。就是因為這個祕密，她們才稱我為妖煞。她們知道她們的禁令無法約束我。誘惑——她們說的時候總會用更重的語氣：巨大誘惑。你知道嗎，我們這些接受貝尼．潔瑟睿德訓練的人可以調整體內的酶平衡，延長青春，效果比美藍極還要強大。如果有很多貝尼．潔瑟睿德都這麼做，你能想像後果嗎？其他人會發現的，我相信你能計算出我話中的真實性。美藍極使我們成了這麼多陰謀的目標。我們掌握了延長生命的物質。如果大家都知道貝尼．潔瑟睿德掌握了更強大的祕密，會怎麼樣？你當然知道！到時候，沒有一個聖母是安全的。到處都會有人綁架和折磨貝尼．潔瑟睿德。」

「而妳已經實現了酶平衡。」這是在陳述，而不是提問。

「我公然反抗女修會！我母親提交給女修會的報告將使貝尼．潔瑟睿德成為柯瑞諾氏族的堅定盟友。」

很有可能，他想。

他反駁道：「但是，她是妳的母親，不可能反過來對付妳。」

「她先是個貝尼．潔瑟睿德，才是我母親，鄧肯。她讓自己的兒子，我的哥哥，進行戈姆刺試煉！她安排了試煉！而且知道他可能在試煉中死去！貝尼．潔瑟睿德向來是實用主義者，不怎麼在意信仰。只要她覺得這種做法對女修會最有利，她就會反過來對付我。」

他點了點頭。她言之鑿鑿。這個想法不太妙。

「我們必須先發制人，」她說道，「這是我們最鋒利的武器。」

「還有葛尼．哈萊克這個問題。」他說道，「我非得殺了我的老朋友嗎？」

「葛尼正在沙漠中刺探。」她說道，她知道他早就知道這件事，「他遠離這裡，很安全。」

「太怪了，」他說道，「卡樂丹的攝政總督出任務出到厄拉科斯來。」

「有何不可呢？」厄莉婭問道，「她是他的愛人——即使現實中不是，在他的夢中也是。」

「是的，當然。」他不知道她是否聽出他的言不由衷。

「你要在什麼時候綁架她？」厄莉婭問道。

「妳最好不要知道。」

「是的……是的，我明白。你會把她關在什麼地方？」

「沒人能找到的地方。相信我，她不會在這裡威脅妳了。」

厄莉婭眼中有錯認不了的欣喜：「但是在哪裡……」

「如果妳不知道，必要時妳就能在真言師面前回答妳不知道她在哪裡。」

「哦，很聰明，鄧肯。」

現在她相信我了，相信我會殺了潔西嘉女士，他想。隨後他說道：「再見，親愛的。」

她沒有聽出他話中的訣別，甚至還在他離開時吻了吻他。

穿越如同穴地般錯綜複雜的神殿走廊時，艾德侯揉了揉眼睛。原來忒萊素製造的眼睛也會流淚。

20

你愛著卡樂丹
悼念這顆行星的主人已不存——
但在痛苦中發現
新戀人無法抹去
那些永遠的幽魂。

——《哈巴亞輓歌・副歌》

• • •

史帝加將雙胞胎周圍的侍衛增加到四倍，但他也知道這於事無補。少年很像老雷托。任何熟悉老公爵的人都會注意到，少年不但繼承了祖父的名字，也有如出一轍的深沉表情及謹慎性格。但同樣不容忽視的是，他血中也潛藏著野性，容易做出危險的決定。

珈尼瑪則更像母親，有著荃妮的紅髮和眼型，遇到難題時也同樣慎重。她經常說，她只會做必須做的事，但無論雷托走到哪裡，她都會陪著他。

雷托會將兩人帶入險境。

史帝加想都沒想過將他的狀況告訴厄莉婭。不告訴厄莉婭，當然也就不能告訴伊若琅，她不管什麼事都會一一向厄莉婭交代。史帝加意識到自己已經完全接受雷托對厄莉婭的評價。

她隨意、無情地利用人民，他想，她甚至用那種方式利用鄧肯，她倒不至於對付我或殺了我。她會拋棄我。

加強警戒的同時，史帝加在他的穴地四處窺探，像穿著長袍的幽靈。他時時想著雷托在他腦中種下的懷疑：如果不能依靠傳統，他的生命又將依靠什麼？

潔西嘉女士的歡迎大會在下午舉行，在那之前，史帝加看到珈尼瑪和她祖母站在穴地大會廳的入口。時間還早，厄莉婭還沒到，但人們已經開始湧入，並在經過這對祖孫時偷偷窺視她們。

史帝加在幽暗的壁龕停住腳步，避開人潮，看著兩人。漸漸聚集的人群嗡嗡作響，他聽不到她們在說什麼。許多部落今天都有人來歡迎聖母回到他們身邊。但他盯著珈尼瑪。她的雙眼，她說話時眼睛一眨一眨的樣子！那些動作吸引著他。那對深藍色、堅定、嚴厲、若有所思的眼睛。還有她搖頭將紅髮甩離肩膀的樣子——那就是荃妮。那是一種死而復生，詭異的相似。

史帝加慢慢走近，在另一處壁龕停了下來。

珈尼瑪觀察事物的方式不像他見過的任何孩子——除了她兄長。雷托在哪裡？史帝加轉眼看著擁擠的走道。一有任何差錯，他的侍衛都會示警。他搖了搖頭，這對雙胞胎讓他憂慮，不斷磨耗他原本平靜的內心，他幾乎快要恨兩人了。親人並不能免於仇恨，但是血液（及其珍貴的水）仍讓人不由自主站到親人身旁互相扶持。現在，這對雙胞胎就是他最重要的責任。

褐色光線透過飛塵射入珈尼瑪和潔西嘉身後的岩洞會場。光線照在孩子的肩膀和她的新白袍上，當她轉過頭望著前方的人流時，光線從後方照亮她的髮絲。

為什麼雷托要用這些疑慮折磨我？他想。毫無疑問，他是有意的。或許雷托想和我分享他的心智體驗。史帝加知道這對雙胞胎何以與眾不同，但理智上卻總是無法接受他知道的事實。他從來沒有過這種經歷：意識覺醒，身體卻被囚禁在子宮內——據說受孕之後第二個月胎兒就有了意識。

雷托說過，他的記憶就像「體內的全像投影，從覺醒的那一刻起便不斷擴張，細節也不斷增加，但是形狀和輪廓從未改變」。

史帝加看著珈尼瑪和潔西嘉女士，開始理解她們的生活是如何被無窮記憶組成的巨網所包覆，無處可退，也無法找到意識的密封小屋。她們必須將無法形容的瘋狂整合起來，在答案與問題瞬息萬變的系統中面對無窮的提議，決定是要採納或駁回。

她們的世界中，可能沒有一成不變的傳統，問題也總是有兩面性，找不到絕對的答案。什麼能起作用？不起作用的東西。什麼不起作用？會起作用的東西。他知道這樣的禪機，就像是古老的弗瑞曼謎語。問：「什麼帶來死亡和生命。」答：「大沙暴。」

為什麼他希望我理解這些？史帝加自問。他小心探問，知道雙胞胎對自己的與眾不同之處有相同的看法：這是一種折磨。他想，對這樣的人來說，產道一定極其可怕。無知能減少出生的衝擊，但兩人出生時卻什麼都知道。知道生活中的一切都可能出錯——這樣的生活是什麼滋味？你永遠必須跟疑慮作戰，憎惡你與夥伴的不同之處。即使只是讓你的夥伴嘗嘗這種不同之處的滋味，也能讓你高興。你的第一個永遠得不到答案的問題就是：「為什麼是我？」

而我又在問自己什麼問題？史帝加想。他冷笑了，為什麼是我？

以這種新眼光看著這對雙胞胎，他理解兩人尚未長大的身體擔負了什麼風險。有一次，他責備珈尼瑪不該爬上泰布穴地高處的絕壁，她簡潔地回答他。

「我為什麼要害怕死亡？我都經歷過了——很多次。」

我怎麼會自以為有能力教導這兩個孩子呢？史帝加想著，又有誰能教導他們呢？

古怪的是，潔西嘉和她孫女交談時，也有相同的想法。她在想，以未成年的身體承載成熟的心智是何等困難。身體必須學會心智早已熟練的那些動作和行為，讓思維與反射達成一致。她們掌握了古老的貝尼．潔瑟睿德「普拉那－並度」修練，即便如此，心智仍然在肉身無法控制之處亂竄。

「史帝加在那邊看著我們。」珈尼瑪說道。

潔西嘉沒有回頭。但珈尼瑪的聲音裡有種東西令她疑惑。珈尼瑪愛這個弗瑞曼老人，就像愛自己的父親一樣。表面上，她和他說話時很沒規矩，還不時開他玩笑，但她愛他。當潔西嘉完全明白雙胞胎對這位老耐巴的感情之後，不得不以全新眼光衡量他。潔西嘉清楚史帝加並不適應這個新的厄拉科斯，就像她的孫兒不適應這個新的宇宙。

潔西嘉腦中不由自主浮現貝尼．潔瑟睿德的一句話：「擔心死亡是恐懼的開端，接受死亡是恐懼的結束。」

是的，死亡並不是沉重的枷鎖，但對史帝加和雙胞胎來說，活著是緩慢的火刑。三人都與世界格格不入，都希望以另一種方式生存，都希望變化不再意味著威脅。他們是亞伯拉罕[6]的孩子，從沙漠上空的鷹身上學到的東西比書本還要多。

就在今日早晨，雷托令潔西嘉不知所措。兩人當時站在穴地下方的水渠旁，他說：「水困住了我們，祖母。我們最好能像沙塵一樣活著，因為風可以把我們吹到高處，比大盾壁最高處還要高的地方。」

儘管潔西嘉已經習慣這兩個孩子的深奧談吐，還是被打了個措手不及。她勉強回答：「你父親可能也

6 亞伯拉罕：希伯來人和阿拉伯人的共同先祖，猶太教、基督教及伊斯蘭教便統稱為亞伯拉罕諸教。在聖經故事中，上主與亞伯拉罕立約，讓他多子多孫，但為了試煉他，要求他以愛子獻祭。——編注

說過這種話。」

雷托朝空中扔了一把沙子，看著沙子掉在地上，說：「是的，他可能說過。但當時他忽略了一點：水很快就會讓任何升空的東西掉回地面。」

現在，身處穴地，站在珈尼瑪身後，潔西嘉再次感受到那些話的衝擊。她轉了個身，望向川流不息的人群，讓目光掃過史帝加那座壁龕的陰影。史帝加不是溫順的弗瑞曼人，他仍然是鷹。當他看到紅色時，想到的不是鮮花，而是鮮血。

「妳突然沉默了，」珈尼瑪說道，「出了什麼事嗎？」

潔西嘉搖了搖頭：「只不過想到雷托今早說的話，沒什麼。」

「你們去種植區的時候？他說了什麼？」

潔西嘉想回今早雷托臉上的那種深沉的怪異表情。現在，珈尼瑪臉上也有這種表情。「他回憶了葛尼從走私販那裡重新投入亞崔迪旗下的情景。」潔西嘉說道。

「接著你們談了史帝加。」珈尼瑪說道。

潔西嘉沒有問她是怎麼知道的。這對雙胞胎似乎擁有隨意交換思維的能力。

「對，我們談了。」潔西嘉說道，「史帝加不喜歡聽到葛尼以……他的公爵來稱呼保羅，但是葛尼就是這麼叫的，所有弗瑞曼人都聽到了。葛尼總是說『我的公爵』。」

「我明白了。」珈尼瑪說道，「當然，雷托注意到了，他還沒有成為史帝加的公爵。」

「是的。」

「妳應該知道他為什麼說這些。」珈尼瑪說。

「我不確定。」潔西嘉坦承，她發覺這麼說讓她十分不自在，但她的確不知道雷托的用意。

「他想點燃妳對我們父親的回憶，」珈尼瑪說道，「雷托非常想知道熟悉父親的人怎麼看待父親。」

「但是……雷托不是有……」

「哦，是的，他可以傾聽他內在的生命，但那不一樣。妳談論他的時候，我是指我的父親，妳是以母親的身分談論兒子。」

「是的。」潔西嘉嚥下了後半句話。她不喜歡這種感覺，這對雙胞胎能隨意喚醒、打開她的記憶來觀察，觸發她體內任何他們關切的情感。珈尼瑪可能正在這麼做！

「雷托說了一些令妳不安的話。」珈尼瑪說道。

潔西嘉意外發現自己不得不強壓怒火：「是的……他說了。」

「他就像我們的母親一樣了解我們的父親，又像我們的父親一樣了解我們的母親。妳厭惡這個事實。」珈尼瑪說道，「妳討厭這背後的暗示——我們了解妳的程度。」

「我從來沒這麼想過。」潔西嘉感覺自己的聲音很生硬。

「最令人不安的，是跟情慾有關的事情，」珈尼瑪說道，「妳的情況就是這樣。妳發現很難不把我們看成孩子，但我們的父母在公眾場合和私底下所做的一切，我們卻瞭如指掌。」

有那麼一刻，潔西嘉覺得與雷托交談時的那種感受又回來了，只不過她現在面對的是珈尼瑪。

「他或許還提到了妳的公爵『慾火焚身』。」珈尼瑪說道，「有時真應該給雷托的嘴套上馬轡。」

還有什麼是這對雙胞胎無法褻瀆的？潔西嘉想著，由震驚變得憤怒，再變成厭惡。他們怎麼能妄談她的公爵？相愛的男女當然會交歡！這是美麗而又隱祕的事，不應該大咧咧出現在成人與孩子的閒聊中。

成人與孩子！

潔西嘉突然意識到，無論雷托還是珈尼瑪，都不是隨意提起這些事。

潔西嘉緘默時，珈尼瑪說道：「我們讓妳受驚了。我代表我們向妳道歉。以我對雷托的了解，他是不會考慮道歉的。有時，當他順著特定線索追下去時，他會忘了我們……和你們有多麼不同。」

潔西嘉想：原來這就是你們的目的。你們在教我！隨後她又想道，你們也在教別人嗎？史帝加？鄧肯？

「雷托想從妳的角度看事情。」珈尼瑪說道，「要做到這一點，光有記憶是不夠的。但越是努力嘗試，像剛剛那樣，通常都會失敗。」

潔西嘉嘆了口氣。

珈尼瑪碰了碰祖母的手臂：「妳兒子有很多話都沒說出口，甚至對妳也沒說，但那些話其實必須說。比如，他愛妳。妳知道嗎？」

潔西嘉轉身，想掩飾眼中的淚光。

「他知道妳的恐懼，」珈尼瑪說道，「就像他知道史帝加的恐懼。親愛的史帝加。我們的父親是他的『獸醫』，而史帝加卻像是躲在殼內的綠色蝸牛。」她哼起了一首曲子，「獸醫」和「蝸牛」便來自這首歌。曲調響起，潔西嘉的意識中出現了歌詞：

哦，野獸的醫者，
面對綠色的蝸牛殼。
殼內有羞澀的奇跡，
躲藏著，等待死亡之戈。
你是降世的神！

就連外殼也知道，
神能毀滅透徹，
而治療也會帶來痛厄。
透過火焰之門，
能窺探到天堂之樂。
哦，野獸的醫者，
我是蝸牛人，
我看到我的殼，
在你眼前毫無掩遮！
為何，摩阿迪巴，為何？

珈尼瑪說道：「不幸的是，我們的父親在宇宙中留下了太多的蝸牛人。」

21

人類生存在無常的宇宙中——世人已接受了此一假設，並奉為圭臬。該假設要求心智成為完全平衡的器官。但是，若沒有整個生物體的參與，心智無法做出反應。這樣的生物體能經由激烈、衝動的行為來辨認。但在此，我們碰到了一個古老慣性。社會偏好古老的、反應性的刺激，並追求永恆。任何揭露宇宙之短暫性的舉動，都將激發反對、恐懼、憤怒和絕望。但與此同時，社會卻能接受預知，對此，我們應當如何解釋？很簡單：預知未來的人，講述的是絕對的（永恆的）領悟，因而受到人類的歡迎，儘管先知預測的可能是最為可怕的事件。

——哈克・阿拉達《雷托之書》

• • •

「簡直是摸黑作戰。」厄莉婭說道。

她怒氣沖沖地在帝國議會廳內來回踱步，從東側窗戶前高高垂下擋住朝陽的銀色帳幔，走到對面緊靠著牆壁的長沙發。她的涼鞋依次踏過香料纖維地毯、鑲木地板和巨大的石榴色地磚，接著又踏上了地毯。最終，她站在伊若琅和艾德侯面前，兩人正面對面坐在鯨魚皮製的長沙發上。

艾德侯本來拒絕從泰布穴地返回，但是她發出不容違抗的命令。綁架潔西嘉變得空前重要，但必須緩一緩。她需要艾德侯的晶算師感知力。

「這些事件都有相同模式，」厄莉婭說道，「我聞到了陰謀的味道。」

「或許不是。」伊若琅大膽說道，並以眼神向艾德侯詢問。

厄莉婭的臉上露出了赤裸裸的輕蔑。伊若琅怎會如此天真？除非……厄莉婭向公主投去鋒利、懷疑的一瞥。伊若琅穿著簡單的黑長袍，和她深藍色的香料眼睛很相配。金髮以圓環緊緊束在頸後，突出了那張多年來在厄拉科斯上變得越來越瘦、越來越堅韌的臉。她仍然保持著繼承自父親沙德姆四世的傲慢，而厄莉婭經常覺得這副高傲的表情下可能隱藏著陰謀算計。

艾德侯身上是黑配綠的亞崔迪氏族侍衛服，沒有肩章，一副散漫的模樣。厄莉婭的很多侍衛都厭惡這種制服，尤其是她那些佩戴軍官肩章的女侍衛。她們不喜歡看到死而復生的晶算師劍客一身簡樸裝扮。他是她們女主人的丈夫，那更加深了這份厭惡。

「各部落希望潔西嘉女士回攝政議會，」艾德侯說道，「這有什麼——」

「他們一致要求！」厄莉婭指著伊若琅身側沙發上的一張細紋香料紙，「法拉肯是一個威脅，而這……這裡頭有一股勾結的臭味。」

「史帝加怎麼想？」伊若琅問道。

「他的簽名在那張紙上！」厄莉婭說道。

「但如果他……」

「那人生下了他的神，他怎麼有辦法拒絕？」厄莉婭嘲弄地說。

艾德侯看著她，想：伊若琅快要被逼到極限了！他再次懷疑厄莉婭叫他回來的原因，她知道如果要施行綁架計畫，他就必須留在泰布穴地。她是不是聽到了傳道人給他的訊息？這想法令他心跳急促。那個托缽的祕教徒怎麼會知道保羅．亞崔迪用什麼祕密手勢召喚他的劍客？艾德侯多麼希望能離開這場毫無意義的會議，去尋找心中問題的答案。

「傳道人毫無疑問離開過行星。」厄莉婭說道，「在這件事上，宇航公會不敢騙我們。我要把他——」

「要慎重！」伊若琅說道。

「是的，必須慎重。」艾德侯說，「這顆行星上有一半人相信他是——」他聳了聳肩，「妳兄長。」艾德侯希望自己能以隨意的態度說出後半句話。那個人怎麼會知道手勢？

「但如果他是情報員，或是密探——」

「他沒有接觸過鉅貿聯會及柯瑞諾氏族，」伊若琅說道，「我們能確定——」

「我們什麼也不確定！」厄莉婭不想隱藏她的藐視，轉身背對伊若琅，看著艾德侯。他知道為什麼召喚他來！為什麼他不做我要他做的事？她要他來議會，是因為伊若琅在這裡。逼得柯瑞諾氏族的公主嫁給亞崔迪的歷史永不該被忘記。效忠的對象只要換過一次，就可能換第二次。鄧肯的晶算師能力應該能在伊若琅微妙的行為變化中查出蛛絲馬跡。

艾德侯振作精神，看了伊若琅一眼。他運算時全身必須定住，有時他真憎惡這一點。他知道厄莉婭在想什麼，伊若琅也應該知道，但是摩阿迪巴的公主妻子已經不在意當初的決定，那些使她輸給皇帝的情人荃妮的決定。伊若琅對這對雙胞胎的疼愛是毋庸置疑的，為了亞崔迪氏族，她已經拋棄了自己的家庭和貝尼．潔瑟睿德女修會。

「我母親是這場陰謀的一部分！」厄莉婭堅稱，「否則女修會怎麼會在這時候派她回到這裡？」

「歇斯底里對我們沒有幫助。」艾德侯說道。

厄莉婭轉身背對他。他知道她會這麼做。他暗自慶幸自己不用看著那張曾經摯愛但現在已被妖煞附身的臉。

「怎麼說呢，」伊若琅說道，「也不能完全信任宇航公會——」

「宇航公會！」厄莉婭嘲弄道。

「我們不能排除宇航公會或貝尼．潔瑟睿德仍與我們不如，」艾德侯說道，「但我們必須把他們歸為另外一類，這兩者是消極的鬥士。宇航會堅持基本原則：永遠不當統治者。他們是寄生者，這一點他們很清楚。他們不可能殺死他們寄生的生命體。」

「誰才能讓他們活著，對這一點，他們的看法應該和我們不一樣。」伊若琅慢聲慢氣地說，這是她最接近嘲弄的語氣，彷彿在說：「你漏算了一點，晶算師。」

厄莉婭看上去有些猶豫。她沒有想到伊若琅會這麼說，心懷不軌的人不會從這點角度分析情勢。

「說得對，」艾德侯說，「但是宇航不會公然反抗亞崔迪氏族。另一方面，女修會可能會冒某種撕破臉的——」

「如果她們想這麼做，會透過某種掩護，某個或某群可以隨時丟棄的棋子。」伊若琅說道，「貝尼．潔瑟睿德存在了這麼久，不會不懂隱藏鋒芒有多重要。與其坐在皇位上，她們寧願待在皇位後方。」

隱藏鋒芒？厄莉婭想著，這是伊若琅的選擇嗎？

「這正是我對公會的看法。」艾德侯說道。他發現這些辯論和說明很有幫助，能使他的心智擺脫其他問題的困擾。

厄莉婭走向那扇陽光燦爛的窗戶。她清楚艾德侯的盲點，每個晶算師都有的盲點。他們必須宣告自己的判斷，因而依賴絕對的事實，只觀察有限的範圍。這一點，他們心知肚明，這是他們訓練的一部分。我應該把他留在泰布穴地，厄莉婭想，直接把伊若琅交給賈維德審問比較好。

她聽到顱內有個低沉的聲音說道：「完全正確！」

閉嘴！閉嘴！閉嘴！她想著。在這種時刻，她總覺得自己受到誘惑，即將犯下滔天大錯，可是她無法看清那錯誤，只能感覺到危險。艾德侯必須幫助她走出困境。他是晶算師。人們少不了晶算師。人類電腦替代了巴特勒聖戰摧毀的機器。汝等不應造出機器去假冒人類思維！但此時厄莉婭希望擁有順服的機器，不會有艾德侯那種限制。機器永遠可以相信。

厄莉婭聽到了伊若琅慢條斯理的聲音。

「虛招中的虛招中的虛招，」伊若琅說道，「我們都知道攻擊政權時要採用什麼模式。我不會指責厄莉婭的多疑。顯然她懷疑所有人，甚至是我們。我們先撇開這些，來看動機吧。帝國攝政最大的威脅是什麼？」

「鉅貿聯會。」艾德侯以晶算師的平靜口吻說道。

厄莉婭露出冷笑。鉅貿聯會！但亞崔迪氏族控制了鉅貿聯會百分之五十一的股份，摩阿迪巴的祭司團控制了另外的百分之五。各大氏族十分務實地以這種方式接受沙丘星控制著無價的美藍極。香料經常被稱作「祕密鑄幣廠」，這其來有自。沒有香料，宇航公會的星艦就無法運作。香料促成了「領航靈覺」，讓領航員預先看到超光速通道再帶領星艦通過。沒有香料增強人體免疫系統，富人的平均壽命將至少縮短四年。連數量龐大的中產者也都每天喝上幾滴稀釋的美藍極。

但厄莉婭聽出來了，艾德侯聲音中帶有晶算師的誠實。她渴望聽到的，正是這種聲音。

鉅貿聯會。鉅貿聯會超越了亞崔迪氏族、超越了沙丘、超越了祭司團或是香料。這個組織代表了赤棘、鯨魚皮、�迦藤、伊克斯的工藝品和藝人、跨越人種和地域的貿易、朝聖和忒萊素的合法科技產品，也代表成癮的藥物和醫療技術，代表運輸（宇航）和整個帝國內部複雜的商業，覆蓋了成千上萬顆已知的行星，以及一些躲藏在邊陲的世界。當艾德侯說到鉅貿聯會時，他所說的是一團不斷發酵的東西，陰謀套著陰謀，利率波動十分之一可能就意味著行星的所有權易手。

厄莉婭回到長沙發上的兩人身旁。「鉅貿聯會有什麼地方讓妳覺得不對嗎？」她問道。

「一直有特定氏族在囤積大量香料，居心叵測。」伊若琅說道。

厄莉婭雙手一拍大腿，隨後指了指伊若琅身旁的香料紙：「香料的需求並不會引起妳的興趣，直到——」

「好吧！」艾德侯吼道，「說吧。妳隱瞞了什麼？妳很清楚，不能一方面不給資料，另一方面又期望我算出——」

「最近，四種具有特殊技能的人才交易量大增。」厄莉婭說道。她不知道對於眼前這兩人來說，這算不算新消息。

「什麼技能？」伊若琅問道。

「劍術大師、忒萊素製造的變異晶算師、蘇克學校受過心理制約的醫師，還有專攻投資交易的會計師，後者是最特殊的。為什麼這種可疑的做帳需求會增加呢？」她朝艾德侯提出問題。

他開始運算。好吧，這總比思考厄莉婭變成了什麼要輕鬆些。他聚精會神在她的話上。劍術大師？他也會有這項稱號。劍術大師當然不只是戰士，他們能修復屏蔽場，制訂作戰計畫，設計軍事設施，準備作戰武器。變異的晶算師？忒萊素顯然還在繼續搞這套把戲。身為晶算師，艾德侯很清楚變異有多脆弱、危險。購買了這些晶算師的大氏族希望能完全控制他們。不可能！甚至幫助哈肯能攻打亞崔迪氏族的彼特也仍然保有必要的尊嚴，最終接受了死亡，而不肯放棄自我。蘇克的醫師？心理制約應該要確保他們不會背叛自己的病人。蘇克醫生相當昂貴。交易量增加意味著大量的資金流動。

艾德侯考量這些因素與會計師需求增加的關係。

「推斷是，」語氣表明了他對推斷極具把握，「最近小氏族的財富增加了，其中一些正悄悄變成大氏族。這些財富只能源自政治聯盟的變化。」

「我們終於談到蘭茲拉德。」厄莉婭說出自己的看法。

「蘭茲拉德的下個會期在兩個標準年之後。」伊若琅提醒她。

「但是政治上的討價還價從不停歇，」厄莉婭說道，「我敢保證，簽署的部族中，有一部分——」她指了指伊若琅身旁的紙張，「和那些另結聯盟的小氏族相互勾結。」

「有可能。」伊若琅說道。

「蘭茲拉德。」厄莉婭道，「對貝尼．潔瑟睿德來說，還有比這更好的掩護嗎？女修會中還有比我母親更合適的間諜嗎？」厄莉婭轉身面對艾德侯，「是這樣嗎，鄧肯？」

為什麼我不能保持晶算師的超然？艾德侯問自己。他看出了厄莉婭的意圖。但是，鄧肯．艾德侯畢竟擔任過潔西嘉女士多年的護衛。

「鄧肯？」厄莉婭繼續追問。

「妳應該調查有哪些提案正在草擬，準備在下一次會期提出。」艾德侯說道，「他們可能會搬出律法，阻止攝政行使某些否決權，特別是稅收調整和查緝壟斷等。還有一些，但是……」

「採取這種手段，不太實際啊。」伊若琅說道。

「我同意，」厄莉婭說道，「薩督卡已被拔掉牙齒，而我們依然掌握了弗瑞曼軍團。」

「要當心，厄莉婭，」艾德侯說道，「我們的敵人最想看到的，就是我們露出可怕的樣子。不管你能命令多少軍團，在這樣分散的帝國內，權力依仗的還是大家的默許。」

「大家的默許？」伊若琅問道。

「你是指大氏族的默許？」厄莉婭問道。

「我們面對的這個新聯盟有多少大氏族？」艾德侯問道，「資金正湧入奇怪的地方。」

「邊陲世界？」伊若琅同道。

艾德侯聳了聳肩，這是無法回答的問題。他們都懷疑總有一天，忒萊素或是邊陲世界的科技工程師會克服霍茲曼效應。屆時，屏蔽場將變成廢物，維持帝國封建制度的脆弱平衡將會崩解。

厄莉婭拒絕考慮這種可能性。「我們依仗我們所擁有的，」她說道，「而我們擁有的是，鉅貿聯會的董事會知道我們如果被逼急了，會摧毀香料。他們不會冒這個險。」

「又回到鉅貿聯會了。」伊若琅說道。

「除非有人在別的星球上試著複製沙鱒和沙蟲的生命周期。」艾德侯說道。他若有所思地看著伊若琅，問道：「是薩魯撒．塞康達斯行星嗎？」

「我在那裡的線人仍很可靠，」伊若琅說道，「不是薩魯撒。」

「那麼我剛才的話仍然成立，」厄莉婭盯著艾德侯，「我們依仗我們所擁有的。」

換我出招了。艾德侯想著。他說道：「既然妳自己就能解決，為什麼還要中斷我的重要行動？」

「別用這種口氣和我說話！」厄莉婭厲聲道。

艾德侯的眼睛瞪大了。這一刻，他又看到那個異化的厄莉婭，這令他不安。他轉臉看著伊若琅，但她似乎並未發現厄莉婭的異常——或是裝作沒發現。

「我不需要小學教育。」厄莉婭說道，語氣中仍帶著異化的怒火。

艾德侯擠出懊悔的微笑，但胸口微微發疼。

「處理跟權力有關的事情時，一定會牽涉到財富，以及財富的所有偽裝。」伊若琅慢條斯理說道，「保羅造成社會突變，別忘了，是他改變了財富古老的平衡。」

「在帝國內任何富有的地方，這種突變都是可逆的。」厄莉婭說道，轉身背對著兩人，彷彿剛才並沒有露出那種可怕的異常表情，「他們知道這一點。」

「他們也知道，」伊若琅說道，「有三個人可以使這個突變永遠保存下來：那對雙胞胎，還有……」她指了指厄莉婭。

她們瘋了嗎，這兩個人？艾德侯尋思。

「他們會嘗試暗殺我！」厄莉婭以刺耳的聲音說道。

艾德侯震驚了，一言不發，心智飛速運轉。暗殺厄莉婭？為什麼？他們大可抹黑她，這易如反掌。他們也可以讓弗瑞曼人背棄她，屆時便能任意追殺她。但是那對雙胞胎……他知道，他沒有進入晶算師狀態來評估這個問題，但他得試試。他必須做到盡可能準確。同時他也知道，精確的思考包含生硬的絕對性。大自然並不精確，而是混亂且模糊，充滿了不確定性和變化。必須將全部人類視為自然現象，納入運算，而精確分析僅代表了不斷前行的宇宙潮流的某道切面。他必須找出那股潮流，觀察潮流的動態。

「將注意力放在鉅貿聯會和蘭茲拉德上是正確的。」伊若琅慢吞吞說道，「鄧肯的建議提供了調查的切入點——」

「金錢是力量的外在表現，兩者必須合起來看。」厄莉婭說道，「這一點我們都知道。但是我們必須回答三個明確的問題：何時？何地？使用何種武器？」

雙胞胎……雙胞胎，艾德侯想著，陷入危險的是雙胞胎，不是厄莉婭。

「還有『誰』和『如何』呢？妳不關心？」伊若琅問道。

「如果柯瑞諾氏族，或鉅貿聯會，或任何組織在這顆行星上安插了他們的人手，」厄莉婭說道，「我們有超過百分之六十的機會能在他們行動前找到他們。如果知道他們在何時何地行動，我們的優勢會更大。至於『如何』，這和使用什麼武器是同一個問題。」

為什麼她們看不到我所看到的？艾德侯尋思。

「那麼，」伊若琅說道，「何時呢？」

「當大家都在留意其他人時。」厄莉婭說道。

「在歡迎大會上，所有人的注意力都集中在妳母親身上，」伊若琅說道，「但沒有人對妳出手。」

「因為地點不對。」厄莉婭說道。

她在幹什麼？艾德侯思索著。

「那麼，會在哪裡？」伊若琅問道。

「就在皇宮內，」厄莉婭說道，「這是我覺得最安全，也最鬆懈的地方。」

「什麼武器？」伊若琅問道。

「傳統武器——任何弗瑞曼人都可能隨身攜帶的那種，浸毒的晶刃匕、毒鏢槍，或者——」

「他們已經很久沒用尋獵鏢了。」伊若琅說道。

「尋獵鏢在人群中沒有用，」厄莉婭說道，「而他們會在人群中下手。」

「生化武器呢？」伊若琅問道。

「傳染性媒介？」厄莉婭問道，毫不掩飾自己的懷疑：伊若琅會不知道傳染性媒介無法突破亞崔迪的免疫防護？

「我想的是某種動物，」伊若琅說道，「例如，訓練小昆蟲，讓牠只咬某個特定的人，並同時釋放毒物。」

「護宅貂會防止類似的事。」

「如果就是用護宅貂下手呢？」伊若琅問道。

「那也不可能。護宅貂會防備並殺死任何入侵者。這妳也知道。」

「我只是研究一些可能性，希望——」

「我會警告我的侍衛。」厄莉婭說道。

在厄莉婭提及侍衛時，艾德侯用一隻手蒙住忒萊素眼睛，抵擋湧向眼前的浪潮。這是圓迦亞，生命與永恆合一的狀態，晶算師完全沉浸在心智意識時，便會進入這樣一動也不動的蟄伏。圓迦亞將艾德侯的意識如同魚網般撒向宇宙，包裹住物品，讓物品露出形狀。他看到那對雙胞胎在黑暗中爬行，上方有巨大的利爪掠過。

「不。」他喃喃道。

「什麼？」厄莉婭看著他，彷彿不理解他為何還在這裡。

「柯瑞諾氏族送的那些衣服，」他問道，「已經送到雙胞胎那裡了嗎？」

「當然，」伊若琅說道，「衣服沒有任何問題。」

「沒人會在泰布穴地暗算那對雙胞胎，」厄莉婭說道，「不會有人想對付史帝加訓練出來的侍衛。」

艾德侯盯著她。他並沒有資料來證實他運算出的結論，但他知道。他知道。他剛剛的經歷與保羅預見未來的能力很相像，但無論伊若琅還是厄莉婭都會不相信他具有這種能力。

「我想提醒太空港查禁任何外星動物進口。」他說道。

「你不會把伊若琅說的話當真吧。」厄莉婭不贊同地說。

「何必冒險呢？」他問道。

「你忘了還有走私者？」厄莉婭說道，「我還是選擇信賴護宅貂。」

艾德侯搖了搖頭。護宅貂怎能對抗他看到的巨爪？但厄莉婭是對的。只要賄賂對的人，再加上宇航領航員的默許，任何空曠地方都能成為登陸區。宇航可能不願公然與亞崔迪氏族作對，但只要出價夠高……反正宇航總能找到藉口，說自己只是「運輸組織」，怎麼可能知道某個特定貨物的用途？

厄莉婭以全然的弗瑞曼姿態打破了沉寂。她舉拳，大拇指與地面平行，同時發出一句傳統的感歎詞，意思是「我令颱風吹襲」。顯然她把自己當成唯一合理的暗殺目標，而手勢則是在反抗這危機四伏的宇宙。她的意思是，對於任何膽敢攻擊她的人，她都將以死亡之風回報。

艾德侯感到任何形式的反駁都無濟於事。他看出她不再懷疑他。他將要前往泰布穴地，而她期望他能完美執行潔西嘉女士的綁架計畫。他從沙發上站起，憤怒使他的腎上腺素激增。他想：假使目標是厄莉婭，該有多好！要是能暗殺她就好了！一瞬間，他把手放在柄上。但他並不想殺了她，儘管對她來說，成為殉教烈士遠好過窮途末路最後埋骨沙漠墓地。

「對，」厄莉婭道，她誤將他的表情當成了關心，「你最好盡快回到泰布穴地。」她接著想：我太蠢了，竟然會懷疑鄧肯！他是我的，不是潔西嘉的！剛才的懷疑，一定是因為部落的要求使她心煩意亂。她揮了揮手，算是和艾德侯告別。

艾德侯絕望地離開大廳。厄莉婭不只被妖煞附身失去了理智，更重要的是，每次危機都使她更加瘋狂。她已經不僅是危險，更是在劫難逃。但他能為雙胞胎做什麼？他能說服誰？史帝加？但是史帝加能做的也都做了。

那麼，潔西嘉女士？

是的，他研究過這種可能性，但她確實也可能勾結女修會，另有所圖。他對這位亞崔迪情婦不抱任何幻想，她可能會聽命於貝尼．潔瑟睿德——甚至不惜對付自己的一雙孫兒。

22

優秀的政府從來不憑恃律法，而是仰仗統治者的個人素質。政府這部機器向來服膺管理者的意志。因此，政府最重要的功能，就是妥善挑選領導者。

——《宇航公會守則・律法與政府》

・・・

為什麼厄莉婭想要我和她一起出席早晨的覲見會？潔西嘉大惑不解，他們都還沒投票讓我返回議會。

潔西嘉站在通往堡壘議會大廳的前廳。在厄拉科斯以外的任何地方，這個前廳都堂皇到足以充當大廳。在亞崔迪氏族的領導下，權力與財富相當集中，厄拉欽恩的建築也隨之變得龐大，而這個空間是潔西嘉種種疑慮的縮影。她不喜歡這間前廳，也不喜歡描繪她兒子如何戰勝沙德姆四世的地磚。

通向大廳的塑鋼門異常光滑，她在上面看到自己的臉。回到沙丘後，她不由自主生出今昔之感。她只在臉上看到衰老的跡象：鵝蛋臉上的細紋，眼睛在靛青色的鏡像中顯得更加冰冷。她記得以前她藍色的瞳孔周圍有一圈眼白。紅銅髮絲依然閃亮，鼻管仍然嬌小，嘴巴也沒變形，身材保持得不錯，但即使是貝尼・潔瑟睿德訓練出來的肌肉也會隨著時間而鬆弛。沒注意到這一點的人會說「妳一點都沒變」。但是女修會的訓練是雙刃劍：受過同樣訓練的人，眼睛不會錯過這些細微變化。

所以厄莉婭絲毫沒有變化，這一點也沒能逃過潔西嘉的眼睛。

厄莉婭的人事大臣賈維德站在大門旁，顯得非常正式。他像是身著長袍的魔僕，圓臉上總帶著嘲弄的笑容。賈維德使潔西嘉想起一個悖論：吃飽喝足的弗瑞曼人。發現潔西嘉正在打量自己後，賈維德露出會意的微笑，還聳了聳肩。那天，他陪同潔西嘉的時間很短，那正如自己所料。他恨亞崔迪氏族，但如果她相信傳言，那麼他在雙重意義上都是「厄莉婭的人」。

潔西嘉看到他在聳肩，想：這是個聳肩的時代。他知道我聽到了他的故事，但他不在乎。不用等外來的入侵者，我們的文明就會先毀於內部這種麻木不仁。

在前去沙漠深處調查走私者之前，葛尼親自給她指派了侍衛。他們不願意她獨自前往這裡，她卻覺得很安全。讓她成為這地方的殉教者？厄莉婭是無法忍受的，她自己也心知肚明。

見潔西嘉不理會他的聳肩和微笑，賈維德咳了幾下，喉嚨發出類似打嗝的聲音，只有反覆訓練才能做到這一點。聽上去就像某種不為外人所知的密語，彷彿在說：「我們都知道這種盛大場面的虛假。若是用這種手法就能操縱人類的信仰，豈不是太妙了！」

確實很妙！潔西嘉想，但臉上並沒有表現出來。

前廳到處是人，所有獲允覲見的陳情者都從賈維德的手下拿到了通行證。通向外面的大門已經關上。陳情者和隨從與潔西嘉保持得體的距離，大家都注意到她穿著正式的弗瑞曼聖母黑色罩袍。這身裝束會引發很多問題，她身上沒有任何摩阿迪巴宗教的標誌。人們時而盯著她，時而望向小門，留意厄莉婭何時走出來引領眾人進入大廳，同時不停竊竊私語。潔西嘉明顯感受到厄莉婭攝政統治的權威已開始動搖。

我只在這裡現身，就做到了這一點，她想，但我卻是受厄莉婭之邀來到這裡。

潔西嘉觀察現場的騷動，明白厄莉婭是有意延長這一刻，好讓暗流現形。厄莉婭可能正站在某道窺視口後方。她的舉動很難逃過潔西嘉的眼睛。隨著時間一分一秒過去，她越來越覺得接受女修會指派給她的任務是多麼正確的決定。

「情勢不能這樣發展下去，」貝尼．潔瑟睿德的代表說，「妳不可能沒注意到腐敗的跡象。我們知道妳為什麼離開我們，但我們也知道妳受過什麼訓練。女修會在教育妳的時候毫無保留。妳這麼清楚女修會如何運用迷信和預言，自然明白變質的強大宗教會危害我們所有人。」

潔西嘉抿緊雙唇，看著卡樂丹城堡窗外柔和的春意，陷入沉思。她不喜歡這麼理性的思維。女修會的第一堂課就是質疑一切打著邏輯幌子的推論。但是代表團成員也很清楚這一點。

那天早晨的空氣真是濕潤，潔西嘉環顧厄莉婭的前廳。多麼清新，多麼濕潤。這裡的空氣也帶著甘美的水氣，卻令她不安。她想：我已經變回弗瑞曼人了。這個「地面上方的穴地」太潮濕了。掌管水分蒸散的人怎麼了？保羅絕不會允許這種鬆懈。

她注意到一臉警戒、沉著的賈維德，他似乎沒有注意到前廳的空氣太過潮濕。就土生土長的厄拉科斯人來說，他的教育相當不足。

貝尼．潔瑟睿德代表團的成員想知道她是否需要某種形式的證據來證實她們的指控。她用手冊的一句話憤怒回敬道：「所有證據都可能導致缺乏證據的論點！我們只知道我們願意相信的事物。」

「但我們有將這些問題提交給晶算師。」代表團的領導者反駁道。

潔西嘉盯著那女人，瞠目結舌。「妳晉升到現在這個地位，卻還沒理解晶算師的局限，真令人驚嘆。」潔西嘉說道。

聽到這話之後，代表團鬆了一口氣。顯然這是個測試，而她通過了。她們擔心她已經失去保持內心平衡的能力，而那是貝尼．潔瑟睿德修練的核心。

現在，看著賈維德從大門朝自己走來，潔西嘉稍稍提高了警覺。他鞠了個躬：「女士，我想妳可能還沒聽說傳道人最近的事蹟。」

「我每天都能接到報告，知道這地方的一切。」潔西嘉說道。讓他去向厄莉婭告密吧！

賈維德笑了笑：「那麼妳該知道他在抨擊妳的家族。就在昨天晚上，他在南郊講道，但沒人敢碰他一根手指。妳應該知道原因。」

「他們認為那是我兒子回來了。」潔西嘉說道，語氣帶著厭煩。

「我們還沒向晶算師艾德侯報告這個問題，」賈維德說道，「或許我們應該這麼做，以解決這件事。」

潔西嘉想著：他是真的不知道晶算師的局限，儘管他膽敢給晶算師戴綠帽——即便還沒發生，至少他求之不得。

「晶算師和雇主一樣，都會犯錯。」她說道，「正如所有動物，人類的心智是個共鳴器，會回應環境中的震動，而晶算師學會了讓心智沿著無數的因果迴圈延展，一路追溯因果的長鏈。」讓他去慢慢消化這串話吧！

「那麼，這位傳道人並沒有讓您不安？」賈維德問道，語氣突然變得正式，帶著試探。

「我認為他的出現是正面跡象，」她說道，「我不希望他受到打擾。」

賈維德顯然沒料到她的回答如此直率。他想要露出微笑，卻沒能辦到。他說道：「當然，如果您堅持的話，尊奉您的兒子為神的忠信會將謹遵所願。不過當然有些解釋——」

「或許你更想聽我說明我打算怎樣配合你們的計畫？」她說道。

賈維德定定地看著她：「女士，您拒絕指控這名傳道人，而我看不出這有什麼合理的原因。他不可能是您的兒子。我向您提出合理的請求：指控他。」

這是事先安排好的，潔西嘉想著，是厄莉婭讓他這麼做的。

她說道：「不。」

「但是他玷汙了您兒子的名諱！他的講道相當可憎，而且公開呼籲抵制您的女兒。他煽動平民反抗我們。他還說連您也被邪惡的天性控制，還有您——」

「夠了！」潔西嘉說道，「告訴厄莉婭，我不同意。自從我回來之後，聽到的都是這位傳道人的故事。我很厭煩。」

「女士，在他最近一次的汙衊中，他聲稱您不會反對他。這很顯然，您——」

「邪惡如我，也依然不會指控他。」她說道。

「這不是玩笑，女士！」

潔西嘉憤怒地衝他揮揮手。「退下！」她的音量足以讓前廳的所有人聽到，他只得遵從。

他眼中怒火大熾，但強迫自己僵硬地鞠躬，走回門邊自己的位置上。

這場爭論完全印證了潔西嘉的觀察。當賈維德提到厄莉婭時，聲音帶有提到愛人時的沙啞，不會有錯。謠言無疑是真的。厄莉婭已經讓自己的生命墮落到可怕的地步。看出這一點之後，潔西嘉甚至開始懷疑厄莉婭是自願變成妖煞。那是一種自我毀滅的變態心理嗎？很顯然，厄莉婭正在摧毀自己，以及因她兄長的教義而壯大的權力基礎。

前廳的不安氣氛變得越來越濃烈。虔誠的教徒意識到厄莉婭遲到太久了，而且他們都聽到潔西嘉憤然斥退了厄莉婭的寵臣。

潔西嘉嘆了口氣。這些人的動靜一目瞭然！他們趨炎附勢，就像風吹過麥稈一樣。這些極具教養的人皺著眉頭，務實地為自己及所有人按重要性排名。她對賈維德的呵斥顯然傷害了他，現在幾乎沒人和他說話。但其他人呢？她訓練有素的眼睛一一望向這些權力的附庸，判斷他們的尊卑。

他們不來奉承我，因為我是危險人物，她想著，我散發令厄莉婭畏懼的氣息，而他們聞到了。

潔西嘉環顧大廳，只見無數眼睛紛紛躲避她的目光。他們是如此渾渾噩噩，她覺得自己想要大喊，駁斥他們對庸碌生活的辯解。真該讓傳道人見識見識此刻這間屋子裡的人！

附近陸陸續續的對話吸引了她的注意。一個瘦高祭司正在對同伴說話，那些人顯然都依附著他。「我常常必須言不由衷，」他說道，「這就是所謂的外交。」

那夥人轟然大笑，但很快就閉上嘴巴。有人注意到潔西嘉在一旁傾聽。

我的公爵肯定會把這種人發配到最遙遠的地獄！潔西嘉想，我回來得正是時候。

她現在才知道，她居住的遙遠卡樂丹就像與世隔絕的溫室，厄莉婭的暴行中最露骨張揚的部分才能進入她的耳朵。是我自己製造了這樣的夢境，她想。卡樂丹就像宇航旗下最頂級的平穩星艦，只有最粗魯的操縱才會被乘客發覺，而且那也只會像是一陣輕柔的晃動。

平靜的生活是多麼誘人啊。她想。

她對厄莉婭的宮廷觀察越深，就越認同傳道人的話。是的，保羅若是看到他的帝國變成這副模樣，可能會說出類似的話。她尋思葛尼在走私者那裡有什麼發現。

她意識到，她對厄拉欽恩的第一印象是對的。在賈維德陪同下首次進城時，她就注意到重兵防守的住宅區、戒備森嚴的巷弄街道、角落裡從不鬆懈的監視者、高聳的圍牆、厚實地基所暗示的深層地下空間。厄拉欽恩已經變成狹隘封閉的地方，在嚴酷的輪廓中露出自身的蠻橫和自以為是。

前廳的小側門驀然開了。厄莉婭在女侍衛的簇擁下走了進來，步伐高傲，不可一世。她的表情很沉著，與潔西嘉四目相交時，一臉不動聲色。但兩人都知道，戰鬥開始了。

賈維德一聲令下，通向大廳的正門悄無聲息地打開了，散發一貫的凜然難犯。

厄莉婭走到母親身邊，侍衛緊緊圍住兩人。

「我們進去吧，母親。」厄莉婭說道。

「正是時候。」潔西嘉說道。看著厄莉婭眼中的志得意滿，心想：她竟然認為可以摧毀我而自己毫髮無傷！她瘋了！

潔西嘉不確定她的計畫是否和艾德侯有關。他送來了一封短信，但她還無法回覆。那信息像道謎：「危險。必須見妳。」是用契科布薩語的變體書寫的，其中的危險二字還有層意思：陰謀。

回到泰布穴地後，我必須馬上見他。她想。

23

這就是權力的謬論：權力終究只有在確實的、有限的宇宙中才會生效。但是相對論性宇宙中最基本的一課就是事物總在變化。任何權力都會碰到更大的權力。摩阿迪巴在厄拉欽恩的平原上給薩督卡上了這一課，但他的後代卻還沒有學到。

——傳道人在厄拉欽恩的講道

• • •

今天第一個覲見的陳情者是來自卡戴山的吟遊詩人，這名朝聖者的錢包已被厄拉欽恩傭兵洗劫一空。他站在大廳內水綠色的石板地上，不帶絲毫乞討的氣質。

潔西嘉很讚賞他的勇氣。她與厄莉婭一起坐在七級臺階上方的平臺，兩人的王座一模一樣。潔西嘉注意到，厄莉婭坐在她右側——象徵陽剛的位置。

至於這名卡戴山的吟遊詩人，顯然賈維德的人正是因為他此刻展現的品格而放他入內。人們期待吟遊詩人能為大廳的眾臣解悶助興，以此來換取他失去的錢財。

吟遊詩人的代訴祭司報告說，這個卡戴山人只剩背上的衣物和肩上的巴利斯琴。

「他說他被灌下一種黑色飲料，」代訴人說道，勉強壓下嘴角的竊笑，「那飲料讓他四肢無力，頭腦卻很清醒，只能眼睜睜看著錢包被拿走。」

潔西嘉端詳著吟遊詩人，與此同時，代訴人仍在滔滔不絕，態度帶著虛假的恭順，滿口義正詞嚴，酸不可耐。卡戴山人個子很高，接近兩公尺，目光四顧，顯示出他的機警及詼諧。他一頭及肩金髮，這是卡戴山星的髮型，朝聖長袍藏不住他寬闊的胸膛和上寬下窄的剽悍身形。他名叫塔吉爾．莫罕達斯，是航海工程師的後代，並以祖先及自己為傲。

厄莉婭做了個手勢，打斷陳情，直接說：「為了向潔西嘉女士的回歸致意，請她先裁決。」

「謝謝妳，女兒。」潔西嘉說道，向在場眾人清楚表明長幼尊卑。女兒！看來這位塔吉爾．莫罕達斯是女兒計畫的一部分。或者，他被蒙蔽了？潔西嘉意識到，她的裁決將會引發眾人的攻擊。厄莉婭的態度相當清楚。

「你很擅長演奏那個樂器嗎？」潔西嘉問道，指了指吟遊詩人肩上的巴利斯琴。

「和偉大的葛尼．哈萊克一樣棒！」塔吉爾．莫罕達斯用足以讓大廳裡所有人都能聽見的音量高聲說道，引起朝臣一陣竊竊私語。

「你想討取路費，」潔西嘉說道，「錢會把你帶到何處呢？」

「到薩魯撒．塞康達斯，法拉肯的宮廷。」莫罕達斯說道，「我聽說他在廣邀吟遊詩人，他支持這門藝術，想在生活中發動一場偉大的文藝復興。」

潔西嘉強忍著不望向厄莉婭。當然，他們早就知道莫罕達斯會說什麼。她覺得自己很樂於在這齣戲中配合演出。他們認為她連這種攻擊都無法應付嗎？

「你要用演奏來換取路費嗎？」潔西嘉問道，「按弗瑞曼人的條件，如果我欣賞你的音樂，我可能會留下你為我解憂。如果你的音樂令我不悅，我會將你放逐到沙漠，讓你在那裡籌集路費。如果我認為你的音樂適合法拉肯——此人據說是亞崔迪氏族的敵人，那麼，我會送你去那裡，並為你祝福。你答應這三個條件嗎，塔吉爾．莫罕達斯？」

他仰首大笑，從肩上解下巴利斯琴，熟練地在手裡翻轉一圈，以示接受挑戰。金色髮絲隨著他的動作飄揚。

人群開始擁向中間，但被朝臣和侍衛擋住。

莫罕達斯彈了個音符，琴弦發出低沉的嗡嗡聲。隨後，他以圓潤的男高音開始歌唱。歌詞顯然是即興創作，但潔西嘉被他純熟的演奏技藝迷住了，過了一會兒才注意到了歌詞：

你說你懷念卡樂丹的海洋，
你曾經的封地，亞崔迪，
思念永不停息——
卻流亡到陌生之地！

你說你悲痛挫抑，這裡的人粗野無禮，
為了宣揚你的沙胡羅之夢，
忍受著乏味的飲食——
流亡到陌生之地！

你使厄拉科斯變得弱疲，
使沙蟲聲消跡匿，

而你的結局仍是——

流放到陌生之地！

厄莉婭！他們稱妳為空魅，

無人得見的鬼靈，

直至——

「夠了！」厄莉婭厲聲喝道，從王座上向前挺身：「我要將你……」

「厄莉婭！」潔西嘉開口，音量剛好穿透厄莉婭的呵斥，引起大家的注意，但又不至於和厄莉婭正面相衝。魅音的高明運用，任何聽到的人都意識到話中蘊含的能量。厄莉婭坐回椅子，潔西嘉注意到她臉上沒有一絲狼狽。

*這也在劇本裡，*潔西嘉想，*真有意思！*

「第一個裁決由我來下。」潔西嘉提醒她道。

「很好。」厄莉婭的聲音只能勉強聽到。

「我覺得這人是非常適合法拉肯的禮物。」潔西嘉說道，「他的舌頭跟晶刃匕一樣鋒利。這麼一針見血的舌頭對我們的宮廷有益，不過我還是希望他向柯瑞諾氏族效力。」

大廳裡泛起笑聲。

厄莉婭強壓怒火，從鼻子裡緩緩呼了口氣：「妳知道他稱我為什麼嗎？」

「他沒用任何名號來稱呼妳，女兒。他只是報出任何人都能從街上聽到的傳言。他們稱妳為空魅……」

「不用腳走路的女厲鬼。」厄莉婭怒吼道。

「如果妳趕走據實回報的人，」潔西嘉溫言勸說，「留下的人只會說妳想聽的話，讓妳沉湎於妳的幻想，從根部爛起。我想不出還有什麼比這更加危險。」

王座下方的人群倒抽了一口氣，清晰可聞。

潔西嘉盯著莫罕達斯。他一直保持沉默，無畏地站著等待判決，似乎並不在意他的命運。她的公爵遇到麻煩時會願意身邊站著這種人，忠於自己的判斷，但願意承擔任何後果，甚至是死亡，絕不怨天尤人。然而，他為什麼要選擇這條路？

「你為什麼要唱那幾句歌詞？」潔西嘉問他。

他抬起頭，清楚說道：「我聽說亞崔迪氏族非常開明，值得尊敬。我只想做個測試，看能不能待在你們身邊，為你們效勞。這樣一來，我也有時間去調查究竟是誰搶了我，我要以我的方式和他們算帳。」

「他膽敢試探我們！」厄莉婭喃喃道。

「有何不可呢？」潔西嘉問道。

她朝下方的吟遊詩人笑了笑，以示善意。他來這個大廳只是為了找尋機會踏上新的冒險，尋求宇宙中另一段旅程。潔西嘉很想留下他當隨從，但是厄莉婭的反應說明勇敢的莫罕達斯下場堪憂。還有一些跡象告訴她，留下他將正中別人下懷——這場局的用意就是讓她像留下葛尼．哈萊克一樣收容勇敢英俊的吟遊詩人。最好還是讓莫罕達斯走自己的路吧，儘管將這麼出色的人讓給法拉肯讓她很心痛。

「他可以去法拉肯。」潔西嘉說道，「給他路費，讓他的舌頭刺出柯瑞諾氏族的血，看他能不能存活下來。」

厄莉婭惡狠狠瞪著地板，擠出遲來的微笑說道：「潔西嘉女士的智慧贏了。」她揮揮手，讓莫罕達斯離開。

這不是她想要的結果。潔西嘉想。但厄莉婭的態度表明之後還有更困難的考驗。

另一個陳情者被帶了上來。

潔西嘉觀察女兒的反應，心頭一陣疑慮。向雙胞胎學來的東西派上用場了。厄莉婭雖然成了妖煞，但仍然是出生前就有記憶的人。她對母親的了解不下於自己，不至於在吟遊詩人這件事上誤判母親的反應。為什麼厄莉婭還要演這麼一齣戲？為了讓我分心？

沒有時間深思了。第二個陳情者已經在王座下方站好，代訴人站在他身旁。

這回的陳情者是弗瑞曼人，一位老者，沙漠的曝曬在他臉上留下了印記。他個子不高，但身形結實，通常罩在蒸餾服上的白袍令他看上去有某種威嚴。白袍很搭配他的瘦長臉和鷹勾鼻，全藍的眼睛炯炯有神。他沒有穿蒸餾服，看上去似乎不太習慣。寬闊的大廳對他來說就像危險的野外，不停從他體內奪取寶貴的水分。半敞的兜帽下是打結的方巾，典型的耐巴戴法。

「我是哈登．阿法利，」他說道，一隻腳踏上通向王座的臺階，以示身分有別於底下的民眾，「我是摩阿迪巴敢死隊成員，我來這裡是為了沙漠。」

厄莉婭微微一僵，稍稍暴露了她的內心。阿法利的名字出現在要求潔西嘉加入議會的名單上。

為了沙漠！潔西嘉想著。

哈登．阿法利搶在他的代訴人之前開口。以正式的弗瑞曼語句表明他要說的事情涉及整顆沙丘星，語氣帶著一股威信，只有曾經跟隨摩阿迪巴出生入死的人才有的威信。潔西嘉懷疑哈登．阿法利在爭取覲見時，向賈維德及佐審官說的是另一套。她的猜測很快就證實了。一名祭司團官員從大廳後方衝了過來，揮舞著黑色的仲裁布。

「女士！」官員叫道，「不要聽這人的！他偽造了——」

潔西嘉看著祭司朝她們跑來，眼角瞥見厄莉婭比出古老的亞崔迪戰語：「現在！」潔西嘉無法判斷手勢是向誰打出，但還是本能地向左撲倒，帶著王座一起倒地，觸地時翻了個身，甩開王座。起身時她聽到刺耳的毒鏢槍聲……緊接著又是一槍。但第一聲槍響時她就立即反應，同時覺得有東西扯了一下她的右衣袖。她朝臺下的陳情者和朝臣衝去，卻發現厄莉婭沒有動。

淹沒在人群後，潔西嘉停了下來。

她看到哈登·阿法利已躲到高臺一側，代訴人卻仍然呆立在原地。

和所有伏擊一樣，整個過程瞬間就結束了，但大廳裡所有人都作出了意外發生時應有的反應，只有厄莉婭和代訴人一動也不動。

潔西嘉發現大廳中央一陣騷亂。她擠開人群，看到四名陳情者緊抓著祭司團官員。黑色的仲裁布躺在他腳下，布褶中露出一把毒鏢槍。

阿法利推開人群，越過潔西嘉，目光從祭司身上移到毒鏢槍。接著，這個弗瑞曼人發出怒吼，拳頭從腰間擊出，左手的手指堅硬如鐵，擊中祭司的喉嚨，祭司倒了下來，喉嚨發出嗬嗬聲。然後，憤怒的老耐巴轉身緊盯著高臺，沒有向倒地的人看上第二眼。

「Dalal-il'an-nubuww!」阿法利喊道，雙掌放在額頭，隨後放下，「薩拉夫不讓我閉嘴！如果我不殺死這些阻擾我說話的人，其他人也會下手。」

他還以為他是目標，潔西嘉意識到。她低頭看看衣袖，手指伸進毒鏢槍留下的光滑穿孔。毫無疑問，鏢上有毒。

陳情者放開祭司。他在地上抽搐著，喉管碎裂，瀕臨死亡。潔西嘉朝左方兩名嚇壞的朝臣揮手，說道：

「讓那人活下來，我有話問他。如果他死了，你們也活不了！」他們遲疑地望向高臺，她對他們用起魅音，「快去！」

兩人開始行動了。

潔西嘉迅速來到阿法利身邊，輕輕捅了他一下：「你這傻子，耐巴！他們要對付的是我，不是你！」周圍有幾個人聽到了。震驚的阿法利朝臺上瞟了一眼。一張王座翻倒在地，厄莉婭仍然端坐在另一張上。隨後，他臉色稍變，但變化極其細微，沒經驗的人是發現不了的——他明白了。

「敢死隊員，」潔西嘉說道，提醒他對她家族的古老職責，「我們在苦難中學會了如何背靠背站立。」

「相信我，女士。」他馬上理解她的意思。

潔西嘉只聽身後傳出一陣窒息的聲音，轉了個身，同時感到阿法利立刻移到她後方，和她背靠背站著。一名婦女身著城市弗瑞曼女性的俗麗服飾，從躺在地下的祭司身旁直起身來。那兩個朝臣不知去了哪裡。婦女看也不看潔西嘉女士，而以一種古老哭腔開始慟哭，召喚亡者蒸餾師前來收集屍體的水分並注入部落的蓄水池。聲音與她的穿著極不相稱，令眾人毛骨悚然。潔西嘉當即明白了，都市婦女的裝扮只是偽裝。這名服飾輕浮的女人殺了祭司滅口。

她為什麼這麼做？潔西嘉思索著。她大可以等那個人慢慢窒息而死。但她卻不顧一切出手了，說明她相當害怕。

厄莉婭朝前挪了挪，坐在王座的前側，目光炯炯地注視眼前的一切。一名穿著厄莉婭侍衛服飾的修長女子大步從潔西嘉身旁走過，在屍體前彎下腰，隨後又挺直了身子，望著高臺方向說：「他死了。」

「搬走屍體，」厄莉婭喝道，她向臺下的侍衛示意，「把潔西嘉女士的王座扶起來。」

還想厚著臉皮混過去！潔西嘉想著，厄莉婭認為會有人相信她嗎？阿法利喊出薩拉夫之名，向這位弗瑞曼父神尋求庇佑，但沒有什麼超自然力量能將毒鏢槍偷渡到這個戒備森嚴的地方。唯一的答案就是賈維德的人圖謀不軌。厄莉婭對她自己的安全毫不在意，這說明了她也跟陰謀有關。

老耐巴轉身對潔西嘉說：「抱歉，女士。我們這些沙漠人到您這裡尋求最後的希望，現在我們看到您同樣需要我們。」

「我不會接受弒母的女兒。」潔西嘉說道。

「所有部落都會聽到這句話。」阿法利保證道。

「如果你這麼急著尋求我的幫助，」潔西嘉問道，「為什麼不去泰布穴地的集會上找我？」

「史帝加不會允許。」

啊，潔西嘉想著，耐巴的規矩！在泰布穴地，史帝加的話就是律法。

倒地的椅子扶正了。厄莉婭示意她母親回到臺上：「你們所有人都要記住那個叛徒祭司的死亡。威脅我的人必死。」她瞥了一眼阿法利，「非常感謝，耐巴。」

「感謝我犯的錯誤嗎？」阿法利低聲道，他看著潔西嘉。「您是對的。我的憤怒殺死了一個該審問的人。」

潔西嘉低聲道：「記住那兩個朝臣和那個穿花衣服的女人，敢死隊員。我想抓住他們好好審問。」

「沒問題。」他說道。

「假如我們能活著離開的話。」潔西嘉說道，「來吧，讓我們繼續把戲演完。」

「謹遵所命。」

兩人一起朝臺上轉身，潔西嘉拾級而上，坐到厄莉婭身邊。阿法利也回到陳情者的位置。

「繼續吧。」厄莉婭說道。

「等等，女兒。」潔西嘉說道。她舉起衣袖，手指探入破洞，展示給大家看，「襲擊的目標是我。即便我竭力閃躲，毒鏢仍然差點射中我。你們都應該注意到那把毒鏢槍不見了。」她指著下方說道，「誰拿了？」

沒人回答。

「或許那把槍上有線索。」潔西嘉說道。

「一派胡言！」厄莉婭說道，「我才是——」

潔西嘉側身看著女兒，左手指向下方：「下面的某個人藏著那把槍。妳不怕——」

「槍在我的一個侍衛手裡！」厄莉婭說道。

「那麼叫那個侍衛把槍送來我這裡。」潔西嘉說道。

「她已經拿到別的地方去了。」

「這藉口真好。」潔西嘉說道。

「妳說什麼？」厄莉婭追問道。

潔西嘉冷冷一笑：「我說的是妳有兩個手下接受了搶救叛徒祭司的任務。我警告他們如果祭司死了，他們也得跟著死。現在我要他們死。」

「我不允許！」

潔西嘉只是聳聳肩。

「我們勇敢的敢死隊員還在等。」厄莉婭說道，朝阿法利指了指，「這場爭執可以先擱置。」

「可以永遠擱置。」潔西嘉以契科布薩語說道，話裡還有一層意思，她絕不會收回處死那兩人的命令。

「我們等著瞧吧！」厄莉婭說道，她轉向阿法利，「你為什麼來這裡，哈登・阿法利？」

「來拜見摩阿迪巴之母。」耐巴說道，「敢死隊勇士中的倖存者，那些為她兒子效力的弟兄將微薄的財產全送給我作為路資，讓我打點貪婪的侍衛，以見到被他們蒙蔽、不知厄拉科斯疾苦的亞崔迪氏族。」

厄莉婭說道：「只要是敢死隊員的要求，他們不可能——」

「他是來見我的。」潔西嘉打斷她的話，「你最迫切的要求是什麼，敢死隊員？」

厄莉婭說道：「在這裡是我代表亞崔迪氏族！這件事——」

「安靜，妳這凶殘的妖煞！」潔西嘉厲聲喝道，「妳想殺了我，女兒！我要讓這裡所有的人都知道。這麼多人，妳總不能全殺了滅口，讓他們像那個祭司一樣沉默。沒錯，耐巴那一擊可能會殺了那個人，但他仍有機會被救活。我們本來有機會審問他！現在妳安心了，他無法開口了。妳儘管抵賴吧，但妳的罪全寫在妳的言行中。」

厄莉婭靜靜坐著，臉色蒼白。潔西嘉盯著女兒臉上的表情變化，發現她的手部動作熟悉得可怕。這是下意識的小動作，卻和亞崔迪氏族某個宿敵的習慣動作一模一樣。手指有節奏地敲擊——小指敲兩次，食指敲三次，接著無名指敲兩次，小指再敲一次，無名指敲兩次……然後重複。

老男爵！

潔西嘉的目光引起厄莉婭的注意。她向下看了看自己的手，隨即停止敲擊，然後抬起頭望向母親，看到母親眼中的驚恐，嘴角隨即浮現得意的笑容。

「看來妳終於報仇了。」潔西嘉低聲道。

「妳瘋了嗎，母親？」厄莉婭問道。

「我真希望我瘋了。」潔西嘉說道。她暗想，她知道我會向女修會舉報，她知道。她甚至懷疑我會將一切告訴弗瑞曼人，並逼她接受附身測試。她不會讓我活著離開。

「我們爭論的時候，勇敢的敢死隊員還在苦苦等候。」厄莉婭說道。

潔西嘉強迫自己望向耐巴，強自鎮定下來：「你是來見我的，哈登。」

「是的，女士。我們這些沙漠人看到了，可怕的事正在發生。就像古老的預言所說的，小創造者從沙中爬出來。除了在無人沙漠最深的地方，再也見不到沙胡羅。我們拋棄了我們的朋友，沙漠！」

潔西嘉瞟了厄莉婭一眼，後者僅向她示意繼續。潔西嘉望向大廳的人群，只見每人都一臉戰戰兢兢。人們顯然意識到這場母女鬥爭茲事體大，並疑惑覲見會為何還能繼續舉行。她再次望向阿法利。

「哈登，你專程來這裡說小創造者和沙胡羅越來越少見，目的是什麼？」

「水氣聖母啊，」他說道，用她的弗瑞曼尊號來稱呼她，「經文早已警告我們。我們懇求您。從摩阿迪巴死去那一天起，厄拉科斯就出現了翻天覆地的變化！我們不能拋棄沙漠。」

「哈！」厄莉婭嗤笑道，「沙漠深處的迷信者害怕生態改造。他們——」

「你的意思我明白了，哈登。」潔西嘉說道，「沙蟲沒了，就不會有香料。沒了香料，我們將來依靠什麼？」

大廳內一陣騷動，吸氣聲和受驚的低語響遍大廳，在高高的空間中迴蕩。

厄莉婭聳了聳肩：「迷信！」

阿法利舉起右手，指著厄莉婭：「我在向水氣聖母說話，而不是女妖空魅！」

厄莉婭的雙手緊握王座扶手，但仍然坐著不動。

阿法利看著潔西嘉：「這裡曾是不毛之地，現在卻長滿了植物，像傷口上的蛆蟲一樣蔓延。沙丘上竟然出現了雲和雨！雨，我的女士！哦，摩阿迪巴高貴的母親，沙丘的雨是死亡的兄弟，和睡眠一樣。死亡之劍懸在每個人的上方。」

「我們的一切舉動都遵循列特－凱恩斯和摩阿迪巴的設計。」厄莉婭道，「說這些迷信的廢話有什麼用？我們遵照列特－凱恩斯的教導，而他告訴我們：『我希望能看到這顆星球覆滿綠色植物。』我們正朝著那個方向努力。」

「那麼，沙蟲和香料怎麼辦？」潔西嘉問道。

「總會有剩下的沙漠，」厄莉婭道，「沙蟲會活下來的。」

她在撒謊，潔西嘉想著，但她為什麼要撒謊？

「幫助我們吧，水氣聖母。」阿法利懇求道。

突然間，潔西嘉眼前彷彿出現了雙重視野，意識隨著耐巴的話而晃動。這毫無疑問是阿達卜記憶，憑自己的意志自行湧現，令她的感官停止運作，腦中只剩過去無數世代累積的教訓。她完全沉沒在這種記憶中，就像網中的魚。然而她能感到記憶的懇求，彷彿這是人類最重要的時刻，每個都是對創造的提醒。教誨及記憶的每個元素都是真實的，但又不完全，因為無時無刻不在變化。她知道，這是自己最接近兒子預知力的極限了。

厄莉婭在撒謊。她被想要摧毀亞崔迪氏族的人控制住了。她本人就是第一個犧牲者。阿法利說出了真相：除非扭轉生態改造的走向，否則沙蟲必將滅絕。

在靈啟的強大作用下，潔西嘉只覺得覲見會的人彷彿都放慢了動作，一一向她招認自己的角色。她能看出現場哪些人接到了不能讓她活著離開的命令！意識中出現了一條擺脫這些人的通道，像在陽光下清晰可辨——眾人一片慌亂，其中一人佯裝撞到另一人，整群人隨之倒下。她還看到她或許能離開大廳，卻會落入另一人手中。厄莉婭不會在意有人因她而殉道。不——那個控制住她的東西不會在意。

此時，在時間暫停的這一刻，潔西嘉選擇了一個能救出老耐巴並讓他為自己帶話的方法。逃離大廳的通道仍一目瞭然。多麼簡單啊！在場的人全是盲目的丑角，肩膀繃成僵死的防禦姿態。地板上的每個位置都可能爆發衝突，讓血肉四濺，露出白骨。每具身體、每件服飾、每張臉龐，都描繪出魂飛魄散——

隱藏的恐懼被吸入胸膛，嘴巴驚恐地大張。

潔西嘉感受到生態改造的力量正在溶解厄拉科斯。阿法利的聲音就像她靈魂中的密波器，喚醒了她內心最深處的野性。

一眨眼間，潔西嘉從阿達卜記憶回到了運轉中的宇宙，但這個宇宙已經不是幾秒前她心心念念的宇宙。

厄莉婭正準備開口，但潔西嘉搶先說道：「安靜！有人擔心我已經毫無保留地回歸女修會。但是，自從那天弗瑞曼人在沙漠中給了我和我兒子第二次生命，我就是弗瑞曼人了！」隨後，她開始使用一種古老語言，屋內只有某些人能聽懂。

「Onsar akhaka zeliman aw maslumen!」在兄弟有難時伸出援手，不論他是否正直！

她的話產生了她想要的效果，大廳內的形勢發生了微妙的變化。

潔西嘉繼續煽動：「這位哈登．阿法利，一位誠實的弗瑞曼人，來這裡告訴我本應由其他人向我通報的事。那麼誰都無法否認！生態改造已經成了失控的風暴。」

大廳裡四處有人默默點了頭。

「我女兒樂意見到這一切！」潔西嘉說，「Mektub al- mellah！你在我肌膚上割出傷口，用鹽在上面寫字！亞崔迪氏族為何在此找到歸處？因為默赫拉忒對我們來說自然而然。對亞崔迪來說，統治一直都是互相保護的夥伴關係，是默赫拉忒，如同弗瑞曼人始終知道的。你們看看她！」潔西嘉指著厄莉婭，「她在夜晚暗笑，盤算著自己的陰謀！香料產量將可能化為烏有，最多只有過去的幾分之一！當外界知道這個消息時——

「我們將獨占宇宙中最昂貴的產品！」厄莉婭喊道。

「我們將獨占地獄！」潔西嘉怒斥道。

厄莉婭改用最古老的契科布薩語，這是亞崔迪家人在私下使用的語言，帶有極難發出的喉塞音和嘖音。她對潔西嘉說道：「妳知道嗎，母親！妳難道認為哈肯能男爵的外孫女會感謝妳將那麼多生命記憶塞入我的意識中？還是在我出生之前？當我為妳所做的一切感到憤怒時，我只能問自己：在這種情況下，男爵會怎麼做？他回答我了！他理解我，亞崔迪賤貨！他回答我了！」

潔西嘉聽到她話中的怨毒，證實了她的猜測。妖煞！厄莉婭被內在生命擊垮了，被惡靈哈肯能男爵附身了。男爵正在用她的嘴巴說話，並不在乎真相曝光。他要讓她看到他的復仇，讓她明白他不可能被驅趕出去。

他以為，即使我知道了，也束手無策。潔西嘉邊想邊撲向阿達卜記憶指出的通道，同時大聲喊道：「敢死隊員，跟我來！」

大廳裡有六名敢死隊員，其中的五人衝過人群，尾隨在她身後。

24

當我比你弱小時，我向你祈求自由，因為這取決於你的原則；當我比你強大時，我拿走你的自由，因為這取決於我的原則。

——古哲人之言，哈克·阿拉達認為出自路易·維尤（Louis Veuillot）。

• • •

雷托從穴地的隱蔽入口探出身去，瞭望上方極遠處明亮的斷崖。午後的陽光在斷崖垂直的壁面上投下長長的影子。一隻蝴蝶時而在陰影中飛進飛出，網狀花紋的翅膀在陽光下變得透明。在這地方，蝴蝶的生命是多麼脆弱啊，他心中想著。

他正前方有片杏樹林，孩童在林間撿拾地上的果實。林子外有一條水渠。他和珈尼瑪利用忙進忙出的穴地工人作掩護，擺脫了侍衛，輕而易舉沿著通氣管道爬到穴地入口。現在只需要混入那群孩童中，設法到達水渠，然後鑽入地道。到那裡以後，兩人可以待在用來阻止沙鱒吸乾穴地灌溉用水的掠食魚旁邊，從那裡出去。弗瑞曼人怎麼也想不到，竟然會有人願意甘冒失足沒頂的風險。

他邁步走出防護通道，斷崖在他身體兩側向外伸展。珈尼瑪緊隨在他身後。兩人都帶著香料纖維織成的果籃，裡面藏著裝備：弗瑞曼求生包、毒鏢槍、晶刃匕……還有法拉肯送的新長袍。

珈尼瑪跟著兄長進入果園，與工作中的孩童混在一起。蒸餾服面罩掩蓋了每一張臉，兩人只是新加入的童工，但她覺得這場行動已經使她遠離了保護和熟悉的生活方式。簡單的一步，卻將她從一種危險帶到另一種危險。

籃子裡的新衣物。兩人的都很清楚法拉肯送上新衣物的用意。為了強調這一點，珈尼瑪在兩件衣服胸前的亞崔迪鷹徽上方繡下「我們共享」，這是兩人的契科布薩語座右銘。

黃昏將至。越過圍繞著穴地種植園的水渠後，沙漠上的夜色會披上某種特質，美到世所罕見。柔和的月光將微微照亮這片沙漠，亙古的孤獨讓所有置身這片新世界的生物都顯得形單影隻。

「我們被發現了。」珈尼瑪低聲說道。她彎著腰，在兄長身邊工作著。

「侍衛？」

「不是——其他人。」

「好。」

「我們必須盡快行動。」她說道。

雷托接納了她的建議，從懸崖下出發，穿過果園。他想：沙漠中的每樣東西都必須維持靈活，否則就會死亡。他的父親也是這麼想的。他看到遠處沙地上聳立的侍者岩，那再次提醒他靈活的必要。岩石謎般靜靜矗立，像在戒備什麼，年復一年消瘦，直至某天在風沙的猛攻中倒下。總有一天，侍者岩會變成沙子。

接近水渠時，兩人聽到穴地高處的入口傳來樂聲。是老式的弗瑞曼合奏曲——兩孔笛、小手鼓，以及香料塑膠製成的鼓，鼓面是一整張繃緊的皮。沒人問過這麼大的皮究竟是取自星球上的哪種動物。

史帝加會記起我跟他說過侍者岩上的那道岩縫，雷托想，等一切都太遲的時候，他會離開穴地，走入黑暗——然後，他就知道了。

兩人來到水渠邊，鑽入地道入口，順著維修梯向下爬到維修臺。水渠內昏暗、潮濕又陰冷，兩人還能聽到掠食魚濺起的水聲。任何想從這裡偷水的沙鱒都逃不過掠食魚的攻擊。人類同樣必須提防。

「小心。」雷托沿著滑溜溜的維修臺向下爬，將記憶鎖在他肉身從未去過的時空。珈尼瑪跟在他身後。

到了水渠盡頭，兩人除去全身衣物，只剩下蒸餾服，套上新長袍後丟下了弗瑞曼長袍，沿著另一條檢查通道爬了出去，隨後翻過一座沙丘，在沙丘的另一面坐了下來，綁好毒鏢槍和晶刃匕，將弗瑞曼求生包背在肩上。沙丘把穴地擋在身後，兩人再也聽不到那音樂了。

雷托站起身來，朝沙丘間的谷地走去。

珈尼瑪跟在他身後，以訓練過、不成節奏的腳步，安靜走在沙地上。

在每座沙丘下，兩人都會彎下腰走入沙丘的陰影中，稍停片刻，觀察後方，看看是否有人追趕。到達岩石地帶時，沙漠上還沒有出現追蹤者。

兩人走在岩石的陰影中，繞著侍者岩轉了轉，之後爬上一道平臺，觀察整片沙漠。遠方大平漠流光溢彩，天色漸暗，圍住那片易碎纖美的水晶。前方的沙漠無盡延伸，不見其他地貌。兩人掃視著這片大地，目光不在任何特定的東西上停留。

這是永恆的地平線，雷托想著。

珈尼瑪趴在兄長身側，想：攻擊馬上就要開始了。她凝神傾聽任何最微弱的聲音，整個身體變成繃緊的繩子。雷托以同樣的警惕靜靜坐著。在野外，人學會堅定地仰賴感官，所有感官。生命不過是一堆感覺，來自不同的感官，每個感覺都攸關生死。

珈尼瑪爬上岩石，從一道裂口觀察來時的路。穴地內安全的生活恍如隔世，褐紫色的遠方靜靜地矗立著一座絕壁，陽光在絕壁邊緣風化的岩面上投下最後的銀帶。沙漠上仍然沒有追蹤者的痕跡，她轉頭看著雷托。

「應該是一頭掠食動物。」雷托說道，「這是我第三次計算的結果。」

「你的計算結束得太早。」珈尼瑪說道，「應該不止一隻。柯瑞諾氏族不會將所有希望放在一個籃子裡。」

雷托點頭表示同意。

他心頭突然一沉，他內在有太多生命，甚至在他出生之前就塞滿他的肉身。他想要逃離自己的意識。他的內在是一頭沉重的巨獸，隨時就能將他吞噬。

他煩躁地站了起來，爬到珈尼瑪剛剛窺視過的裂口，朝穴地的斷崖望去。在那裡，斷崖下方，他看到了水渠在生與死之間劃出的界線。在綠洲的邊緣，他能看到駱駝刺、臭草、戈壁羽毛草，還有野生的苜蓿。在最後一道日光下，他能看到鳥在苜蓿叢中賣力啄食，遠處的穀穗在風中搖曳，風吹來的雲朵將果園籠罩在陰影中。

這裡會發生什麼事呢？他問自己。

他知道，會發生死亡，或與死亡擦肩而過，而目標則是他。珈尼瑪將活著回去，深信自己親眼目睹的死亡，或在深度催眠中相信她的兄長確實已經遇害，並將消息告訴大家。

這地方的未知因素讓他煩躁不安。他想，人是多麼渴望預知，多麼願意將自己的意識投入不變的、絕對的未來中。然而，他在夢中所見的那一小部分未來已經夠糟的了，他知道，他不敢冒險將意識伸入更遠的未來。

他回到珈尼瑪身邊。

「還沒有追蹤者。」他說道。

「他們派來對付我們的野獸是大型動物。」珈尼瑪說道，「我們應該有時間看到牠們過來。」

「入夜就看不到了。」

「已經快要入夜了。」她說道。

「是啊，該去我們自己的地方了。」他指了指左下方的岩石，風沙在那裡的玄武岩上刻出一道裂縫，寬到足以容納兩人，但大型動物進不去。雷托不想去那裡，卻很清楚他必須去。那就是他指給史帝加看的地方。

「他們也許真的會殺死我們。」他說道。

「我們必須冒這個險，」她說道，「這是我們欠父親的。」

「我不是在爭論。」

他想：這是正確的道路，我們在做正確的事。但他也知道在這個宇宙中做正確的事是多麼危險。此時，兩人的生死就寄託在精力、體能還有隨時掌握自己的極限上。兩人最佳的盔甲是弗瑞曼人的訓練，後備是兩人所掌握的貝尼．潔瑟睿德知識。現在，兩人的思維都像亞崔迪氏族最老練的戰士，唯一的防衛則是弗瑞曼式的頑強，而這從兩人幼小的軀體和正式著裝上絲毫無從窺見。

雷托摸索著腰間的晶刃匕柄，珈尼瑪也下意識地照做。

「我們現在就下去嗎？」珈尼瑪問道，同時發現了下方遠處有動靜。由於距離遙遠，這動靜似乎不那麼危險，但她還沒開口示警，雷托已因她的噤聲而警覺了起來。

「老虎。」他說道。

「拉扎虎。」她糾正道。

「牠們看見我們了。」他說道。

「我們最好趕快行動。」她說道，「毒鏢槍絕不可能對付這種野獸。牠們為了今天一定受訓很久了。」

「這附近應該有人在指揮牠們。」他說，率先大步朝左方的岩石跑去。

珈尼瑪同意他的說法，但為了保存體力，她沒有說出來。附近肯定有個人，在時機來臨之前，他不會放任老虎隨意奔跑。

在最後一抹日光下，老虎飛快跑動著，從一塊岩石跳向另一塊。牠們是視覺型動物，但夜幕很快就要降臨，那時就是聽覺型動物的天下了。侍者岩上，一隻夜鳥的啼叫宣告了情勢逆轉。夜行動物已經在風化的岩縫陰影中喧鬧起來。

奔跑中的雙胞胎仍然能看到老虎的身影。野獸渾身流淌著力量，每個動作都散發著勢在必得。

雷托奔跑著，確信兩人能及時跑到那道狹窄的缺口，但他卻入迷地不停回頭望向逼近的野獸。跌一跤，我們就輸了。他想著。

這個想法使他不再那麼有把握，他跑得更快了。

25

妳們這些貝尼・潔瑟睿德以「宗教的科學」來描述自己的預言。很好。我，另外一種科學家的追尋者，認為這定義很恰當。妳們的確創造了自己的神話，但是所有社會不都是這麼做的嗎？然而，我必須告誡妳們，妳們的行事就像很多誤入歧途的科學家。妳們的行為表示，妳們想從生命那裡取走某些東西。該用妳們常用的一句話提醒妳們了：事物都是一體兩面，而人不可能只取其中一面。

——傳道人在厄拉欽恩給女修會的訊息

・・・

破曉前一小時，潔西嘉靜靜坐在舊香料地毯上。她置身於一處古老、貧窮的穴地，四周都是光禿禿的岩石。這是數一數二古老的聚落，位於紅裂谷邊緣的下方，沙漠的西風被阻絕在外。阿法利和他的弟兄將她帶到這裡，此時他們正在等待史帝加的回音。然而敢死隊員在通訊時非常謹慎，史帝加並不知道他們的位置。

敢死隊員知道通緝令已下，自己成了帝國的敵人。厄莉婭的說法是她母親受到了帝國敵人的唆使，但她並未提及女修會。厄莉婭政權中的專制及殘暴本質在這一舉中暴露無遺。她一向認為，控制祭司團就是控制了弗瑞曼人。現在，這種信念即將受到考驗。

潔西嘉送給史帝加的消息簡短而直接：我女兒被附身了，她必須接受測試。

然而，恐懼會摧毀價值觀。有些弗瑞曼人不願相信她的指控，反而想用這個機會圖利，並在夜間挑起了兩場戰鬥。不過阿法利的人偷來了撲翼機，將逃亡者帶到這個極為安全的地方：紅裂谷穴地。他們從這裡發出消息，傳信給所有敢死隊員，但厄拉科斯的敢死隊員總數已不及兩百人。其他的敢死隊員全分散在帝國各處。

潔西嘉幾度思索這些事實，不禁懷疑自己是否陷入了絕境。某些敢死隊員也有同感，但渾不在意地接受了。當一些年輕隊員說出自己的恐懼時，阿法利只是朝她笑了笑。

「當神有意讓某個生命死在某地時，他會指引那生物前往那裡。」老耐巴說。

她們上破爛的布簾掀開了，阿法利走了進來。老人那張瘦長、滄桑的臉顯得很憔悴，眼中卻冒著火，顯然夙夜未眠。

「有人來了。」他說道。

「史帝加的人？」

「也許。」他垂下雙眼，向左側瞟去，弗瑞曼人帶來壞消息時，總是這副神情。

「出了什麼事？」她問道。

「泰布穴地傳話過來，妳的孫兒不在那裡。」他眼睛望向別處，說道。

「厄莉婭……」

「她下令將雙胞胎關押起來，但泰布穴地回報雙胞胎已經不見了。我們知道的就這麼多。」

「史帝加讓兩人進入沙漠了。」潔西嘉說道。

「可能，有人報告說他整晚都在尋找雙胞胎，或許他在要詐……」

「那不是史帝加的風格。」她邊說邊尋思，除非是那對雙胞胎讓他這麼做。但她仍覺得不對勁，只能開解自己先別驚慌。先前珈尼瑪的一番話已經消解她對雙胞胎的許多憂慮。她抬頭看著阿法利，後者正在打量她，眼中布滿憐憫。她說道：「他們是自己走入沙漠的。」

「自己走？他們還是孩子！」

她並沒有費勁去解釋「這兩個孩子」可能比任何活著的弗瑞曼人更懂得如何在沙漠中生存，而是專注思索雷托奇特的言行。他堅持要她配合綁架行動。她原本已拋下那段記憶，但現在必須好好回想了。他還說過，她會知道何時該聽從他的指令。

「信使應該已經到達穴地了。」阿法利說道，「我會帶他來妳這裡。」他轉身掀開破門簾。

潔西嘉盯著門簾。那是塊紅色的香料織物，但補丁是藍色的。據說這個穴地拒絕利用摩阿迪巴宗教圖利，因而被厄莉婭的祭司團當成眼中釘。這裡的人都將資產投到養狗上，培育出的狗有小馬那麼大，並且夠聰明，能保護孩童。這些狗都死了，有人說是死於中毒，而下毒者就是祭司。

她搖了搖頭，想驅散腦內這些如牛虻般令人心煩意亂的思緒。

那兩個孩子去哪裡了？迦庫魯圖？兩人有個計畫。他想在我的極限內盡可能點醒我。她想起來了，當到達極限時，雷托向她下達了命令，要求她遵守。

他命令她！

顯然雷托已經看清厄莉婭的作為。兩個孩子都提及姑母的「痛苦」，甚至為她辯護。厄莉婭賭上了她身為攝政的正當性，下令關押雙胞胎就是最佳明證。潔西嘉禁不住冷笑。聖母凱亞斯．海倫．莫哈亞很喜歡向自己的學生潔西嘉解釋這其中的謬誤。「如果妳眼中只有自己的正當性，那就是在邀請敵手來擊潰妳。這是常見的錯誤。即便是我，妳的老師，也曾經犯過。」

「即便是我，妳的學生，也犯了這個錯誤。」潔西嘉喃喃自語。

門簾外傳來低語。兩名年輕的弗瑞曼人走了進來，都是昨晚挑選出來的隨從。在摩阿迪巴的母親面前，這兩人明顯有些畏縮。潔西嘉一眼就看穿兩人：沒有思想，只能依附權力組織，以獲得認同。如果潔西嘉不重視他們，他們就什麼都不是，所以他們是危險的。

「阿法利派我們來幫妳做好準備。」其中一人說道。

潔西嘉只覺得胸口一緊，但語氣仍然保持鎮定：「準備什麼？」

「史帝加派鄧肯．艾德侯來傳話。」聞言潔西嘉下意識將長袍的兜帽罩在頭上。鄧肯？但他是厄莉婭的工具。

說話的那名弗瑞曼人向前走了一小步：「艾德侯說他是來帶妳前往安全的地方，但阿法利卻認為這中間有問題。」

「確實奇怪，」潔西嘉說道，「但我們的宇宙總會發生奇怪的事。帶他進來。」

兩人互看一眼，接下命令，匆匆轉身離去，以至於又在舊地毯上刮開了兩道破口。

艾德侯掀開門簾走了進來，身後跟著那兩名弗瑞曼年輕人。阿法利走在一行人的最後方，手按在晶刃匕上。艾德侯顯得相當沉著。他穿著亞崔迪氏族侍衛的便裝，這套制服十四個世紀以來都沒怎麼變過。到了厄拉科斯時代，金柄的塑鋼劍換成了晶刃匕，但這只是微小的改變。

「有人說你想幫助我。」潔西嘉說道。

「聽上去很不可思議。」他說道。

「厄莉婭不是派你來綁架我嗎？」她問道。

他黑色的眉毛微揚，此外一臉平靜。那雙忒萊素複眼仍然盯著她，目光如炬。「那是她的命令。」他說道。

阿法利的指節在晶刃匕上漸漸發白，但並沒有拔出刀來。

「我這大半夜都在回想我在女兒身上犯的錯。」她說道。

「是有很多錯，」艾德侯同意道，「其中大部分我也責無旁貸。」

她看到他下巴上的肌肉在顫動。

「我們很容易聽從引領我們走入歧途的言論。」潔西嘉說道，「過去，我想離開厄拉科斯。而你……你想看到一個年輕版的我。」

他默認了她的話。

「我的孫兒在什麼地方？」她問道，語氣變得嚴厲。

他眨了眨眼，隨後說道：「史帝加認為他們進了沙漠——躲了起來。或許他們預先見到了危機。」

潔西嘉瞥了阿法利一眼。後者點點頭，表示她猜對了。「厄莉婭在幹什麼？」潔西嘉問道。

「掀起內戰。」他說道。

「你真的認為會走到那一步？」

艾德侯聳了聳肩膀：「或許不會。現在是安逸的時代，人們比較想用溫和的方式解決爭端。」

「我同意。」她說道，「好吧，我的孫兒該怎麼辦？」

「史帝加會找到他們的——如果……」

「是的，我明白。」看來一切得看葛尼．哈萊克了。她轉過身看著左方牆上的岩石，「厄莉婭牢牢控制了權力。」她轉頭看著艾德侯，「你明白嗎？使用權力的方法應該是輕輕握住。抓得太緊，將受制於權力，成為權力的犧牲品。」

「就像我的公爵一貫的教導。」艾德侯說道。

不知何故，潔西嘉知道他指的是老雷托，而不是保羅。她問道：「我將被……綁架到什麼地方？」

艾德侯盯著她，彷彿要看穿兜帽下的陰影。

阿法利走上前來：「我的女士，妳不會真的想……」

「我無權決定自己的命運嗎？」潔西嘉問道。

「但是這……」阿法利朝艾德侯揚了揚下巴。

「厄莉婭出生之前，他就是我忠誠的侍衛。」潔西嘉說道，「他死之前還救了我和我兒子的命。我們亞崔迪永遠敬重這些情義。」

「那麼，妳會跟我走嗎？」艾德侯問道。

「你要帶她去哪裡？」阿法利問道。

「你不要知道比較好。」潔西嘉說道。阿法利陰沉著臉，但不再說話。他的表情洩漏了他的猶豫：他理解潔西嘉話中的智慧，但仍然懷疑艾德侯是否可靠。

「幫助我的敢死隊員該怎麼辦？」潔西嘉問道。

「如果能去泰布穴地，史帝加會接納他們。」艾德侯說道。

潔西嘉看著阿法利：「我命令你去那裡，我的朋友。史帝加會派敢死隊員搜尋我的孫兒。」

老耐巴垂下眼睛：「謹遵摩阿迪巴母親之命。」

他服從的仍然是保羅，她想。

「我們應該馬上離開這裡。」艾德侯說道，「他們一定會搜到這裡來，而且很快。」

潔西嘉身體向前一傾，以貝尼．潔瑟睿德一貫的優雅姿態站了起來。經歷了昨晚的夜間飛行之後，她越發感到自己老了。她開始邁步，但仍掛念與孫子的那場談話。他究竟在做什麼？她搖了搖頭，隨即以整理兜帽來掩飾這個動作。人們太容易低估雷托，與普通孩子一起生活會令人不由自主小看這對雙胞胎繼承的生命記憶。

她注意到艾德侯的站姿。他放鬆地站在那裡，一腳在前一腳在後，隨時準備好迎戰。這姿勢還是她教的。她飛快地朝那兩名年輕的弗瑞曼人瞟了一眼，然後又看了看阿法利。老耐巴和兩名年輕人的臉上依然充滿懷疑。

「我可以將生命託付給這個人，」她指著自己對阿法利說道，「而且這已經不是第一次了。」

「女士，」阿法利反駁道，「但是……」他盯著艾德侯，「他是空魅的丈夫。」

「他是公爵和我訓練的。」她說。

「但他是甦亡人！」阿法利聲嘶力竭地說。

「我兒子的甦亡人。」她提醒道。

對於發血誓將生命獻給摩阿迪巴的敢死隊員來說，這個回答就夠了。他嘆了口氣，讓開身體，並示意兩名年輕人掀開門簾。

潔西嘉走了出去，艾德侯跟在她身後。她轉過身，對門廊裡的阿法利說道：「你去史帝加那裡。他可以信賴。」

「是的……」但老人聲音中仍有疑慮。

艾德侯碰了碰她的手臂：「我們必須馬上離開。妳有什麼要帶的嗎？」

「我只需帶上我的判斷力。」她說道。

「為什麼？妳擔心妳正在犯錯？」

她抬頭看了他一眼：「你永遠是我們當中最好的撲翼機駕駛員，鄧肯。」

他並沒有被逗笑，只越過她，沿著來時的路匆匆離開。阿法利走到潔西嘉身邊：「妳怎麼知道他是開撲翼機來的？」

「他沒有穿蒸餾服。」潔西嘉說道。

阿法利似乎為自己明顯的視而不見感到窘迫，然而他不會因此閉嘴：「我們的信使直接把他從史帝加那裡帶來這裡。他們可能被盯上了。」

「你們被盯上了嗎，鄧肯？」潔西嘉朝艾德侯的後背問道。

「妳應該很清楚，」他說道，「我們飛得比沙丘低。」

他們轉入一條小徑，螺旋形的梯子通往下方，盡頭是空曠的洞穴，褐岩高處的燈球將空間照得透亮。一架撲翼機面朝牆壁停靠，像等待冬去春回的昆蟲一樣蟄伏著。牆面想必是偽造的岩石——上面有扇門，門外就是沙漠。儘管這個穴地很窮，但仍然保存了一些祕密、機動的設施。

艾德侯為她打開撲翼機艙門，扶她坐上右側座椅。她越過他時，發現他頭上正在冒汗，那頭黑羊毛般的頭髮都打結了。潔西嘉不由得想起這顆頭顱曾在喧囂洞窟內鮮血直噴。最後是忒萊素的金屬眼珠帶她回到現實。一切都不像表面上那樣了。她繫上安全帶。

「你很久沒有帶我飛行了，鄧肯。」她說道。

「很久很久了。」他說道，邊檢查儀表板。

阿法利和兩名年輕人站在機器旁，準備打開整面牆。

「你覺得我在懷疑你嗎？」潔西嘉輕聲問道。

艾德侯全神貫注操作引擎，啟動了推進器，看著指針轉動，嘴角的笑容在五官鮮明的臉上一閃即逝。

「我仍然是亞崔迪氏族的人，」潔西嘉說道，「而厄莉婭不是了。」

「別擔心，」他咬著牙說道，「我仍然效忠亞崔迪。」

「厄莉婭已經不是亞崔迪的人了。」潔西嘉重複道。

「不必提醒我！」他吼道，「現在閉嘴，讓我好好駕駛這傢伙。」

他話中的絕望出乎潔西嘉意料，這不像她熟悉的艾德侯。她壓下心頭再次升起的恐懼，問道：「我們要去哪裡，鄧肯？你現在可以告訴我了。」

他朝阿法利點了點頭，假岩門向外開啟，銀白的明亮日光流瀉而下。撲翼機向前躍升，機翼有力地拍動著，噴射發動機轟轟作響，隨後衝入空蕩蕩的天空。艾德侯設定了一條西南方向的航線，朝著撒哈亞山脊飛去。從此處遠望，那地方就像沙漠上的一條黑線。

他說道：「別把我想得太糟，女士。」

「從你喝多了香料啤酒，衝入厄拉欽恩大廳吼叫的那晚起，我就不會把你想得太糟了。」她說道。但事實上，他的話確實令她起疑。她放鬆身體，進入普拉那－並度的防禦狀態。

「我也記得那一晚，」他說道，「我那時太年輕……太青澀了。」

「但已經是公爵手下最出色的劍客。」

「算不上，女士。葛尼十次有六次能擊敗我。」他看了她一眼，「葛尼在哪裡？」

「在為我辦事。」

他搖了搖頭。

「你知道我們要去哪裡嗎？」她問道。

「是的，女士。」

「告訴我。」

「好。我承諾要策畫一場瞞天過海的陰謀對付亞崔迪氏族。只有一個方法能真正做到這一點。」他按下儀表板上的一個按鈕，一個束縛器從潔西嘉的椅子上彈出來，像柔軟的繭般裹住她全身，只露出頭部，「我要帶妳去薩魯撒．塞康達斯星，」他說道，「去法拉肯那裡。」

潔西嘉一陣罕見的慌亂，掙扎著想鬆開束縛，帶子卻越捆越緊，只有在她放鬆時才稍稍減緩。掙扎過程中，她感覺到護套上藏有致命的魃迦藤。

「魃迦藤的觸發裝置已經解除了。」他的眼睛看著別處，「還有，別對我用魅音。妳能用聲音控制我的時代早已過去。」他看著她，「忒萊素給我配備了這類把戲的防護機制。」

「你聽命於厄莉婭，」潔西嘉說道，「她——」

「不是厄莉婭，」他說道，「我們在為傳道人做事。他想讓妳像過去教導保羅一樣教導法拉肯。」

潔西嘉身體一僵，瞠目結舌。她記起雷托的話，原來那就是她將擁有的有趣學生。她說道：「那個傳道人——他是我兒子嗎？」

艾德侯的聲音彷彿來自遠方：「我也想知道。」

26

宇宙就在那裡——敢死隊員只能這樣看待宇宙，這種世界觀讓他們仍能主宰自己的意識。宇宙既不是威脅，也不帶來希望。宇宙中有許多事物我們完全無法控制：流星隕落、香料噴發、衰老與消逝……這些都是宇宙中的現實，不論你有何感受，都得面對。你不可能用言語將現實阻絕在外。它們能以自身那種沉默的方式向你襲來，之後你便能領悟「生與死」的意義。明白這一點，你會盈滿喜悅。

——摩阿迪巴對敢死隊員的談話

．．．

「這就是我們的計畫。」溫西希婭說道，「這一切都是為了你。」

法拉肯仍安靜不動。他和母親分坐在晨間起居室兩側，金色陽光從他身後射入，在白色地毯投下他的影子。光線從他母親身後的牆壁上反照，為她的髮絲鍍上光暈。她一身家常鑲金白袍，令人想起昔日的皇室生活。那張鵝蛋臉十分平靜，但他知道她正在觀察他的反應。他覺得胃裡空蕩蕩的，儘管剛剛才用過早餐。

「你不同意？」溫西希婭問道。

「有什麼好不同意的？」他問道。

「我是說……我們一直瞞著你，直到現在？」

「哦，那個啊。」他觀察著母親，想藉此看清自己在這件事情上的複雜立場，卻只能想到近來他注意到的一件事：泰卡尼克不再稱呼她為「公主」。他現在怎麼稱呼她？皇太后？

為什麼我會有失落感？他想，我究竟失去了什麼？答案顯而易見：他失去了無憂無慮的日子，不再能隨心所欲投入熱愛的事務。如果他母親的計畫實現了，那些時光就一去不復返了。新的責任需要他投入所有心力。他發現自己痛恨這一切。他們怎麼能這樣隨意擺布他的時間，甚至都沒和他商量？

「說出來，」他母親說道，「你有點不對勁。」

「如果計畫失敗了呢？」他問道。這是他腦子中跳出的第一個問題。

「怎麼會失敗？」

「我不知道……任何計畫都可能失敗。你要怎麼利用艾德侯？」

「艾德侯？有什麼關係？哦，是的——那個泰卡尼克沒和我商量就帶到這裡來的祕教徒，他提過艾德侯，是嗎？」

她撒了一個拙劣的謊，法拉肯驚奇地盯著自己的母親。原來她一直都知道那位傳道人。

「是啊，我從來沒見過甦亡人。」他說道。

她接受了他的解釋：「我們要留著艾德侯做件大事。」

法拉肯默默咬著上嘴唇。

溫西希婭想起了他已故的父親。德拉克經常做這個動作，他非常內向、複雜，難以捉摸。德拉克，她回憶著，與哈西米爾・芬倫伯爵有親戚關係，身上也都有某種紈褲、激烈的氣質。法拉肯也會這樣嗎？她開始後悔讓泰卡帶領這小子改信厄拉欽恩的宗教。誰知道那個鬼宗教會將帶他往何方？

「現在泰卡怎麼稱呼妳？」法拉肯問道。

「你指的是什麼？」話題突然轉變，她吃了一驚。

「我注意到他不再稱妳為『公主殿下』。」

他真是觀察入微，她想。不知為何，這個問題讓她十分不安。他認為我把泰卡當成了情人？胡扯，他怎麼稱呼我並不重要。那他為什麼要問？

「他稱呼我為『尊貴的女士』。」她說道。

「為什麼？」

「這是所有大氏族的習慣。」

包括亞崔迪，他想。

「如果有人聽到了，現在的稱呼比較不令人多心。」她解釋道，「有人可能會因此覺得我們已經不再渴望復辟。」

「誰會那麼蠢？」他問道。

她抿緊嘴唇，決定讓這件事過去。那不過是件小事，但偉大志業是由無數小事推動的。

「潔西嘉女士不該離開卡樂丹。」他說道。

她使勁搖了搖頭。怎麼回事？他的思緒像失控的東西一樣橫衝直撞。她問道：「你想說什麼？」

「她不該回到厄拉科斯。」他說道，「這是很糟的策略，令人起疑。應當讓她的孫兒去卡樂丹拜訪她。」

他是對的，她想，並很驚愕自己從未想到這一點。如果泰卡在場，他會立即調查，看潔西嘉女士為何不這麼做。她再次搖了搖頭。不！法拉肯是怎麼想的？他理當知道，祭司團絕不可能冒險讓那兩個孩子進入太空。

她開口說出自己的想法。

「是祭司團不讓他們冒險，還是厄莉婭夫人？」他問道，並注意到她的思路被他牽著走。他變得重要了，這讓他大為振奮——他也能玩這種政治權謀中的心理戰。她母親的想法已經有很長時間不再引起他的興趣。她太容易受操控。

「你認為厄莉婭想獨掌大權？」溫西希婭問道。

他的目光別開。厄莉婭當然想要獨掌大權。來自那顆邪惡星球的所有報告都同意這一點。他的思緒飛上另一條新航線了。

「我一直在讀厄拉科斯行星生態學家的著作。」他說道，「書中一定會有關於沙蟲和單倍體的線索，只要——」

「這些事留給別人去做吧！」她說道，開始感到不耐，「在我們為你做了這麼多之後，你只想說這個？」

「妳不是為了我。」他說道。

「什……什麼？」

「妳是為了柯瑞諾氏族，」他說道，「而妳代表著柯瑞諾氏族。我現在還沒有這個資格。」

「你有責任！」她說道，「那些指望你的人該怎麼辦？」

她的話有如往他肩膀放上重物，他瞬間感受到柯瑞諾氏族追隨者的沉重希望和夢想。

「是的，」他說道，「我理解他們。但是有些以我的名義去辦的事讓人作嘔。」

「作嘔……你怎麼能這麼說？我們只是做了所有大氏族在確保優渥未來時都會做的事。」

「是嗎？我覺得妳做得有點拙劣。不！不要打斷我。如果我要成為皇帝，妳最好學會聽我說話。妳以為我看不懂你們的把戲？那些老虎是怎麼訓練的？」

他不留情面地展示了他的洞察力，她啞口無言。

「我明白了。」他說。「好吧，我會留下泰卡，因為我知道是妳把他扯進去的。大多數時候他都是優秀的軍官，但只在有利的場合才會為自己的原則而戰。」

「他的……原則？」

「軍官的良莠，差別在於性格強不強大，沉不沉著。」他說，「無論在何處受到挑戰，都必須堅守自己的原則。」

「老虎是迫不得已的選擇。」她終於說道。

「如果計畫成功，我就相信這一點。」他說道，「但是我不會接受你們的訓練方式。不要反駁。這太明顯了，牠們受到制約了。妳自己說的。」

「你準備怎麼做？」她問道。

「我會等待、觀察。」他說道，「也許我會當上皇帝。」

她一隻手放在胸口，嘆了口氣。有那麼一刻，她被他嚇到了，幾乎相信他會出面揭發她。原則！而現在他下定決心了。她看得出來。

法拉肯起身，朝門口走去，並按鈴呼叫母親的侍從。他轉頭說道：「談話結束了，是嗎？」

「是的。」她在他起步離開時抬起一隻手，「你去哪裡？」

「去藏書室。最近我迷上了柯瑞諾的家族史。」他轉身離去，因剛剛下定的決心而滿腔熱忱。

她真該死！

但他知道自己的信念很堅定。他意識到魁迦藤記載的史實與消閒的歷史讀物在情感上截然不同，後者與他在生活中感受到的歷史有天壤之別。此刻，活生生的新歷史正往他四周匯聚，並衝入不可逆轉的未來。法拉肯感受到所有將榮華寄托在他身上的人正在背後推動他。奇怪的是，他自己對此卻興致索然。

27

摩阿迪巴曾說，某次他看到一株野草想從兩塊岩石間長出。他挪開了其中一塊。之後，當野草似乎正要欣欣向榮時，他用另一塊岩石蓋住了。「這株草命中如此。」他說明道。

——《釋經》

• • •

「快！」珈尼瑪叫道。跑在她前方兩步外的雷托已到達岩石的裂縫旁。他沒有猶豫，立刻躍入裂口，向前爬去，直到黑暗完全包圍他。他聽到珈尼瑪在身後也跳了下來，但突然一陣安靜，之後聲音傳來，既不急躁也不害怕。

「我卡住了。」

他站了起來，知道這麼做可能會將腦袋送到亂刨的獸爪下。他先在窄道中轉身，又伏低往回匍匐，直到觸及珈尼瑪伸出的手。

「是我的長袍，」她說道，「勾住了。」

他聽到後方有石塊滑落的聲音，抓住珈尼瑪的手拉了拉，但成效甚微。

下方傳來吭哧吭哧的吐氣聲，伴隨著陣陣低吼。

雷托繃緊身體，髖部緊緊卡著岩石，使勁拉扯珈尼瑪的手臂。一陣布料撕裂的聲音，他感到她正向他擠來。她倒吸了幾口氣，他知道那一定是因為疼痛，但他仍用力再拉了一次。她又朝洞內前進了一些，接著整具身體都進來了，摔在他身旁。此時兩人離裂縫的開口還是太近。他轉了個身，四肢著地，飛快往深處爬。珈尼瑪緊隨在後。爬行時，她的喘息聲越來越重。他知道她受傷了。他爬到岩縫盡頭，翻過身，從這個狹窄的避難所向上望去。裂口在他上方約兩公尺處，滿天繁星，但有個龐大的傢伙遮住了部分星空。

隆隆的咆哮聲充斥兩人耳膜。這是一種低沉、凶狠又古老的聲音，是獵食者在對獵物說話。

「妳傷得重嗎？」雷托問道，盡量保持語氣平靜。

她順著他的語調回答：「其中一隻抓了我一下，把我的蒸餾服沿著左腿撕開了。我在流血。」

「有多嚴重？」

「是靜脈。我能止住血。」

「壓住，」他說道，「不要動。我來對付我們的朋友。」

「小心，」她說道，「牠們比我意料中還大。」

雷托拔出晶刃匕，向上舉著。他知道老虎的爪子會往下探。裂縫的寬度只能容納爪子，牠們的身體進不來。

慢慢地，慢慢地，他將刀子刺向上方。突然間，有東西碰到了刀尖。他只覺得整條手臂猛地震了一下，刀子幾乎脫手。有血沿著手流了下來，濺在他臉上，一聲吼叫立即響起，幾乎將他震聾。星星全露了出來。在淒厲的吼叫聲中，有東西從岩石上滾落，摔在沙漠上。

星星再次被遮住，他又聽到獵食者的低吼。第二隻老虎過來了，並不在意同伴的下場。

「真是鍥而不捨。」雷托道。

「你肯定傷了一隻，」珈尼瑪說道，「聽！」

下方的吼聲和翻滾聲漸漸沉寂，但是第二隻老虎仍然擋著星星。

雷托收回匕首，碰了碰珈尼瑪的肩膀：「把妳的刀給我。我想用全新的刀鋒來對付這一隻。」

「你覺得會有第三隻老虎嗎？」她問道。

「不太可能。拉扎虎習慣成對獵食。」

「像我們一樣。」她說道。

「是的。」他同意，手掌感受到她將刀柄遞了過來，於是用力握緊。他再次小心翼翼地向上刺。刀鋒只接觸到空氣。他冒險抬起身體，仍一無所獲。他收回刀，琢磨著情勢。

「你找不到牠？」

「牠不像上一隻那樣攻擊。」

「牠還在，聞到沒？」

他嚥了口唾沫潤潤嗓子。一陣惡臭夾雜著老虎分泌的氣息直衝鼻端。星星仍然被遮住。第一隻老虎已不再有動靜。晶刃匕上的毒已經發揮效果。

「我想我得站起來。」他說。

「不！」

「我得引誘牠過來，否則刺不中牠。」

「是沒錯，但我們商量好了，如果我們中有誰可以避免受傷……」

「妳受傷了，所以妳是要回去的人。」他說。

「但如果你受了重傷，我不可能離開你。」她說。

「妳有更好的主意嗎？」

「把刀還我。」

「可是妳的腿！」

「我可以單腳站著。」

「那東西只要一揮爪就能撕掉妳的頭。或許毒鏢槍……」

「如果有人聽到槍聲，他們就會知道我們有做好準備——」

「我不想讓妳去冒這個險！」他說道。

「不管是誰在這裡，都不能讓他知道我們有毒鏢槍——時候還沒到。」她碰了碰他的手臂，「我會小心的，把頭低下。」

他一言不發。她繼續說道：「你知道必須由我來。把我的刀給我。」

他勉強伸出手，找到她的手之後，把刀子交給她。這麼做很合理，但他所有情感都在抵抗。

他感到珈尼瑪爬開了，聽到她的長袍擦過岩石上。她喘了口氣，他知道她一定已經站了起來。千萬小心！他想，差點想將她拉回來，再次提議使用毒鏢槍。但是那麼做會讓附近的人知道兩人擁有這種武器。更糟糕的是可能會將老虎趕離裂口，然後兩人就會困在這裡，旁邊不知道哪塊岩石後方還躲著一隻受傷的老虎，隨時準備要兩人的命。

珈尼瑪深深吸了口氣，後背靠在裂縫的岩壁上。我必須快，她想著，向上舉起刀尖。左腿被老虎抓傷的地方一陣陣刺痛。她感到血正在結痂，新的血流暖暖淌過皮膚表面。必須非常快！她全神貫注，擺好貝尼・潔瑟睿德應付危機時的備戰姿勢，將疼痛和所有不相關的事逐出意識。老虎一定正在向下伸爪！她舉起刀慢慢沿著岩縫裂口刺探。該死的老虎在什麼地方？她再次比畫一下。什麼也沒有。老虎本該上當向前撲來的。

她小心嗅聞四周。左方傳來溫暖的呼氣。她保持平衡，深吸一口氣，嘶喊一聲：「Taqwa！」這是弗瑞曼人昔日的戰吼，在最遠古的傳說中還能找到語義：「自由的代價！」她邊喊邊將刀鋒往岩縫黑暗的裂口刺去，刺入猛虎的皮膚之前，虎爪先掃到她的手肘。在這千鈞一髮，她手腕使勁往前一送，感受到刀尖刺入老虎體內，同時劇痛也傳到了手腕。刀柄在她麻木的手指間扭了一下。岩縫裂口的星辰再次露了出來，猛虎垂死的哀號響徹夜空，隨後一陣掙扎翻滾的聲音。最後，一切恢復死寂。

「牠打中我的手臂。」珈尼瑪說道，艱難地用長袍在傷口打了道結。

「嚴重嗎？」

「我想是的。我感覺不到我的手。」

「我點盞燈——」

「我們躲好之前先別點！」

「我很快。」

她聽到他轉身去抓他的弗瑞曼求生包，感到夜間遮護罩蓋在她上方並在她身後塞好時光滑的觸感。他沒有時間架好遮護罩以防止水氣逸出了。

「我的刀在這邊，」她說道，「我膝蓋能感覺到刀柄。」

「先別管刀。」

他點亮一盞小燈球，耀眼的光亮刺得她直眨眼睛。雷托把燈放在沙地上，盯著她的手臂時倒抽了一口氣。那一爪撕開一道又長又深的傷口，從手肘開始，沿著下臂後側幾乎繞到手腕。傷口也說明了當時她是怎麼翻轉刀鋒去刺殺那頭猛虎。

珈尼瑪看了一眼傷口，隨後閉上眼睛，開始默唸貝尼．潔瑟睿德的制驚禱文。

兩人心有靈犀，雷托也感受到頌念禱文的需要，但他將翻騰的情緒放在一邊，開始包紮珈尼瑪的傷口。他必須小心，既要止血，又要看起來很拙劣，像是珈尼瑪自己包紮的。最後他讓她用另一隻手和牙齒打了個結。

「現在看看妳的腿。」他說道。

她扭身，露出另一處傷口。不像手臂那麼糟——小腿上有兩道淺淺的爪痕，血正往蒸餾服漫流。他盡所能清洗了傷口，包紮好，最後用蒸餾服蓋住繃帶。

「傷口裡有沙子，」他說道，「回去後馬上找人看一下。」

「我們的傷口裡總少不了沙子，」她說道，「畢竟是弗瑞曼人嘛。」

他擠出笑容，坐了下來。

珈尼瑪深深吸了口氣：「我們成功了。」

「還沒。」

她嚥了口唾沫，竭力想從驚嚇中恢復。燈球光下，她的臉色蒼白。是的，我們必須盡快行動。不管是誰在控制那兩頭野獸，都可能就在附近。

雷托凝視妹妹，突然一陣椎心刺骨的失落。他和珈尼瑪必須分開了。從出生到現在，這麼多年來，兩人一直是一體形影不離。但為了完成計畫，兩人需要經歷翻天覆地的轉變，並從此分道揚鑣，再也無法像以前那樣分享一切生活，親密無間。

他讓自己的思緒回到躲不過的俗務中：「這是我的求生包。我從裡面拿了繃帶，可能會有人檢查。」

「對。」她和他交換了求生包。

「躲在這裡的某個人有指揮老虎的遙控器，」他說道，「他很可能會在水渠附近等，確定我們是生還是死。」

她摸了摸弗瑞曼求生包上的毒鏢槍，拿起來，塞進長袍下方的腰帶中：「我的長袍破了。」

「是的。」

「搜救隊可能會很快抵達這裡，」他說道，「裡面可能有叛徒。妳最好自己溜回去，讓赫若把妳藏起來。」

「我……我一回去就開始追查叛徒。」她說道，朝兄長臉上望一眼，和他心意相通地體認到，從這一刻起，兩人將各奔東西，再也不可能不分彼此，分享別人無從了解的知識。

「我去迦庫魯圖。」他說道。

「豐韃珂。」她說。

他點頭表示認可。迦庫魯圖和豐韃珂──那一定是同一個地方。要隱藏那個傳說中的地方，唯有用這種方法。當然了，這是走私者的手筆。這群人始終在宇宙眾星心照不宣的默許下行動，對他們而言，將地名換成另一個簡直易如反掌。行星上的統治家族永遠必須準備好緊急逃生後門，更何況，他們還能從走私中分到一小杯羹。走私者在豐韃珂／迦庫魯圖竊占一座功能完備的穴地，利用宗教禁忌讓弗瑞曼人敬而遠之，堂而皇之將迦庫魯圖隱藏起來。

「沒有哪個弗瑞曼人會想到那個地方來搜尋我。」他說道，「當然，他們會詢問那些走私者，但是……」

「我們按說好的計畫行動，」她說道，「只是……」

「我知道。」聽著自己的聲音，雷托意識到兩人其實是在拖延二位一體生命的最後時刻。他的嘴角浮現一絲苦笑，神情比外在年齡要成熟許多。珈尼瑪猛然省悟自己正透過時間之幕看著年長的雷托，不禁熱淚盈眶。

「還不用將水獻給死人。」他說道，輕撫她的臉頰，「我會走得很遠，到沒人能聽到的地方，然後呼喚沙蟲。」他指了指掛在求生包外摺疊起來的創造者矛鉤，「兩天後的黎明，我會抵達迦庫魯圖。」

「一路順風，我的老友。」她低聲說道。

「我會回來找妳的，我唯一的朋友。」他說道，「記住過水渠時要小心。」

「挑一條好沙蟲。」她以弗瑞曼人的告別語說道，左手熄滅了燈球，將夜間遮護罩拉開，摺疊起來放入她的求生包。她感覺到他離開了，只聽到他爬下岩石，回到沙漠上。輕柔的腳步聲漸漸消失。

她堅毅地站在那裡，思索著自己的下一步。對她而言，雷托已經死了，她必須讓自己相信這一點。她腦海中不能有迦庫魯圖，兄長也沒有出發去尋找這個湮沒在弗瑞曼神話中的地方。從這刻起，她不能想著雷托仍在世。她必須制約自己，必須衷心相信兄長已被拉扎虎咬死，一切反應都必須符合這項事實。沒多少人能騙過真言師，但她知道自己可以……可能必須做到。她和雷托共有的無數生命教會了她如何做到：古老示巴[7]時代的洗腦法，而她可能是在世者中唯一還記得示巴曾真實存在的人。雷托離開後，珈尼瑪花了很長時間小心翼翼設計深層的強制性反應。她修改她的自我意識，將自己塑造成孤獨的妹妹，雙胞胎中的倖存者，直到一切都渾然天成。結束後，她發現自己的內在一片沉寂——將那些侵入她意識的生命阻絕在外。她沒料到這方法還有這一層作用。

如果雷托還活著，並知道這件事，該有多好。她想。她並不覺得這樣想有違事實。她靜靜站著，看著老虎襲擊雷托的那片沙漠。那裡傳來了一陣聲音，愈來愈響。這是弗瑞曼人非常熟悉的聲音：沙蟲正從那裡經過。儘管牠們的數量在沙漠中日益稀少，還是有一條來了。可能是第一頭老虎臨死前的掙扎吸引了牠……是的，在雷托被第二頭老虎咬死之前，他殺死了第一頭。沙蟲來了，這是奇異的象徵。她的自我洗腦如此徹底，甚至看到了下方遠處沙漠上有三道黑點：兩頭老虎和雷托。隨後沙蟲來了，然後沙漠上什麼都沒了，除了沙胡羅經過後留下的波紋。沙蟲不算大……但夠了，而且，她的假想不允許她看到騎在沙蟲背上的小小身影。

她強抑悲痛，封好弗瑞曼求生包，從藏身處戰戰兢兢爬出來，手持毒鏢槍掃視遠方。沒發現攜帶遙控器的人。她攀上岩石高處，下到另一側，爬過月光投下的陰影，靜靜等待著，確保她回家的路上沒有暗殺者埋伏。

她的目光越過面前這片曠野，看到泰布穴地方向有火把在動。人們正在尋找她和雷托。空中有片陰影正越過沙漠，朝侍者岩而來。她爬下岩石，選定方向，朝遠離搜尋隊伍的北方前進，步入沙丘的陰影中，走向夾在雷托死亡之地與泰布之間的僻靜角落。行進時她小心翼翼維持不成節奏的步伐，以免引來沙蟲。她知道過水渠時必須小心。沒有什麼能阻擋她，她會告訴大家，兄長是如何在拯救她時命喪虎口。

7 示巴：古國名，在阿拉伯南部，即今日的葉門，以香料、寶石貿易而聞名。——譯注

28

歷時久遠的政府總是會逐漸傾向特權形式。歷史上從未有政府擺脫此一型態。隨著特權階級的發展，政府會日益傾向於只保護統治階級的利益——無論統治階級是世襲皇族、金融帝國的寡頭，抑或穩固的官僚機構。

——〈重複的政治現象〉，《貝尼・潔瑟睿德訓練手冊》

・・・

「為什麼他會有這個提議？」法拉肯問道，「這是最關鍵的問題。」

他和霸夏泰卡尼克站在他私人宅邸的會客廳中。溫西希婭站在藍色矮榻的一側，看上去更像是旁聽者，而不是與會者。她知道自己的地位，並為此憤憤不平，但那天清晨她招認陰謀後，法拉肯出現了駭人的改變。

已是向晚時分，柯瑞諾城堡內昏黃的光線使會客廳更加宜人。屋內陳列著以特殊材料製成的真正書籍、魆迦藤卷軸和記憶強化器。屋子四處是長期使用的痕跡——書本上的破損、強化器上磨亮的金屬和資料塊磨損的稜角。廳內只有一張矮榻，但有很多椅子，都是會自動順應體形調整的懸浮椅，低調而舒適。

法拉肯背朝窗戶站立，一身普通的鐵灰色薩督卡軍服，唯一的裝飾是領口上的金色獅爪標誌。他選擇在這屋子而不是正式場所接待霸夏和母親，是希望能創造出輕鬆閒聊的氣氛。但泰卡尼克不斷冒出的

「閣下」和「夫人」還是拉開了彼此的距離。

「閣下，我認為，如果他做不到，就不會這樣提議。」泰卡尼克說道。

「當然！」溫西希婭插嘴道。

法拉肯瞟了母親一眼，示意她別說話，隨後開口問道：「我們沒有向艾德侯施壓嗎？」

「沒有。」泰卡尼克說道。

「那為什麼鄧肯．艾德侯，一個對亞崔迪氏族鞠躬盡瘁的人，現在卻主動提議將潔西嘉女士交給我們？」

「有傳言說厄拉科斯出現動亂了……」溫西希婭大著膽子說道。

「還沒證實。」法拉肯說道，「有可能是傳道人操縱了這一切嗎？」

「可能，」泰卡尼克說道，「但是我看不出動機。」

「他曾提到要為她尋找避難所，」法拉肯說道，「如果那些傳言是真的，他就有動機了……」

「沒錯。」他母親說道。

「或者，這也可能是場陰謀。」泰卡尼克說道。

「我們可以提出幾個假設，然後深究下去。」法拉肯說道，「要是艾德侯失去了厄莉婭夫人的歡心，會怎麼樣？」

「這可能是個原因，」溫西希婭說道，「但是他——」

「走私者那裡還沒有消息嗎？」法拉肯打斷道，「為什麼我們不能——」

「這個季節，消息總是傳得比較慢，再說還有安全考量……」

「是的，當然，但是……」法拉肯搖了搖頭，「我不喜歡我們的假設。」

「不要這麼快就否定。」溫西希婭說道，「厄莉婭和那個祭司的事已經鬧得沸沸揚揚，不管他的名字叫什麼……」

「賈維德，」法拉肯說道，「但那人顯然是——」

「他一直是我們寶貴的線人。」溫西希婭說道。

「我剛才想說的是，他顯然是雙面間諜。」法拉肯說道，「我們不能信任他，可疑的跡象太多了……」

「我沒看到。」她說。

他突然對她的愚蠢感到憤怒：「記住我的話，母親！跡象就在妳眼前，我稍後再跟妳解釋。」

「恐怕我不得不同意閣下的見解。」泰卡尼克說道。

溫西希婭委屈得一言不發。他們怎麼敢如此對待她，彷彿她是輕浮的女人，沒有——

「我們不能忘記，艾德侯死過一次。」法拉肯說道，「忒萊素人……」他朝身旁的泰卡尼克瞥了一眼。

「這值得追查。」泰卡尼克說道。他發現自己很欽佩法拉肯的思考方式：機警、敏銳、追根究柢。是的，忒萊素在復活艾德侯時，很可能在他體內設置了強大的機制，以為他們日後所用。

「但是我想不出忒萊素人有什麼目的。」法拉肯說。

「一項在我們這裡的投資？」泰卡尼克說道，「為未來買個小小的保險？」

「我得說，這是很大的投資。」法拉肯說道。

「危險的投資。」溫西希婭說道。

法拉肯不得不同意她的觀點。潔西嘉女士的能力在帝國家喻戶曉，畢竟摩阿迪巴是她一手訓練的。

「如果讓人知道我們留下她，就很危險。」法拉肯說道。

「是的，一旦別人知道，她就成了雙面刃。」泰卡尼克說道，「但別人不一定會知道她在我們手裡。」

「假設一下，」法拉肯說道，「如果我們接受了這個提議，她有多大價值？我們能用她交換更重要的東西嗎？」

「不能公開進行。」溫西希婭說道。

「當然！」他期待地看著泰卡尼克。

「我還沒想到。」泰卡尼克說道。

法拉肯點了點頭：「是的，我想如果我們接受了，我們就必須把潔西嘉女士當成用途不明的存款。畢竟，財富不盡然得用來買什麼特定的東西，而只是……有潛在的用途。」

「她是非常危險的俘虜。」泰卡尼克說道。

「這一點確實要考慮，」法拉肯說道，「我聽說她的貝尼．潔瑟睿德訓練能讓她用聲音控制他人。」

「或她自己的身體。」溫西希婭說道，「伊若琅向我透露過一點她學到的東西，只是炫耀，並沒有實際展示。但是，貝尼．潔瑟睿德確實有些手段，能讓她們用來實現自己的目的。」

「妳是說，」法拉肯問道，「她有可能引誘我？」

溫西希婭只是聳了聳肩。

「我得說，做這種事，她的年紀大了些，不是嗎？」

「只要涉及貝尼．潔瑟睿德，就沒有什麼是肯定的。」泰卡尼克道。

法拉肯一陣激動，其中又摻雜了一絲恐懼。進行這個遊戲，將柯瑞諾氏族重新扶上權力的寶座，這既吸引他，又令他厭惡。他真希望終止這個遊戲，回到他的嗜好中：研究歷史、學習如何管理薩魯撒．塞康達斯。重整薩督卡軍隊本身就是一個任務……對於這個工作來說，泰卡尼克仍是很好的工具。掌管一顆星球是非同小可的責任，但整個星際帝國是更加重大的責任，也是更令人垂涎的權力工具。讀到越多摩阿迪巴／保羅．亞崔迪的故事，他對權力的運用就越感興趣。身為柯瑞諾氏族的後代、沙德姆四世的繼承人，如果能讓他的家族重戴皇冠，將是何等成就。他需要這種感覺。法拉肯發現，只要連續對自己唸頌幾遍這個魔咒，他就能暫時消解疑慮。

泰卡尼克正在說話：「……當然，貝尼．潔瑟睿德教導說和平會助長攻擊，然後就會爆發戰爭。這個悖論——」

「怎麼又轉到這個話題？」法拉肯問道，讓自己的思緒重新回到現實。

「怎麼了？」溫西希婭看著兒子心不在焉的表情，慢慢說道，「我只是問問泰卡尼克熟不熟女修會背後的哲理是什麼。」

「我們用不著對哲理太認真。」法拉肯轉身面朝泰卡尼克道，「至於艾德侯的提議，我認為我們需要進一步調查。當我們自以為了解某樣東西時，正是需要繼續深入了解的時候。」

「沒問題。」泰卡尼克說道。他喜歡法拉肯謹慎的性格，只希望這不會阻礙他的軍事決斷。軍事決斷通常需要迅速和果決。

法拉肯又問了一個看似不相干的問題：「關於厄拉科斯的歷史上，你知道什麼是最有趣的嗎？我最感興趣的是一個原始時期的傳統，當時，弗瑞曼人一看到沒有穿著蒸餾服的人，就會出手殺死。」

「你為什麼對蒸餾服感興趣？」泰卡尼克問道。

「你注意到了，嗯？」

「我們怎麼可能沒注意到？」溫西希婭問道。

法拉肯不耐煩地看了他母親一眼。她為何不停插嘴？隨後，他又看著泰卡尼克。

「要理解那顆星球的性格，關鍵在於蒸餾服，泰卡，蒸餾服是沙丘星的標記。人們大多關注蒸餾服的物理細節：保存身體的水氣，循環利用，使人類可以在那樣的星球上生存。你知道，弗瑞曼人的規矩是每個家庭成員都要有一件蒸餾服，採集食物的人還有一件備用。但是請注意，你們兩個——」他示意母親也要認真聆聽，「看起來很像蒸餾服的仿製品正成為整個帝國的時尚。人類總是想模仿自己的征服者！」

「你真的覺得這種資訊很有用嗎？」泰卡尼克疑惑地問道。

「泰卡，泰卡——沒有這種資訊，是當不好統治者的。我說過蒸餾服是解開他們性格的關鍵，確實如此！蒸餾服是傳統的東西，他們所犯的錯誤也將是傳統的錯誤。」

泰卡尼克瞥了溫西希婭一眼，後者正一臉憂慮地看著她兒子。法拉肯的性格既吸引霸夏，又令他憂慮。他和沙德姆四世太不一樣了。過去帝國一直有支薩督卡精兵，那都是肆無忌憚的戰場殺手。但是沙德姆敗在該死的保羅手下。他讀到的資料顯示，保羅．亞崔迪的性格正如法拉肯此時的描述。的確，在最冷酷的緊要關頭，法拉肯可能比亞崔迪家的人更果斷，但那是他接受的薩督卡訓練使然。

「很多人在統治時都不會用到這種資訊。」泰卡尼克說道。

法拉肯只是盯著他看了一下，隨後說道：「統治，然後失敗。」

泰卡尼克的嘴抿成一條直線，他顯然在暗示沙德姆四世的失敗。這也是薩督卡的失敗，任何一個薩督卡都無法輕易面對。

說完自己的看法之後，法拉肯接著說道：「你明白了嗎，泰卡？還沒人徹底理解星球對居民集體潛意識的巨大影響。要打敗亞崔迪氏族，我們不僅要了解卡樂丹，還要了解厄拉科斯。其中一顆星球很安逸，另一個卻是堅強意志的訓練場。亞崔迪氏族與弗瑞曼人的結合是獨特的現象，除非我們能理解，否則無法與之抗衡，更不要說打敗他們了。」

「這和艾德侯的提議有什麼關係？」溫西希婭問道。

法拉肯憐憫地看著他母親：「我們要向他們的社會施壓，這是打敗亞崔迪的起點。壓力是非常強大的工具，對我們來說，判斷哪裡缺乏壓力也同樣重要。妳沒注意到亞崔迪讓那裡的一切都變得安逸、軟弱了嗎？」

泰卡尼克微微點了點頭，表示同意。這個想法非常好。絕不能允許薩督卡變得軟弱。但艾德侯的提議仍然困擾著他。他開口道：「或許我們最好該回絕他的提議。」

「時候未到。」溫西希婭說道，「眼前的選擇很多，而我們的任務將選擇一一找出來，越多越多。我兒子是對的：我們需要更多資訊。」

法拉肯盯著她，揣測她的意圖和她話中的含意：「但是，當我們已經別無選擇時，我們會知道嗎？」

泰卡尼克發出苦笑：「如果你問我，我會說，我們早已沒有回頭路可走了。」

法拉肯仰頭大笑道：「但我們還有其他選擇，泰卡。當我們被逼急的時候，那一刻我們會看出來的。」

29

在這個時代，人類的運輸包括能在太空深處進行時空跳躍的裝置，有的還能搭載乘客快速穿越無法通行的行星表面，徒步進行長途旅行的想法顯得相當怪異，然而這仍是厄拉科斯最主要的移動方式，部分是由於人們的偏好，部分是由於這顆行星會毫不留情破壞所有機械裝置。在厄拉科斯的嚴苛環境中，人類的肉體依然是朝聖最耐用和最可靠的資源。或許正因如此，使得厄拉科斯成為終極的靈魂之鏡。

——《朝聖手冊》

• • •

珈尼瑪小心翼翼慢慢走回泰布穴地，一路上都躲在沙丘最濃重的陰影下。當搜尋隊伍從她南方走過時，她靜靜趴在地上。她痛徹心腑——沙蟲帶走了老虎和雷托的屍體，前方危機重重。他死了，她的雙胞胎兄長死了。她擦乾眼淚，憤怒在她體內蒸騰。在這一點，她是純粹的弗瑞曼人。她了解自己，並讓憤怒瀰漫開來。

她知道人們怎麼議論弗瑞曼人：他們不分善惡，良知已泯滅在熊熊怒火中，一心只想報復那些將他們從一顆行星趕到另一顆行星的宿敵。這種看法當然愚不可及。只有最原始的野蠻人才不具良知。弗瑞曼人的道德觀相當先進，其核心就是身而為人的安康。他們只在外人眼中才顯得殘暴，正如外人在弗瑞曼人眼中也很殘暴。每個弗瑞曼人都知道自己可以做出暴虐的事情，並且不為此愧疚。弗瑞曼人並不像外人那樣為這種事愧疚，他們有宗教儀式能免於罪惡感，以防自己崩潰。他們最深層的意識知道，任何罪過都能歸結於——或至少是部分歸結於情有可原的環境因素：「當局的無能」，或是「人性本惡」，或是「運氣很差」等。任何智慧生物都會發現，這些事情只是肉體與外部宇宙的混亂相遇後產生的碰撞。

於是，珈尼瑪感到自己成了純粹的弗瑞曼人，正小心翼翼將弗瑞曼民族的凶殘釋放出來。現在她只需要一個目標——顯然就是柯瑞諾氏族。她渴望看到法拉肯的鮮血在她腳下流淌。

水渠旁並沒有敵人埋伏，連搜尋隊伍都已經去了別處。她走上土橋，越過水面，悄悄溜過穴地前方高聳的野草，來到隱蔽的入口。前方閃過一道光，她趴倒在地，從巨大苜蓿的縫隙向外窺探，只見一名女子正從外面進入隱蔽的小徑，穴地內的人顯然沒忘記以該有的處置來應對——時局動亂時，弗瑞曼人會用強光迎接任何進入穴地的人，使對方暫時失明，如此侍衛就有時間判斷來者是敵是友。但是，這種迎接方式從不照亮穴地外的沙漠。珈尼瑪能看到亮光，只有一個可能：外側的密封裝置已推開。

珈尼瑪為穴地守衛的失職感到痛心。外洩的光線，還有那些隨處可見、穿著花邊上衣的弗瑞曼人！光線不斷在斷崖底部的地面投出一道扇形。一名少女從果園的暗處跑進光亮中，動作裡有某種令人恐懼的氣息。珈尼瑪看到小徑上有燈球的光暈，光暈外圍著一群昆蟲。光線照亮了小徑上的兩道黑色身影：一名男子和剛才那女孩。兩人手拉手，互視著對方。

珈尼瑪覺得這對男女有什麼地方不太對勁。兩人不只是趁機在此幽會的戀人。燈球懸在上方的岩壁上，兩人就站在照亮的拱門前說話，身影投落在夜幕下，讓任何人都能看到他們的動靜。男人不時會鬆開手，在燈光下做些簡短的手勢，顯得鬼鬼祟祟。做完後，手又縮回陰影中。

夜行動物發出的孤淒鳴叫在珈尼瑪四周此起彼落，但她並沒有因此而分心。

這兩人在做什麼？

男人的動作太呆板，也太小心。

他轉了個身。女子身上長袍反射的光線照上他的臉龐。他長著一張粗獷的紅臉，高大的鼻子有點點斑瘢。珈尼瑪倒吸一口氣。她認識他。帕雷穆巴薩！某位耐巴的孫子，父親也投入亞崔迪氏族麾下。這張臉，還有他轉身時長袍翻飛露出的某件東西，讓珈尼瑪看出了全局。他在長袍下繫了條皮帶，上面掛著盒子，盒上的按鍵和撥盤反射著燈光。那肯定是忒萊素或伊克斯的產品，而且就是用來控制老虎的遙控器。帕雷穆巴薩！這表示又一個耐巴家族倒向了柯瑞諾。

這個女孩又是誰？不重要。她是被帕雷穆巴薩利用的人。

珈尼瑪腦中突然浮現貝尼．潔瑟睿德的一句話：每顆行星都有自己的終點，人也是。

看著帕雷穆巴薩和那女孩站在那裡，看著他的遙控器和鬼祟舉止，珈尼瑪清楚回想起這個人。他在穴地學校教書，教數學。這人對數學的理解很粗糙，他嘗試用數學解釋摩阿迪巴的思想，遭到祭司團譴責。他想要奴役別人的心靈，方法很簡單：只傳授技術知識，而不傳授價值。

我早就該懷疑他了，她想，跡象是這麼明顯。

緊接著，她的心又一陣抽痛：他殺死了我哥哥！

她強迫自己恢復冷靜。如果她被發現，他同樣會殺了她。現在她總算明白他為什麼要用非弗瑞曼的方式開啟燈光，從而洩漏這道祕密入口。他們在利用燈光查看是否有受害人逃回穴地。由於結果還未定，他們在等待時肯定忐忑不安。現在，珈尼瑪在看到遙控器之後，總算明白他的手勢。帕雷穆巴薩頻頻按著遙控器上的某個按鈕，那顯示了他的憤怒。

這兩人出現在此地，讓一切都豁然開朗了。每條通往穴地的路，盡頭可能都有人在監看。

鼻子上的塵土令她發癢，她用手擦了擦。腿傷仍在一陣陣抽痛，握刀的手時而灼燒時而刺痛。手指仍然麻木，如果必須用刀，就只能用左手了。

珈尼瑪也想過用毒鏢槍，但這種短槍的特有聲響會引起不必要的注意，必須想其他方法才行。

帕雷穆巴薩再次轉過身，背對著燈光，看上去變成了燈光下的黑色物體。那女孩邊說話邊留意外面的夜色。她身上有某種訓練有素的警覺，也知道怎麼利用眼角餘光來觀察黑暗。她不僅僅是有用的棋子，還是整場陰謀的一部分。

珈尼瑪想起帕雷穆巴薩曾渴望成為凱馬坎，直接聽命於攝政的總督。他背後顯然還有更大的計畫，身旁也有大量同謀，甚至在泰布穴地內也有。珈尼瑪陷入了沉思。如果她能活捉其中一人，很多人就會被供出來。

一隻小動物在水渠邊喝水，水波輕晃，引起珈尼瑪的注意。天籟和萬物。她在記憶中搜尋著，越過腦中一道奇異而安靜的屏障，遇上了被辛那赫里布擄到亞述的女祭司喬芙，透過女祭司的記憶找出解圍的方法。對喬芙而言，帕雷穆巴薩和他的女人不過是孩子，任性且危險。兩人不知道喬芙和辛那赫里布埋骨的那顆行星叫什麼名字。對於即將發生在這兩名謀反者身上的事，假如要向他們解釋的話，只能從實際行動開始。

並以實際行動結束。

珈尼瑪翻身側臥，解下弗瑞曼求生包，從壓條上抽出通氣管，打開通氣管的蓋子，取出長長的濾芯。現在她手上有了一根空管子。接著，她從針線包內拿出一根針，從刀鞘中拔出晶刃匕，把針插入刀尖上曾經裝滿沙蟲神經劇毒的洞內。手臂上的傷使這些動作變得很困難。最後，她從求生包內袋拿出一段香料纖維，小心翼翼將淬過毒的針裹在纖維中，做成飛鏢，緊緊插在通氣管內。

珈尼瑪將武器拿平，匍匐著朝燈光前進。她移動得極慢，盡量不在苜蓿間發出動靜。她邊爬邊研究圍在燈光旁的蟲子。有了，其中就有吸血蠅，以吸食人血聞名。毒鏢或許可以悄悄射出，當事人會以為只是被叮了一下。只剩最後一個決定：要射哪一個——男人還是女子？

穆莉孜，珈尼瑪的意識中突然冒出這個名字。那女孩的名字。她想起曾聽人議論過她。她就像圍著燈光的蟲子一樣整天圍著帕雷穆巴薩。她很軟弱，容易動搖。

很好。帕雷穆巴薩今晚選錯了同伴。

珈尼瑪把管子放入口中，邊回想喬芙女祭司的記憶。她仔細瞄準，猛地呼出胸腔內的空氣。

帕雷穆巴薩拍了拍自己的臉，拿開後發現手上有些微血跡。針已不見蹤影，看來是被他自己揮手拍掉了。

女孩說了句安撫的話，帕雷穆巴薩笑了。笑容還未消失，他的腿就開始發軟。他癱倒在女孩身上，女孩只好使力扶著他。當珈尼瑪來到她身旁，用出鞘的晶刃匕刀尖指著她的腰時，她還在搖搖晃晃地撐著男人沉重的身體。

珈尼瑪以閒聊的語氣說道：「別亂動，穆莉孜。我的刀有毒。妳可以放下帕雷穆巴薩，他已經死了。」

30

你會發現，所有主要社會勢力都暗藏運用語言來獲取並保持權力的活動，從巫醫、祭司到官僚，無不如此。民眾必須學會將權力語言當成真實事物，以為符號體系便是實質的宇宙。在維護此類權力結構的過程中，必須讓特定符號顯得高深莫測——例如那些用來操控經濟或是用於定義健全心智的符號。這些祕而不宣的符號導致各種破碎的語言分支，每個分支都意味著使用者正在累積了某種型式的權力。了解這一點之後，帝國的保安部隊必須格外留意任何新形成的語言分支。

——伊若琅公主在厄拉欽恩戰爭學院的演講

• • •

「或許不需要提醒你們，」法拉肯說道，「但為了防止意外，我還是說明一下，屋裡有個聾子，他奉命一旦有任何跡象顯示我被巫術控制住，就會殺死你們。」

他並不期望這番話能產生什麼作用，潔西嘉和艾德侯的反應也令他很滿意。

法拉肯精心挑選了這個地方來審問兩人——沙德姆的老會客廳，來自異星的陳設使這地方看上去不那麼莊嚴。戶外正值冬日午後，但完全封閉的屋內模擬出永遠的夏日，以伊克斯最純的水晶製成的燈球錯落有致，整個屋子都洋溢著金色光芒。

法拉肯不動聲色，內心卻為厄拉科斯傳來的消息而暗喜。雙胞胎中的男孩雷托已死於拉扎虎之口，倖存的女孩珈尼瑪被她姑母關了起來，據說成了人質。這個報告充分說明了艾德侯和潔西嘉為何前來此地——兩人需要政治庇護。柯瑞諾氏族的密探報告說，厄拉科斯的局勢很不穩定。厄莉婭同意接受名喚「附身審判」的測試，但並未進一步解釋為何這麼做。而且，測試的時間仍然待定，柯瑞諾氏族的那兩名密探甚至認為永遠不會有那麼一天。但可以確定的是，沙漠上的弗瑞曼與皇家軍隊裡的弗瑞曼人打了起來，差點爆發內戰，政府因而暫停運作。史帝加的穴地目前是中立地帶，雙方就指定在那裡交換人質。珈尼瑪顯然是人質之一，但如何交換？目前仍不得而知。

潔西嘉和艾德侯被牢牢綁在懸浮椅上，身上纏著致命的魆迦藤，任何輕微的掙扎都會見血見肉。兩名薩督卡將兩人帶入會客廳，檢查捆綁是否結實後安靜離開了。

法拉肯的警告的確是多餘的。潔西嘉看到了那名全副武裝的聾子，他靠在她右方的牆上，手握老式但高效的槍枝。她打量著室內那些異星裝飾。在拱頂的中央，罕見的鐵樹葉與貓眼石交錯排成新月狀。她腳下的地板有帕薩凱的骨骼圍出的一道道矩形，矩形內鑽石木和貝殼交錯排列，一切都以雷射切割並磨亮。牆上的裝飾是由某種堅硬的材料緊密拼成的圖案，這些圖案圍繞著四種姿態的獅子——已逝的沙德姆四世繼承者的標誌。獅子是以一種古怪的金子製成。

法拉肯決定站著迎接他的俘虜。他下身穿著短褲，上身是淺金色外衣，領口繡著真絲，唯一的裝飾是左胸處象徵親王地位的星爆家徽。陪同他出席的霸夏泰卡尼克身著薩督卡軍服，腿上套著厚重的靴子，腰扣上的槍套裡放著一把裝飾華麗的雷射槍。潔西嘉早就從貝尼．潔瑟睿德的報告中看過泰卡尼克那張不苟言笑的臉，此時他正站在法拉肯左後方幾步外，身後的牆邊有一張黑色的木質王座。

「現在，」法拉肯對著潔西嘉說道，「妳有什麼要說的嗎？」

「我想問，為什麼把我們綁成這樣？」潔西嘉示意纏在她身上的魆迦藤。

「我們剛剛收到來自厄拉科斯的報告，內容解釋了你們來這裡的原因。」法拉肯道，「或許我現在就應該給你們鬆綁。」他笑了笑，「如果妳——」他見到母親從俘虜身後的大門走了進來，頓時不說話了。

溫西希婭匆匆經過潔西嘉和艾德侯，沒有看兩人一眼，向法拉肯遞上一只小小的訊息塊，並啟動了它。他研究著訊息塊瑩亮的表面，不時抬頭看看潔西嘉。訊息塊的光澤變暗了，他還給母親，示意她遞給泰卡尼克，然後皺眉盯著潔西嘉。

溫西希婭站在法拉肯右側，手上握著的訊息塊在白袍的衣褶中半隱半露。

潔西嘉向右瞟了一眼艾德侯，但他拒絕與她對視。

「貝尼．潔瑟睿德女修會對我很不滿意。」法拉肯道，「她們認為妳孫子的死是我的責任。」

潔西嘉控制自己的面部表情，想：我應該相信珈尼瑪的話，除非……她不願繼續想下去。

艾德侯閉上眼睛，隨後睜開，瞥了潔西嘉一眼。她仍然盯著法拉肯。艾德侯先前向她透露自己在圓迦亞中看過眼前這一幕，但她似乎渾不在意。他不知道該如何理解她的冷靜。她顯然知道某些他不知道的事。

「情況是這樣的……」法拉肯開始說明他所掌握的厄拉科斯情勢，毫無隱瞞。他總結道：「妳的孫女逃過一劫，但據報告說，她被厄莉婭夫人關了起來。這對妳來說應該是好消息。」

「是你殺了我的孫子嗎？」潔西嘉問道。

法拉肯的回答十分真誠：「不是我，最近我才知道有這場陰謀，那不是我的主意。」

潔西嘉望向溫西希婭，那張心形臉明顯正洋洋得意。她想：是她做的！是母獅為了幼獸設計的陰謀！母獅日後可能會悔不當初。

潔西嘉重新看著法拉肯，說道：「但女修會認為是你殺了他。」

法拉肯轉向他母親：「給她看看那封文件。」

溫西希婭有些遲疑。他帶著怒意再次開口：「我說了，給她看看。」潔西嘉暗暗記下他會為此發火，日後可能可以利用。

溫西希婭臉色蒼白，將訊息塊的正面對準潔西嘉，將之開啟。上面的文字配合潔西嘉的視線一行行流動：「貝尼・潔瑟睿德在瓦拉赫九號行星上的委員會就柯瑞諾氏族暗殺雷托・亞崔迪二世正式提出抗議。相關證據和意見現已提交蘭茲拉德內部安全委員會。我們將選出中立區，並提名各方都能認可的法官。我們要求你盡快回覆。薩比特・瑞庫西，蘭茲拉德會。」

溫西希婭回到兒子身側。

「你會怎麼答覆？」潔西嘉問道。

溫西希婭說道：「我兒子還沒正式成為柯瑞諾氏族的領袖，我會——你去哪裡？」後半句話是對法拉肯說的，他正轉身朝聾子身旁的小門走去。

法拉肯停住腳步，半側著身子說道：「我要回到我的書本和我更感興趣的東西旁邊。」

「你敢？」溫西希婭質問道，她的脖子和臉上泛起一層暗紅。

「我敢以我自己的名義做很多事。」法拉肯說道，「妳以我的名義作出了決定，而我覺得這些決定很不光彩。從現在起，若不讓我用自己的名義作決定，妳就找其他人繼承柯瑞諾氏族吧。」

潔西嘉飛快掃了一眼衝突的雙方，看出法拉肯真實的憤怒。霸夏筆挺地站著，裝作什麼也沒聽見。溫西希婭在狂怒的邊緣舉棋不定，法拉肯則一副任何結果都能接受的模樣。潔西嘉相當讚賞他的姿態，她看出這場對抗中有很多能為她所用的東西。用拉扎虎對付她孫兒的決定似乎未經法拉肯的同意。他剛才說過，他知道這場陰謀，但沒有參與，那時他的神情非常真誠，並無可疑之處。此時法拉肯眼中的怒火也貨真價實——他已準備好接受一切後果。

溫西希婭渾身顫抖，深深吸了口氣，說道：「很好。正式授地儀式將在明天舉行，你現在就可以提前使用你的權力。」她看著泰卡尼克，但後者拒絕和她對視。

她和兒子一走出這裡，就會有一場激烈爭吵，潔西嘉想，但我相信，他已經贏了。她開始全神回想蘭茲拉德會的那封文件。女修會動了點手腳，在正式的抗議文中隱藏了只有潔西嘉才能破解的訊息。這則訊息本身便說明了女修會的間諜知道潔西嘉的處境，對法拉肯的掌握也非常精準，知道他會讓他的俘虜看這封文件。

「我的問題，你還沒回答。」法拉肯轉過身之後，潔西嘉說道。

「我會告訴蘭茲拉德，我和這次暗殺沒有絲毫關係。」法拉肯說道，「我還會說，我和女修會一樣反對這種行為——儘管我確實從事件的結果中獲利。對於暗殺對妳造成的任何痛苦，我表示抱歉。財富碾壓一切。」

財富碾壓一切！潔西嘉想。那是她的公爵最喜歡的口頭禪，而且法拉肯的神態表明他也知道。她強迫自己不去想他們可能真的殺害了雷托。她必須假設珈尼瑪告訴她的計畫已經貫徹到底。走私者會安排葛尼與雷托相會，然後完成女修會的部署。雷托必須接受測試，他別無選擇。若非如此，他會像厄莉婭那樣被認定已遭妖煞附身。還有珈尼瑪……珈尼瑪的事可以緩一緩。現在沒辦法將這個出生之前就有記憶的人送到聖母面前。

潔西嘉深深嘆了口氣。「遲早會有人想到你和我孫女可以聯姻，癒合兩大氏族的傷口。」

「已經有人向我提出這個可能性，」法拉肯瞥了一眼母親，「我的回答是等厄拉科斯的局勢明朗後再談。沒必要匆忙作出決定。」

「你可能已經落入我女兒的圈套，被她控制了。」潔西嘉說道。

法拉肯挺直了身體：「說清楚。」

「厄拉科斯的情形並不像你所想像的那樣。」潔西嘉說道，「厄莉婭有自己的盤算，妖煞的盤算。我的孫女如果對厄莉婭沒有利用價值，可能有生命危險。」

「你覺得我會相信妳和妳女兒在內訌，亞崔迪氏族在自相殘殺嗎？」

潔西嘉看了一眼溫西希婭，隨後看著法拉肯：「柯瑞諾氏族的人不也在內訌？」

法拉肯冷笑道：「說得好。那麼，我是怎麼落入妳女兒的圈套？」

「被扯入我孫子的死亡中，還有綁架了我。」

「綁架……」

「不要相信這個女巫。」溫西希婭提醒道。

「要相信誰由我自己決定，母親。」法拉肯道，「請原諒，潔西嘉女士，但我不清楚綁架的事，我只知道妳和妳忠誠的隨從——」

「誰是厄莉婭的丈夫？」潔西嘉道。

法拉肯打量著艾德侯，隨後望向霸夏：「你怎麼看，泰卡？」

霸夏的想法顯然與潔西嘉相似。他說道：「她言之成理。我們要當心！」

「他是甦亡人，也是晶算師。」法拉肯說道，「我們即使把他折磨死，也得不到確切的答案。」

「假設我們已經中了厄莉婭的計，但對我們而言比較安全。」泰卡尼克說道。

潔西嘉知道，她該出招了。但願艾德侯不至於出爾反爾。她不喜歡這樣利用他，但她必須以大局為重。

「首先，」潔西嘉說道，「我得當眾宣布我是自願來這裡的。」

「有意思。」法拉肯說道。

「你必須相信我，讓我在塞康達斯行星上自由行動，」潔西嘉說道，「不能讓我看起來像是被逼宣布的。」

「不行！」溫西希婭反對道。

法拉肯沒有理睬她：「妳以什麼理由來這裡呢？」

「我是女修會的全權代表，被派來接管你的教育。」

「但是女修會指控我……」

「所以你更需要盡快決定。」潔西嘉說道。

「不要相信她！」溫西希婭說道。

法拉肯看著她，極其客氣地說道：「如果妳再打斷我，我會讓泰卡把妳帶走。他聽到妳同意把權力移交給我，現在他是我的人了。」

「我告訴你，她是女巫！」溫西希婭看了一眼牆邊的聾子。

法拉肯遲疑了一下，隨後道：「泰卡，你怎麼看？我被人控制了嗎？」

「我不這麼認為。她——」

「你們兩個都被控制了！」

「母親。」他的語氣平淡，不容反駁。

溫西希婭握緊雙拳，但終究沒有開口，轉身離開了房間。

法拉肯再次轉身面對潔西嘉：「貝尼．潔瑟睿德會同意嗎？」

「她們會的。」

法拉肯琢磨了一番，冷笑道：「女修會想從中得到什麼？」

「你和我的孫女結婚。」

艾德侯驚訝地看了潔西嘉一眼，彷彿想開口，但最終放棄了。

潔西嘉說道：「你想說什麼，鄧肯？」

「我本想說，貝尼．潔瑟睿德想要的，是她們一直追求的東西：一個不會干涉她們的宇宙。」

「這很明顯。」法拉肯說道，「但是，我看不出來這跟你有什麼關係。」

由於身上還綁著魁迦藤，艾德侯只好用揚起眉毛代替聳肩，然後笑了笑。

法拉肯看到後，轉身正對著艾德侯說道：「我讓你覺得好笑嗎？」

「整件事都讓我覺得好笑。你家族中有人買通了宇航，讓他們帶著暗殺武器到厄拉科斯——目的是什麼，誰都看得出來。然後你們又得罪了貝尼．潔瑟睿德，因為你們殺了她們育種計畫的男——」

「你在說我是騙子嗎，甦亡人？」

「沒有。我相信你不知道這個陰謀，但我認為我們應該重新審視形勢。」

「不要忘了他是晶算師。」潔西嘉提醒道。

「我也這麼想。」法拉肯說道，轉身看著潔西嘉，「讓我們假設一下，我放了妳，然後妳發出聲明。但妳孫子死亡的事仍然沒有解決。晶算師說得對。」

「是你母親幹的嗎？」潔西嘉問道。

「大人！」泰卡尼克警告道。

「沒關係，泰卡，」法拉肯隨意揮了揮手，「如果我說是我母親呢？」

為了測試柯瑞諾氏族是否已經分裂，潔西嘉豁出去了：「你必須告發她，流放她。」

「大人，」泰卡尼克說道，「小心這可能是計中計。」

艾德侯說道：「而潔西嘉女士和我則是被設計的人。」

法拉肯收緊下頷。

潔西嘉想：別介入，鄧肯！現在不要！但是艾德侯的話是當頭棒喝，她忍不住沙盤推演出來，思索自己是否可能不知不覺落入了別人的圈套。珈尼瑪和雷托……出生前就有記憶的人可以借鏡體內無數的經驗，獲得的建議也遠遠多於任何活著的貝尼．潔瑟睿德。還有一個問題是：女修會是否對她開誠布公？她們可能仍然不信任她。畢竟，她背叛過她們……為了她的公爵。

法拉肯皺著眉頭，一臉疑惑地看著艾德侯：「晶算師，我想知道，在你眼中，傳道人是什麼樣的人？」

「他安排我們到這裡來。我……我們的交談不超過十個字。他很少直接出面。他可能是……他可能是保羅．亞崔迪，但我沒有足夠的證據。我能確定的是，我應該離開了，而他能安排我離開。」

「你說過，你被騙了。」法拉肯提醒他。

「厄莉婭希望你能悄悄殺了我們，然後銷毀一切證據。」艾德侯說道，「除掉潔西嘉女士之後，我就沒用了。還有，潔西嘉女士在完成女修會的任務之後，對她們也沒有用了。厄莉婭會向女修會究責，但她們最終會贏。」

潔西嘉閉上眼睛，全神貫注。他是對的！她能聽出他語氣中晶算師式的篤定，以及他話中的真誠。整場計謀天衣無縫。她深吸兩口氣，開始入定，在頭腦中翻開各種資料，隨後回過神來，睜開雙眼。

此時法拉肯已經從她身邊走開，站到艾德侯面前半步外——移動了三步。

「別再說了，鄧肯。」潔西嘉說道，她悲哀地想，雷托曾警告她，貝尼．潔瑟睿德可能制約過她。

剛想再次開口的艾德侯閉上了嘴巴。

「只有我才能發號施令。」法拉肯說道，「繼續，晶算師。」

艾德侯依舊沉默。

法拉肯轉過身，看著潔西嘉。

她盯著另一端的牆壁，回顧艾德侯的推斷和入定時的發現。貝尼．潔瑟睿德當然不會放棄亞崔迪的血脈，但她們想要控制奎薩茲．哈德拉赫。她們在育種計畫中花費了太多時間和精力。亞崔迪和柯瑞諾氏族公開起衝突，她們才能插手仲裁。鄧肯是對的。她們會同時控制珈尼瑪和法拉肯。這是唯一可能的方案。奇怪的是，厄莉婭並沒有意識到這一點。潔西嘉費力嚥了口唾沫。厄莉婭……妖煞！珈尼瑪說要憐憫她是對的。但誰又會憐憫珈尼瑪呢？

「女修會承諾會將你推上皇位，並讓珈尼瑪嫁給你。」潔西嘉說道。

法拉肯向後退了一步。這個女巫能看透我的心思嗎？

「她們跟你祕密聯繫，避開了你母親。」潔西嘉說道，「她們告訴你，我不知道這個計畫。」

潔西嘉觀察法拉肯的表情，一眼就看穿了他。就是這個計畫。艾德侯展示了他驚人的推理能力，透過有限的資料就拆解了整場計謀。

「看來她們在玩兩面手法，將這些事告訴了妳。」法拉肯說道。

「她們什麼也沒說。」潔西嘉說道，「鄧肯是對的，她們要了我。」她對自己點了點頭。這是緩兵之計，女修會的典型模式：提供一個合理的故事，完全迎合人們所認定的女修會動機，這樣大家就會輕易接受。但是，她們希望除掉潔西嘉——一個曾經背叛她們的女修。

泰卡尼克走到法拉肯身邊：「大人，這兩個人太危險，不能和——」

「等等，泰卡，」法拉肯說道，「還有謎團沒有解開。」他看著潔西嘉，「我們有理由相信，厄莉婭提議的新娘可能是她本人。」

艾德侯渾身一震，隨後控制住自己。左腕上�迦藤割開的傷口鮮血直流。

潔西嘉裝出瞠目結舌的模樣。雷托公爵是她的愛人、她孩子的爸、她的知己，如今她正眼睜睜看著他那冷酷的理性竟扭曲地由妖煞繼承下來。

「你會答應嗎？」艾德侯問道。

「我在考慮。」

「鄧肯，我說過了，別開口。」潔西嘉說道。她轉臉對著法拉肯：「她的條件是兩條微不足道的人命——我和鄧肯？」

「我們不信任所有叛徒。」法拉肯說道，「妳兒子不是說過嗎？『背叛會孕育背叛。』」

「女修會的意圖很明顯，」潔西嘉說道，「她們希望同時控制亞崔迪和柯瑞諾。」

「我們正在考慮接受妳的提議，潔西嘉女士，但那樣一來，鄧肯．艾德侯就必須回到他可愛的妻子身邊。」

痛苦只是神經放出的訊息，艾德侯提醒自己，和光線進入眼睛是同樣的原理。力量來自肌肉，而不是神經。這是一項古老的晶算師修練，他在一次呼吸間就完成了。隨後他彎起右腕，將動脈對準�迦藤。

泰卡尼克一下子跳到椅子邊，按下鎖扣去除束縛，同時大聲召喚醫生。一群副手立刻從密門湧上。

鄧肯總是這麼傻氣，潔西嘉想。

醫生在搶救艾德侯，法拉肯則盯著潔西嘉，片刻後說：「我沒有說我要接受厄莉婭。」

「那並不是他割腕的原因。」潔西嘉說道。

「哦？我還以為他想讓出位置。」

「你沒有那麼笨，」潔西嘉說道，「在我面前別裝了。」

他笑了笑：「我非常清楚厄莉婭能毀了我。連貝尼·潔瑟睿德都不希望我接受她。」

潔西嘉若有所思地打量他。這個柯瑞諾氏族的年輕後裔是什麼樣的人？他並不擅長裝傻。她又想起，雷托曾說她將遇到有趣的學生。而艾德侯說傳道人也有類似的想法。她真希望自己能會會這位傳道人。

「你會流放溫西希婭嗎？」潔西嘉說道。

「這似乎是不錯的交易。」法拉肯說道。

潔西嘉瞥了艾德侯一眼。急救已經結束，現在他身上捆著危險性較低的帶子。

「晶算師不應該這麼決絕。」她說道。

「我累了，」艾德侯說道，「妳不知道我有多累。」

「用得太狠的話，忠誠也會耗盡。」法拉肯說道。

潔西嘉再次打量了他一眼。

看到潔西嘉的目光，法拉肯想：用不了多久，她就會了解我，而這對我非常有價值。一個把我當自己人的貝尼·潔瑟睿德叛徒！這是他兒子所擁有而我卻沒有的。現在讓她看到一小部分的我，之後她會看到全部。

「這個交易很公平。」法拉肯說道，「我接受妳的條件。」他朝牆邊的聾子做了一套複雜的手勢，發出命令。聾子點點頭。法拉肯彎腰按下鎖扣，放開了潔西嘉。

泰卡尼克問道：「大人，這麼做，你有把握嗎？」

「我們不是討論過了嗎？」法拉肯反問道。

「是的，但是……」

法拉肯笑了一聲，對潔西嘉說道：「泰卡懷疑我判斷的依據。但是，從書本和卷軸上只能學到部分知識，真正的知識源於實踐。」

潔西嘉從椅子上站起來，陷入沉思。她回想法拉肯剛才的手勢，他使用的是亞崔迪家的戰時用語！這大有玄機，這裡有人在刻意仿效亞崔迪。

「當然，」潔西嘉說道，「你想讓我教導你，讓你接受貝尼．潔瑟睿德的訓練。」

法拉肯笑容滿面。「我無法拒絕這個提議。」他說道。

31

暗號是一個死在厄拉欽恩地牢的人給我的。知道嗎，我就是從那裡得到這枚龜形戒指的。之後，反叛者把我藏在城外的露天市場。暗號？哦，從那時起已經改過很多次了。當時的暗號是「堅持」，回答「烏龜」。我就靠這暗號從那裡活著出來了。這就是我戴這枚戒指的原因：為了紀念。

——塔吉爾．莫罕達斯：與友人的對話

• • •

雷托聽到身後有沙蟲朝他放在老虎屍體旁的沙錘和撒在那四周的香料撲去，此時他已走入沙漠深處。計畫才剛開始就出現好預兆：在這一帶的沙漠，沙蟲已經快要銷聲匿跡了。儘管並非必要，但沙蟲出現還是很有幫助：珈尼瑪無需編理由解釋屍體為何失蹤了。

此刻，他知道珈尼瑪已經完成自我洗腦，相信他已經死了。在珈尼瑪的記憶中，只留下一團小小的、隔離的意識。想喚醒這密封的記憶，只能用整個宇宙中只有兩人會的語言，喊出兩個單詞：「Secher Nbiw」。當她聽到了這兩個單詞：黃金之路……她才會記起他。在此之前，他是死者。

雷托感受到真正的孤獨。

他胡亂移動腳步，發出的聲音如同沙漠本身的自然聲響。他沿途的任何動作都不會讓身後的那條沙蟲察覺這裡還有人類在活動。這種步伐已深植他腦海，他可以做到不假思索。兩隻腳會自行移動，沒有任何節奏可言，每一步發出的聲音都會被當成風聲或沙石自然滾落，而不是人類在行走。

沙蟲進食完之後，雷托趴在沙丘的陰影中，回頭望向侍者岩。是的，夠遠了。他再一次插下沙錘，召喚他的坐騎。沙蟲風馳電掣而來，沒給他留下太多準備時間就一口吞掉沙錘。他利用創造者矛鉤爬了上去，掀開蟲第一道體節環，露出下方的敏感部位，駕馭著這頭無意識的野獸朝東南方前進。這是一條小型沙蟲，但體力不錯。在牠飛快穿越沙丘時，他能感覺到牠的力量。風從他身旁掠過，他可以感受摩擦發出的熱。

沙蟲爬動時，他的思緒也在翻騰。他第一次騎乘沙蟲是在史帝加帶領下完成的。只要稍微回想，他就能聽到史帝加的聲音在耳畔響起，冷靜又明確，帶著舊時代的文雅。不是那個訓斥弗瑞曼人發酒瘋的史帝加，也不是那個高聲咆哮的史帝加。不——史帝加有自己的職責。他是皇室的導師。「在古代，人們以小鳥的叫聲來為牠們命名。同樣，每種風也都有自己的名字。每小時六響的風被稱為帕斯忒颯，二十響的叫庫噓馬，達到一百響的叫黑那利——推人風。還有在空曠沙漠中的惡魔：胡刺斯卡利．瓦刺，噬人風。」

這一切雷托早已知道，但還是連連點頭，感謝他傳授智慧。

史帝加的話聲中有很多寶貴的東西。

「在古代，有些部落以盜水聞名。他們被稱為伊督利，意思是『水蟲』，這些人會毫不手軟偷取其他弗瑞曼人的水。如果你獨自走在沙漠，他們連你皮膚裡的水都不會放過。他們住的地方叫迦庫魯圖穴地。其他部落的人聯手在那裡消滅了他們。那是很久遠的事了，甚至在凱恩斯來之前——在我曾曾祖父的年代。從那之後，再也沒有弗瑞曼人去迦庫魯圖。那裡成了禁地。」

這些話使雷托想起深埋在記憶中的知識，也讓他上了重要的一課：他從此知道自己的記憶是如何運作。徒有記憶是不夠的，即便擁有無數過去的人也是如此，除非他知道如何運用記憶中的知識。迦庫魯圖應該有水，有捕風器，還有弗瑞曼穴地應有的一切，再加上獨一無二的價值：沒有弗瑞曼人會去那裡。很多年輕人甚至不知道有這個地方。哦，當然，他們知道豐韃珂，但在他們心目中，豐韃珂只是走私者的據點。

這是躲過世人耳目最完美的地點——混入走私者和其他年代的亡者之間。

謝謝你，史帝加。

拂曉前，沙蟲體力不支了。雷托從牠的體側滑下，看著牠鑽入沙丘，以熟悉的模式慢慢離開，回到地底深處生悶氣。

我必須等白天結束，他想。

他站在沙丘頂端，環視四周：空曠，空曠，還是空曠。只有消失的沙蟲留下的痕跡打破這裡的單調。一隻夜鳥正朝東方地平線升起的第一縷綠光叫戰。雷托在沙中挖出一道坑，將蒸餾營帳充好氣，把沙地通氣管的末端伸入空氣中。

在睡意來臨前的漫長等待中，他躺在黑暗中，思索著他和珈尼瑪做的決定。這不是容易的決定，對珈尼瑪而言更是如此。他並沒有全盤托出自己的預象，也沒有說出自己根據預象所做的推斷。那是預知的幻象，而不是夢。奇特之處在於，他覺得那是關於預象的預象。如果說有什麼能讓他相信他父親仍活著，那就是這場預象的預象。

先知將我們禁錮在他的預象中，雷托想，對先知來說，只有一個方法能夠打破預象：在預象的重要轉折中了結自己的生命。雷托那場雙重預象所揭示的真相，他為此陷入沉思，因為這與他的決定息息相關。可憐的施洗約翰，他想，如果他有勇氣選擇另一種死法，歷史的發展將完全不同……但也可能他做了最勇敢的選擇。我如何知道他是否有別的選擇？但我知道父親有別的路可走。

雷托嘆了口氣。背棄父親就正同背棄神。但亞崔迪帝國需要被搖醒。它已經淪落到保羅所預見的最糟境地。它就這麼輕易地抹殺了人類。毫不猶豫。宗教狂熱已經上緊發條，正滴答作響。

我們被禁錮在父親的預象之中。

雷托知道，走出宗教狂熱的路就在黃金之路。他父親也看到了這一點。從黃金之路走出的人類可能會回望摩阿迪巴時代，認為那個時代更加理想。儘管如此，人類必須去經歷與摩阿迪巴不同的道路，否則將無法理解自身的迷思。

安定……和平……繁榮……

只要有選擇，帝國的大多數公民會作出何種選擇幾無懸念。

儘管他們會恨我，他想，儘管珈尼瑪會恨我。

他的右手突然發癢，令他想起雙重預象中那可怕的手套。是這樣，他想，是的，就該這樣。

厄拉科斯，請賜予我力量，他祈禱著。他的行星仍頑強地活在他的下方和四周。沙子緊緊壓在蒸餾營帳上。沙丘是巨人，數算著手上的鉅額財富，蠱惑著人心，既美麗又醜陋不堪。行星上的商人只認一種貨幣：權力的脈動，無論這種權力是用什麼堆積出來。他們支配這顆星球，就像男人占有擄來的情婦，或者貝尼．潔瑟睿德掌控她們的女修。

難怪史帝加會痛恨從商的祭司。

謝謝你，史帝加。

雷托想起了古老穴地優美的法則，想起皇室統治之前的生活。他回憶著，他知道這就是史帝加的夢想。在燈球和雷射出現之前，在撲翼機和香料開採設備出現之前，還有另一種生活：褐膚的瘦削母親，大腿上坐著嬰兒，油燈燃燒香料油，散發濃濃的肉桂香，知道自己無權強迫人們接受調解的耐巴耐心說服衝突的雙方。那些在岩洞中黑暗的生活……

一隻可怕的手套能重新建立平衡，雷托想。

他終於入睡了。

32

我看到他的鮮血，還有一條被利爪撕下的長袍破布。他的妹妹生動描述了老虎，以及老虎明確的攻擊。我們審問了一名陰謀分子，其他人或死或入獄。所有證據都指向柯瑞諾氏族。真言師已核實這些證詞。

——史帝加向蘭茲拉德呈交的報告

•••

法拉肯研究著監視器裡的鄧肯．艾德侯，想找到線索，解開他的古怪舉動。剛過正午，艾德侯站在潔西嘉女士分配到的住所門外，等待她接見。她會見他嗎？她自然知道有人在監視。但，她會見他嗎？

法拉肯待在指揮室中，屋內處處違法，裝滿了忒萊素和伊克斯製作的違禁品。泰卡尼克就是在這裡指揮手下訓練老虎。只要用右手移動操縱桿，法拉肯就可以從六個角度觀察艾德侯，或是轉而觀察潔西嘉女士的房間，那裡的監視裝備同樣精良。

艾德侯的眼睛令法拉肯相當不安。忒萊素人在再生箱中為甦亡人配備的金屬球與人類的眼睛迥然不同。法拉肯碰了碰自己的眼瞼，感受到永久型隱形眼鏡堅硬的表面，那掩蓋了他染上香料癮之後的全藍眼睛。艾德侯的眼睛看到的肯定是不同層面的萬物。否則，還有其他可能嗎？法拉肯幾乎忍不住想要問問忒萊素的外科醫生，讓他親自回答這個問題。

艾德侯為何要自盡？

他真的想這麼做嗎？他明知道我們不會袖手旁觀。

艾德侯仍是危險的未知數。

泰卡尼克想將艾德侯留在薩魯撒，或殺了他。或許那才是最佳選擇。

法拉肯轉而察看正面影像。艾德侯坐在潔西嘉女士寓所外的一張硬長凳上。那是沒有窗戶的門廳，木牆上裝飾著三角旗。艾德侯在長凳上已經坐了一個多小時，一副會等到地老天荒的模樣。法拉肯朝螢幕俯身。身為亞崔迪氏族忠心耿耿的劍客、摩阿迪巴的師長，這些年來，這人在厄拉科斯上一直備受禮遇。他的步伐仍像年輕人那麼靈活，那可能是得益於香料飲食，當然了！而忒萊素的再生箱也賦予他精妙的代謝平衡。艾德侯真記得再生箱以前的事嗎？其他在忒萊素上重生的人都辦不到。他真是道謎！

他戰亡的報告就放在他的藏書室裡。手刃他的薩督卡報告了他的英勇：倒下之前，他了結掉他們小隊中的十九人。十九名薩督卡！他的肉身太值得送入再生箱了。但忒萊素卻讓他變成晶算師。那個重生的肉體內究竟住著怎樣的靈魂？除了原有的才能，他也是人類電腦，那是何等感受？

為什麼他要自盡？

法拉肯知道自己的天分，對自己也沒什麼不切實際的幻想。他是史學家、考古學家，也擅長判斷人。情勢迫使他深入了解那些可能為他效力的人，也深入研究亞崔迪氏族。他把這種身不由己視為貴族的代價。對於將揮舞他的旗幟運用權力的人，統治者需要下精準而敏銳的判斷。因下屬犯的錯和濫用職權而下臺的統治者大有人在。對亞崔迪氏族的深入研究揭露了這個氏族在選擇下屬方面的天分。他們知道如何讓下屬維持忠誠，如何保持戰士的熱誠。

艾德侯的表現不符合他的個性。

為什麼？

法拉肯瞇起雙眼，想穿透皮膚看到那個人的內在。艾德侯仍好整以暇，似乎有無窮的耐心，全身都散發著自制及堅定。忒萊素的再生箱創造了某種超越人類的東西。法拉肯感覺到了，這人能自我修復，彷彿遵循某種永恆的法則，在每次結束時開啟下一輪更新。他像行星繞著恆星公轉般，周而復始地在固定的軌道上運轉。這人不會向壓力屈服，最多只稍稍調整軌道，卻本質不會改變。

為什麼他要割腕？

不論動機是什麼，他這麼做是為了亞崔迪，為了他的主人。亞崔迪是他圍繞的恆星。

不知何故，他認為將潔西嘉女士安置在這裡對亞崔迪氏族有好處。

法拉肯提醒自己：這是晶算師的想法。

他想得更深了：晶算師雖然也會犯錯誤，但不常發生。

得出這個結論後，法拉肯幾乎就要下令驅逐潔西嘉女士和艾德侯，但他在下令的瞬間猶豫了。這兩人，甦亡人晶算師和貝尼．潔瑟睿德女巫，仍是這場權力遊戲中重要的棋子。艾德侯必須送回厄拉科斯，因為他在那裡勢必會興風作浪。潔西嘉必須留在這裡，用她那些奇異的知識為柯瑞諾氏族出謀獻策。

法拉肯知道自己在玩難以捉摸而危險的遊戲，但他一直在為這一刻準備，自從他意識到自己比周圍的人更聰明、更敏銳之後，就為這一刻做了多年準備。對兒童來說，那是可怕的領悟，於是藏書室既成了他的避難所，也成了他的教師。

疑慮啃咬著他，他不知道自己是否已準備好投入這場遊戲。他背棄了母親，失去她的輔助，但她的決定對他來說總是危機重重。拉扎虎！訓練牠們的過程就是一場屠殺，運用牠們暗殺亞崔迪更是愚蠢。那太容易追查了！她應該慶幸自己只遭到流放。潔西嘉女士的建議完美切中他的需要。必須誘導她，讓她洩漏亞崔迪家的思考方式。

他的疑慮開始消解。他想，生活不再優渥且經歷嚴苛訓練之後，他的薩督卡已經再次變得剽悍、強韌。軍團規模不大，若是一對一作戰，已足以和弗瑞曼人抗衡。然而，只要厄拉欽恩公約訂定的軍力限制仍然有效，這一切的意義就不大。弗瑞曼人在數量上仍占絕對優勢——除非他們在內戰中消耗了戰力。

若要向弗瑞曼宣戰，一切還言之過早。他需要時間。他需要跟心懷不滿的大氏族重新結盟，也需要拉攏那些新興的小氏族。他需要鉅貿聯會的資金。他需要時間讓薩督卡更強大，讓弗瑞曼人更疲弱。

法拉肯再次望向監視器上那個不屈不撓的晶算師。艾德侯為何在此時求見潔西嘉女士？他應該知道兩人受到了監視，每句話、每個動作都會被記錄下來，進行詳細的分析。

為什麼？

法拉肯的目光別開，看著控制臺旁的文件架。在微弱的螢幕光線下，他一眼就認出那幾份報告厄拉科斯最新情勢的卷軸。他的間諜無孔不入，值得表揚。這些報告讓他充滿喜悅和希望。他閉上雙眼，報告的摘要以奇異的編排出現在他腦中，方便他記憶。

行星變得富饒，弗瑞曼人擺脫土地壓力後，新聚落也失去傳統穴地的要塞特性。在古老的穴地文化中，弗瑞曼人從一出生就接受反覆教導。「穴地就像你自己的身體，有了穴地，你才能走向世界，走向宇宙。」傳統的弗瑞曼人會說：「去看看高原吧。」意思是，戒律是最重要的科學。但新的社會結構正在侵蝕古老的戒律，紀律逐漸鬆弛。新的弗瑞曼首領只知道祖先的要理問答和隱藏在神話歌謠中的歷史。居住在新社區的人民更反覆無常，更開放，更容易爭吵，對權威也更冷漠。老穴地的人更有紀律，更願意投入團隊活動，工作通常也更加賣力。他們會小心保護自己的資源。老穴地的人仍然相信井井有條的社會能實現自我。年輕人則不相信這種說法。傳統文化的守護者會看著年輕人說：「他們的過去已經被死亡之風侵蝕。」

法拉肯喜歡自己做的摘要，尖銳指出：厄拉科斯文化的多樣性只會帶來混亂。他把關鍵概念深深刻在卷軸上：

> 摩阿迪巴的宗教以弗瑞曼傳統的穴地文化為基礎，然而新文化越來越偏離傳統紀律。

法拉肯再次問自己，為什麼泰卡尼克要皈依那個宗教。信奉新宗教的泰卡尼克表現得很古怪，似乎非常虔誠，但又像身不由己。他就像踏進風暴試煉自己卻被吹得暈頭轉向的人。泰卡尼克的轉變很徹底，缺乏骨氣，讓法拉肯很惱火。這是回歸到古老的薩督卡。他警告說，年輕的弗瑞曼人也可能經歷類似的回歸，與生俱來、深入血脈的傳統可能會捲土重來。

法拉肯又想起那些卷軸，裡面提到一件令人憂慮的事：從最久遠的時代頑強殘留下來的弗瑞曼習俗：「孕生之水」。新生兒的羊水會保留下來，蒸餾成餵給嬰兒的第一滴水。傳統的儀式需要教母在場主持，並說：「這是你的孕生之水。」即使年輕的弗瑞曼人也為孩子舉行這種儀式。

你的孕生之水。

喝下孕育他的羊水蒸餾而成的水——法拉肯一想到就反胃。他還想起那名活下來的雙胞胎，珈尼瑪。她喝下了那種水之時，她母親已經死了。長大之後，她曾經反省那種古怪的行為嗎？或許不會。她由弗瑞曼人養大。弗瑞曼人認為自然而然的事，她也會理所當然接受。

一時間，法拉肯為雷托二世的死感到痛惜。和他談論這些一定很有趣。或許有機會可以跟珈尼瑪談談。

為什麼艾德侯要割腕？

每次看著監視器，法拉肯都會問自己這個問題。他再次大惑不解。他一直渴望像保羅．亞崔迪那樣深深沉入香料帶來的入定中，去尋找未來和他問題的答案。然而，無論他攝入多少香料，他的意識依然如常，看到的仍舊是充滿不確定性的宇宙。

監視器上有名女僕打開了潔西嘉女士的房門，伸手招呼艾德侯。他離開長凳，進入屋內。女僕之後會送來詳細的報告，但法拉肯好奇心大發，不禁按下控制臺上的另一個按鈕，看著艾德侯走進潔西嘉女士的起居室。

這個晶算師表現得多麼平靜、自制啊。他的金屬眼睛多麼深不可測。

33

最重要的是，晶算師必須是通才，而非專才。讓通才來監督重大決策才是明智的做法。專家及專才會迅速將你帶入混亂。他們只會求毛求疵，在標點符號上發起猛攻。反之，晶算師式的通才能為決策提供符合常理的建議。他絕不能將自己與宇宙中正在發生的一切隔絕開來。他必須有能力保證：「這件事沒有什麼神祕之處。這是我們此時需要做的。之後我們可能會發現做錯了，但屆時我們就能糾正。」晶算師式的通才必須理解，在我們這個宇宙中，任何可辨識的事物都只是更大現象的一部分。但專家朝內看，看到的只是自身專業的狹隘標準；通才向外望，尋找的是活的原理，而且清楚這種原理會改變，會發展。晶算師式的通才需要留意的是變化本身的特性。這些變化沒有永遠不變的分類，也沒有手冊或指南。在研究變化時，你必須盡可能去除成見，經常自問：「現在這事物怎麼了？」

——《晶算師手冊》

• • •

今天是奎薩茲・哈德拉赫日，摩阿迪巴追隨者的第一個聖日。聖日承認神化的保羅・亞崔迪是那位能同時出現在多重時空的人，是融合男女祖先之力的男性貝尼・潔瑟睿德，是無所不能的人。信徒稱這一天為阿伊爾，即犧牲日，以紀念他藉由死亡實現了「真正的無所不在」。

傳道人選擇在這天清晨再次出現在厄莉婭神殿的廣場上，公然蔑視逮捕令。幾乎所有人都知道厄莉婭下達了逮捕令。厄莉婭的祭司團和沙漠上的反叛部落已全面停戰，但停戰協議岌岌可危，厄拉欽恩的所有人都惴惴不安。傳道人的出現並沒有驅散這種氣氛。

今天是官方悼念摩阿迪巴之子的第二十八天，也是悼念儀式的第六天。部落的叛變耽擱了儀式的進行。然而，即使是戰爭也沒能阻止人們前來朝聖。傳道人知道今天的廣場一定會人山人海。大多數朝聖者都會盡所能安排行程，在阿伊爾日待在厄拉欽恩——「在屬於奎薩茲．哈德拉赫的日子感受他神聖的存在」。

黎明的第一縷陽光射出，傳道人來到廣場，發現這裡已擠滿朝聖者。他將一隻手輕輕搭在年輕領路人肩上，感受年輕人腳步中的桀驁不馴。傳道人越走越近，人們留心他的一舉一動。年輕領路人對這種注目不無得意，而傳道人只是默默接受。

傳道人站在神殿的第三級臺階上，等待眾人安靜下來。寂靜如同波浪在人群中湧開，廣場遠端傳來匆匆趕赴聽講的腳步聲。他清了清喉嚨。早晨的空氣仍然冷冽，陽光還未越過屋頂射上廣場。開口說話時，他感到巨大的廣場上瀰漫著壓抑的寂靜。

「我來是向雷托．亞崔迪表示敬意，這次講道便是為了紀念他。」他說道，雄渾的嗓音讓人想起沙漠中的沙蟲馭者，「我說這些，是對世上所有苦人的憐憫。我要告訴你們死去的雷托領悟的事，那就是，明天還沒有到，也許永遠不會到。此時此地才是我們在這個宇宙中唯一擁有的。我告訴你們，要感受這一刻，要理解這一夜的教誨。我要告訴你們，政府的發展與死亡，就表現在人民的發展與死亡上。」

眾人不安地竊竊私語。他是在嘲弄死去的雷托二世嗎？人們懷疑祭司團的侍衛可能會衝出來，逮捕這位傳道人。

但厄莉婭知道不會有人打斷講道。那是她下的令。她喬裝成平民，穿上精良的蒸餾服，面罩覆住鼻子和嘴巴，常見的長袍頭罩掩蓋了她的頭髮。她就站在傳道人下方人群中的第二排，仔細端詳他。是保羅嗎？時光流逝可能會將他變成這個樣子，而他又那麼擅長變幻嗓音，單憑聲音很難認出他來。不過，這名傳道人光憑聲音便能蠱惑人心，保羅也不可能比他做得更好。在對他採取任何行動之前，她一定要先弄清楚他的身分。他的話聽得她心蕩神馳！

她覺得傳道人的話中沒有暗諷。他的聲音很真誠，用一個個鏗鏘的句子逐漸將人們引誘到他四周。人們可能一時無法理解他話中的含意，但下一刻就省悟他是有意如此。這是他教導的方式。傳道人接收到人群的回應，說道：「暗諷通常會掩蓋一個人思考時無能跨越自己的假設。我不會暗諷別人。珈尼瑪對你們說她兄長的鮮血無法洗刷乾淨，這一點我同意。

「有人說雷托去了他父親去的地方，做了他父親做過的事。摩阿迪巴的教會說他聽從己意，選擇了一條荒唐魯莽的道路，但是歷史會作出評判。從這一刻起，歷史已經重寫。

「我要告訴你們，從這些生命與生命的終結之中，我們還能學到另一課。」

不放過任何蛛絲馬跡的厄莉婭不禁自問，傳道人為什麼要用終結來替代死亡。他是指保羅與雷托並沒有真的死去嗎？怎麼可能？真言師已經證實珈尼瑪的說詞。傳道人的意思是什麼？他講的是事實還是傳說？

「請牢記這個教訓！」傳道人舉起雙手大聲喝道，「如果你想留住你的人性，就放開世間一切吧！」

他放下雙臂，空洞的眼窩直接對著厄莉婭，似乎要對她單獨說些什麼。他的動作如此明顯，厄莉婭四周的人都轉身疑惑地看著她。厄莉婭在他的力量下顫抖著。他可能是保羅。有可能！

「但是我明白人類無法承受太多現實，」他說道，「大多數生命都是一艘從利己出發的航艦，大多偏好馬棚裡的事實。你把頭伸進飼料槽，滿意地咀嚼著，直到死去的那天。你從來不曾離開馬棚，抬起頭，做你自己。摩阿迪巴來了，把這些事實告訴你們。要是無法聽懂他的訊息，你就不能崇拜他。」

人群中的某個人，可能是偽裝成民眾的祭司，再也聽不下去，發出刺耳的叫聲：「你不是摩阿迪巴本人！你怎麼敢告訴別人該怎麼崇拜他！」

「因為他死了！」傳道人喝斥道。

厄莉婭轉過身，看是誰在挑戰傳道人。他躲在人群中，看不出是哪一個，但叫聲卻再次響起：「如果你相信他死了，那麼從此刻起，就不要再以他的名義說話。」

應該是祭司，厄莉婭想著，但她聽不出那是誰。

「我來，只是提出一道簡單的問題，」傳道人說道，「難道摩阿迪巴一死去，所有人的道德就跟著自盡了嗎？難道這就是救世主無法避免的影響嗎？」

「那麼你承認他是救世主？」人群中的聲音叫道。

「為什麼不？我是他那個時代的先知。」傳道人說道。

他的語氣和態度是那麼沉著篤定，就連挑戰者也陷入了沉默。人群發出不安的竊竊私語，彷彿動物的低鳴。

「是的，」傳道人重複道，「我是這些時代的先知。」

緊緊盯著他的厄莉婭發現他用上了隱約的魅音。顯然他在控制人群。他受過貝尼．潔瑟睿德訓練？這又是護使團的計畫？他會不會根本不是保羅，而是無盡的權力遊戲中的另一盤棋？

「我吐露了神話和夢想！」傳道人叫道，「我是接生、宣布嬰兒降世的醫生。但我卻偏偏在死亡時刻來到你們身邊。這不令你們惶恐嗎？你們的靈魂應該要發抖。」

他的話讓厄莉婭怒火中燒，但儘管如此，她還是聽出他話中的深意。她發覺自己和其他人一樣，不知不覺朝臺階靠近，簇擁著這位一身沙漠裝扮的高個男子。他的年輕領路人引起了她的注意：這個小夥子的眼睛真亮、真莽撞！摩阿迪巴會雇用這麼桀驁不馴的年輕人嗎？

「我的目的，就是要讓你們不安！」傳道人吼道，「這就是我的目的！我來這裡，是為了打擊你們這個保守的、僵化的宗教中的缺陷和幻想。和其他宗教一樣，你們的宗教正變得懦弱，變得平庸、遲鈍和自滿。」

人群中爆發出憤怒的私語。

厄莉婭察覺到現場的緊繃，感到幸災樂禍。傳道人能應付嗎？如果不能，他可能會血濺當場。

「那個挑戰我的祭司！」傳道人指著人群喝道。

他知道！厄莉婭想。一陣顫慄竄過她全身，幾乎如同性興奮。傳道人在玩危險的遊戲，但玩得很精彩。

「你，穿著便服的祭司，」傳道人喝道，「你是為自滿者服務的祭司。我來不是為了挑戰摩阿迪巴，而是要挑戰你！當你無需付出代價、無需承擔任何風險時，你的宗教還是真的嗎？當你依靠宗教發財時，你的宗教還是真的嗎？當你以宗教的名義犯下罪行時，你的宗教還是真的嗎？你是如何從最初的靈啟墮落到這個樣子？回答我，祭司！」

但那人一言不發。厄莉婭發現人群再次渴望聽清楚傳道人的每句話。藉由攻擊那個祭司，他獲得了同情！而且，如果她的密探可信，那麼厄拉科斯的大多數朝聖者和弗瑞曼人都相信他就是摩阿迪巴。

「摩阿迪巴的兒子承擔了風險！」傳道人叫道，厄莉婭聽出他帶著泣音，「摩阿迪巴也承擔了風險！他們付出了代價！而摩阿迪巴造就了什麼？一個離他而去的宗教！」

這些話如果從保羅的嘴裡說出來，會有多麼不同？厄莉婭問自己，我必須調查清楚！她向臺階靠近，其他人隨著她一起移動。她穿過人群，來到一伸手就能摸到這位神祕先知的地方。她聞到他身上沙漠的味道，香料和燧石混合的味道。傳道人和年輕領路人風塵僕僕，彷彿才從沙漠深處過來。她能看到傳道人那兩隻露在蒸餾服外的手青筋畢露，她還能看到他左手一根手指上的戒痕。保羅就將戒指戴在那根手指上——現在保存於泰布穴地的亞崔迪之鷹。如果雷托活著，有一天他會戴上那枚戒指……如果她允許他登上寶座的話。

傳道人再次將空洞的眼窩對準厄莉婭，低聲說著，但聲音仍舊傳遍人群。

「摩阿迪巴給了你們兩樣東西：確定的未來和不確定的未來。他以意志對抗大宇宙終極的不確定。他失去雙眼，轉身走出他在這個世界的位置。他讓我們看到人必須永遠這樣選擇不確定，而非確定。」厄莉婭發現，他最後的宣告竟帶上祈求的聲調。

厄莉婭環顧四周，偷偷將手放在晶刃匕的刀柄上。如果我現在殺了他，他們會怎麼樣？她再次感到一陣顫慄傳遍全身。如果我殺了他，然後揭露自己的身分，再宣布這傳道人是騙子，是異端，會怎麼樣？但如果他們證明了他是保羅呢？

有人推著厄莉婭，她離傳道人更近了。儘管她憤怒難遏，卻發現自己目不轉睛看著他。他是保羅嗎？她該怎麼辦？

「為什麼又一個雷托離開了我們？」傳道人質問道，聲音中有不折不扣的痛苦，「回答我，如果你有答案！啊，他們的訊息很明確：拋開確定！這是生命最深處的呼喊。這是生命的一切意義。我們是伸向未知、不確定的探針。為什麼你們聽不到摩阿迪巴？如果未來的一切都絕對確定，那麼這世界不過是偽裝的死亡！這樣的未來已經變成了現在！他展現給你們看了！」

傳道人伸出手來，直直抓住厄莉婭的手臂，精準得駭人，沒有任何摸索或遲疑。她想掙脫，但他死死抓著她，在四周眾人都疑惑地後退時，衝著她的臉說道：

「保羅．亞崔迪是怎麼對妳說的，女人？」

他怎麼知道我是女的？她問自己。她想退回內在的生命中，尋求他們的保護，但她的內在沉寂得可怕，受這個來自過去的人物蠱惑了。

「他告訴妳，完美等於死亡！」傳道人喝道，「絕對的預象就是完美……就是死亡！」

她想掰開他的手指。她想拔出刀，將他砍倒。但她不敢。她這一生還沒這麼畏縮過。

傳道人抬起頭，朝她身後的人群喊道：「我給你們摩阿迪巴的話！他說：『我要用你們想要逃避的東西來觸怒你們。你們只想相信那些能使你們安心的東西，我毫不訝異。否則，人類要怎麼發明陷阱來讓自己陷入平庸？否則，我們要如何定義怯懦？』這就是摩阿迪巴要對你們說的話！」

他突然放開厄莉婭，把她推向人群。她差點摔倒，幸好身後的人撐住了她。

「生存，就是站出來，離開人群。」傳道人說道，「除非你願意冒著喪失心智的危險來評判自己的存在，否則你就不是在思考，也不算真正活著。」

傳道人往下走了一步，再次抓住厄莉婭的手臂——沒有摸索，也沒有猶豫。這次他溫柔了些，向前俯身，以只有她才能聽到的音量說：「不要試圖再次把我拖回人群中，妹妹。」

隨後，他將手放在年輕領路人肩上，走入人群。人們讓路給這對奇人，並紛紛伸手去觸摸傳道人，動作輕柔，唯恐手指從那件沾滿風沙的弗瑞曼長袍下方摸出什麼東西。

厄莉婭獨自站在那裡，極度震驚。人潮已隨傳道人散去。

她很確定，他是保羅。再無疑問，他是她兄長。她的感受正如眾人：她剛才站在聖者面前。現在，她的宇宙崩裂了。她想跟在他身後，求他將自己從內在的魔掌中解救出來，但她無法移動。

當其他人跟隨著傳道人和他的領路人遠去之後，她只能站在那裡，如癡如狂，無比絕望。她悲不可抑，全身顫慄，無法控制自己的肌肉。

我怎麼辦？我怎麼辦？她問自己。

現在連鄧肯都不在她身邊，也沒有母親可以依靠。體內的生命仍沉默不語。還有珈尼瑪，被關押在重重把守的堡壘，但她沒有勇氣去向那個倖存者坦承自己的悲痛。

所有人都離我而去了。我該怎麼辦？

34

有一種狹隘的宇宙觀認為：你不應該眺望遠方的問題，那些問題可能永遠不會出現在你身邊。你應該留意圍欄內的惡狼，圍欄外的狼群也許根本不存在。

——《光明書》薩瑪第一章第四節

•••

潔西嘉在起居室的窗邊等候艾德侯。這是間舒適的屋子，屋內有柔軟的長榻和老式的座椅。她的寓所內沒有懸浮椅，燈球是舊時代的水晶製品，透過窗戶可俯瞰下方的庭院。

她聽見女僕打開房門，然後是艾德侯走在地板上的腳步聲。她側耳傾聽，卻沒有轉身，而是盯著下方庭院綠色草地上斑駁的光影。她必須先壓制內心的天人交戰。她深深吸了口氣，感受到一股強大的平靜漸漸湧現。

高掛的太陽向庭院射下一束束光線，照亮了一張掛在菩提樹枝椏間的銀色蜘蛛網，那枝椏幾乎觸碰到窗戶。房內很涼快，但是密閉的窗戶外熱氣蒸騰。柯瑞諾城堡坐落在一個死氣沉沉的地方，與她窗外的綠蔭格格不入。

艾德侯在她身後停下了腳步。

她沒有轉身，逕自說道：「語言帶來的東西與欺騙和幻覺無異。為什麼你想和我談話？」

「我們兩人中可能只有一個能存活下來。」他說道。

「而你希望我能為你的努力說點好話？」她轉過身，看到他平靜地站在那裡，用那對沒有焦距的灰色金屬眼睛看著她。多麼空洞的眼睛啊！

「鄧肯，你擔心自己的歷史定位嗎？」

她略帶控訴地說出這句話，並想起她和這個男人的另一場針鋒相對。那時他受命暗中監視她，內在衝突讓他飽受煎熬，因而喝醉了。但那是重生之前的鄧肯。他已經不是那個人了。這個人的內心不會因任務而分裂，不會受到折磨。

他的笑容證明了她的結論。「歷史自會有裁決，」他說道，「但我懷疑自己會對歷史的裁決感興趣。」

「你為什麼來這裡？」她問道。

「和妳的目的一樣，夫人。」

她一臉無動於衷，內心卻因這幾個簡單的字而大起波瀾：他真的知道我來這裡的原因嗎？只有珈尼瑪知道。他有足夠的資料進行晶算師運算？有可能。若他將她供出來，該怎麼辦？如果她把來這裡的原因告訴他，他會去告發嗎？他肯定知道兩人的所有談話、一舉一動，都躲不過法拉肯或他侍從的監視。

「亞崔迪氏族走到了痛苦的十字路口，」她說道，「家人自相殘殺。你是公爵最忠誠的手下，鄧肯。當哈肯能男爵——」

「我們不談哈肯能，」他說道，「那是另一個時代的事。妳的公爵也去世了。」他暗自思索：難道她沒猜到保羅已經發現亞崔迪家有哈肯能的血？對保羅來說，那是一場大危機，但鄧肯．艾德侯與他的連結卻因此更加緊密。保羅對他坦誠相告，這之中的信任是無法想像的——保羅知道男爵的人對艾德侯做了什麼。

「亞崔迪氏族還沒滅亡。」潔西嘉說道。

「亞崔迪氏族是什麼？」他問道，「是妳嗎？是厄莉婭嗎？是珈尼瑪嗎？是為這個氏族效力的人嗎？我看著這些人，他們每個人的痛苦都寫在臉上！他們是亞崔迪嗎？妳兒子說得對：『我的追隨者將無法擺脫痛苦與迫害。』我想擺脫這一切，女士。」

「你真的投靠法拉肯了？」

「妳不也是嗎，女士？妳來這裡，不就是為了說服他娶珈尼瑪，然後解決所有問題？」

他真這麼想嗎？她懷疑，還是說給那些監視者聽的？

「亞崔迪氏族一直有個核心精神，」她說道，「你是知道的，鄧肯。我們以忠誠交換忠誠。」

「向人民效力。」艾德侯冷笑一聲，「哈，我多次聽到妳的公爵這麼說。他在墳墓中肯定躺得不安心，女士。」

「你真的認為我們已經淪落到這個地步了？」

「女士，妳知道有弗瑞曼反叛者嗎？他們自稱『沙漠深處的游擊軍』，他們詛咒亞崔迪氏族，甚至摩阿迪巴。這妳知道嗎？」

「我聽過法拉肯的報告。」她說道，尋思他究竟要將談話引向何方，想說什麼問題。

「比那更糟，女士。比法拉肯那些報告還要糟。我親耳聽過他們的詛咒。他們是這麼說的：『受烈火焚身吧，亞崔迪人！你們不再有靈，不再有魄，不再有肉體，不再有影子、法力和骨頭，不再有頭髮、話語和文字。你們沒有葬身之處，不會有家、洞穴和墓塚。你們不再有花園，不再有喬木和灌木。你們不再有水，不再有麵包、燈光和火。你們不再有孩子，不再有家族、繼承人和部落。你們不再有頭，不再有手臂、腿和腳。你們在任何行星都無處容身。你們的靈魂將困在地底，永無回到地面的一天。你們再也無法瞻仰沙胡羅。你們永生永世都是妖煞，被捆、被鎖在地獄底層，你們的靈魂永生永世都無法接受榮光的照射。』

這就是詛咒，女士。妳能想像弗瑞曼人有多恨嗎？他們將所有亞崔迪人留給受詛咒的左手，要讓他們飽受烈火的煎熬。」

潔西嘉一陣戰慄。艾德侯無疑原封不動複述了他聽到的詛咒，語氣也維妙維肖。為什麼他要向柯瑞諾氏族揭露這些？她能想像憤怒的弗瑞曼人如何一臉猙獰站在部落前，咬牙切齒地唸完那些古老的詛咒。為什麼艾德侯要讓法拉肯聽到？

「這樣聽來，珈尼瑪是很該跟法拉肯結婚。」她說。

「妳看問題時，總是一廂情願。」他說道，「珈尼瑪是弗瑞曼人，只能嫁給不用繳水貢的人。而法拉肯呢，他的家族將鉅貿聯會的所有股份都轉給了妳的兒子和他的繼承人。法拉肯是因為亞崔迪的容忍才能活下來。還記得妳的公爵在厄拉科斯插下亞崔迪鷹旗時說的話嗎？他說：『我在這裡，我屬於這裡。』直到現在，他的骸骨仍留在那裡。如果法拉肯和珈尼瑪結婚，他就得定居厄拉科斯，帶著他的薩督卡。」

這樣的結盟，艾德侯一想到就連連搖頭。

「有個古老諺語說，解決問題要像剝洋蔥一樣，一層層來。」她冷冷地說。他怎麼敢一副慷慨指點我迷津的樣子？除非他是演給法拉肯看……

「反正，我無法想像弗瑞曼和薩督卡住在同一顆行星。」艾德侯說道，「這層洋蔥皮剝不下來。」

艾德侯的話可能會震醒法拉肯和他的幕僚。一想到這裡，她厲詞說道：「亞崔迪氏族仍然是這個帝國的律法！」說完，她暗想：難道艾德侯是想讓法拉肯相信，沒有亞崔迪的幫助，他同樣能登上寶座？

「哦，是的，」艾德侯說道，「我差點忘了。亞崔迪的律法！當然了，在黃金永生會祭司的巧言轉化下。我只需閉上眼睛，就能聽到妳的公爵告訴我，土地總是藉由暴力或恐嚇取得。財富碾壓一切嘛，葛尼過去不就是這樣唱。為達目的不擇手段？還是我搞混了諺語？也許無論公開揮舞鐵拳的是弗瑞曼軍團還是薩督卡都無關緊要，將鐵拳隱藏在亞崔迪的律法中也行——但鐵拳就是鐵拳。那層洋蔥皮還是剝不下來，女士。妳知道嗎，我在想，法拉肯會需要什麼樣的鐵拳？」

他在幹什麼？潔西嘉想，柯瑞諾氏族會吸收他的推演，並加以利用。

「所以你認為祭司不會允許珈尼瑪嫁給法拉肯？」潔西嘉放手一搏，想試探艾德侯的話會導向何方。

「允許她？神明在下！祭司團會允許厄莉婭的任何命令，她自己可以嫁給法拉肯！」

他在下餌了嗎？潔西嘉暗忖。

「不，女士，」艾德侯說道，「問題不在那裡。這個帝國的人民已經無法區分亞崔迪政府和野獸拉班。厄拉欽恩的地牢裡，每天都有人死去。我離開是因為我無法再用劍為亞崔迪氏族戰鬥了，一小時都不行！妳不明白我在說什麼嗎？我為什麼來找妳這個亞崔迪氏族的代表？亞崔迪帝國已經背叛妳的公爵和妳的兒子。我愛妳女兒，但我倆踏上了相反的道路。如果真要聯盟，我會建議法拉肯接受珈尼瑪的手——或是厄莉婭的，但一定要滿足他提出的條件！」

哈，他在搬下臺階，準備光明正大退出亞崔迪氏族，她想。但他還談到其他事，他有可能知道他們為她做了多少縝密的安排嗎？她怒視著他：「你知道有密探在監聽我們的每一句話，對吧？」

「密探？」他笑了起來，「我當然知道。妳知道我的忠誠是怎麼變心的嗎？有很多夜晚我獨自一人待在沙漠中。弗瑞曼人是對的，在沙漠中，尤其是在夜晚，你會體會到深思帶來的危險。」

「你就是這樣聽到弗瑞曼人的詛咒？」

「是的。在阿奧羅巴部落。在傳道人的邀請下，我加入了他們，女士。我們稱自己為扎爾·薩度斯，也就是拒絕服從祭司團的人。我來這裡是向亞崔迪氏族的代表正式宣布，我退出妳的家族，加入了妳們的敵營。」

潔西嘉打量著他，想尋找一絲破綻，但完全看不出他在說謊或別有用心。他真的投靠法拉肯了嗎？她想起女修會的格言：在人類事務中，沒有什麼是一成不變的，所有人類事務都呈螺旋演化，有分有合。如果艾德侯真的脫離了亞崔迪氏族，他最近的行為就找到解釋了。他也有分有合。她不得不開始考慮這種可能性。

但他為什麼要強調他是受了傳道人的邀請？

潔西嘉的思緒翻騰。考慮了各種選項後，她意識到自己或許該殺了艾德侯。她寄予重望的計畫是如此精細，不允許任何妨礙。絲毫不能。艾德侯的話透露了他知道她的計畫。她估量兩人在房裡的相對位置，將自己調整到能發出致命一擊的方向。

「我一直認為，在正常情況下，階級制度是我們力量的支柱。」她說道。他尋思她為何將話題轉移到社會階層。「大氏族的蘭茲拉德會、地方上的希瑟拉德會，都值得我們——」

「別讓我分心！」他說。

艾德侯暗忖她的行動為什麼變得那麼容易看穿。是因為她在隱居期間懈怠了嗎？或是他終於打破她貝尼．潔瑟睿德用訓練築起的牆？他感到後者是主要的原因，但她也有問題——隨著年齡增大，她變了。新生的弗瑞曼人也在發生變化，與老一代有了細微的差別，令他心痛。隨著沙漠消失，人類某些值得珍視的東西也隨之絕跡。他無法描述這種感受，就像此時他無法描述潔西嘉女士的變化。

潔西嘉盯著艾德侯，一臉驚愕，也不打算隱藏自己的反應。他這麼輕易就看透她了？

「妳不會殺我，」他用弗瑞曼人的說法警告道，「不要把鮮血濺到我的刀上。」說完後他暗自思索著：我幾乎變成了弗瑞曼人。這給了他一種怪異的領悟，明白自己打從心裡接受了這顆給他第二次生命的行星。

「我想你最好離開這裡。」她說道。

「在妳接受我離開亞崔迪氏族之後。」

「我接受！」她惡狠狠地一字字說道。說完後她才意識到這場談話中有多少純粹的本能反應。她需要時間來思考、斟酌。艾德侯怎麼會知道她的計畫？她不相信他能借助香料穿越時空。

艾德侯向後退，直到感覺門就在身後，鞠了個躬：「我再稱呼您一次尊貴的女士吧，以後我再也不會這麼叫了。我給法拉肯的建議是悄悄將妳送回瓦拉赫星系，越快越好。妳是十分危險的玩具，儘管我不認為他會把妳當成玩具。妳為女修會工作，而不是亞崔迪氏族。我現在懷疑妳是否為亞崔迪氏族出過力。妳們這些女巫隱藏得太深，凡人是無法信任妳們的。」

「一個甦亡人竟然認為自己是凡人。」她嘲笑他。

「和妳相比，我是。」他說道。

「馬上離開！」她命令道。

「求之不得。」他閃身出了門口，經過一名滿臉好奇的女僕，顯然她剛才一直在偷聽。

結束了，他想，他們對我只會有一種解讀。

35

只有在數學領域，你才能看出摩阿迪巴的未來預象有多精確。首先，我們隨便假定一個數字，代表時空中的維度（這是經典假定，n摺就代表原本被壓縮在某個點之後釋放出來的n個維度），在這個框架下，正如我們通常的理解，時間也成了單一維度的集合體。將這應用到摩阿迪巴的現象中，我們要麼發現自己面臨時間的新屬性，要麼認定我們正在研究的是包含n體系屬性的各別系統。以摩阿迪巴的情況，我們假設後者是正確的。如同計算所展示的，n重維度只在不同的時間框架內單獨存在。由此，我們得知時間的各別維度是存在的。摩阿迪巴的預象要求他能看到n重，不是解壓縮之後的集合體，而是在同一框架內的作用。事實上，他將自己的宇宙凍在其中一個框架中，這個框架就是他眼中的時間。

——帕雷穆巴薩在泰布穴地的講課

• • •

雷托躺在沙丘頂部，凝視空曠沙漠對面那塊蜿蜒的岩石露頭。那看上去就像一條躺在沙地上的巨大沙蟲，在早晨的陽光下顯得無聊又危險。那地方一片死寂。天空沒有飛鳥盤旋，岩石上沒有動物在蹦跳。他看到了「沙蟲」背部靠近中間的地方有捕風器的凹槽，那裡應該有水。岩石「沙蟲」的外形與泰布穴地的屏蔽很相似，但這個地方卻了無生機。他靜靜躺在那裡，與沙子混為一體，繼續觀察著。

葛尼・哈萊克彈奏的某支曲子一直在他腦中揮之不去：

山丘下狐狸在輕快奔跑，
斑斕太陽明亮耀眼，
我的愛依舊。
山丘下的茴香叢中，
我發現愛人無法醒來，
他藏身墓地中，
在山丘的腳下。

那地方的入口在哪？雷托尋思。

他確定那地方就是迦庫魯圖／豐韃珂，但除了沒有動物的蹤跡之外，這裡還有不對勁的地方。他的意識邊緣有東西在閃動，向他示警。

山丘下藏著什麼？

沒有動物是個不祥之兆。這引起了他的弗瑞曼警覺心：想在沙漠中生存，沒有動靜透露的訊息往往比有動靜還多。但那裡有一部捕風器，所以應該有水，還有喝水的人。那裡是躲在豐韃珂這個名字背後的禁地，另一個名稱已被大多數弗瑞曼人遺忘。而且，這裡看不到任何鳥或動物。

沒有人類——卻是黃金之路的起點。

他父親說過：「未知無時無刻不籠罩著我們，我們的知識便來自未知。」

雷托朝右望向一座座沙丘的頂部。這裡最近颳過一場母親級的風暴，吹散了阿茲拉卡湖表面的沙子，露出下方的白堊平原。弗瑞曼人有個迷信：無論誰看到這種被稱為比皚的白色土地，都能實現一個願望，但也可能被願望吞噬。雷托看到的僅僅是白堊平原，這片平原告訴他，厄拉科斯曾經有露天水澤。而且可能再度出現。

他昂首四望，想尋找任何動靜。風暴過後的天空十分開透，陽光穿過大氣，天地都染上一層奶白。銀色太陽躲在灰塵之幕上方的某個高處。

雷托再次將注意力放在蜿蜒的岩石上。他從弗瑞曼求生包中拿出雙筒望遠鏡，調好焦距，觀察裸露的灰岩，迦庫魯圖人就曾經住在那片露頭上。望遠鏡中出現了一叢荊棘，人們稱這種荊棘為「夜之女王」。荊棘生長在一道岩縫中，那裡可能就是穴地的入口。他觀察整道岩石露頭。銀色陽光將紅色岩壁照成灰色，彷彿為岩石蒙上一層薄霧。

他翻了個身，背對迦庫魯圖，用望遠鏡觀察四周。沙漠中完全不見人類活動的蹤跡，風抹去了他的足印，只剩一道依稀可見的圓弧，那是他昨晚從沙蟲背上跳下後所留的痕跡。

他再次看著迦庫魯圖。除了捕風器，沒有任何跡象表明人類曾經在這個地方生活。而且，除了這道蜿蜒的巨岩，沙漠上沒有任何景物，只有連向天際的荒蕪。

雷托突然覺得自己之所以來到這裡，是因為他拒絕被困在祖先遺留下來的系統中。他想起人們是如何看待他，除了珈尼瑪，每個人的眼光都帶著誤解。

這個「孩子」從來都不是孩子，除了對體內那幫「記憶」而言。

我們已經作出了決定，我必須負起責任。他想。

他再次觀察整道岩石。從各種描述來看，這地方肯定就是豐韃珂，而且迦庫魯圖也不可能藏在別處。

他覺得自己對這個禁地起了奇怪的感應。他丟開一切所知，以貝尼．潔瑟睿德的方式向迦庫魯圖敞開意識。知識會阻礙學習。他給了自己一些時間來感應，沒有要求，也沒有疑問。

那裡沒有活物，這個問題令他格外警覺。接著他意識到那裡沒有食腐鳥——沒有鷹，沒有禿鷹，也沒有隼。即便其他生命都躲了起來，這些鳥還是會出來活動。沙漠中的每個水源都有一條食物鏈，末端就是這些無所不在的食腐鳥。到目前為止，還沒有動物前來偵察他。他對這些「穴地的監守者」非常熟悉，守在泰布穴地斷崖邊的鳥是最古老的殯葬業者，隨時在等候血肉。弗瑞曼人說牠們是「我們的敵手」。但他們語氣不帶反感——偵察的鳥通常能預告陌生人的到來。

要是連走私者都放棄了豐韃珂呢？

雷托從身上的水管中喝了口水。

如果這地方真的沒有水呢？

他回顧自己的處境。他通宵騎了兩條沙蟲才來到此處，過程中不斷抽打，跳下時牠們已去了半條命。這裡是沙漠深處，走私者的天堂。生命要在此處生存，就必須待在水源附近。

要是這裡沒有水呢？要是這裡不是豐韃珂／迦庫魯圖呢？

他再次將望遠鏡對準捕風器。捕風器的外緣已經風化了，需要維護，但大部分裝置還是好的，應該有水。

萬一沒有呢？

在荒廢的穴地，水可能會散逸到空氣中，也可能毀於天災。為什麼這裡沒有食腐鳥？被殺了？為了掠奪牠們體內的水？是誰殺的？怎麼做到一隻都不留？下毒？

有毒的水。

迦庫魯圖的傳說從未提及含毒的蓄水池，但這不無可能。如果原來的那群鳥被殺了，現在不是該出現一群新鳥了嗎？傳說盜水者伊督利早在幾代前就滅絕了，但傳說中並沒有提到毒藥。他再次用望遠鏡檢查岩石。怎麼可能除掉整個穴地？一定有人逃了出來。穴地很少會全員到齊，總有人在沙漠中或城市中遊蕩。

雷托放下望遠鏡，嘆口氣，放棄了。他沿著沙丘隱蔽的一側往下滑，小心翼翼將蒸餾營帳埋在沙地裡，隱藏他的所有痕跡，準備好在此地度過最熾熱的時光。躲入黑暗之後，疲倦感慢慢襲來。在帳篷潮溼的密閉空間內，他整個白天都昏昏欲睡，想像著自己可能犯下的錯誤。他吃了點香料點心，小睡一會，醒來後補充點食物與水，然後再睡。他剛完成一段漫長的旅途，對孩童的肌肉是項嚴酷的考驗。

傍晚時分，他醒了，感覺休息夠了。他側耳傾聽生命的動靜。他爬出帳篷。高空中風沙瀰漫，都吹往同一方向。他能感到沙子全打在他的半邊臉上，顯然要變天了，沙暴正蠢蠢欲動。

他小心翼翼爬上沙丘頂部，再次眺望那座謎般的巨岩。空氣是黃色的，這是科里奧利沙暴挾裹著死亡逼近的跡象。屆時狂風將捲起漫天黃沙，範圍能覆蓋四個緯度。荒涼的白堊映出澄黃雲層，成了一片金黃。傍晚虛假的寧靜籠罩著他。隨後，白日陷落了，夜幕降臨，沙漠深處的夜晚總是降得這麼快。在一號月亮的照耀下，那道巨岩成了一連串嶙峋的山巔。他感到沙棘刺入他的皮膚。一聲旱雷響起，彷彿遠方鼓聲的回音。在月光與黑暗的交界，他突然發現了一點動靜：蝙蝠。他能聽到翅膀搧動的聲音，還有細細的吱叫。

蝙蝠。

不知有意還是無意，那地方散發一種全然的荒涼感。那裡應該就是傳說中的走私據點：豐韃珂。但如果不是呢？如果禁忌仍然有效，那地方只是個空殼，只有迦庫魯圖的鬼魂出沒？他怎麼辦？

雷托趴在沙丘的背風處，看著夜色一步步降臨。耐心和謹慎——謹慎和耐心。他想了些消磨時間的方法，例如回顧喬叟從倫敦到坎特伯雷的見聞，並由北向南列出他途經的城鎮：兩英里外的聖托馬斯水池、五英里外的德特福德、六英里外的格林尼治、三十英里外的羅徹斯特、四十英里外的錫廷伯恩、五十五英里外的伯布萊恩下的鮑頓、五十八英里外的哈伯道恩，然後是六十英里外的坎特伯雷。他知道這個宇宙中幾乎沒有人記得喬叟，或是知道除了在甘斯德星上的那座小村莊之外，還有一個地方也叫倫敦。想到這點，他不禁有點得意。聖托馬斯還保存在《奧蘭治合一聖書》及《光明書》中，但是坎特伯雷已徹底從人們的記憶中消失，就像他所在的那顆行星一樣。這就是記憶的沉重負擔，體內每個生命都是一種威脅，隨時可能吞沒他。他也曾經那樣前往坎特伯雷。

然而，他現在的旅行更長，也更加危險。

他開始行動，翻越沙丘，朝月光下的岩壁前進。他躲在陰影裡，從沙丘頂部滑下，沒有發出任何暴露蹤跡的聲音。

和每次風暴來臨前一樣，空中的沙塵已經消失，只剩晴朗的夜空。白天這地方沒有動靜，但是在黑暗中，他能聽到小動物在飛快奔跑。

在兩座沙丘之間的谷地，他碰到一窩跳鼠。跳鼠一看到他便四散逃命。他在第二座沙丘頂部休息片刻，內心焦灼難安。那條岩縫是通道的入口嗎？他還有其他顧慮，古老的穴地四周通常設有陷阱：插著毒鈎的土坑、植物上的毒刺等。他覺得有條弗瑞曼諺語非常貼合他現在的處境：耳朵是夜間的大腦。他傾聽著最細微的聲音。

現在，他上方就是灰色岩壁，近看顯得十分巨大。他傾聽著，聽到鳥兒在斷崖上鳴叫，儘管眼睛看不到。那是在日間活動的鳥兒，卻在夜間鳴叫。是什麼倒轉了牠們的世界？人類的馴化？

雷托驀地趴到沙地上，一動不動。斷崖上有火，火光和神祕的螢光在夜晚的黑幕上躍動，看樣子是穴地的人正朝沙漠對面的巡邏者發出的信號。誰占據了這個地方？他往前爬進斷崖底部陰影的最深處，一路上用手摸索著岩石，尋找白天看到的岩縫。在爬出第八步的時候，他找到了，隨後從求生包拿出沙地通氣管往前探測。突然，一團緊實的東西落在他肩膀和手臂上，他動彈不得。

藤網！

他放棄掙扎，那只會使藤條纏得更死。他鬆開右手手指，扔下通氣管，想去拔腰間的刀。他覺得自己太天真了，竟然沒有在遠處先朝岩縫扔點東西試探，而只顧著留意斷崖上的火。

每個輕微的動作都使藤網束得更緊，但他的手指最終還是摸到了刀柄。他握緊刀柄，慢慢將刀抽出。

一陣閃光包圍了他。他驀地停下一切動作。

「哈，我們抓住了好東西。」雷托身後響起渾厚的嗓音，不知何故，那聲音聽來相當耳熟。雷托想扭過頭去，但明白如果他真這麼做，藤條能輕易擠碎他的骨頭。

沒等他看清楚，一隻手便伸了過來取走他的刀，隨後熟練地在他身上搜索，搜出他和珈尼瑪準備的各種逃生小工具，一件不漏，甚至沒錯過他藏在頭髮裡的鯴迦藤絞環。

雷托還是沒能看到那個人。

那隻手在藤網上擺弄幾下，雷托感到呼吸順暢了許多，但對方警告道：「不要掙扎，雷托．亞崔迪。你的水在我的杯子裡。」

雷托極力控制情緒，問道：「你知道我的名字？」

「當然！人們不會平白無故設下陷阱，而是先鎖定獵物，不是嗎？」

雷托一言不發，大腦卻在激烈翻騰。

「你覺得有人出賣了你！」那個渾厚的嗓音說道。一雙手扶著雷托轉了個身，動作雖輕，但顯然充滿力量——這個成年人正在告訴孩子，他逃跑的機率不高。

雷托抬起頭，看到一張戴著蒸餾服面罩的臉襯著火光形成的剪影。眼睛適應了光線之後，他看到那人臉上露出的深色皮膚，還有一雙香料重度上癮的眼睛。

「你想不通我們為什麼要這麼大費周章。」那人說道。聲音從面罩下方的臉傳來，腔調很怪，彷彿在刻意隱藏口音。

「我早就不懷疑有多少人想要殺死亞崔迪雙胞胎了，」雷托說道，「他們的理由很明顯。」

說話的同時，雷托的腦子不斷飛快運轉，搜索答案。這是誘餌？但除了珈尼瑪還有誰知道他的計畫？珈尼瑪不可能出賣自己的兄長。那麼會不會有人對他瞭若指掌，足以猜中他的行動？是誰？他的祖母？她怎麼能這樣？

「你不能再過以往的生活，」那人說道，「那很糟。在登上皇座之前，你必須先接受教育。」沒有眼白的眼睛盯著他，「你在想，誰有資格教育你？你在記憶中儲存了幾乎無限的知識。但問題就在這裡，你明白嗎？你認為自己受到了教育，但你不過是亡者的貯藏庫。你沒有自己的生命，內在卻塞滿太多人，他們只有一個目標——尋求死亡。尋求死亡的人不會成為好領袖。你的統治將屍橫遍野。就像你的父親，他就不懂得——」

「你膽敢這樣議論他？」

「我已經這樣做了太多次了。說到底，他不過是保羅．亞崔迪。好了，孩子，歡迎來到你的學校。」

那人從長袍下伸出一隻手，碰了碰雷托的臉頰。雷托感受到一陣拍打的震動，發現自己漸漸沉入黑暗中，有面綠旗在黑暗中揮舞著，上面有亞崔迪氏族的晝夜標誌，旗杆內藏著一根水管。在失去知覺之前，他聽到了汩汩水聲。或者是有人在咯咯笑？

36

我們仍然記得海森堡之前的美好時光。正是海森堡向人類指明了一道牆，圍住我們關於命定的論據。我內在的生命覺得這很有趣。你想想，知識若無目的，便失去了用途，但築起這道高牆的，正是目的。

——雷托．亞崔迪二世：他的聲音

• • •

厄莉婭回過神，正在神殿休息室斥喝面前的侍衛。侍衛共有九人，身穿野外巡邏隊的綠色軍服，風塵僕僕，還在喘著粗氣，渾身臭汗。午後陽光從他們身後的門外射入，這地方已經沒有朝聖者了。

「我的命令，你們不當一回事？」她問道。

她沉浸在自己的憤怒中，絲毫不壓制，而是大肆散發。她的身體由於無從宣洩的緊張而顫抖。艾德侯離開了……潔西嘉女士……沒有報告……只有傳言說兩人在薩魯撒。為什麼艾德侯不傳消息回來？他在做什麼？他終究發現賈維德的事了嗎？

厄莉婭穿著厄拉欽恩的黃色喪服，黃色在弗瑞曼人中代表燃燒的太陽。不久後，她將帶領送喪隊伍第二次也是最後一次前往古裂谷，去完成她死去侄子的紀念碑。工程將於今晚結束，以向原本要成為弗瑞曼領袖的雷托致敬。

教會的侍衛對她的憤怒似乎無動於衷。他們站在她面前，背後的光線勾出他們的剪影，身上的汗味明顯有別於城市居民身穿輕便、效能低劣的蒸餾服所悶出的氣味。隊長一頭金髮，身材高大，長袍上繡著卡德拉姆家族的標誌。為了清楚說話，他摘下了蒸餾服面罩，語氣中帶著阿布穴地昔日首領之家的傲慢。

「我們當然試過逮捕他！」

這人顯然對她的指責很惱火，「他滿口瀆神！我們知道妳的命令，但我們親耳聽到他怎麼瀆神！」

「但是你們沒抓到他。」厄莉婭低聲指責道。

另一個侍衛，一個嬌小的年輕女子，想為自己辯護：「那裡人太多了！我敢發誓，群眾在阻擾我們。」

厄莉婭沉下臉：「為什麼你們不能服從我的命令？」

「夫人，我們——」

「卡德拉姆的子孫，如果你抓住他，發現他真的是我兄長，你會怎麼辦？」

雖然沒受過教育、沒一點判斷力的人不可能當上祭司團侍衛，但他顯然並沒有注意到厄莉婭在唸出他的名字時加重了語氣。他想犧牲自己嗎？

隊長吞了口唾沫，說道：「我們必須殺死他，他是混亂的根源。」其他人嚇了一跳，但仍氣焰囂張。他們都很清楚自己聽到了什麼。

「他號召部落聯合起來反對妳。」卡德拉姆說道。

厄莉婭已經明白該如何對付他。她實事求是地輕聲說道：「我懂了。你想要堂而皇之地當眾逮捕他——說明你必須這樣犧牲自己，也一定會犧牲自己。」

「犧牲自己……」他話說到一半，瞥了同伴一眼。身為隊長，他有權像剛才那樣代表大家說話。但從他的表情看，他寧願剛才沒有開口。其他侍衛開始焦躁不安了。在先前的逮捕行動中，他們公然挑戰厄莉婭的權威。直到現在，他們才意識到蔑視「天堂之源」的後果。眾侍衛顯然惶恐了，與隊長拉開一小段距離。

「為了教會著想，我們官方的反應勢必得相當謹慎。」厄莉婭說道，「你明白吧？」

「但是他——」

「我親耳聽到他的講道，」她說道，「但這是特殊情況。」

「他不可能是摩阿迪巴，夫人！」

你知道什麼！她想。隨後她開口說道：「我們不能冒險當眾逮捕他，不能讓其他人看到我們傷害他。當然，如果有合適的機會……」

「近來他身邊總是圍著很多人！」

「那麼你恐怕得耐心等候了。當然，如果你堅持違抗我的命令……」她沒有說出後果，但他們自然能明白。這個卡德拉姆人野心勃勃，而此時他面前就有一條飛黃騰達之路。

「我們無意冒犯您的權威，夫人。」這人終於控制住自己，「現在我懂了，我們當時太衝動。請原諒我們，但是他——」

「什麼也沒發生，也沒什麼需要原諒。」她用常用的弗瑞曼客套語說道。這是部落用來維持相安無事的眾多方法之一，而從這位卡德拉姆人的年齡來看，他應該能心領神會。他的家族有悠久的領導傳統。愧疚是鞭笞耐巴的鞭子，應當審慎使用。為了免除愧疚，弗瑞曼人會竭力效勞。

他低下頭表示理解，然後說道：「為了部落的大局著想，我懂。」

「下去休息一下，」她說道，「送葬遊行將在幾分鐘後開始。」

「遵命，夫人。」他們匆匆離開，顯然很慶幸能全身而退。

厄莉婭的腦海中響起一道低沉的聲音：「哈，妳處理得十分高明。他們中有一兩人仍然認為妳想除掉傳道人。他們會找到機會的。」

「閉嘴！」她噓了一聲，「閉嘴！我真不應該聽你的！看看你都做了些什麼……」

「我讓妳走上永垂不朽的路。」低沉的聲音說道。

她感覺到聲音在她顱內迴響，像隱隱傳來的疼痛。她想：我能躲在什麼地方？無處可藏！

「珈尼瑪的刀很鋒利，」男爵說道，「記住這一點。」

厄莉婭眨了眨眼睛。是的，是該記住。珈尼瑪的刀很鋒利。那把刀或許能劈開一條路，讓她擺脫眼下的困境。

37

如果你相信某句話，那麼你就相信了話中的觀點。當你相信某個觀點是對或是錯，是真或是偽，那麼你就相信了觀點背後的假設。這些假設通常漏洞百出，但是對相信的人來說，仍然彌足珍貴。

——〈開放式證明〉，《女修會文件》

• • •

雷托的意識在一團刺鼻的氣味中飄浮。他聞出了美藍極濃郁的肉桂味、勞動的身體散發的汗味、亡者蒸餾器敞開傳出的酸味、揚塵的燧石味。氣味在夢境中留下了線索，在死亡之地形成幢幢濃霧。他知道這些氣味能告訴自己一些東西，但他朦朧的意識卻無法分辨。

各式想法如同鬼魅掠過他的腦海：此時此刻，我沒有最終形貌。我是我所有的祖先。墜入沙漠的落日就是我的靈魂。我內在的眾人曾經那麼強大，但一切已結束。我是弗瑞曼人，我將走向弗瑞曼的終點。黃金之路還未開始就已結束。那條路什麼都不是，只是風吹過的痕跡。我們弗瑞曼人知道隱藏自己的一切訣竅。我們不留下臉，不留下水，不留下痕跡……現在，看著我的痕跡消失吧。

渾厚嗓音在他耳邊響起：「我能殺了你，亞崔迪。我能殺了你，亞崔迪。」聲音不斷重複，直到喪失意義，只剩下聲音本身在雷托的夢中重複，彷彿冗長的禱詞：「我能殺了你，亞崔迪。」

雷托清了清嗓子，感到這簡單的聲音搖醒了自己的意識。他勉強用乾渴的喉嚨問道：「誰……」

他身後有個聲音說：「我是受過教育的弗瑞曼人。你們搶走了我們的神，亞崔迪。我們為什麼要關心發臭的摩阿迪巴？你們的神死了！」

是真的聲音，還是他夢中的幻想？雷托睜開雙眼，發現自己已經被鬆綁，正躺在堅硬的摺疊床上。他抬眼看到了岩石、朦朧的燈球，還有一張沒有戴面罩的臉。那張臉離他如此之近，他甚至能聞到對方嘴裡呼出熟悉的穴地食物氣味。那是一張弗瑞曼人的臉，深色的皮膚、輪廓鮮明、缺乏水分的肌肉。這不是豐潤的城市居民，而是沙漠中的弗瑞曼人。

「我是納穆瑞，賈維德的父親。」弗瑞曼人說道，「你現在認識我了嗎，亞崔迪？」

「我認識賈維德。」雷托聲音沙啞地說道。

「是的，你的家族知道我兒子。我為他驕傲。很快，你們亞崔迪人將更進一步認識他。」

「什麼……」

「我是你的師父之一，亞崔迪。我只有一項職責：掌握你的生殺大權。我會很高興這麼做。在這所學校，畢業就是活著，失敗就意味著落在我的手裡。」

雷托聽出他話中斬釘截鐵的直率，打了個寒顫。這是個人類戈姆刺，一個毫不留情的敵人，前來考驗他是否夠格進入人類陣營。雷托從中察覺他祖母的手筆，以及她身後無數的貝尼．潔瑟睿德。這想法令他大為不安。

「你的教育從我開始，」納穆瑞說道，「這很公平，而且很合適。因為你很可能過不了我這一關。現在，聽好了。我的每句話都攸關你的性命，我的一切都與你的死亡有關。」

雷托環顧屋子四周的岩壁，單調——只有一張摺疊床、朦朧的燈球和納穆瑞身後黑暗的走道。

「你逃不掉的。」納穆瑞說道。雷托相信他的話。

「你為什麼要這麼做？」雷托問道。

「我已經解釋過了。想想你自己的盤算！你在這裡，無法預知現在的情勢。現在和未來，這兩者無法相交。但如果你真正了解你的過去，而且回顧自己去過的地方，或許就會再度找到原因。如果找不到，你的死期也就到了。」

雷托注意到納穆瑞的語氣並不凶惡，卻非常堅定，而且的確帶著殺氣。

納穆瑞仰望上方岩壁，說道：「以前，弗瑞曼人在黎明時臉朝著東方。伊悠斯，知道這個詞嗎？在某種古語中是黎明的意思。」

雷托帶著苦澀的自豪說道：「我會說那種語言。」

「你沒有在聽我說話。」納穆瑞不容反駁地說道，「夜晚是混亂，白天意味著秩序。你能說的那種語言是這麼說的：黑暗等於混亂，光明等於秩序。我們弗瑞曼人改變了這一點。伊悠斯是不受我們信任的光明。我們喜歡月光，或是星光。光明代表太多秩序，會帶來致命的後果。你看到亞崔迪氏族都幹了哪些伊悠斯了嗎？人類只能活在保護他們的光線下，太陽是我們在沙丘星上的敵人。」納穆瑞直視雷托，「你喜歡什麼光線，亞崔迪？」

納穆瑞的姿態透露出這個問題大有深意。如果他答錯了，這人會殺了他嗎？有可能。雷托看到納穆瑞的手靜靜放在光滑的晶刃匕鞘上，手上戴有龜形戒指，反射著燈球的光芒。他放鬆下來，用手肘撐住身體，思索著弗瑞曼的信仰。那些老弗瑞曼人，他們相信戒律，喜歡用比喻的手法闡釋戒律。月光？

「我喜歡……真理的光明。」雷托道，並觀察著納穆瑞的細微表情。那人顯得很失望，但手離開了晶刃匕。「這是最完美的光明，」雷托繼續道，「人類還會喜歡其他光明嗎？」

「你說話的樣子像在背誦，而不是真的相信這些話。」納穆瑞說道。

雷托想，我的確是在背誦。但此刻，他已經開始掌握納穆瑞的思路，以及納穆瑞如何用古老的猜謎遊戲來過濾他的話。弗瑞曼人的訓練就包含了數以千計的謎題，雷托不得不全神貫注在這種習俗上，想出了一些謎題：問：安靜是什麼？答：獵物的朋友。

納穆瑞點了點頭，彷彿他也有同樣的想法，他說：「有個岩洞，對弗瑞曼人來說，那是生命之穴。那是真實存在的岩洞，藏在沙漠裡。沙胡羅，所有弗瑞曼人的祖先，封死了那個洞。我的叔父齊邁德把這一切告訴了我，他從不對我撒謊。那個岩洞確實存在。」

納穆瑞說完後，雷托感受到沉默的質問。生命之穴？「我叔父史帝加也跟我說過那岩洞，」雷托說道，「洞被封住，是為了防止懦夫躲在裡頭。」

納穆瑞全藍的雙眼映出閃爍的燈光。他說道：「你們亞崔迪會去打開那個岩洞嗎？你們想用祭司團來控制生命，用你們的中央情報部、聖戰士和朝聖者，負責的教長叫考扎爾，從他家族在涅茲的鹽礦發跡，一路高升。告訴我，亞崔迪，你們的祭司團有什麼問題？」

雷托坐了起來，意識到自己已經完全加入納穆瑞的猜謎遊戲，賭注就是他的生命。從他的神情可以看出他只要一聽到錯誤答案，就會拔出晶刃匕。

納穆瑞彷彿看穿雷托的想法：「相信我，亞崔迪，我是碎土機。我是鐵錘。」

雷托明白了。納穆瑞將自己視為邁茲巴，手拿鐵錘，擊打那些無法回答提問，因而無法進入天堂的人。

厄莉婭和她的祭司所創造的中央祭司團有什麼問題？

雷托想起自己為什麼會進入沙漠，內心頓時燃起希望。黃金之路仍有可能出現在他的宇宙中。納穆瑞的問題不正是驅使他進入沙漠的動機嗎？

「只有神才能指明方向。」雷托說道。

納穆瑞盯著雷托。「你真的相信你說的話嗎？」他問道。

「這就是我來這裡的原因。」雷托說道。

「尋找道路？」

「為了我自己。」雷托將腳放在摺疊床邊的地上。岩地沒有鋪地毯，觸腳冰冷。

「你說起話來倒像個真正的叛軍，」納穆瑞說道，摩挲著手指上的龜形戒指，「我們走著瞧。再次聽好了。你知道賈拉爾烏德丁那地方的大盾壁嗎？那岩壁上刻有我祖先在最初幾天刻下的記號。賈維德，我的兒子，看過這些記號。阿貝迪．賈拉，我侄子，也看過。在沙暴季，我和我的朋友雅庫普．阿巴德從那座大盾壁上下來。風又乾又熱，就像我們跳舞時模仿的旋風。我們沒有花時間去看那個記號，因為沙暴擋住了我們的路。但是，沙暴平息後，我們看到褐沙上出現了塔塔城的幻象。沙基爾．阿里的臉也出現了，俯瞰著他的陵冢之城。幻象很快就消失，但我們的確看見了。告訴我，亞崔迪，我在什麼地方能找到那個陵冢之城？」

我們跳舞時模仿的旋風，雷托思索著，塔塔和沙基爾．阿里的幻象。只有禪遜尼流浪者才用這些詞彙，他們認為只有自己才是真正的沙漠人。

還有，弗瑞曼人是禁止墓葬的。

「有一條通道是所有人必須走過的，陵冢之城就在終點。」雷托說道。隨後，他借用一段禪遜尼的祝詞：「那位於一千步見方的庭園內。庭園裡有條長兩百三十三步、寬一百步的走廊，走廊上鋪著齋浦爾古城的大理石。庭園裡住著名叫阿拉扎克的人，他為所有乞食者備好食物。當審判日降臨，那些動身尋找陵冢之城的人將一無所獲。一切已然寫下：『你在這個世界經歷的東西，不應到另一個世界尋求。』」

「你又在背誦你不相信的東西了。」納穆瑞譏笑道，「但是我可以接受，因為我認為你知道自己為什麼要來這裡。」他又露出一絲冷笑，「我給你一個暫定的未來，亞崔迪。」

雷托仔細端詳這人。這是另一個有詐的問題嗎？

「很好！」納穆瑞說道，「你的意識已經準備好了。還有一件事，你聽說過遠方卡德里什的城市在使用蒸餾服仿製品嗎？」

雷托在腦中苦思他的言外之意。模擬蒸餾服？很多行星都有人在穿。

他說道：「卡德里什浮誇的習氣早已遠近馳名。聰明的動物知道要融入環境。」

納穆瑞緩緩點了點頭，說道：「把你抓來這裡來的人，馬上就要來見你。別想從這地方逃走，你會因此送命。」說完，他轉身走入黑暗的走道。

他離開後，雷托久久盯著那條走道。他能聽到那裡有聲音，是當值侍衛在低聲說話。他不斷思索納穆瑞所說的幻象故事。他跋涉了這麼遠，終於來到這裡。現在，這裡是不是迦庫魯圖／豐韃珂已經不重要了。納穆瑞不是走私者，他顯然更有權勢，而且他玩的這場遊戲有潔西嘉的氣息，散發出貝尼・潔瑟睿德的臭味。但納穆瑞走的那條黢黑走道是這間屋子唯一的出口，屋外是陌生的穴地——還有穴地外的沙漠。沙漠中的嚴酷環境、迷亂人心的海市蜃樓和無盡沙丘構成了陷阱，困住了雷托。他可以再次穿越沙漠，但要逃去哪裡？這個想法如同汙濁的死水，無法解救他的乾渴。

38

在傳統思維中，時間是單向的。因此，人類會在連續的、語文導向的框架中思考一切事物。由於這個心智缺陷，人類相當短視近利，在應對危機時，總是措手不及，毫無準備。

——列特－凱恩斯《厄拉科斯工作日誌》

• • •

知與行必須合一，潔西嘉提醒自己。她聚精會神，為即將到來的交鋒做好準備。

早餐時間剛過，她從窗戶遠眺，薩魯撒．塞康達斯上的金色太陽才升到花園的圍牆邊。她全身盛裝：帶有兜帽的聖母黑色斗篷，但長袍下襬和兩道袖口都滾上亞崔迪氏族的金色紋飾。打扮好後，她背對窗戶站好，仔細理了理褶襇，左臂橫放在小腹上，突出袖口的紋飾。

法拉肯注意到了亞崔迪的標誌，踏進屋子時還品評一番，但並未表現出憤怒或驚訝。她發現他的語氣帶著一絲幽默，令她玩味。他身穿黑色的緊身連衣褲，這是潔西嘉的建議。他按照她的指引，在綠色長榻上坐下，右臂隨意搭在靠背上。

為什麼，為什麼我會信任她？他問自己，她畢竟是貝尼．潔瑟睿德女巫啊！

潔西嘉打量著他放鬆的身體和神情，笑了笑，說道：「你信任我，是因為你知道我們的交易很不錯，而且你想學習我能傳授的東西。」

她看到他不快地皺了皺眉頭，便揮揮左手，解釋道：「不，我不會讀心術。我只觀察臉、身體、習性、語氣，還有手臂的擺放。一旦學會了貝尼．潔瑟睿德的方法，任何人都能做到這一點。」

「妳會教我？」

「我相信你研讀過關於我們的報告。」她說道，「有報告提到我們會言而無信嗎？」

「沒有，但是……」

「我們能夠生存下來，部分原因是人們毫不懷疑我們的誠信。這一點到目前為止還沒有改變。」

「聽上去很有道理，」他說道，「我很期待。」

「我很意外，你從未向貝尼．潔瑟睿德申請教師。」她說道，「只要你提出，她們會立即抓住機會，讓你欠她們一個人情。」

「我向母親提過，但她向來不聽。」他說道，「不過現在……」他聳了聳肩，這一聳大有深意，對溫西希婭遭流放的評論盡在不言中，「我們可以開始了嗎？」

「如果你能提早幾年開始，就更好了。」潔西嘉說道，「以你現在的年紀，學起來會更辛苦，也更久。首先，你必須學習忍耐，非常有耐心。我希望你不會覺得這種代價太高了。」

「只要得到妳承諾的成果，就不會。」

他的話中有真誠，有期待，也有敬畏，她聽出來了。他準備好了。她說道：「耐心的藝術——那麼，就從基本的普拉那－並度訓練開始，鍛鍊腿部、手臂和呼吸。以後我們再來注意手掌和手指。準備好了嗎？」

她在凳子上坐下，與他正面相對。

法拉肯點了點頭，一臉期待，以掩蓋內心突如其來的恐懼。泰卡尼克警告過他，說潔西嘉女士的提議一定暗藏女修會蓄謀已久的詭計。「她再次背棄她們或她們拋棄了她之類的，你絕不能相信。」法拉肯勃然大怒，結束了那場爭執。但他剛發火，就立即後悔了。他的情緒反應讓他更下意識偏向泰卡尼克的話。法拉肯瞥了一眼屋內，看到穹頂一角的寶石發著瑩瑩柔光。但發光的不一定是寶石。屋子內發生的一切都會被錄下來，讓心細如髮的人分析每一個細微的表情、每句話、每個動作。

看到他的視線後，潔西嘉笑了，但並未說出她知道他在想什麼。她說道：「要學習貝尼・潔瑟睿德式的耐心，你必須首先明白我們這個宇宙的本質是無常。我們稱自然為『終極的不確定』，這裡的自然是指這個整體的表現形式。為了打開你的視眼，讓你體會到自然的變化方式，你必須伸直雙臂。看著你的雙手，首先是手心，然後是手背。然後觀察手指，前面和後面。開始做。」

法拉肯照著做了，但是覺得很愚蠢。這兩隻都是他自己的手，他很熟悉。

「想像你的手變老了，」潔西嘉說道，「必須在你眼前變得非常老，非常非常老。注意皮膚有多乾燥……」

「我的手不會變。」他說道，上臂的肌肉已經開始微抖。

「繼續盯著你的手。把手變老，盡可能的老。當你看到手變老之後，倒轉整個過程，讓手恢復年輕。要努力做到能隨意變成嬰兒或老人的手，變過來，再變過去。」

「手不會變！」他抗議道，肩膀開始疼了。

「向意識下達命令，你的手會變的。」她說道，「專注，想像時間的流逝：從嬰兒到老人，從老人到嬰兒。這可能會花上幾小時、幾天、幾個月。但你能做到。只要能反轉這種變化，你就會看到所有系統都是在相對穩定的狀態中轉動……只是相對穩定。」

「我還以為我要學的是耐心。」她聽出了他話中的不平，還有一絲沮喪。

「回到相對穩定性，」她說道，「你用自己的信念來創造這種觀察力，而信念可以用想像力來操控。你觀察宇宙的方法非常有限。現在你必須把宇宙當成你自己的作品。這樣一來，你就能掌控任何相對穩定性，用在所有你想像得到的地方。」

「你剛才說這要花多久時間？」

「要有耐心。」她提醒他。

他的嘴角浮出苦笑，目光轉到她身上。

「看著你的雙手。」她厲聲道。

苦笑消失了。他的目光重新回到手上，全神貫注。

「要是我手臂累了，怎麼辦？」他問道。

「不要說話，專心。」她說道，「如果你覺得很累，停下來休息幾分鐘，然後重新開始練習。你必須堅持，直到成功為止。現在這個階段遠比你想像的還要重要。學會這一課，否則其他課程無法開始。」

法拉肯深深吸了口氣，咬牙盯著雙手，慢慢翻轉：正面、背面、正面、背面……什麼也沒改變。

潔西嘉站起身，走向唯一的房門。

他眼睛仍緊盯著雙手，開口問道：「妳要去哪？」

「你自己練習，效果會更好。我大概會在一小時後回來。要有耐心。」

「我知道！」

她觀察了他片刻。他看上去是那麼專注，她不禁心頭一痛，想起自己失去的兒子。她嘆了口氣，說道：「等我回來後，我會教你一些放鬆肌肉的練習。要有耐心。你會很驚訝自己的身體和感官竟有這麼大的潛力。」

她離開了房間。

侍衛立即出現，在她走入大廳時尾隨在她後方，離她三步遠。他們一臉敬畏和恐懼。這些人都是薩督卡，在弗瑞曼人打敗父輩的傳奇中長大，不斷被耳提面目她的本領有多出神入化。這個女巫是弗瑞曼聖母、貝尼．潔瑟睿德，還是亞崔迪人。

潔西嘉朝後瞟了一眼，將他們肅穆的表情當成生平事蹟的里程碑。她走到樓梯口，下樓，穿過另一條走道，來到她窗戶下的庭園中。

現在就看鄧肯和葛尼能不能完成他們的任務了。她感受著腳下的碎石路，望著綠葉篩落的點點金黃陽光，內心思索著。

39

完成下一步的晶算師教育之後，你就會開始學整合性的傳訊方式。這種功能將會覆滿你意識中的資訊通路，並以你早已掌握的晶算師分類檢索技能處理複雜、龐大的輸入資料。你一開始的問題將會是解決各個特定主題龐雜的細節和資料所引發的焦慮。要警惕！如果沒有晶算師的疊加整合方法，你會陷入巴別塔困境中。我們用這個詞彙來表示無處不在的風險：用正確資訊做出錯誤組合。

——《晶算師手冊》

• • •

布料摩擦的聲音像火花在雷托的意識中閃現。他很意外自己竟將感覺磨得如此敏銳，憑聲音就認出那是弗瑞曼長袍和粗糙的門簾相互摩擦所發出。他轉身朝向聲音傳來的地方：一條黑暗的走道，幾分鐘前納穆瑞就是從那裡離開。轉身的同時，他看到有人走了進來。是俘擄他的人，蒸餾服面罩上方露出同樣的深色肌膚、同樣灼亮的眼睛。那人一隻手伸進面罩，從鼻孔中拔出集水管，然後拉下面罩，同時也掀開兜帽。早在發現他下頷的赤棘鞭印之前，雷托就認出了他。那是腦海中的整體印象，之後眼睛才開始確認面貌細節。沒錯，這位大個子，這位吟遊詩人，正是葛尼．哈萊克！

雷托雙手握拳，壓下認出對方帶來的震驚。亞崔迪的家臣中，沒有人比葛尼更忠誠，沒有人比他更擅長屏蔽場格鬥。他是保羅信任的良師益友。

他是潔西嘉女士的助手。

葛尼是抓捕他的人，雷托一時千頭萬緒。葛尼和納穆瑞同在這場陰謀中，這背後想必有潔西嘉的手。

「我知道你已經見過我們的納穆瑞。」哈萊克說道，「請相信我，他有一個職責，只有一個：如果有必要，他是唯一有能力殺死你的人。」

雷托不假思索地用他父親的語調回答：「你加入我的敵人，葛尼！我從未想過——」

「不要在我身上耍這種把戲，年輕人，」哈萊克說道，「那對我沒有作用。我聽從你祖母的命令。你的教育計畫制訂得非常詳盡。是我挑選了納穆瑞，但得到了她的同意。接下來的事可能很痛苦，但都是她安排的。」

「她安排了什麼？」

哈萊克從長袍衣褶裡伸出一隻手，手上拿著弗瑞曼注射器，原始卻很有效。透明管子裡裝著藍色液體。

雷托在摺疊床上向後挪，直到後背碰上岩壁。納穆瑞走了進來，站在哈萊克身旁，兩人一起堵住唯一的出口。

「我看你已經認出這是香料萃取物了。」哈萊克說道，「你必須經歷香料靈遊。你父親有膽量經歷了，你卻沒有，這件事將會糾纏你一輩子。」

雷托無言地搖了搖頭。就是這東西，珈尼瑪和他都知道這東西可能會毀了兩人。葛尼是無知的笨蛋！但潔西嘉怎麼能……雷托感受到父親正湧入他的意識，試圖摧毀他的反抗。雷托想大聲尖叫，雙唇卻無法動彈。這是他最害怕的東西，害怕到他無法言語。這是入定，能預知無法變動的未來，也能讀到未來的不容撼動及恐怖。潔西嘉當然不可能下令讓親生孫子經歷這種折磨，但她卻隱約浮現在他的意識中，對他百般說服。就連制驚禱文也成了嘮叨不停的勸說：「我絕不能害怕。恐懼是小號的死神，恐懼會扼殺心智。恐懼會徹底摧毀一個人。我要面對恐懼，讓恐懼掠過我，穿過我。當這一切過去，我將睜開靈眼，凝視恐懼走過之路。恐懼消逝後，不留一物。唯我獨存。」

新巴比倫王國新興之時，這段禱文就已十分古老，雷托試圖移動，朝眼前的兩人撲去，但他的肌肉拒絕執行命令。恍惚中，雷托只見哈萊克的手移動著，注射器正向他逼近。燈球光照在藍色液體上，形成一道亮點。注射器碰到雷托的左手臂。疼痛在他體內急竄，衝入他的頭部肌肉。

忽然間，雷托看到一名年輕女子坐在晨光中的原始茅屋外。就在那裡，她坐在他面前，將咖啡豆烤成紅褐色，又往裡面添了些豆蔻和美藍極。他身後的某個地方響起了拉巴巴琴音。樂聲迴蕩再迴蕩，鑽入他的腦海後，仍在迴蕩。音樂開始在他體內脹開，讓他覺得自己變大了，非常龐大，不再像是兒童。他的皮膚也不再屬於自己。暖流湧遍他的全身。突然間，他發現自己站在黑暗中。入夜了。星辰像一陣餘燼的細雨，灑落在璀璨天穹吹出的陣陣狂風中。

他知道自己無路可逃，但仍奮力反抗，直到他父親的身影闖入他的意識。「我會在你入定時保護你，你體內的其他人不會帶走你。」

風吹倒了雷托，推著他在地上翻滾，發出嘶嘶聲，捲起沙塵打在他身上，割入他的手臂、他的臉，撕裂他的衣物，將剩下的無用破布吹得獵獵作響。但他感覺不到疼痛，眼看著身上的傷口遽然出現，又在須臾間癒合。他繼續在風中翻滾，皮膚仍舊不是自己的。

快出現了！他想。

但這個想法非常遙遠，彷彿不是出自他腦中，並不真的屬於他，就像皮膚也不屬於他自己。

預象吞沒了他，並一步步開展，成為立體的記憶，分隔了過去和現在、未來和現在、未來和過去。

每個隔絕的部分都匯入同一個焦點中，他能感受到那裡有一幅多維度的浮雕地圖，指出他未來的存在。

他想：時間是空間的測量工具，正如測距儀是長度的測量工具，但是測量這個動作卻把我們困在我們要測量的地方。

他感覺到入定在加深，那是內在意識的放大，他的自我將之吸收之後，他開始感受到自己的變化。時間在流動，他無法停住任何一刻。過去和未來的記憶碎片衝垮了他。但那就像一段段蒙太奇影像，彼此的關係不斷幻化。他的記憶像一個鏡頭、一束探照光，照亮了一個個碎片，卻永遠無法使他眼前那無休無止的運動和變化停止下來。

他和珈尼瑪的計畫出現在這束探照光中，高高在上，但現在卻令他害怕。預象讓他痛苦不堪，帶著不容分說的必然性，讓他畏縮了。

他的皮膚不是他自己的！過去和未來在他體內衝撞，越過恐懼設下的屏障。他無法分辨兩者。有時，他覺得自己正在參加巴特勒聖戰，竭力摧毀任何模擬人類意識的機器。這是過去的事——已經發生而且早已結束。但他的意識卻仍然在過去的經驗中來回碰撞，吸收一切最細微的資訊。他聽到一位教長友人在講臺上說道：「我們必須關閉能思考的機器。人類必須引導自己。這不是機器能做的事情。推理依靠的是程式，不是硬體。而人類正是最終極的程式！」

他聽得一清二楚，而且知道他所處的環境：巨大的木廳，陰暗的窗戶。光線來自劈啪作響的火把。他的教長友人繼續說道：「我們的聖戰就是『清除程式』。我們要將摧毀人類的東西徹底清除。」

在雷托的記憶中，那個演講者曾經獻身給電腦，一個了解電腦並為電腦效力的人。之後，這幅場景消失了，換成珈尼瑪站在他面前：「葛尼知道。他告訴我了。鄧肯在晶算師狀態下說，『為善要避免惡名，為惡要去除自覺。』」

這肯定是未來——很久以後的未來。但相當逼真，強烈到如同體內無數生命的過去。他喃喃自語道：「那豈不是真的嗎，父親？」

父親的身影用警告的口吻說道：「不要引發災禍！你現在要學習觀測閃現的意識。做不到這一點，你會淹沒自己，失去你在時間中的座標。」

浮雕影像仍揮之不去。未來朝他撲面而來。過去－現在－未來，沒有真正的界線。他知道自己必須隨著這些流動，但洶湧的水流令他畏懼。他還有辦法回到熟悉的世界嗎？然而，他發現自己不得不停止抗拒。這是全新的宇宙，他無法用靜止、已歸類的片段來了解。在這裡，沒有任何片段會靜止不動。事物再也沒有順序，也毫無規律可言。他不得不觀察變化，尋找變化本身的規律，不知不覺間，他發現自己置身巨大的極致安樂，看到了未來中的過去、過去中的現在、過去和未來中的此時此刻。在兩次心跳間，就經歷了好幾世紀。

雷托的意識自由飄浮著。他不再力持客觀，也不再有罣礙。納穆瑞口中「暫時的未來」仍淡淡出現在他記憶中，與無數個未來共用他的意識。在這個破碎的意識中，他所有的過去、內在生命，都融入了他，成為他自己。在最強大的那個內在生命的幫助下，他成了主導。他們都成為他的。

他想：研究某個東西時，只有隔著一段距離才可能看出原理。他拉開了距離，終於看見自己的生命了：他內在龐雜的生命及記憶是他的負擔，是他的喜樂，也是他的必然。但這趟香料靈遊使他多了一道維度，而他父親也不再守護他了，因為已經沒有必要。拉開距離後，雷托將過去未來看得一清二楚。在過去，有位終極祖先——哈倫現身了，沒有他，遙遠的未來不可能實現。距離帶來了新法則、新維度。不論選擇什麼人生，他都能在龐大經驗的獨立國度中發揮自己。這條生命軌跡含納了無數世代的生命，如此百轉千折，任何單一生命都無法與之相比。被喚醒之後，這片龐大經驗便發揮威力，降服了他的自我。它足以撼動個體、民族、社會及整個文明。所以葛尼才被告誡要提防他，所以納穆瑞的利刃才要守在一旁。他們不被允許目睹他體內的力量。沒人能看見它的整體——連珈尼瑪也不行。

雷托起身，發現只有納穆瑞還等在這裡，注視著他。

雷托用老年人的嗓音說道：「每個人的極限各有不同。預知所有人的未來只是空洞的神話。只有當下最強大的浪潮才有可能事先窺見。但是，在無限的宇宙中，『當下』這個概念太過龐大，你的意識會望之生怯。」

納穆瑞搖了搖頭，表示不懂。

「葛尼在哪裡？」雷托問道。

「他離開了。他不想看著我殺你。」

「你會殺我嗎，納穆瑞？」雷托聽上去像在懇求這人快點下手。

納穆瑞的手離開刀柄：「你求我，我就不殺了。但如果你覺得無所謂……」

「無所謂這種病症毀了很多東西。」雷托說道，自顧自點了點頭，「是的……即使是文明，也毀於無所謂。達到更高層次的複雜性或意識之後，似乎必須付出這樣的代價。」他抬頭看著納穆瑞，「所以，他們要你來看我是不是無所謂？」他眼中的納穆瑞不僅是殺手——他比殺手更狡猾。

「無所謂意味著難以控制的力量。」納穆瑞說道，但這是句謊言。

「無所謂的力量，是的。」雷托站起來，深深嘆了口氣，「其實，我父親的生命並不是那麼至高無上，納穆瑞，他為自己設下陷阱，把自己困在當下。」

40

哦，保羅，你就是摩阿迪巴，
眾生的馬赫迪，
你一吐氣，
便引發颶風。

——摩阿迪巴歌謠

• • •

「絕不！」珈尼瑪說道，「我會在新婚之夜殺了他。」語氣斬釘截鐵。厄莉婭和她的說客已經勸了她大半夜，這間寓所一直不得安寧，說客、食物和飲品川流不息。整座神殿和附近的堡壘像炸了鍋一樣，全在等候最後決定。

珈尼瑪坐在寓所內的綠色懸浮椅上，一派從容。屋子很大，粗糙的褐牆模擬穴地的岩壁，天花板卻以水晶砌成，閃現綠色光澤。地上鋪有黑色地磚。屋內沒多少家具：一張小小的寫字檯、五把懸浮椅和一張放在壁龕的弗瑞曼式摺疊床。珈尼瑪身穿黃色喪服。

「妳不是自由的人，無權決定妳所有的生活。」厄莉婭重複了大約一百遍。這個小傻瓜遲早要明白這一點！她必須與法拉肯結婚！她必須！她大可在之後幹掉他，但根據弗瑞曼人的婚俗，她必須當眾承認婚約。

「他殺了我哥哥，」珈尼瑪說道，堅持這唯一支持她的理由，「大家都知道。如果我許下婚約，每個弗瑞曼人都會在提到我名字是吐口水。」

所以，妳必須同意聯姻，厄莉婭想。她開口道：「是他母親幹的。他已經為此放逐她了。妳還要求他什麼呢？」

「他的血，」珈尼瑪說道，「他是柯瑞諾人。」

「他公開譴責了他母親。」厄莉婭反駁道，「至於弗瑞曼平民，妳有什麼好在意的。不論我們說什麼，他們都會接受。珈尼，帝國的和平需要妳——」

「我不會同意，」珈尼瑪說道，「沒有我出席，妳無法宣布婚約。」

珈尼瑪說話時，伊若琅走進了屋子，詢問地看了看厄莉婭和她身邊那兩名垂頭喪氣的女說客。她看到厄莉婭厭煩地舉起雙手，整個人都癱在珈尼瑪對面的椅子中。

「妳來跟她說，伊若琅。」厄莉婭說道。

伊若琅拖過懸浮椅，坐在厄莉婭身旁。

「妳是柯瑞諾人，伊若琅，」珈尼瑪說道，「別在我身上浪費時間了。」她站起身，走到摺疊床旁，盤腿坐在上面，目光炯炯地盯著眼前的兩個女人。伊若琅和厄莉婭一樣穿著黑色長袍，兜帽甩在腦後，露出一頭金髮。

伊若琅瞥了厄莉婭一眼，站起身，走到珈尼瑪對面：「珈尼，如果殺人能解決問題，我會親自殺了他。妳說得不錯，法拉肯和我有相同的血脈。但是，除了忠於弗瑞曼人，妳還有更重要的責任……」

「妳的話比我敬愛的姑母好不了多少。」珈尼瑪說道，「『兄弟的血是無法洗刷的』，這句弗瑞曼誓言並不是說說而已。」

伊若琅緊抿雙唇，隨後開口說道：「法拉肯扣留了妳祖母，他也扣留了鄧肯，如果我們不——」

「對於發生的這一切，妳們的說法無法說服我。」珈尼瑪看著厄莉婭和伊若琅，「鄧肯曾經為保護我的父親獻出了生命。或許這個甦亡人不再是——」

「鄧肯的任務是保護妳祖母！」厄莉婭越過伊若琅看著她，「我相信他是別無選擇才這麼做。」她暗自想著：鄧肯！鄧肯！你不該這麼做的。

珈尼瑪琢磨著厄莉婭話中的叵測居心，盯著她說：「妳在撒謊，噢，天堂之源，我聽說了妳和我祖母的爭執。關於我祖母和鄧肯，妳隱瞞了什麼？」

「我都告訴妳了。」厄莉婭說道，但在如此赤裸裸的指控面前，她還是不由得發涼。她明白自己由於疲累而變得鬆懈，便站起身來說：「我知道的事情，妳全都知道。」她轉身面對伊若琅，「妳來勸勸她。一定要讓她——」

珈尼瑪用刺耳的弗瑞曼咒罵打斷了她，從稚嫩的嘴唇冒出這樣的話，實在令人震驚。罵完後，她接著說：「妳認為我只是孩子，妳有很多年時間可以勸我，我最終會聽話的。謝啦，偉大的攝政，妳比任何人都清楚我內在的年齡。我會聽從他們，而不是妳。」

厄莉婭差點失控大罵，恨恨盯著珈尼瑪。是妖煞嗎？這孩子是誰？她對珈尼瑪的恐懼又多了一層。她也向內在生命妥協了嗎？厄莉婭說道：「過段時間，妳會明白的。」

「過段時間，我也許會看到法拉肯的鮮血濺滿我的刀刃。」珈尼瑪說道，「賭賭看吧。只要我和他單獨在一起，其中一人就會死去。」

「妳以為妳對妳哥哥的感情在我之上？」伊若琅問道，「別傻了！我是他母親，也是妳母親。我是——」

「妳從來不了解他，」珈尼瑪說道，「妳們所有人，除了我敬愛的姑母，繼續把我們當小孩吧。妳們是傻瓜！厄莉婭知道！妳看她是怎麼逃避……」

「我什麼也沒逃避。」厄莉婭說道，卻轉身背對伊若琅和珈尼瑪，盯著那兩名女說客。那兩人一副什麼也沒聽見的模樣，顯然已放棄說服珈尼瑪，或許還有些同情她。厄莉婭大怒，將她們轟出屋子。兩人離開時，滿臉解脫的表情。

「妳逃避了。」珈尼瑪堅持道。

「我只是選了一條適合我的人生道路。」厄莉婭說道，轉身看著盤腿坐在摺疊床上的珈尼瑪。她難道已經向內在生命屈服了？厄莉婭想從珈尼瑪的眼睛中看到線索，但沒有任何發現。接著，厄莉婭想：她看出我妥協了嗎？但她是怎麼發現的？

「妳害怕成為內在生命的窗口。」珈尼瑪指控道，「但我們都是出生前就有記憶的人，我們知道會這樣。妳會成為他們的窗口，無論妳是有意還是無意。妳無法拒絕他們。」她暗自想道：是的，我知道妳——妖煞。或許我會步上妳的後塵，但現在的我只會可憐妳、鄙視妳。

珈尼瑪和厄莉婭陷入了沉默，那沉默幾乎具有實質，令伊若琅心中警鈴大作。她看了看兩人，問道：「妳們為什麼突然這麼安靜？」

「我剛好想到一件事，需要專心。」厄莉婭說道。

「等妳有空時再想吧，親愛的姑母。」珈尼瑪嘲笑道。

厄莉婭強壓下疲憊引發的怒火，說道：「夠了！讓她自己想想吧。或許她會恢復理智。」

伊若琅站起身說道：「天快亮了。珈尼，在我們離開前，妳願意聽聽法拉肯發來的最新消息嗎？他……」

「我不聽，」珈尼瑪說道，「而且，從現在起，也不要用那可笑的暱稱來叫我。珈尼！以為我還是孩子，可以任憑妳……」

「妳和厄莉婭怎麼突然間不說話了？」伊若琅問道，回到她剛才的問題。但這一次，她悄悄用上了魅音。

珈尼瑪仰頭大笑：「伊若琅！妳對我用魅音？」

「什麼？」伊若琅嚇了一跳。

「妳在教妳的祖母吃蛋。」珈尼瑪說道。

「什麼意思？」

「這句俗語我知道，而妳卻從沒聽過。想想這個事實吧。」珈尼瑪說道，「這是一句表示蔑視的俗語，流傳開來的時候，妳們的貝尼·潔瑟睿德還很年輕。如果這還不足以讓妳清醒，問問妳的父皇母后為什麼要給妳起名伊若琅，是指伊若狼嗎，帶來災禍的人？」

儘管受過訓練，伊若琅的臉還是漲得通紅：「妳想要激怒我嗎，珈尼瑪？」

「而妳想要對我用魅音。對我！我還記得第一個掌握這項技巧的人。我記得那一刻，帶來災禍的伊若琅。現在，妳們倆，出去。」

但厄莉婭卻興致大發，內在的建議使她忘了疲勞。她說道：「我有個提議，或許能改變妳的想法，珈尼。」

「還叫我珈尼！」珈尼瑪冷笑道，「想想吧，如果我想殺死法拉肯，只需按妳的計畫辦就行。我猜這一點妳已經想到了。要提防突然聽話的珈尼！妳看，我一直都對妳很坦率。」

「我就是這麼希望的，」厄莉婭說道，「如果妳……」

「兄弟的血是洗刷不掉的，」珈尼瑪說道，「我也不會背叛我的弗瑞曼親人。永不饒恕，永不遺忘。這不是我們的信條嗎？我在此警告妳們，而且我還會當眾宣布：妳們不能把我許配法拉肯。有哪個認識我的人會相信？法拉肯自己都不會相信。聽到這個婚約的弗瑞曼人只會在暗中偷笑說：『看到了嗎，她把他誘進了陷阱。』如果妳們……」

「我知道。」厄莉婭道，走到伊若琅身旁。她注意到伊若琅站在那裡，目瞪口呆──她終於明白這場對話的走向。

「如果我答應，我就是在誘他中計。」珈尼瑪說道，「如果那就是妳們要的，我會同意，但他可能不會上當。如果妳希望這項假婚約能值些錢，幫妳買回我的祖母和妳心愛的鄧肯，那也行。這都是妳們的盤算，但法拉肯是我的，我要殺了他。」

伊若琅轉頭看著厄莉婭：「厄莉婭！如果我們真這麼做……」她有意頓了頓，讓厄莉婭想像各大氏族的怒火、亞崔迪氏族將名譽掃地、信徒的懷疑，還有隨之動搖的大大小小組織。

「……對我們將大為不利。」伊若琅繼續道，「所有對保羅預知力的信仰都將毀滅。這……帝國……」

「有誰膽敢挑戰我們的權力？我們有權決定什麼是對，什麼是錯。」厄莉婭平靜地說道，「我們是善與惡的調停者。我只需宣布……」

「妳不能這麼做！」伊若琅反對道，「保羅的記憶……」

「那不過是教會和國家的另一種工具。」珈尼瑪說道，「不要再說傻話了，伊若琅。」珈尼瑪摸了摸腰間的晶刃匕，抬頭看著厄莉婭，「我錯看了我英明的姑母、摩阿迪巴帝國內一切神聖之物的攝政王。我真的錯看妳了。把法拉肯騙到我們的客廳來吧，如果妳想這麼做的話。」

「太魯莽了。」伊若琅懇求道。

「妳同意婚約了嗎，珈尼瑪？」厄莉婭沒有理睬伊若琅，直接問道。

「前提是滿足我的條件。」珈尼瑪說道，手仍然沒有離開晶刃匕。

「我退出這件事，」伊若琅說道，她的手出汗了，「我原本想促成真正的婚約，以癒合……」

「厄莉婭和我，我們會給妳一道更難癒合的傷口。」珈尼瑪說道，「盡快帶他到這裡來，如果他願意的話。或許他會同意。他怎麼會懷疑我這麼一個孩子呢？讓我們準備正式的訂婚儀式，需要他親自出席。再製造機會讓我和他獨處……只要一兩分鐘……」

珈尼瑪是不折不扣的弗瑞曼人，伊若琅戰慄了。現實不就是這樣？在可怕的血腥鬥爭中，弗瑞曼孩子與成人沒有兩樣。弗瑞曼孩子通會在戰場上殺死受傷的敵人，省下女人的麻煩，讓她們直接收集戰場上的屍體，然後送往亡者蒸餾器。珈尼瑪，以弗瑞曼孩子的嗓音，用深思熟慮過的成熟言辭，用籠罩著她的古老仇殺氣勢，堆起一層又一層恐懼。

「成交。」厄莉婭說道，勉力控制表情和聲音，不洩漏自己的狂喜，「我們會準備正式的婚約詔令，讓大氏族的代表見證簽名儀式。法拉肯不可能懷疑——」

「他會懷疑，但他還是會來。」珈尼瑪說道，「他會帶侍衛，但是他們能阻止我接近他嗎？」

「念在保羅所有心血的分上，」伊若琅抗議道，「至少我們該讓法拉肯的死看上去像是場意外，或者是某個外人的怨恨——」

「我樂於向我的同胞展示沾滿鮮血的利刃。」珈尼瑪說道。

「厄莉婭，我求妳了，」伊若琅說道，「放棄這草率的瘋狂決定。妳可以宣布要法拉肯血債血償，或任何——」

「我們無需正式宣布要他償還血債，」珈尼瑪說道，「整個帝國都知道我們的感受。」她指了指她長袍的袖子，「我們穿著黃色喪服。即使我換上黑色的弗瑞曼訂婚服，難道會有人以為我真的想訂婚？」

「希望能瞞過法拉肯，」厄莉婭說道，「還有那些我們邀請來當見證人的大氏族代表……」

「每個代表都會反對妳，」伊若琅說道，「這一點妳也清楚。」

「有道理。」珈尼瑪說道，「所以要小心挑選代表，必須選我們未來可以捨棄的人。」

伊若琅絕望地放棄了，轉身離開。

「嚴密監視她，以防她警告她侄子。」珈尼瑪說道。

「不用教我怎麼進行祕密行動。」厄莉婭說道。她轉身跟著伊若琅，但走得比她慢。門外的侍衛和侍命的副手迅速跟在她身後，就像沙蟲鑽出沙漠後，沙礫隨即流入帶出的旋渦。

門關上後，珈尼瑪悲傷地搖搖頭，想：就像可憐的雷托和我想到的一樣。神明在下！我希望被老虎殺死的是我，而不是他。

41

很多勢力都想控制亞崔迪雙胞胎。雷托的死訊公布後，密謀與反密謀的交鋒就更為激烈了。請注意各方的動機：女修會害怕厄莉婭這名成年妖煞，但仍然希望得到亞崔迪氏族的基因特性，教會的領導階層眼中只有控制摩阿迪巴繼承人可能帶來的權力，鉅貿聯會需要一扇通向沙丘財富的大門，法拉肯和他的薩督卡想再現柯瑞諾氏族的輝煌。宇航擔心的是一個等式：厄拉科斯＝美藍極，失去香料，他們就無法導航。潔西嘉希望能修復她違抗貝尼．潔瑟睿德所造成的裂痕。幾乎沒有人問過這對雙胞胎有何計畫，直到一切為時已晚。

——《克里奧斯書》

．．．

晚餐後不久，雷托看到有個人穿過拱門，向他的屋子走來。他開始留意這人。房門開著，雷托看到外面的一些動靜：香料推車的滾輪聲，還有三名女人身著精美的外星服飾，很明顯是走私者。雷托注意的那個人與其他人沒什麼不同，只是他走起路來很像史帝加，年輕得多的史帝加。

現在，雷托的思緒已大異於常人。他腦中的時間像座恆星儀，他能看到其間的無窮時空，但他只有奮力推入自己的未來，才能知道肉身此時位於何處。體內無數記憶時而湧上，時而退下，但他們現在都屬於他。他們就像海灘上的潮水，如果漲得太高，他會下令，然後他們就會撤退，只留下莊嚴的哈倫。

他不時會傾聽這些記憶。他們之中有人會探出頭來督促他，給他一些提示。他父親會在這場心靈遊盪中現身說道：「你現在是試圖成為男人的孩子。但當你成為男人後，你又會想變回孩子。」

自從來到這座年久失修的古老穴地後，他的身體一直飽受跳蚤和蝨子的折磨。為他送來香料食物的侍從似乎絲毫不將這些小生物放在心上。他們已有免疫力？或只是因為住在一起太久，以至於並不覺得難受？

圍在葛尼身邊的都是些什麼人？他們是怎麼來到這裡？這裡是迦庫魯圖嗎？他體內的記憶給出一個答案，但他並不喜歡。這些人都相貌醜陋，而葛尼是最醜的一個。然而，這裡卻瀰漫著一股完美，在醜陋的表面下靜靜潛伏、等候。

他知道自己仍舊擺脫不了香料，每餐中添加的大量美藍極對他有強烈影響。他的兒童之軀想要反抗，但他挾帶著上萬年記憶的自我卻激昂到語無倫次。

遊蕩的心靈回來了，但他不敢確定自己的身體是否有跟上。香料令他感官大亂。他感覺到自我禁錮的壓力在不斷累積，就像大平漠上連綿的沙丘在斷崖下緩緩推出斜坡。總有一天，少許細沙會淹過斷崖頂，然後越來越多……到最後，天地間只剩沙子。

但是現在，那座斷崖仍然屹立在沙漠上。

我還在入定，他想。

他知道自己很快會來到生與死的分岔。擄獲他的這些人不滿意他每次返回帶來的答案，於是一次次將他送回香料之手。狡詐的納穆瑞總是持刀等著他。雷托知道無數的過去和未來，但他不知道什麼才能讓納穆瑞滿意……或是讓葛尼．哈萊克滿意。他們想要的東西不在預象裡。生與死的分岔誘惑著雷托。他知道自己的生命某種內在意義要實現，那超越了預象。想到這一點，他感到他的內在覺知才是真正的自己，而外在形體卻只是入定的工具。他很害怕。他不想回到有跳蚤、有納穆瑞、有葛尼的穴地。

我是懦夫，他想。

但即便是懦夫，也可以用英勇的姿態死去。可是，怎樣的姿態才能讓他再度完整？他要怎麼從入定中醒來，預知葛尼需要的未來？如果沒有轉變，如果不從漫無邊際的預象中醒來，他知道自己可能會死在他自己選擇的監獄中。他是否終究得和俘虜他的人合作。他必須在某個地方找到智慧，找到體內的平衡。唯有如此，他才能開始尋求黃金之路，與不屬於他的肉身和平相處。

有人在穴地內彈奏巴利斯琴。雷托覺得自己的身體大概聽到了琴聲。他感受到身下的摺疊床。他能聽到音樂了。是葛尼在彈奏。在駕馭這種最艱澀的樂器上，沒有誰的手指能比得上葛尼。他正在彈奏一首弗瑞曼古歌謠，名為聖訓，因為歌謠的敘事體及聲調令人想起弗瑞曼的各種生存模式。歌曲講述了穴地內各種職業的故事。

雷托感到音樂將他引入一座奇妙的古代岩洞。他看到女人在壓榨香料的殘渣來作為燃料，把香料堆在一起發酵，以及編織香料織物。穴地內到處都是香料。

雷托已無法分辨歌謠和岩洞幻象。織布機的呻吟、敲打聲與巴利斯琴的呻吟、敲打聲難分彼此。但他的內在靈眼看到了人類的髮絲、變異鼠的柔軟長毛、沙漠棉花的纖維，以及小鳥絨毛織成的布匹。他看到一所穴地學校。沙丘星的生態語言揮動音樂的翅膀，在他腦中左衝右突。他看到太陽能廚房、製作和維護蒸餾服的狹長穴室，看到氣象預報員在觀察他們插在沙漠裡的柱子。

在他旅途中的某地，有人給他帶來了食物，用勺子餵進他嘴裡，並用一隻強壯的手臂扶著他的腦袋。他知道這是現實中的感覺，但那些不可思議的畫面仍在他腦中流動。

彷彿就在他吃下香料餐的下一刻，他看到疾馳的沙蟲。沙塵中的流動影像變成了飛蛾眼中的黃金倒影，自己的生命也淪為昆蟲爬行留下的粘稠痕跡。

護使團的預言在他腦中呼嘯：「據說，宇宙中沒有任何穩固、平衡、持久的事物——沒有事物會維持原貌。每一天、每一刻，變化都在發生。」

古老的護使團知道自己在做什麼，他想著，她們知道可怕的使命，知道如何操縱人民和宗教。甚至我的父親在死前都沒能逃脫。

那裡，他要的線索就在那裡。雷托研究著。他感覺到力量又回到他的肉體。由無數記憶組成的他轉身眺望宇宙。他坐了起來，發現自己單獨待在昏暗的囚房中，唯一的光線是室外走道上的燈光。一個人正穿過走道，將他從億萬年前帶回現在。

「祝我們好運！」他以傳統的弗瑞曼方式問候。

葛尼・哈萊克出現在拱門前。在身後燈光的照射下，他的頭成了黑色圓球。

「燈拿過來。」雷托說道。

「你還想再接受測試嗎？」

雷托笑了笑：「不，輪到我來考驗你了。」

「看看再說。」哈萊克轉身離開，沒多久就回來了，左肘夾著藍色燈球，然後放開，讓燈球自行浮在囚室上方。

「納穆瑞在哪裡？」雷托問道。

「就在外面，聽得到我叫聲的地方。」

「哈，永恆之父總是在耐心等待。」雷托說道。他有一種奇異的放鬆感。他就快要發現了。「你用沙胡羅專屬的名字來稱呼納穆瑞？」哈萊克問道。

「他的刀是沙蟲的牙齒，」雷托說道，「因此，他是永恆之父。」

哈萊克冷冷笑了笑，不置可否。

「你仍然在等著對我作出裁決。」雷托說道，「我承認，在那之前，你不可能和我交換資訊。不過，你不可能要求精準的宇宙。」

哈萊克身後響起一陣聲音——納穆瑞來了。他在哈萊克左方半步外停住腳步。

「拿無限和絕對來開玩笑，並不明智。」納穆瑞吼道。他斜睨了哈萊克一眼。

「你是神嗎，納穆瑞，竟敢妄言絕對？」雷托問道。但他的注意力始終放在哈萊克身上。裁決是由他來下。

兩人都只是盯著雷托，一言不發。

「每個裁決都是在錯誤的邊緣岌岌可危。」雷托解釋道，「如果有人妄言絕對的知識，那是在駭人聽聞。知識是在不確定的邊緣展開的無盡冒險。」

「你在玩什麼文字遊戲？」哈萊克問道。

「讓他說。」納穆瑞說道。

「這個遊戲是納穆瑞起的頭。」雷托說道。老弗瑞曼人點頭認可，他當然認出了這是猜謎遊戲。

「我們的感知總有兩個層面。」雷托說道。

「瑣事和訊息。」納穆瑞道。

「非常好！」雷托說道，「你給我瑣事，我給你訊息。我看到了，我聽到了，我聞到了，我碰到了。我感受到溫度和味道的變化，我感受到時間的流逝。也可以舉情緒為例。啊！我很快樂。你明白了嗎，葛尼？納穆瑞？人的生命其實並不神祕。生命不應該是有待解開的問題，而是我們體驗的現實。」

「你在測試我們的耐心，年輕人！」納穆瑞說道，「你想死在這裡嗎？」

但哈萊克做了個制止的手勢。「首先，我不是年輕人。」雷托說道，「而你也不會殺了我，因為我已經讓你欠下了水債。」

納穆瑞拔出晶刃匕：「我什麼也不欠你。」

「但神為了磨練信念而創造了厄拉科斯，」雷托說道，「我不只向你展現我的信念，我還讓你意識到你的存在。生命需要質疑。藉由我，你知道你的現實不同於其他人的現實，由此，你知道自己還活著。」

「在我面前說這些不敬的話是危險的。」納穆瑞說道，揚起了晶刃匕。

「不敬是宗教最不可少的成分，」雷托說道，「更別說在哲學中有多麼重要了。我們只有一種方法可以考驗我們這個宇宙，那就是不敬。」

「你認為你了解這個宇宙？」哈萊克問道，在自己和納穆瑞之間拉開了一點距離。

「問得好。」納穆瑞說道，聲音帶著殺氣。

「只有風才了解這個宇宙，」雷托說道，「我們腦中沒有足夠強大的理性。創造就是發現。神在虛無中發現了我們，因為我們在他熟悉的背景前移動，那堵牆本來是一片空白，然後出現了動作。」

「你在跟死亡玩捉迷藏。」哈萊克警告道。

「但你們倆都是我的朋友。」雷托看著納穆瑞說道，「當你引荐某人給穴地，提議和他結交時，你不殺一隻鷹、一隻隼作為供品嗎？而他則以下面的話作答：神派每個人前往他的終點，無論是鷹、是隼，還是朋友。難道不是這樣嗎？」

納穆瑞的手在刀上滑動著，刀鋒重新入鞘。他瞪大眼睛盯著雷托。每個穴地都把結交朋友的儀式視為祕密，但他竟能舉出來作例子。

哈萊克問道：「你的終點是這裡嗎？」

「我知道你想從我這裡聽到什麼，葛尼。」雷托說道，看著那張醜臉上又是期盼又是懷疑。雷托拍了拍胸口：「這個孩子從來就不是孩子。我的父親在我體內活著，但他不是我。你愛他，他是英勇的人，明知不可為而為。他試圖結束戰爭的循環，但他沒有考慮到生命永無休止的運行！那是圓迦亞！納穆瑞明白。凡有氣息的都可以看見生命的運行。要小心那些縮減未來可能性的道路，那些道路會讓你偏離無限，踏入致命的陷阱。」

「我需要從你這裡聽到什麼？」哈萊克問道。

「他只是在玩文字遊戲。」納穆瑞說道，但語氣遲疑不定。

「我要和納穆瑞聯手推翻我的父親。」雷托說道，「而我的父親也加入這個同盟，一起推翻關於他的神話。」

「為什麼？」哈萊克問道。

「因為這是我帶給人類的『無悔』[8]，是極致的自我審問。在這個宇宙中，我選擇跟自己聯手，對抗一切詆毀人性的力量。葛尼！葛尼！你不是在沙漠中出生長大，你不能理解我所說的真理。但是納穆瑞知道。在空曠地帶，選擇哪個方向都沒有差別。」

「我還是沒有聽到我必須聽到的東西。」哈萊克喝道。

「他在鼓吹戰爭，毀壞和平。」納穆瑞說道。

「不，」雷托說道，「我父親也反對戰爭，但是看看他被塑造成了什麼吧。在這個帝國，和平只有一個意義，那就是維持單一的生活方式。你們受命要安於現狀。所有星球的生活必須與帝國政府所規定的一致。祭司學習的主要目的是尋找適當的言行，他們為此一頭鑽入摩阿迪巴的言論中！告訴我，納穆瑞，你對現狀滿意嗎？」

「不。」納穆瑞下意識直截了當地否認。

「那麼，你會瀆神嗎？」

「當然不會！」

「但你不是才說你不滿意？看到了嗎，葛尼？納穆瑞已經為我們證明了這一點：任何問題都不止有一個正確的答案，我們必須允許多樣性。單塊巨石並不穩固。那你為什麼要向我要求唯一正確的描述呢？」

「你在逼我殺了你嗎？」哈萊克問道，從語氣能聽出他情緒快爆發了。

「不，我是在同情你。」雷托說道，「告訴我祖母，我將和她合作。女修會可能會後悔跟我合作，但我，亞崔迪氏族的一員，已許下承諾。」

「真言師可以試驗他，」納穆瑞說道，「這些亞崔迪人……」

「那些他必須說的話，讓他在他的祖母面前說吧。」哈萊克說道，朝走道方向點頭示意。

離開之前，納穆瑞特意停了一下，看著雷托說道：「我們讓他活下來——但願這是正確的決定。」

「去吧，朋友，」雷托說道，「去吧，好好想想。」

那兩人離開了，雷托仰面躺下，感到冰涼的摺疊床緊貼著他的脊椎。這個動作讓他的頭在深受香料影響的意識邊緣旋轉。就在那一刻，他看到整顆行星——每個村莊、每個小鎮、每個城市、沙漠地帶和綠地。他看到帝國的社會結構如何反映在行星及其社區的物理結構上。他體內彷彿有個巨大物體展開，他明白了那是什麼——一扇通向社會隱祕部分的窗戶。見此，雷托意識到每個系統都有這麼一扇窗戶，甚

8 原文amor fati，直譯為「命運之愛」，語出尼采哲學，指人應擁抱、熱愛自己的命運，包括過去、現在、未來的一切。——編注

至他自己這個系統以及他的宇宙也有。他開始朝窗戶內看去，成了宇宙的偷窺者。

這就是他的祖母和女修會追求的東西！他知道。他的意識在全新、更高的層次上游動。他感到自己的細胞、記憶、糾纏著他的假定不放的原型、包圍著他的神話，他的語言及其史前碎屑，都承載著過去。他人類和非人類過去的所有形體、他現在指揮的所有生命，最終都與他融為一體。他感覺自己漂流在核苷酸的潮起潮落中。在無盡的背景前，他是個原生生物，出生後隨即死亡，但他既原生，也無邊無際，還具備了分子的記憶。

*我們人類是一種群體生物！*他想著。

他們要他配合。只要許諾合作，就可以從納穆瑞的刀下取得緩刑。

他想：但我不會以他們期望的方式帶來新的社會秩序。

雷托嘴邊浮現苦笑。他知道自己不會像父親那樣不知不覺造成傷害，將社會劃分為統治者和受奴役的人民。但這個宇宙可能會祈求「美好的舊時光」。

內在的父親想跟他說話，他小心地試探，卻無法引起雷托的注意，只能發出懇求。

雷托回答道：「不。我們要讓複雜性占據他們的思維。逃離危險的方式有很多種，除非跟我交手幾千年，他們不會知道我很危險。是的，父親，我們會給他們問號。

42

你們不再有罪，也不再清白。一切都已過去。罪疚會痛笞死者，而我不是鐵鎚。你們這些亡者不過是做過某些事的人，這些事件的記憶照亮了我的道路。

——哈克・阿拉達，雷托二世對內在生命記憶的講話

・・・

「手自己動了。」法拉肯輕輕說道，近乎耳語。

他站在潔西嘉床前，一隊侍衛站在他身後。潔西嘉女士從床上起身。她一身瑩白的真絲睡衣，領口的顏色與她紅銅色的頭髮極為相襯。法拉肯剛剛才沿著宮殿走廊一路跑來，闖入這臥室，身上還是那套灰色連衣褲，激動得滿臉是汗。

「現在幾點？」潔西嘉問道。

「幾點？」法拉肯好像沒聽明白。

一名侍衛道：「現在是凌晨三點，女士。」他小心地看了法拉肯一眼。年輕的王子在點著夜燈的走廊疾馳時，侍衛大驚失色，急忙追在他身後。

「手動了。」法拉肯說道。他舉起自己的左手，隨後又是右手。「我看到自己的手縮成胖嘟嘟的拳頭。我記起來了，那是我嬰兒時期的手！我記起我嬰兒時的樣子，而且……記得很清楚。我重組了過去的記憶！」

「很好。」潔西嘉說道，他的興奮很有感染力，「當你的手逐漸變老時，發生了什麼事？」

「我的……思維……變得緩慢。」他說道，「我感覺到背部有個地方很痛。就在這裡。」他碰了碰他的左腰。

「我們學到了最重要的一課，」潔西嘉說道，「你知道是哪一課嗎？」

他放下雙手，看著她道：「我的思維可以控制我的現實。」他的眼睛閃著光，又用更大的聲音重複了一遍，「我的思維可以控制我的現實！」

「這是普拉那－並度平衡的開始，」潔西嘉說道，「但只是開始。」

「接下來我該做什麼？」他問道。

「女士，」剛才回答她問題的侍衛大膽插嘴道，「已經很晚了。」

他們的監視器現在沒人在操縱嗎？潔西嘉想，接著道：「退下。我們有事要做。」

「女士。」侍衛堅持道，眼睛憂慮地在法拉肯和潔西嘉之間來回張望。

「你以為我會勾引他嗎？」潔西嘉問道。

侍衛身子一僵。

法拉肯大笑，喜悅溢於言表。他向侍衛揮揮手，打發他們：「你們都聽見了，走吧。」

侍衛們面面相覷，但還是聽令行事。

法拉肯坐在她床邊。「接下來是什麼？」他搖了搖頭，「之前我想相信妳，但做不到。然後……我的頭腦就像融化了，不再抗拒妳。接著，事情發生了。就這麼簡單！」他打了個響指。

「你的頭腦抗拒的並不是我。」潔西嘉說道。

「當然不是，」他承認道，「我是在抗拒自己，和我過去學到的垃圾對抗。接下來要做什麼？」

潔西嘉笑了：「我承認我沒想到你這麼快就成功了。才過了八天……」

「我有耐心。」他笑著說道。

「而且你也開始學著耐下心來了。」她說道。

「開始？」

「你剛剛越過了學習的第一個關口。」她說道，「現在，你算是真正的嬰兒了。這以前……你只是有潛力，甚至都還沒有出生。」

他嘴角往下一垂。

「別這麼沮喪，」她說道，「你成功了，這很重要。有幾個人能重獲新生呢？」

「接下來要做什麼？」他堅持道。

「你要繼續練習你學到的，」她說道，「我要你能隨意做到這一點，這能開啟你的意識，讓你的意識出現新空間去發展新能力，也就是檢驗現實的能力。」

「我要做的只有這樣？練習這個——」

「不。現在你可以開始肌肉訓練了。告訴我，你能移動你左腳的小趾，同時其他部位都保持不動嗎？」

「我的……」他開始嘗試移動小趾，一臉專注，額頭上漸漸沁出汗珠。最後，他低下頭，死死盯著自己的左腳，長嘆一聲：「我做不到。」

「你可以，」她說道，「只是需要學習。你要學習控制身上的每一條肌肉。你要熟悉所有肌肉，就像你熟悉自己的手一樣。」

這番前景讓他不由得嚥了口唾沫。法拉肯道：「妳要對我做什麼？妳的計畫是什麼？」

「我要你掙脫這個宇宙，」她說道，「你會成為你最渴望成為的人。」

他思索了一陣子：「無論我渴望什麼？」

「是的。」

「不可能！」

「你已經學會控制現實，等你進一步學會控制渴望時，不可能就會成為可能。」她說道。她暗想：就這樣！讓他的分析師去檢查吧。他們會建議要謹慎，但法拉肯會繼續深入，好弄明白我真正的打算。

他的話證實了她的猜測：「告訴一個人可以實現心中所願是一回事，真正實現則是另一回事。」

「你的進展比我想像得還快。」潔西嘉說道，「很好，我向你保證，完成整個學習計畫之後，你將成為真正的你。無論你做什麼，都是因為你想那麼做。」

讓真言師來分析我這句話吧，她想。

他站了起來，但一臉由衷的溫暖友好：「妳知道嗎，我相信妳。我不知道為什麼，我就是相信。但我腦中的另一件事，我不會透露。」

他走出她的臥房時，潔西嘉看著他的背影。她關閉燈球，躺到床上。法拉肯的城府很深。剛才的話表明他已經開始看出她的計畫，但他決定參與這場陰謀——憑他自己的意志。

等他學會認清自己的情緒，再說吧。她想。這個想法讓她平靜下來，準備入睡。明天，宮廷會有絡繹不絕的人意外碰上她，向她問些看似無關緊要的問題。

43

人類不時會有一段加速期，新生的生命力與難以抗拒的腐敗墮落激烈交鋒。在這種不定期的競賽中，站在原地不動成了奢侈。只有在這種時候，人們才會意識到，一切都是可以的，一切皆有可能。

——《摩阿迪巴外典》

• • •

觸摸沙子很重要，雷托告訴自己。

他坐在蔚藍的天空下，感受身下的沙粒。他們又一次強迫雷托服下高劑量的香料，現在他的意識如同旋渦般轉個不停。旋渦中央有個遲遲未解決的問題：為什麼他們堅持要我說出來？葛尼很固執，這毋庸置疑，另一方面，他還接到潔西嘉女士的命令。

為了上好這一「課」，他們把他從穴地帶到戶外的日光下。在這趟短短的路上，他產生了某種怪異的感受，覺得他的內在正在調解雷托公爵一世和老哈肯能男爵的戰爭。兩人正在他體內對抗，透過他對抗，因為他不讓兩人直接交鋒。這場戰爭讓他明白了厄莉婭的遭遇。可憐的厄莉婭。

我對香料靈遊的恐懼是對的，他想。

他對潔西嘉女士的憤恨如泉水噴湧。她那該死的戈姆刺！反抗的結果不是勝利就是死亡。她雖然無法把毒針頂在他脖子旁，但可以將他送入奪走她女兒的危險深淵。

一陣喘息侵入了他的意識。聲音起伏不定，時而洪亮，時而輕柔，然後又變得洪亮……輕柔。他無法分辨這是來自現實還是香料創造的幻覺。

雷托的身體攤在交疊的雙手上。他感覺到身下的熱沙。雖然前方有塊墊子，他還是直接坐在沙地上。一道影子落在墊子上，那是納穆瑞。雷托盯著墊子上模糊的圖案，覺得那上面有波紋在蕩漾。他的意識隨著自身的浪潮漂流到另一個地方，看到無邊無際令人驚駭的綠意。

他的腦子咚咚咚一陣陣脹痛。他覺得自己在發燒，很熱。肉體的高熱擠走了感官，他只能隱約感覺到有危險的影子在移動。納穆瑞和他的刀。熱……熱……終於，雷托飄浮在天空與沙漠之間，除了燃燒般的高熱，什麼也感覺不到。他在等待一件事情，並認為這件事將是宇宙中的第一次，也是唯一一次。

熾熱的陽光壯烈地在他四周重重撞碎，既不寧靜，也無法修復。我的黃金之路在何方？在蟲子爬過的每一個地方。每一個。我的皮膚不是我自己的。他沿著神經送出這個訊息，等候內在拖拖拉拉的其他人回應。

抬起頭，他命令自己的神經。

有顆頭正慢慢往上抬，望著明亮陽光中的一塊黑斑。可能是他自己的頭。

有人在低語：「他已經朝未來走得很深。」

沒有回答。

火辣辣的太陽繼續釋放著熱浪。

漸漸地，他的意識潮流帶著他漂過最後一大片綠色虛無，在那裡，低矮的沙丘後方，離斷崖一路連綿的白堊線不到一公里的地方，綠色的未來正在萌芽，茁壯，要長成無邊的綠意、膨脹的綠意、綠意外的綠意，直至天際。

所有綠意中，一條沙蟲也沒有。

野生植物恣意生長，但沒有沙胡羅。

雷托感到自己越過了古老邊界，邁入只在想像中見過的新天地。現在的他正透過紗幕看著這個世界，世人稱這道紗幕為未知。

紗幕現在成了血淋淋的現實。

他感到紅色的生命之果在他手上輕晃。汁液正從他的體內流走，而這汁液正是他血管中流淌的香料萃取物。

沒有沙胡羅，也就沒有香料。

他看到了未來，沒有巨大灰色沙蟲的未來。他知道，但他無法掙脫入定，將那條通道圍起來。

突然間，他的意識開始後退——後退，後退，遠離了如此致命的未來。他的思維回到體內，開始變得原始，只有激烈的情緒能驅動。他發現自己無法專注盯著視野中的任何細節，但內在傳出一陣聲音。那聲音是一種古老的語言，而他完全能聽懂。聲音既悅耳又輕快，卻是在恫嚇他。

「並不是現在影響了未來，你這傻瓜。是未來形成了現在。你弄反了。未來是確定的，一連串開展的事件只不過是在確保未來不會變動，必然會發生。」

這些話讓他瞠目結舌。他感到恐懼在他體內重重扎了根。他因而知道自己的身體仍然存在，但預象蠻橫的本質和巨大的力量讓他動彈不得，孤立無援，無法號令肌肉。他知道自己越來越抵禦不住內在生命的猛攻。他陷入了恐慌，心裡想著自己即將失去內在的控制權，終究會淪成為妖煞。

雷托感到自己的身體在驚駭中扭動著。

他以為自己已經戰勝內在的記憶，讓他們好好跟他合作，但他們現在卻背叛了他，全部，甚至包括他信賴的偉大哈倫。他躺在一道飄浮的表面上，身體閃閃發光。他試著專心盯著自己的一幅心像，迎面而來的卻是一幅幅互疊的畫面，每幅畫面代表不同的年紀：從嬰兒直到老態龍鍾。他想起父親早期的訓練：讓手先變年輕，再變老。但現在，他已經喪失現實感，影像漸漸混入其他臉孔中，也就是那些將自己的記憶給了他的人。

一道閃亮的雷電擊碎了他。

雷托感到自己的意識迸成碎片，四散開來。但在生存與消亡之間，他仍然保有一絲自我意識。希望復甦了，他感到自己的身體開始呼吸。吸氣……呼氣。他深深吸一口氣：陰。呼出這口氣：陽。

在他無法觸及的地方，有片凜然難犯的領域，高高在上，戰勝了內在眾生命所帶來的混亂。沒有任何虛假，而是真真實實的戰勝。他知道他以前犯了什麼錯了：他在入定中尋求力量，而不是去面對他和珈尼瑪不敢面對的恐懼。那恐懼因兩人的相濡以沫而日益茁壯。

恐懼擊垮了厄莉婭！

他追求力量，但卻因而誤蹈另一個陷阱，走入幻想之境。他看到了幻象。整個幻象轉了半圈，現在他知道裡面有個中心，他可以從那裡隨意觀看自己來來去去的預象及各個內在生命。

他充滿喜悅。他想笑出聲，但他不願放縱自己，他知道只要一放縱，記憶的大門就會關上。

啊，我的記憶，他想，我看到了你的幻象。你不再為我創造下一刻了。你只需要讓我知道如何創造新的時刻。我不會將自己困在舊路徑上。

這個想法流過他的意識，彷彿在將一道表面擦拭乾淨。之後，他感覺到自己的整具身體，感覺到每個細胞、每條神經。他進入一種強烈的安寧狀態，在安寧中，他聽到了聲音，他知道聲音來自遠方，但他聽得真切，彷彿在聽山谷的回音。

其中一個聲音是哈萊克的：「或許我們灌太多了。」

納穆瑞回答道：「我們完全遵照她的要求。」

「或許我們該回去那裡，看看他現在怎麼樣了。」哈萊克說道。

「莎巴赫對這種事很在行。一有狀況，她會立即通知我們。」納穆瑞說道。

「我不喜歡莎巴赫做的事。」哈萊克說道。

「這個計畫少不了她。」納穆瑞說道。

雷托感受到體外的亮光，內在則一片黑暗，但這黑暗是親密的、溫暖的，能保護他。亮光開始變態熊燃燒，他感覺到那亮光來自體內的黑暗，像團燦爛火雲朝外旋飛。他的身體變得透明，牽著他站起來，然而他的意念仍與每個細胞、每條神經緊密相接。體內的生命排成一列，有條不紊。他們變得非常安靜，就跟他的內心一樣。所有記憶生命既各自獨立，又同為一具不可分的無形整體。

雷托對他們說道：「我是你們的靈。我是你們唯一能實現的生命。我是你們的精神在無有鄉的住所。沒有我，清晰的宇宙將回歸混亂。創造力和地獄在我體內緊密相扣，只有我才能居中斡旋。沒有我，人類將陷入認知的泥淖和虛妄中。藉由我，你們和人類才能找到脫離混亂的唯一道路：藉由活著去理解。」

說完後，他放開自己，變回了自己。他個人的自我包容了他的全部過去。這不是勝利，也不是失敗，而是一種新東西，任何他選出的內在生命都可與他共享。雷托細細體會這全新的東西，讓它掌握每個細胞、每條神經，丟開意念向他呈現的一切，同時重拾完整。

片刻後，他甦醒過來。意識一閃，他知道自己的肉體在什麼地方：坐在斷崖一公里外的沙地上，那道斷崖便是穴地北方的邊界。他現在知道那個穴地的名字了，迦庫魯圖……也叫豐韃珂，但和走私者散步的神話、傳說和謠言相去甚遠。

一名年輕女子坐在他對面的墊子上，一顆明亮的燈球繫在她左袖上，浮在她頭頂。雷托的目光從燈球上移開，看到了星星。他知道這少女，她稍早曾出現在他的預象中，沖著咖啡。她是納穆瑞的侄女，也像納穆瑞那樣隨時準備抽刀殺死他。現在她膝蓋上就放著一把刀。她在灰色蒸餾服上套著簡樸的綠色長袍。莎巴赫，她的名字。對她，納穆瑞自有安排。

莎巴赫從他眼中看出他已清醒，朝他說道：「天快亮了，你在這裡待了一整晚。」

「加上一整個白天。」他說道，「妳沖得一手好咖啡。」

他的話令她疑惑，但她置之不理。她的心無旁騖說明了她受到的訓練有多嚴酷、收到的指令有多明確。

「現在是暗殺的時刻，」雷托說道，「但妳不需要用到刀了。」他朝她膝蓋上的晶刃匕看了一眼。

「這要看納穆瑞怎麼說。」她說道。

不是哈萊克。她的話印證了他的想法。

「沙胡羅是了不起的清潔工，能消除任何不想讓人看到的痕跡。」雷托說道，「我就曾經這麼利用過沙胡羅。」

她輕輕將手放在刀柄上。

「我們坐的位置、我們的坐姿，透露了多少事情。」他說道，「妳坐在墊子上，而我坐在沙地上。」

她的手握緊刀柄。

雷托打了個哈欠，嘴巴大張使他的下巴隱隱作痛。「我看到了一幅預象，裡面有妳。」他說道。

她的肩膀微微放鬆了。

「我們對厄拉科斯的看法相當偏頗，」他說道，「我們真做的事有一定的推動力。但我們必須取消某些工程，比例必須達到更好的平衡。」

莎巴赫疑惑地皺起眉頭。

「我的預象告訴我，」他說道，「除非我們能讓沙丘星重拾生命之舞，否則沙漠深處的巨蛇將不復存在。」

他用古老的弗瑞曼名字來稱呼沙蟲，她一開始沒聽懂，隨後才說：「沙蟲？」

「我們在黑暗的通道中。」他說道，「沒有香料，帝國將四分五裂，宇航也無法運轉。各個世界將慢慢忘掉彼此，變得封閉。太空將成為分界線，因為宇航的領航員失去了能力。我們將被困在沙丘頂，不知道上方和下方都有些什麼。」

「你的話真奇怪，」她說道，「你怎麼能在你的預象中看到我呢？」

利用弗瑞曼人的民俗！他想，隨後說道：「我變成了通用的書寫符號，我是活的字符，寫下一切必將發生的變化。如果我不寫下來，妳就會經歷人類不該經歷的痛苦。」

「你寫下的是什麼字？」她問，但手仍然握著刀柄。

雷托將頭轉向迦庫魯圖的斷崖，看到了二號月亮正往岩壁後方落下。黎明即至，遠處傳來一隻沙漠野兔臨死前的慘叫。他看到莎巴赫在發抖。有翅膀在撲刺刺拍動，是猛禽，屬於夜晚的生物。牠們從他頭頂飛過，正要往斷崖上的窩。他能看到牠們的眼睛閃閃發光。

「我有一顆全新的心在指引我。」雷托說道，「妳認為我只是小孩，莎巴赫，但是——」

「他們警告過我，要我當心你。」莎巴赫說完繃緊肩膀，蓄勢待發。

他聽出她話中的恐懼，說道：「不要怕我，莎巴赫。妳比我這具肉體多活了八年。因此，我尊敬妳。但我還擁有其他生命經歷過的無數歲月，比妳所知的要長得多。不要把我看作孩子。我是串連許多未來的橋梁，而在其中一個未來，我看到我們兩人情投意合，妳和我，莎巴赫。」

「什麼……不會……」她迷惑了，聲音越來越低。

「慢慢想吧。」他說道，「現在，幫我回到穴地，因為我去了很遠的地方，長途跋涉讓我感到身心疲憊。我必須讓納穆瑞知道我去了什麼地方。」

他看到她在猶豫，於是說道：「我難道不是穴地的朋友嗎？納穆瑞必須知道我看到的東西。為了防止我們的宇宙衰落，要做的事情太多了。」

「我不相信你說的……關於沙蟲的話。」她說道。

「也不相信我們會相愛？」

她搖了搖頭。但是他能看到這個想法正如風中飛羽在她腦中飄來晃去。她既著迷，又排斥。與權力結合當然有吸引力，只是她叔父已經向她下令。這個摩阿迪巴的兒子有一天可能會統治沙丘星和浩瀚宇宙。對於這樣的未來，她身邊那些躲藏在洞穴中的弗瑞曼人只覺得相當反感。雷托的配偶勢必是眾所矚目的對象，也會引發各種議論和臆測。當然，她會擁有大量財富，然而……

「我是摩阿迪巴的兒子，能看到未來。」他說道。

她慢慢將刀插回刀鞘，輕巧地從墊子上站身，走到他身旁，扶著他站了起來。她接下來的舉動讓雷托了笑：她仔細疊好墊子，放在右肩上，然後悄悄比較兩人的身高。雷托不禁想起自己剛才的話：情投意合？

身高是另一種會變化的東西，他想著。

她伸手抓著他的手臂，扶著他，也制住他。他踉蹌了一下，她嚴厲地說道：「我們離穴地還很遠！」意思是無謂的聲響可能會引來沙蟲。

雷托感到自己的身體成了乾癟的皮囊，就像昆蟲蛻下的殼。他知道這具殼，它屬於以香料貿易和黃金永生會為基礎建立的社會。這具殼使用過度，於是乾癟了。現在，摩阿迪巴的崇高目標已被聖戰士軍力把持，他的宗教此時有了一個新名號：「Shien-san-Shao」，這是伊克斯語，意思是激烈、瘋狂，指那些自以為能用晶刃匕將宇宙帶上天堂的狂人。但當伊克斯改變時，這名號也將會改變。伊克斯不過是某顆恆星的第九顆行星，並且已經不會講自己的星名所屬的語言。

「聖戰是一種集體瘋狂。」他喃喃自語道。

「什麼？」莎巴赫一直專心帶著他走出沒有任何節奏的步伐，以在空曠的沙漠中隱匿蹤跡。她想著他的話，最後認定他只是累到胡言亂語。她能感覺到他的虛弱，入定榨乾了他。對她來說，這不但毫無意義，而且很殘酷。如果他真的像納穆瑞所說的那樣該殺，就該快點動手，不要橫生枝節。但是，雷托剛才說他有什麼了不起的大發現，或許那就是納穆瑞尋求的東西。這孩子的祖母之所以這麼做，顯然也是為了這東西。否則，我們的沙丘聖母怎麼會同意對一個孩子做這麼危險的事？

孩子？

她再次思索他的話。兩人來到斷崖底部，她停下腳步，讓他在安全的地方休息片刻。在暗淡的星光下，她低頭看著他問道：「以後怎麼會沒有沙蟲？」

「只有我能改變，」他說道，「別怕。我能改變任何事。」

「但是——」

「有些問題是沒有答案的，」他說道，「我看到了那個未來，但是其中的矛盾只會讓妳困惑。我們的宇宙在不斷變化，而人類的變化是其中最古怪的。很多作用力都會影響我們。我們的未來需要不斷更新。現在，我們必須除去一個障礙。為此我們必須違背初衷，去做殘忍的事……但我們必須這麼做。」

「必須做什麼？」

「妳殺過朋友嗎？」他問道，轉過身，率先朝通往穴地隱蔽入口的岩縫走去。他以此刻的疲憊所能支撐的最快速度斜斜向上，但她緊跟在他身後，抓住他的長袍，拉住了他。

「殺死朋友是什麼意思？」

「他無論如何都會死，」雷托說道，「不需要我自己動手。問題是我能阻止他的死亡。如果我不阻止，不也算殺了他嗎？」

「是誰……誰會死？」

「因為還有其他選擇，我還不能說出來。」他說道，「我或許不得不把我妹妹交給怪物。」

他再次轉身背對著她，當她又一次拉住他的長袍時，他拒絕回答她的問題。時機成熟前，最好不要讓她知道，他想。

44

一般人認為，天擇就是由環境篩選出能繁衍後代的生物。然而，涉及到人類時，這種觀點顯示出極大的局限。有性生殖有利於實驗和創新，而這引發很多問題，包括一個古老的問題：環境究竟是變異發生後的選汰媒介，還是在決定要汰選出何種變異前，就已發揮了先擇的作用？沙丘星並未真的回答這些問題，而是提出了一些新問題，雷托和女修或許會在接下來的五百個世代嘗試回答。

——哈克·阿拉達《沙丘浩劫》

• • •

遠處，大盾壁光禿禿的褐岩若隱若現，在珈尼瑪眼中彷彿是威脅她未來的幽靈。她站在堡壘空中花園的邊上，落日餘暉照著她的後背。陽光從空中的沙塵雲中射出，轉成了深橘色，像沙蟲嘴邊的顏色一樣濃烈。她嘆了口氣，想著：厄莉婭……厄莉婭……妳的命運就是我的命運嗎？

近日她內在生命的叫囂日益激烈。或許在弗瑞曼社會中女性有特殊的行為反應，或許那真是性別差異，無論如何，女人更容易受內在浪潮影響。祖母在和她交談時就警告過這一點，潔西嘉根據她日積月累的貝尼·潔瑟睿德教訓，觀察到珈尼瑪的內在智慧將帶來危險。

「出生前就有記憶的人，我們稱為妖煞。」潔西嘉女士說道，「妖煞背後有一部漫長的苦難史。問題似乎是內在生命會分化成良性與惡性。良性的會保持乖順，對人有益。但惡性生命會聯手形成一支強大的精神，想接管活人的肉體和意識。這過程相當漫長，但跡象很清楚。」

「妳為什麼要放棄厄莉婭？」珈尼瑪問道。

「我逃離，是因為我害怕我所創造的東西，」潔西嘉低聲說道，「我放棄了。我錯在……或許我放棄得太早了。」

「什麼意思？」

「我還無法解釋，但是……或許……不！我不會給妳虛假的希望。加弗拉，精神錯亂的妖煞，這很早就出現在人類的神話中，名稱有很多個，主要稱為『附身』。你迷失在惡意中，被邪惡控制。」

「雷托……害怕香料。」珈尼瑪說道，發現自己已經能平靜地談起他。兩人都付出了慘痛的代價。

「很明智。」潔西嘉是這麼說的，但也只說到這裡。

但珈尼瑪已經冒著內在記憶擴張的風險，窺看到一道怪異、模糊的紗幕，對貝尼·潔瑟睿德的恐懼也無望地日益加深。厄莉婭的遭遇得到了解釋，卻絲毫無法減輕她的恐懼。但貝尼·潔瑟睿德積累的經驗指出一條可能的生路。探索內心時，珈尼瑪首先寄望於默赫拉忒，這和善的夥伴關係或許能保護她。

她站在落日餘暉照耀下的堡壘空中花園，回想著那次體驗，立即感應到她母親的記憶。荃妮正站在珈尼瑪與遠處斷崖之間，以亡靈之姿出現。

「一踏入這裡，妳將嘗到欑楛樹[9]之果——來自地獄的食物。」荃妮說道，「關上這扇門，我的女兒，唯有如此，妳才能安全。」

內在叫囂在那幅幻象四周升起，珈尼瑪逃離了，讓自己的意識遁入女修會的信經中。與其說是出於信任，不如說是出於絕望。她吟誦著信經，發出喃喃的聲音。

「宗教是兒童在仿效成人。宗教是昔日信仰的胞囊。昔日信仰是神話，是猜測的結果，是對信任的隱密假設。人們在追逐個人權力時發表的宣言，都混雜了幾分啟蒙。祕而不宣的終極誡命為「汝等不可懷疑」！但是，我們懷疑。我們視打破誡命為理所當然，因為我們自訂的職責是解放想像，運用想像來發揮人類最深厚的創造力。」

漸漸，珈尼瑪的思緒重拾平靜，儘管身體仍在顫抖。她知道自己獲得的安寧是多麼脆弱，那道模糊的幕還留在心中。

「Leb Kamai。」她低語，「敵人之心，你必不成我心。」

隨後她回想起記憶中法拉肯的面目，那張陰鬱的年輕臉孔，還有他的濃眉和緊抿的嘴唇。

仇恨令我強大，她想，有了仇恨，我就可以抗拒厄莉婭的命運。

但她仍在不住顫抖。在這種狀態下，她只能思考一個問題：法拉肯和他的叔叔，已逝的沙德姆四世，有多相似？

「原來妳在這裡！」

伊若琅沿著欄杆從珈尼瑪右側大步走來，走法像個男人。珈尼瑪轉過頭去，想：她是沙德姆的女兒。

「妳為什麼非要自己偷溜出去？」伊若琅在珈尼瑪面前停下，一臉怒意俯視著珈尼瑪。

珈尼瑪忍住了，沒有開口說她並不是獨自一人——侍衛看著她上了天臺。伊若琅之所以憤怒，是因為兩人暴露在這裡，可能會被遠方武器偵察發現。

「妳沒有穿蒸餾服。」珈尼瑪說道，「妳知道，從前如果有人在戶外被抓到沒有穿蒸餾服，會被立即處

9 在《古蘭經》中，欑楛樹的果實是地獄中給罪人吃的食物。——編注

死。浪費水資源會讓部落陷入危險。」

「水！水！」伊若琅斥喝道，「我想知道妳為什麼要這樣暴露在危險中。回屋裡去。妳在給大家惹麻煩。」

「這裡有什麼危險？」珈尼瑪問道，「史帝加已經除去叛徒，而且現在到處都有厄莉婭的侍衛。」

伊若琅仰望深色天空。在藍灰色的夜幕中，星辰開始變亮了。她回頭凝視珈尼瑪：「我不跟妳吵，我被派來通知妳，法拉肯已經接受了，但不知為什麼，他想要延遲訂婚儀式。」

「延遲多久？」

「我們還不知道，還在談中。但鄧肯被放回來了。」

「我祖母呢？」

「她選擇待在薩魯撒星。」

「有誰能怪她嗎？」珈尼瑪問道。

「全都是因為那場跟厄莉婭的愚蠢爭吵！」

「不要騙我，伊若琅！那不是愚蠢的爭吵。我聽到傳言了。」

「女修會擔心——」

「是真的。」珈尼瑪說道，「好了，話妳已經傳到了。妳打算用這個機會再勸阻我一次嗎？」

「我放棄了。」

「妳應該知道妳騙不過我的。」珈尼瑪說道。

「好吧！我會一直勸下去。這做法太瘋狂了。」伊若琅不知道自己在珈尼瑪面前為何變得這麼煩躁。貝尼．潔瑟睿德應該在任何時候都保持冷靜。她說：「我擔心妳面臨極大的危險。妳知道的，珈尼，珈尼……妳是保羅的女兒。妳怎麼能——」

「正因為我是他女兒。」珈尼瑪說道，「我們亞崔迪人的血脈能追溯到阿伽門農，我們知道自己的血管裡流著什麼樣的血。請絕對不要忘記這一點，我無子的母后。我們亞崔迪人有殺戮的歷史，我們會繼續殺下去。」

伊若琅心煩意亂地問：「誰是阿伽門農？」

「這足以證明妳們那自負的貝尼・潔瑟睿德教育是多麼淺薄。」珈尼瑪說道，「我總是忘記妳們能看到的歷史有多短。但我的回憶能追溯到……」她打住了，最好別去驚擾體內好不容易入睡的生命。

「不管妳記得什麼，」伊若琅說道，「妳一定知道妳選擇的道路是多麼危險，妳會——」

「我要殺了他！」珈尼瑪說道，「他欠我一條命。」

「我會盡可能阻止妳。」

「我們已經料到了。妳不會有機會。厄莉婭會把妳派到南方的新城鎮，直到整件事情結束。」

伊若琅沮喪地搖了搖頭：「珈尼，我發誓我將不顧一切保護妳。如果有必要，我將獻出自己的生命。如果妳以為我會在哪個偏僻城市虛擲時間，眼看著妳……」

「還有最終的辦法，」珈尼瑪輕聲說道，「我們還有亡者蒸餾器。妳總不能從亡者蒸餾器裡干涉我們吧。」

伊若琅的臉色變得慘白，一隻手捂住了嘴，一時忘了她所有的訓練。她對珈尼瑪的關心在這時候顯露無遺。她拋棄所有偽裝，幾乎只剩下本能的恐懼。她的情緒崩潰了，嘴唇顫抖著說道：「珈尼，我不擔心自己。為了妳，我可以投身到沙蟲口中。是的，我就是妳口中無子的母后，但妳是我視如己出的孩子。我求妳……」淚光在她的眼角閃動。

珈尼瑪也覺得喉嚨發緊，她強壓下衝動：「我們之間還有一個不同。妳從來就不是弗瑞曼人，而我是純粹的弗瑞曼人，我們有天壤之別。厄莉婭知道這一點，不管她有多少不是，她知道這一點。」

「厄莉婭知道什麼，旁人是無法猜測的。」伊若琅苦澀地說，「假如我不知道她是亞崔迪人，我會發誓說她所做的一切都是為了摧毀這個家族。」

妳怎麼知道她仍舊是亞崔迪人？珈尼瑪想，不知道伊若琅為何在這方面如此盲目。她是貝尼．潔瑟睿德，還有誰比女修會更了解妖煞的歷史？但她竟然想都沒想過，更別說相信了。厄莉婭一定在這可憐的女人身上施了某種巫術。

珈尼瑪說道：「我欠妳水債。為此，我會守護妳一生。但妳侄子的罪刑已定，請妳不要再多說了。」

伊若琅的嘴唇仍然在顫抖，眼睛瞪大。「我真的愛妳父親，」她喃喃道，「在他死之前，連我自己都不知道。」

「或許他還沒死，」珈尼瑪說道，「那個傳道人——」

「珈尼！有時我真的不了解妳。保羅會攻擊自己的家族嗎？」

珈尼瑪聳了聳肩，抬頭看著黑漆漆的天空：「他可能會覺得很好玩，攻擊——」

「妳怎麼能隨口說這種——」

「為了遠離黑暗的深淵，」珈尼瑪說道，「我不會嘲笑妳。以神為證。但我正是我父親的女兒，我身上有亞崔迪家所有人的血。妳不認為我是妖煞，但我卻不知道我還能是什麼。我是出生前就有記憶的人。我知道我體內有什麼。」

「那古老愚昧的迷信——」

「別這麼說！」珈尼瑪伸出一隻手，封住伊若琅的嘴，「我是每一個參與那該死的生育計畫的貝尼．潔瑟睿德，包括我的祖母。我還是許多東西。」她用右手的指甲在左手掌劃出一道血痕，「這是一具年輕的身體，但內在的經驗……哦，眾神，伊若琅！我的經驗！」她再次伸出手，伊若琅走到她身邊。「我知道我父親探索過的所有未來。我擁有許多人的終身智慧，也有他們的無知……所有弱點。如果妳想幫助我，伊若琅，妳首先必須知道我是誰。」

伊若琅本能地彎下腰，將珈尼瑪摟入懷，摟得緊緊的，臉貼著臉。

不要讓我不得不殺了這個女人，珈尼瑪想，不要發生這種事。

當這個想法掠過她的腦海時，整個沙漠都消失在夜色中。

45

一隻小鳥在呼喚你，
從深紅色的喙裡。
在泰布穴地鳴叫，僅僅一次，
接著你就去了死原。

——雷托二世的悼詞

・・・

雷托醒來，聽到一陣女人頭髮上的水環發出的叮噹聲。他朝囚室敞開的門望去，只見莎巴赫坐在那裡。在香料帶來的恍惚意識中，她的輪廓和他在預象中見到的一模一樣。比她小上兩歲的弗瑞曼女子大多結婚了，沒結婚的也至少有了婚約。因此，她的家族留下她，肯定是為了什麼事……或什麼人。她是健康適婚的女人……顯然如此。在預象中，他的雙眼看到了她來自地球的祖先。她一頭黑髮，膚色淺淡，深陷的眼窩使她藍中帶藍的眼睛映出一抹綠影，鼻子小巧，嘴唇寬闊，下巴尖瘦。對他來說，她是活生生的信號，表明迦庫魯圖知道貝尼．潔瑟睿德的計畫，至少也起疑了。他們想利用他復興法老帝制，是嗎？那麼，強迫他和妹妹結婚的計畫呢？莎巴赫顯然無法阻止這件事。

擄獲他的人知道這個計畫，他們是怎麼知道的？他們無從看到他所看到的預象。他們沒有跟他一起前往另一個時空。他的預象顯示莎巴赫是他的，而且僅僅屬於他。

莎巴赫頭髮上的水環再次發出叮噹聲，攪動了他的預象。他知道他人在何方，知道什麼事。這一切，沒有什麼能抹去。他正騎著一條巨大沙蟲，乘客頭髮上的水環叮噹作響，為旅途上的歌唱打著節拍。不，不對……他人在迦庫魯圖的小囚室內，正展開最危險的旅程：時而脫離感官所感知的真實世界，時而重返這個世界。

她在那裡做什麼？頭髮上的水環還不時發出叮噹聲？哦，是的，她在調配香料，他們以為可以這樣困住他：往食物中添加香料萃取物，讓他一半身處現實世界，一半神遊物外，直到他死去，或他祖母的計畫成功。每次當他覺得已經贏了，他們總是會再來一次。潔西嘉女士是對的，當然了——那老巫婆！她做的是什麼事啊！他內在一切生命的所有記憶並沒有用處，除非他能整理好資料，並隨意取用。那些生命是雜亂的原物料，其中任何一個人都可能壓倒他。香料是迦庫魯圖孤注一擲的豪賭。

葛尼在等候某種跡象，但是我拒絕顯露出來。他還有多少耐心？

他盯著門外的莎巴赫。她將兜帽甩在腦後，露出鬢角的部落刺青。雷托一開始沒能認出那刺青，隨後才意識到自己身處何地。是的，迦庫魯圖仍然存在。

對於祖母，雷托不知道是該恨，還是該感謝。她想讓他擁有清醒的本能。但本能只是人類這一物種的群體記憶，能告訴人們如何應對危機。體內其他生命的直接記憶能傳授他更多東西。現在，他已經整理好他們的記憶，而且看到了對葛尼直言相告的危險。但他不可能不告訴納穆瑞。納穆瑞是另一個問題。

莎巴赫走進囚室，手裡拿著一只小碗。他欣賞著門外的燈光在她髮絲邊緣投下的虹圈。她輕輕抬起他的頭，餵他吃碗裡的東西。直到此刻，他才意識到自己有多麼虛弱。他沒有拒吃，但思緒又開始遊蕩，想起與葛尼和納穆瑞的那次會面。他們相信他！納穆瑞比葛尼更相信，但即便是葛尼也無法否認他感知已開始向他回報這顆行星的命運。

莎巴赫用長袍的衣角擦了擦他的嘴。

哦，莎巴赫，他想著，回想起那些使他悲痛難忍的預象。許多夜晚，我在露天的水潭旁做夢，聽著風從我上方吹過。許多夜晚，我的肉身躺在蛇窩旁，夢到炎炎夏日中的莎巴赫。我看到她在紅熱的塑鋼片上烘焙香料麵包，然後儲存起來。我看到水渠中清澈的水，波光粼粼，而我的心中卻有沙暴在肆虐。她啜飲咖啡，吃著東西。她的牙齒在陰影中閃閃發亮。我看到她把我的水環編入她髮中。她胸部散發的琥珀香氣飄入我最深的意識中。她的身影壓迫、折磨著我。

內在記憶的壓力爆發了。他試圖抵抗，但還是爆發了。他感覺到肢體交纏的身體、歡好的聲音，所有感官的節奏，嘴唇、呼吸、潮濕的呼吸、舌頭。他預象中的某處有褐黑色、螺旋的形體。他能感受到那些形體在他腦中旋轉的節奏。有聲音在他頭顱中懇求：「別……別……別……別……」他感到下身在鼓脹，嘴巴大張，進入了一種狂喜。接著是一聲喟嘆，一陣久久不去的甘美，虛脫。

哦，讓這一切實現吧，那會是何等美好！

「莎巴赫，」他喃喃自語道，「哦，我的莎巴赫。」

莎巴赫餵食完畢，看著雷托深陷在入定後，帶著碗離開了。她在門口停了一下，對納穆瑞說：「他又叫我的名字了。」

「回去和他待在一起，」納穆瑞說道，「我必須找哈萊克討論一下。」

莎巴赫把碗放在門口，轉身回到囚室。她坐在摺疊床旁，看著陰影中雷托那張臉。

他睜開雙眼，伸出一隻手，碰了碰她的臉頰。他開始和她說話，告訴她那場有她出現的預象。

他說話時，她把他的手握在手心。他的樣子是多麼溫柔……多麼溫柔啊——她倒在床上，枕著他的手。她睡著了，沒有意識到他將手抽開。雷托坐了起來，感覺身體極度虛弱。香料和預象吸乾了他的精力。他搜尋每個細胞內殘餘的力量，爬下床，沒有驚擾莎巴赫。他必須離開，但他知道自己走不了多遠。他慢慢穿上蒸餾服，套上長袍，沿著走道溜到外面。那裡有幾個人，都在忙著自己的事。他們知道他，但他的事不歸他們管。納穆瑞和哈萊克應該知道他在做什麼，再說莎巴赫就在附近。

他找到一條他需要的小徑，鼓起勇氣，走了下去。

在他身後，莎巴赫正在熟睡，直到哈萊克回來搖醒她。

她坐了起來，抹了抹眼睛，看到空蕩蕩的摺疊床，還看到自己的伯父站在哈萊克身後，兩人滿臉憤怒。

她一臉疑惑，納穆瑞回答道：「是的，他溜了。」

「妳怎麼能讓他逃走？」哈萊克憤怒地喝道，「怎麼可能？」

「有人看見他朝低處的出口走去。」納穆瑞說道，聲音出奇地平靜。

莎巴赫在兩人面前害怕地蜷縮成一團，漸漸想起剛才的事。

「他怎麼逃走的？」哈萊克問道。

「我不知道，我不知道。」

「現在是晚上，再說他很虛弱。」納穆瑞說道，「他走不遠的。」

哈萊克轉身看著他：「你想要這個男孩死掉！」

「那並不會讓我難過。」

哈萊克再次面對莎巴赫：「告訴我發生了什麼事。」

「他碰了碰我的臉頰。他一直在說他的預象……說我們在一起。」她低頭看著空空的床，「他讓我睡著了。他對我施了某種巫術。」

哈萊克瞥了納穆瑞一眼：「他會不會藏在這裡？」

「如果藏在穴地裡，我會找到他的。但他朝出口去了，他在外面。」

「巫術。」莎巴赫低聲道。

「不是巫術，」納穆瑞說道，「是催眠。我也曾經差點著了他的道，還記得嗎？他還說我是他的朋友。」

「他非常虛弱。」哈萊克說道。

「那只是他的身體，」納穆瑞說道，「但是他走不遠。我弄壞了他蒸餾服的足踝泵。就算我們找不到他，他也會渴死。」

哈萊克幾乎要轉身給納穆瑞一拳，但他強忍著沒有動。潔西嘉警告過他，納穆瑞可能會殺了那個男孩。神啊！他們走上了什麼樣的路，亞崔迪人對付亞崔迪人！他說道：「有沒有可能他只是在入定中夢遊？」

「有什麼差別？」納穆瑞問道，「如果他逃走了，就必須死。」

「天一亮，我們就開始搜尋。」哈萊克說道，「他有沒有帶弗瑞曼求生包？」

「密封門後總是放著幾個，」納穆瑞說道，「他如果不拿一個，就太傻了。我向來不認為他是傻子。」

「那麼，給我們的朋友傳個消息吧。」哈萊克說道，「告訴他們發生了什麼事。」

「今晚傳不了，」納穆瑞說道，「沙暴馬上要來了。部落已經追蹤了三天，今天午夜沙暴將通過這裡。通訊已經中斷。這裡的衛星信號兩小時前就消失了。」

哈萊克發出深深的嘆息。如果那男孩碰到沙暴，必死無疑。沙暴會把他的肉從骨頭上啃下來，再將他的骨頭擠碎。計畫中的假死會變成真死。他用拳頭擊打另一隻手的掌心。沙暴會把他們困在穴地，他們甚至無法搜尋。沙暴的靜電也切斷了穴地與外界的通訊。

「密波器。」他說，想著可以把訊息編入蝙蝠的聲音裡，讓牠飛出去示警。

納穆瑞搖了搖頭：「蝙蝠不在沙暴中飛行。拜託，老兄，牠們比我們更敏感。牠們會躲在斷崖下，直到沙暴過去。最好等衛星重新連上，到時候，我們就能出發去找他的遺體了。」

「如果他帶上弗瑞曼求生包，把自己埋在沙子裡，就不會死。」莎巴赫說道。

哈萊克默默咒罵，轉了個身，離開那兩人。

46

和平需要解決方案，但我們從來都沒有現成的方案，我們只是在不斷朝那個方向努力。以定義而言，固定的方案是死的方案。和平的問題在於它通常會懲罰錯誤，而不是獎勵才智。

——《家父語錄》，摩阿迪巴記事，由哈克．阿拉達重現

• • •

「她在訓練他？她在訓練法拉肯？」

厄莉婭盯著鄧肯．艾德侯，刻意露出憤怒和懷疑的眼神。就在不久前，宇航的巨型運輸艦飛入厄拉科斯的軌道。一小時後，接駁艦載著鄧肯降落在厄拉科斯上，未提前通知，一切公開而從簡。幾分鐘後，撲翼機帶他到堡壘的頂上。接到他即將到達的報告後，厄莉婭上去迎接他，冷漠又正式，身後站著一排侍衛。之後，兩人回到她在堡壘北翼的房間。他剛遞上他的報告，真實、準確，用晶算師的方式強調每個細節。

「她已經失去理智。」厄莉婭說道。

他把她的評論當成對晶算師的提問：「所有跡象表明她心智仍相當健全、清醒，應該說她的理智指數為——」

「住嘴！」厄莉婭喝道，「她有什麼盤算？」

艾德侯知道，只有進行冷靜的晶算師運算，他才能控制自己現在的情緒。他說道：「據我的運算，她

在考慮她孫女的婚約。」他小心控制自己不流露任何表情，以掩蓋內心不斷升騰的悲痛。厄莉婭不在這裡。厄莉婭已經死了。有時，他會在自己的意識中保留一個原來的厄莉婭，他創造了這個厄莉婭來安慰自己。但是，晶算師無法長期活在自我欺騙中。這個戴著人類面具的傢伙已經被附身，被魔鬼的心靈控制住。他有一對金屬眼，眼珠裡還有無數複眼，可以在視野中隨意再現許多個原來的厄莉婭。但只要他將這些影像合而為一，厄莉婭就消失了。她的肉體只是一具外殼，用於橫施暴虐。

「珈尼瑪在哪裡？」他問道。

她揮揮手回答：「我讓她和伊若琅一起待在史帝加那裡。」

中立區，他想，最近又有一輪和反叛部落的談判，她正在失去支援，而她還不知道……還是她已經知道？有別的原因嗎？史帝加投向她了嗎？

「婚約。」厄莉婭若有所思地說道，「柯瑞諾氏族的情況如何？」

「薩魯撒擠滿了遠親，都在忙著向法拉肯獻殷勤，希望在他重掌大權後得到好處。」

「她竟然以貝尼．潔瑟睿德的方式訓練他……」

「對於珈尼瑪的丈夫來說，這種訓練不是正合適？」

厄莉婭想起珈尼瑪的復仇心，暗自笑了笑。就讓法拉肯接受訓練吧。潔西嘉訓練的是一具屍體。一切都會解決的。

「我必須好好想想這件。」她說道，「你怎麼不說話，鄧肯？」

「我在等妳問話。」

「我明白了。我當時真的非常憤怒，你竟然把她交給法拉肯！」

「妳命令過我，綁架看起來要像真的。」

「我被迫當眾宣布你們兩人被俘了。」她說道。

「我是執行妳的命令。」

「有些時候你實在太一板一眼了，鄧肯。你差點嚇到我了。」

「潔西嘉女士不會有事。」他說道，「為了珈尼瑪，我們應當感謝她——」

「相當感謝。」她同意，但內心暗想：不能再相信他了。他對亞崔迪氏族那該死的忠誠！我必須找理由把他支開……除掉他。當然，那是意外。

她碰了碰他的臉頰。

艾德侯強迫自己回應她的親暱，握住她的手吻了一下。

「鄧肯，鄧肯，這真令人傷心，」她說道，「我不能把你留在我身邊。發生了太多事，而我能信任的人又這麼少。」

他鬆開她的手，等待著。

「我不得不把珈尼瑪送到泰布穴地，」她說道，「這裡的局勢很不穩定。崎嶇地區的劫匪破壞了卡加盆地的水渠，把所有水都放到沙漠裡。厄拉欽恩的供水嚴重不足，盆地內的沙鱒還在吸收殘餘的水分。我們正在想辦法對付，但進展不順利。」

他注意到堡壘內幾乎看不到厄莉婭的女侍衛。他想：沙漠深處的游擊隊會不斷刺探她的防衛。她不知道嗎？

「泰布仍然是中立區，」她說道，「談判就在那裡進行。賈維德帶著祭司團代表駐紮在那裡，但我希望你能去泰布監視他們，特別是伊若琅。」

「她是柯瑞諾人。」他同意道。

但他從她的眼神看出來，她要捨棄自己了。這個披著厄莉婭外表的生物真容易看透。

她揮了揮手：「走吧，鄧肯，趁我還沒心軟把你留在身邊。我已經開始想你了……」

「我也想妳。」他說道，並讓語氣帶上他所有的哀傷。

她盯著他，被他的悲痛嚇到，隨後說道：「為了我，鄧肯，走吧。」接著她暗想：太糟了，鄧肯。她再次開口道：「姿亞會帶你前往泰布。我們這裡需要撲翼機，不能交給你。」

她那個聽話的女侍衛，他想，我得提防那個人。

「我明白。」他說道，再次執起她的手吻了一下。他盯著眼前這具曾經是厄莉婭的摯愛軀殼，不敢看她的臉。當他轉身離開時，她臉上那一雙不知屬於誰的眼睛盯著他的後背。

他爬上堡壘上的平臺，開始琢磨剛才來不及思考的問題。與厄莉婭會面時，他一直竭力維持晶算師的狀態，不斷讀取資料及信號。他等在撲翼機旁，眼睛冷冷望向南方，目光隨著想像力越過大盾壁，看到泰布穴地。為什麼是姿亞帶我去泰布？駕駛撲翼機返回是無足輕重的任務。是什麼耽擱了她？她是在聽候什麼特別的指示嗎？

艾德侯瞥了戒備中的侍衛一眼，爬上撲翼機駕駛員的座位，向外探出身子說道：「告訴厄莉婭，我會叫史帝加的人盡快把撲翼機送回來。」

沒等侍衛反應，他就關上艙門，啟動了撲翼機。侍衛站在那裡，一臉遲疑。誰能質疑厄莉婭的丈夫呢？在她決定好怎麼做之前，他已經升空了。

現在，孤身一人待在撲翼機內，他發出幾下嗚咽，宣洩自己的悲痛。兩人永遠分開了，他的忒萊素眼睛流出了淚水。

但是，現在不是耽溺於悲傷的時候，他認清了這一點，強迫自己冷靜下來，評估目前的狀況。他也需要留意撲翼機。飛行帶給他些許寬慰，他控制住了自己。

珈尼瑪又待在史帝加身邊了。還有伊若琅。

為什麼她要姿亞陪他前往泰布？他把這個問題納入晶算師思考，答案令他心下一涼。我本來會死於意外。

47

這個供奉統治者頭顱的岩石神龕內沒有祈禱者。神龕成了悲哀的墓地，只有風能聽到此地的聲音。夜行動物的叫聲和兩個月亮運行的軌跡都述說著他的時代已結束。不再有祈禱者前來，他們已忘了這個紀念日。這條山間小徑是多麼荒涼啊。

——佚名，亞崔迪公爵神龕內鐫刻的字句

• • •

在雷托看來，避開預象，去做他還沒預見的事，這看似簡單，實則危機重重。他深知其中的陷阱，那些宿命未來的線一開始只是隨意交纏，直到緊緊纏上你。但他理清這些線了。他正在逃離迦庫魯圖。首先必須剪斷與莎巴赫相連的線。

長日將盡，他在守護著迦庫魯圖的岩壁東側匍匐前進。弗瑞曼求生包裡有能量錠和食物。他要等體力恢復。在他西面是阿茲拉卡湖，一片白堊平原，在沙蟲出現前，那裡曾經是露天水域。東方地平線外是貝尼．什克，一片分散的新居民區，不斷蠶食著大平漠。南方是塔奈茲魯夫特，恐怖之地：三千八百公里長的荒漠，只有零星幾片以綠草固定的沙丘，以及灌溉用的捕風器。生態改造的工程正在改變厄拉科斯的地貌。工作隊會飛去那維護植物，但誰也無法待太久。

我要去南方，他告訴自己，葛尼猜得到我的行動，時候還未到，先不要做別人完全意料不到的事。

天就要黑了，然後他就能離開這個暫時的藏身處。他盯著南方的天際，沙丘上空有呼嘯聲沿著地平線傳來，起伏不定的沙塵像霧般熊熊翻湧——是沙暴。沙暴的中心在大平原上空升騰，像探頭探腦的沙蟲。他盯著沙暴中心觀察了足足一分鐘，注意到沙暴既不往右移，也不往左動。一句古老的弗瑞曼諺語在他的腦中閃現：如果沙暴的中心不移動，表示沙暴正朝你而來。

沙暴改變了情勢。

他回頭凝視左方泰布穴地的方向，感受沙漠傍晚灰褐天空下虛幻的寧靜。片刻後，他盯著四周圍著風化小圓石的白堊平原，那裡一片荒涼、空曠，白到灼亮的地面映出著沙塵雲，不似人間。在任何預象中，他都沒有看到自己逃出母親級沙暴的陰沉妖魔之口，也沒有看到自己被沙子活埋。他只有一個在風中翻滾的預象……而那可能就要發生了。

沙暴就在那裡，籠罩了好幾個緯度，恣意鞭笞著天地，要求萬物臣服。可以冒這個險。弗瑞曼人有些朋友間口耳相傳的故事，說人可以找一條筋疲力盡的沙蟲，用創造者矛鉤插入最寬的那幾節體環，讓牠不能動彈，然後縮在沙蟲背風那一側的隱蔽部位，躲過沙暴吹襲。大膽和莽撞只有一線之隔，他躍躍欲試。那場沙暴最快也要午夜才能抵達這裡，還有時間。在這裡能截斷多少線？全部，包括最後一條？

葛尼會猜到我往南走，但他沒有料到我會走進沙暴。

他朝南方遠眺，想找出路線。他看到一道深陷的裂谷，蜿蜒切入迦庫魯圖的岩壁中。他看到沙塵在裂谷內盤旋，如同沙地鬼魅，再氣勢洶洶地湧入平原，彷彿滾滾流水。他背起弗瑞曼求生包，忍受嘴裡的乾渴，沿著通往裂谷的路線走去。儘管天還未完全暗下，他可能會暴露行蹤，但他知道自己必須和時間賽跑。

他到達裂谷入口時，中央沙漠的黑夜迅速降臨了。月光照亮通往塔奈茲魯夫特的路。內在生命的所有恐懼湧上，他的心跳正在加速。他覺得自己正在陷入huanui-naa，弗瑞曼人以此來稱呼最大的沙暴，意思是「大地的亡者蒸餾器」。但是，無論會發生什麼事，他都無從預知。他每踏出一步，就更加遠離香料引發的內在現實，讓他的創造本質得以伸展。現在他每踏出一百步，就必須暫時停下一步，跟新掌握的內在真實進行無言的溝通。

無論如何，父親，我來找你了。

他四周的岩石上有鳥，不見蹤影，但輕微的鳥鳴讓他知道有鳥。他傾聽鳥鳴的回音，在黑漆漆的路上前進——這是弗瑞曼人的智慧。經過岩縫時，他常留意到有凶惡的綠眼，野獸通常會縮在岩縫中，以躲避即將到來的沙暴。

他走出裂谷，來到沙漠。沙子彷彿有了生命，在他腳下呼吸、移動，告訴他地底的活動及潛伏的噴發。他回頭眺望月光籠罩下的迦庫魯圖孤山。整座山壁都是變質岩，大多是受壓形成。他插好召喚沙蟲的沙鍾。當沙鍾開始敲擊沙地時，他選好位置，靜靜聽著，觀察著。他的右手不自覺地摸索藏在罩袍衣褶內的亞崔迪氏族印戒。葛尼發現了這枚印戒，但沒有拿走。看到保羅的印戒時，他在想什麼？

父親，我快來了。

沙蟲從南方爬來，扭轉著軀體，避開岩壁。牠並不像他期待的那麼大，但沒有時間挑剔了。他估算沙蟲的路徑，插入矛鉤，在牠急衝向沙鍾激起滾滾沙塵時迅速攀上有鱗片的體側。在矛鉤的鎮壓下，沙蟲俐落地轉了個彎。急掠的風拍動他的長袍。他鎖定南方那片灰濛濛的星空，駕馭著沙蟲，向前馳去。

直直衝向沙暴。

一號月亮升起時，雷托目測沙暴的高度，計算沙暴抵達的時間——肯定在天亮之前。沙暴正在擴散，蓄勢待發。生態改造的工程浩大，行星彷彿是在盛怒下展開反擊。改造的範圍越廣，行星的怒火也越烈。

入夜了，他不斷驅策沙蟲往南前進。他能感到腳下沙蟲正在燃燒體內儲存的能量，且一有機會就想逃向西方，可能是受無形的領地意識驅動，也可能是本能地感應到沙暴將至。沙蟲通常會鑽入地底躲避沙暴，但牠卻因為身上插著矛鉤而無法下潛。

臨近午夜，沙蟲露出疲憊的跡象。他沿著牠的背脊退後幾步，用連枷抽打，允許牠放慢速度，但仍堅持往南前進。

天剛亮，沙暴來了。首先晨曦照亮一座座沙丘，像串起一顆顆珠子。接著，撲面的沙塵使他不得不覆上面罩。沙塵越來越濃，沙漠變成一幅沒有輪廓的沙丘畫作。隨後，沙粒開始劃過他的臉頰，刺痛他的眼瞼。他感受到舌頭上粗糙的沙粒。時候到了，該做決定了。他應該冒險試試古老傳說中的方法，用矛鉤定住已筋疲力盡的沙蟲嗎？只在一瞬間，他便拋開了這個想法。他走向沙蟲的尾部，鬆開矛鉤。幾乎無力再動的沙蟲開始潛入地底，但體內運作過度的熱態轉換系統仍在身後攪動氣旋。弗瑞曼兒童從幼年聽到的故事就知道沙蟲尾部有多危險。沙蟲就是氧氣工廠，為了適應摩擦力，化學系統會散發大量氣體，在行進間熊熊燃燒。

沙子開始撲打他的腳。雷托鬆開矛鉤，向旁邊躍出一大步，避開沙蟲尾部的火焰。現在，一切都取決於能否鑽入沙蟲剛剛挖鬆的沙地。

雷托左手抓住靜電壓塑器，開始向沙地深處挖去。他知道沙蟲太累了，顧不上回頭將他吞進白橘色的巨口中。他左手挖地，右手從弗瑞曼求生包中取出蒸餾營帳，並做好充氣準備。不到一分鐘，他就在一座沙丘的背風面挖出堅實的沙坑，放入帳篷。他為帳篷充好氣，爬了進去。在封上括約門口之前，他伸手摸到了壓塑器，將功能倒轉，沙子開始沿著帳篷滑下。在他封好帳篷門之前，只有幾粒沙子滑了進來。

現在，他必須加快動作。他沒有夠長的沙地通氣管可以供應新鮮空氣。這是巨型沙暴，幾乎沒有人能生還。沙暴會在這地方倒下成噸的沙子。只有輕柔如泡泡的蒸餾營帳和其硬挺的外殼能保護他。

雷托帳篷內躺下，雙手合在胸前，讓自己進入休眠。在這種狀態下，他的肺一小時內只活動一次。他把自己交給未知。沙暴會過去，只要他這個脆弱的小窩沒有被掀翻，他有可能醒來……或者進入塞拉姆和平之宮，永遠長眠。無論如何，他知道他必須剪斷所有線，一根接一根，只留下黃金之路。他必須走上黃金之路，否則無法接下他父親傳給他的哈里發[10]。他不願繼續活在宗教捏造的謊言中，那個可怕的哈里發，那些對他父親創造大能的吟誦。如果祭司再呼喊那種諸如「他的晶刃匕將終結魔鬼」之類的廢話，他將不會繼續保持沉默。

帶著這樣的信念，雷托的意識滑入無盡的精神合一之網。

10 哈里發一詞源於caliphate，為伊斯蘭政教合一的王朝中的最高領袖，也是穆斯林心中的完美帝國。——編注

48

任何行星系統都明顯有某種高階的影響力。將地球的生命引入新發現的行星時，就可以證實這些影響力。在所有案例中，生活在相似環境的不同生命會發展出極其相似的適應型態。這裡所說的形態，遠不僅於生命的外形，而是代表一種能夠生存下來的組織，以及這類組織之間的關係。人類對這種互相依存的秩序的追求，以及人類在這種秩序中的生態區位，都代表一種深刻的必要性。然而，這種追求也可以被扭曲成對全體一致的執著。事實證明，這對整個系統都非常致命。

——哈克・阿拉達《沙丘浩劫》

• • •

「我兒子並不是真正看到未來。他看到的是創造的過程，以及創造與現實的關係。」潔西嘉說道，語氣輕快，但並沒有草草跳過這話題的意思。她知道，躲在暗處的觀察者一看穿她的意圖，就會設法阻止她。

法拉肯坐在地板上，午後陽光從他身後的窗戶射入，照亮地板的一角。潔西嘉站在法拉肯對面的牆邊，剛好能看到花園中那棵樹的樹梢。在她面前的是一個新的法拉肯：更瘦，也更強大。幾個月的訓練使他產生了不可思議的變化。他看著她時，雙眼炯炯有神。

「他看到現存力量會創造出什麼形勢，除非有人能轉移那些力量。」潔西嘉說道，「他反對的是他自己，而不是追隨他的人。他只是拒絕安逸，因為那是一種道德上的怯懦。」

法拉肯已經學會靜靜傾聽，先分析、探究、琢磨自己的疑問，直到他認為問題夠一針見血才提出來。她剛才一直在說貝尼．潔瑟睿德對分子記憶的看法，然後自然而然地岔開話題，改談論女修會對摩阿迪巴的分析。然而，法拉肯察覺到她的言行中有暗影在湧動，那是一種無意識的投射，顯示她言不由衷。

「在我們做的一切分析中，這是最關鍵的。」她說道，「我們假設所有人類及其生命形態代表一種自然群落，所有生命的命運取決於個體的命運。因此，當談到最終的自我省察，也就是『無悔』時，我們不再扮演神，而是回歸教育。在最艱難的時候，我們決定挑選人才，盡可能讓他們自由。」

直到此時，他才看出她想要做什麼，而且知道她的作為會如何衝擊那些暗中監視的人。他控制自己，沒有不安地向門口張望。只有訓練有素的眼睛才能察覺他在那瞬間的不穩定，但潔西嘉看到後只是笑了笑。畢竟，微笑可以代表一切。

「這就算你的畢業典禮吧，」她說道，「我為你高興，法拉肯。站起來，好嗎？」

他聽令起身，擋住他身後窗戶外的樹梢。

潔西嘉的雙臂緊貼身側，說道：「我受命向你轉述這段話：『我站在聖人面前。有一天，你也將這麼做。我在你面前祈禱這一切終將發生。未來仍屬未知，也應如此，因為未來是我們描繪心中所願的畫布。人類面前總會有張美麗的空白畫布。我們只能掌握當下這一刻，不斷獻身給在你我共創並共享的神聖臨在。』」

潔西嘉一說完，泰卡尼克便從她左側的門口走了進來，一副碰巧路過的樣子，臉上的怒容卻暴露了他的內心。「閣下。」他說道，但太遲了，潔西嘉的話和此前的一切準備已開始發揮作用。法拉肯不再是柯瑞諾人。他成為了貝尼．潔瑟睿德。

49

你們這些鉅貿聯會的理事似乎不明白，在商業中很難找到真正的忠誠。你上一次聽說某個職員將生命獻給公司是什麼時候？你們的這點無知或許出自一個錯誤的假定，即你們認為可以命令人們思考及合作。這是歷史上一切組織失敗的根源，從宗教到參謀部。參謀部有一長串毀了自己國家的紀錄。至於宗教，我推薦你們讀讀湯瑪斯．阿奎那的著作。而你們，鉅貿聯會，竟然相信那樣的無稽之談！人必須憑自己內在最深的動力來做事。是人民，而不是商業組織或是管理階層，推動了偉大文明。每個文明都取決於人民的素質。如果你們以過度組織化、過度法制化的手段約束人民，壓制他們對偉大的渴望——他們便無法工作，他們的文明也終將崩潰。

——寫給鉅貿聯會的信，咸認出自傳道人之手

• • •

雷托從入定中醒來。過程很平緩，不是從一個狀態猛然換到另一個狀態，而是一步步漸漸清醒。

他知道自己身處何方。他已經恢復精力，也聞到帳篷內缺氧的空氣中瀰漫著餿味。如果他不移動，他知道自己將留在永恆的時光之網，永遠不會過去的現在，世間一切共存的時刻。這樣的前景誘惑著他。所謂的「時」與「空」，不過是他的心智強加給宇宙的分類。他現在只能先擺脫預象的誘惑。大膽的決定可以改變眼前的未來。

但這個時刻需要哪一類大膽的決定？

入定狀態誘惑著他。雷托感到自己從「形象界」中歸來，回到現實宇宙，卻發現兩者並無二致。他想就此不動，留在這種靈啟的魔力中，但他必須下定決心才能逃出生天。他對生命的愛不停沿著神經發送求生訊息。

他猛地伸出右手，朝他丟下靜電壓塑器的方向摸去，抓到後翻了個身，俯臥著解開帳篷的括約門。沙子沿著他的手臂滑落。在黑暗中，他一邊呼吸汙濁的空氣，一邊飛快工作，向上挖開一條很陡的地道。在破除黑暗、吸到新鮮空氣之前，他向上挖了六倍身高的距離。最後，他從月光下一條蜿蜒的沙丘中爬出，發現自己上方還有小半座沙丘。

二號月亮懸在天空，很快便越過他，消失在沙丘後側。星辰在他上方亮起，如同小徑兩側明亮的石頭。雷托搜尋著流浪者星座，找到後讓自己的目光沿著星座伸出的手臂望去，看到了燦爛的南極星。

這就是你那該死的宇宙！他想。從近處看，那裡沙塵滾滾，就像四周的沙子。那是一個變化的世界，獨一無二中的獨一無二。從遠處看，只能看到某些規律，而正是這些規律誘惑著人們信仰絕對。但在絕對中，我們可能會迷失方向。這讓他想起某段熟悉的弗瑞曼歌謠中的訓誡：在塔奈茲魯夫特失去方向，便是失去生命。規律能提供指引，但也會設下陷阱。人們必須牢記，規律也會變化。

他深深吸了口氣，開始行動，沿著挖出的地道滑回去，疊好帳篷，整理好弗瑞曼求生包。東方的地平線上出現一抹酒紅。他背上求生包，爬上沙丘頂，站在破曉前的凜冽空氣中，直到旭日溫暖了他的右臉頰。他在眼眶塗上顏料，以減輕陽光反射，但他知道自己現在必須向沙漠求和，而不是開戰。因此，他將顏料放回求生包。他想從集水管中喝口水，卻只喝到幾滴，倒是吸了一大口空氣。

他坐在沙地上，開始檢查蒸餾服，一路檢查到足踝泵。那已經被針刀巧妙地切開。他脫下蒸餾服開始修復，但是損害已然造成，他體內的水分至少已經流失了一半。如果不是有蒸餾營帳擋住……他思索這件事，真是奇怪，自己怎麼沒有料到。沒有預象的未來有多危險，由此可見一斑。

雷托蹲在沙丘頂，忍受著此地的孤寂。他在沙漠上極目四望，搜尋沙地上的排氣口。沙丘星上任何不規則的形狀都可能是香料或沙蟲的活動痕跡。但沙暴過後，沙漠上的一切都歸於一致。於是他從求生包中取出沙錘，插在沙地上啟動，以呼喚躲在地底深處的沙胡羅。隨後他躲在一邊，靜靜等候。

等了很久才出現一條沙蟲，聲音比身影更快抵達這裡。他轉身面對東方，那裡傳來地震的悶響，空氣也隨之振盪。他等待著從沙地中冒出的橘黃巨口。沙蟲從地底下鑽了出來，挾帶的大量沙塵遮擋了牠的側腹。蜿蜒的灰色高牆飛快地越過雷托，他趁機插入矛鉤，輕身一躍，從側面爬了上去，邊爬邊控制沙蟲轉了道大彎，向南而去。

在矛鉤的刺激下，沙蟲加快了速度。風拍打著雷托的長袍，他覺得自己被風驅趕著，如同沙蟲被矛鉤驅趕，強大的氣流推著他的腰。他提醒自己星球就跟生命一樣，都有自己的周期。

這條沙蟲屬於弗瑞曼人口中的「雷吼」，會頻頻將頭鑽到地底，尾部則不停向前推動。這個動作產生了悶雷般的聲音，而且會使部分軀體離開沙地，形成上下起伏的駝峰。這是一條速度很快的沙蟲，尾部散發的熱風吹過他的身體。風中瀰漫著氧化反應的酸味。

隨著沙蟲不斷向南方前進，雷托讓自己的思緒自由飄盪。他想將這趟旅行當成自己的生命慶典，不要再去考慮走上黃金之路必須付出的代價。正如弗瑞曼長者，他知道自己必須舉行各種新的慶典，才不至於裂成記憶碎片，才能抵擋靈魂中那些貪婪的捕獵者。

永遠如新，他想，我必須在我的預象中不斷找出新的線。

中午過後不久，他注意到在他前方偏右的地方有道隆起。漸漸地，隆起變成了小山丘。

現在，納穆瑞……現在，莎巴赫，我們來看看你們的同夥會怎麼接受我，他想。這是他面前最脆弱的一條線，它的危險更多來自它的誘惑，而不是顯而易見的威脅。

山丘的景象一直在變。有一陣子，看上去彷彿是在朝他走來，而不是他在向著山丘前進。

沙蟲累了，總想朝左爬。雷托沿著牠龐大的體側向下滑，矛鉤插在新的位置上，讓沙蟲直直前進。一陣輕柔濃郁的美藍極味襲上他的鼻端，顯示這裡有豐饒的礦脈。一人一蟲經過一片紫色沙地，香料才剛噴發過，地面裂成了鱗狀。他穩穩駕馭著沙蟲越過礦脈。帶有肉桂辛辣氣味的微風在後方追了一陣子，直到雷托操縱沙蟲轉了道彎，直直朝孤山前進。

突然間，一道色彩閃現在南方遠處的大平漠上，那是人造物在無垠大地上反射的虹光。他拿出雙筒望遠鏡，調整好焦距，看到了一架香料偵察機伸展的機翼在陽光下閃閃發光。下方有一部大型採收機，看上去像巨大的蝶蛹。雷托放下望遠鏡，採收機縮成了一道小點。沙漠無所不在的廣袤尺度令他目眩神迷。他知道那些香料獵人也會看到他——沙漠與天空之間的小黑點，在弗瑞曼人眼中，那代表人類。他們顯然已經看到他，而且警覺起來。他們在等待。在沙漠中，弗瑞曼人總是疑心重重，直到他們認出來者，或是確定對方沒有敵意。即使在帝國文明之光的照耀下，他們仍然保持著半開化的狀態。

那就是能拯救我們的人，雷托想，那些無法無天的人。

遠處的香料偵察機向右傾了一下，隨後又向左傾了傾。這是在傳送信號給地面。雷托可以想像駕駛員正在掃瞄他身後的沙漠，確認他是否不過是隻身上路的沙蟲馭者。

雷托命令沙蟲向左轉，直到方向完全掉轉。他從沙蟲的側腹滑下，向外躍一大步。不再受矛鉤控制的沙蟲煩躁地在地面吸了幾口氣，然後把前三分之一的部位扎進沙地，躺在那裡恢復體力。顯然牠被騎得太久了。

他轉身離開沙蟲。偵察機圍著採收機緩緩飛行，不斷用機翼發出信號。他們肯定是受走私者資助的叛徒，對電子通訊極不信任。他們的目標顯然是那一帶的香料——採收機的出現證明了這一點。

偵察機又轉了一圈，隨後沉下機頭，停止轉圈，直接朝他飛來。他認出這是他父親引進厄拉科斯的一種輕型撲翼機。撲翼機在他上空同樣轉了一圈，再沿著他站立的沙丘飛行，這才側過機身，迎著微風降落，停在他十公尺外遠，激起一陣飛揚的沙塵。靠他這側的艙門開了，一名穿著厚重弗瑞曼長袍的人走了出來，右胸處有一道長矛標記。

弗瑞曼人緩緩地向他走來，留下充分的時間互相打量。那人個子很高，一雙湛藍的香料眼。蒸餾服面罩遮住了他的下半臉，他還用兜帽蓋住額頭。長袍擺動的樣子顯示下方的手拿著毒鏢槍。

那個人停在雷托兩步外，俯視著他，眼神裡充滿疑惑。

「神賜給我們好運。」雷托說道。

那個人四下張望，審視空曠的大地，隨後盯著雷托。「你在這裡幹什麼，孩子？」他問道，蒸餾服面罩使他的聲音聽起來很沉悶，「你想成為沙蟲洞的塞子嗎？」

雷托再次用傳統的弗瑞曼客套話回覆：「沙漠是我家。」

「你從哪裡來？」那個人問道。

「我從迦庫魯圖朝南走。」

那人一陣大笑：「好吧，巴泰！你是我在塔奈茲魯夫特見過最奇怪的東西。」

「我不是你的小甜瓜。」雷托回應他所說的「巴泰」。這個名稱有一種可怕的含意：沙漠邊緣的小甜瓜能為任何發現的人提供水分。

「我們不會喝了你，巴泰，」那個人說道，「我叫穆里茨。我是這個臺夫的阿理伐。」他用手指了指遠處的採收機。

雷托注意到這人稱自己為裁決者，稱其他人為臺夫，意思是一群人或一家公司。他們沒有血緣關係。那麼，肯定是接受資助的叛徒了。這裡有他需要的線。

雷托保持沉默，穆里茨開口問道：「你叫什麼？」

「就叫我巴泰吧。」

穆里茨又一陣輕笑：「你還沒告訴我，你來這裡幹麼？」

「我在尋找沙蟲的足跡。」雷托說道，用這種宗教語句表明自己正在尋求頓悟。

「年紀這麼輕？」穆里茨問道，他搖了搖頭，「我不知道該拿你怎麼辦，你看到我們了。」

「我看到什麼了？」雷托問道，「我提到了迦庫魯圖，而你什麼也沒回答。」

「想玩猜謎？」穆里茨說道，「好吧，那邊是什麼？」他朝遙遠的沙丘揚了揚頭。

雷托說出他在預象中看到的畫面：「只是舒洛克。」

穆里茨挺直了身子，雷托感覺自己的脈搏正在加速。

接下來是一陣久久的沉默。雷托看出那人在揣測他的回答。舒洛克！在穴地晚餐之後的故事時間內，舒洛克商隊的傳奇總是被反覆提起。聽故事的人總認定舒洛克是一則神話，一個發生妙事的地方，一個為了說故事而發明的地方。雷托記起眾多故事中的一則：人們在沙漠邊緣發現一個流浪兒，把他帶回穴地。一開始，流浪兒拒絕回答救命恩人提出的任何問題，但慢慢地，他開始說著誰也不懂的語言。時間流逝，他仍然不回答任何問題，同時拒絕穿衣，拒絕任何形式的合作。每當他獨自一人，他會用手作出奇怪的動作。穴地內的所有專家都被叫來研究這個流浪兒，但都沒有結果。之後，一位很老的女人經過他門口，看到他的手勢，笑道：「他在模仿他父親將香料纖維搓成繩子的動作。」她解釋道：「舒洛克的人仍會這麼做。

他只是想減輕寂寞。」故事的寓意是：舒洛克的古老做法有一種歸屬感和安全感。

穆里茨一言不發，雷托接著說道：「我是來自舒洛克的流浪兒，我只知道用手比畫。」

那個人很快點點頭，雷托於是知道他聽過這個故事。穆里茨以低沉、充滿威脅的聲音緩緩地回應道：「你是人嗎？」

「和你一樣的人。」雷托說道。

「以孩子來說，你說的話太過奇怪。我提醒你，我是這裡的裁決者，有能力回應taqwa[11]。」

是啊，雷托想，裁決者說出taqwa是個凶兆。taqwa指魔鬼引發的恐懼，老一代弗瑞曼人對此依然深信不疑。阿理伐知道如何殺死魔鬼，因為他們「具有偉大的智慧，鐵面無私卻不冷血，知道慈悲事實上是更大的殘酷」。

但是雷托必須堅持抓住這條線。他說道：「我可以接受mashhad。」

「我可以當靈魂測試的裁決者，」穆里茨說道，「你接受嗎？」

「Bi-lal kaifa[12]。」雷托說道，毫無保留。

穆里茨一臉狡黠，說道：「我不知道我為什麼要同意。最好現在就殺了你，但你是個孩子，而我有個兒子剛死了。來吧，我們去舒洛克，我會召集一場裁決會，決定你的命運。」

雷托發現這人的裝腔作勢暴露了他想置自己於死地。他說道：「我知道舒洛克是hl as-sunna wal-jamas。」

「孩子懂什麼真實世界？」穆里茨反問道，示意雷托走在前面，向撲翼機走去。

雷托照做了，但他仔細傾聽跟在後方的弗瑞曼人腳步聲。「要保密，最有效的方法是讓人們以為自己已經知道答案。」雷托說道，「這樣人們便不會再追問。你這個被迦庫魯圖流放的人很聰明。誰會相信神話中的舒洛克是真的存在？對於走私者或任何想偷渡到沙丘星的人來說，這地方多麼方便。」

穆里茨的腳步停了下來。雷托轉過身，背靠著撲翼機，機翼在他的左側。

穆里茨離他半步遠，拔出毒鏢槍，指著雷托。「你不是孩子。」穆里茨說道，「你是受詛咒的侏儒，被派來刺探我們！你的話對孩子來說未免太過聰明，而且你說得太多，說得太快。」

「還不夠多，」雷托說道，「我是雷托，摩阿迪巴的兒子。如果你殺了我，你和你的人會沉入沙中。如果你放過我，我會指引你們走向偉大。」

「別和我玩遊戲，侏儒，」穆里茨冷笑道，「雷托人還在你口中的迦庫魯圖……」但他沒有把話說完，而是若有所思地瞇起眼睛，槍口也稍稍垂下。

雷托預料到他會遲疑一下。他讓全身所有肌肉都露出要往左躲的跡象，然而身體只往左移了一點，引得對方的槍口狠狠撞上機翼邊緣。毒鏢槍從他手中飛了出去，沒等他作出反應，雷托已經搶到他身旁，拔出自己的晶刃匕，頂在他後背。

「刀尖淬了毒。」雷托說道，「告訴你在撲翼機裡的朋友，待在裡面，不要有任何動作。否則我會殺了你。」

穆里茨朝受傷的手哈氣，對撲翼機裡的人搖了搖頭，說道：「我的同伴貝哈萊斯已經聽到你說的話，他會像石頭那樣一動也不動。」

雷托知道，在他們想出怎麼或他們的朋友前來營救之前，自己只有非常有限的時間。他飛快說道：「你需要我，穆里茨。沒有我，沙蟲和香料將從沙丘星上消失。」他能感覺到這個弗瑞曼人全身一僵。

「你是怎麼知道舒洛克的？」穆里茨說道，「我知道他們在迦庫魯圖什麼都沒告訴你。」

「那麼你承認我是雷托．亞崔迪了？」

11 taqwa源於阿拉伯語，原指對神的敬畏。——編注

12 bi-lal kaifa源於阿拉伯語，原指「不問怎麼做」，是接近真主的最好方式。——編注

「還能是誰？但你是怎麼知道——」

「因為你們在這裡，」雷托說道，「所以舒洛克就在這裡。剩下的就非常簡單了。你們是迦庫魯圖被摧毀後的流亡者。我看到你用機翼發信號，說明你們不想用那些會被監聽到的電子通訊。你們採集香料，說明你們在進行貿易。你們只能跟走私販交易。你們既是走私者，也是弗瑞曼人。那麼，你們必定是舒洛克的人。」

「為什麼你要引誘我親手殺你？」

「因為我們回到舒洛克之後，你一定會殺了我。」

穆里茨的身體變得非常僵硬。

「小心，穆里茨，」雷托警告道，「我知道你們的底細。在故事中，你們會搶走旅行者的水，這對你們來說是例行公事了。你們還能怎麼讓意外撞上的人保持沉默？還能怎麼保守祕密？你用花言巧語來引誘我，但我為什麼要把水浪費在這沙地上？如果我和其他人一樣被你迷惑了——那麼，塔奈茲魯夫特會幹掉我。」

穆里茨用右手做了個「沙蟲之角」的手勢，以抵擋雷托話中的理赫匿。雷托知道老一輩弗瑞曼人不相信晶算師或任何形式的邏輯理論，於是笑了笑。「如果納穆瑞在迦庫魯圖跟你提過我們，」穆里茨說道，「我會取了他的水——」

「如果你再這麼愚蠢下去，除了沙子，你什麼也得不到。」雷托說道，「當沙丘星的一切都變成綠草，樹木和露天水域，你怎麼辦？」

「那不可能發生！」

「那正發生在你眼前。」雷托聽到穆里茨的牙齒在憤怒和絕望中咯吱作響。他終於問道：「你要怎麼阻止？」

「我知道生態改造的全盤計畫，」雷托說道，「我知道其中的每個優勢和漏洞。沒有我，沙胡羅將永遠消失。」

穆里茨的語氣再度帶上一絲狡詐，他問道：「好吧，我們為什麼要在這裡爭論？我們僵持不下。你手裡拿著刀，你可以殺了我，但是貝哈萊斯會開槍打死你。」

「在他射殺我之前，我有足夠的時間撿回你的毒鏢槍。」雷托說道，「那以後，你們的撲翼機就歸我了。是的，我會開撲翼機。」

穆里茨沉下臉：「如果你不是你自稱的那個人呢？」

「難道我父親會認不出我？」

「啊哈，」穆里茨說道，「原來你是利用他才知道這裡的一切？但是……」他收回後半句話，搖搖頭，「我自己的兒子在當他的引路人。他說你們兩個從來沒……怎麼可能……」

「看來你不相信摩阿迪巴能預見未來。」雷托說道。

「我們當然相信！但他自己說過……」穆里茨再次欲言又止。

「你以為他不知道你們的懷疑嗎？」雷托說道，「為了和你見面，我選擇了這個確定的時間、確定的地點，穆里茨。我知道你的一切，因為我……見過你……還有你兒子。我知道你認為自己很安全，知道你如何嘲笑摩阿迪巴，也知道你用來拯救你這片小小沙漠的陰謀。但是，沒有我，你這片小小沙漠也躲不過厄運，穆里茨。你會永遠失去它。沙丘星上的生態改造已經過頭了。我父親快要失去他的預象了，你只能依靠我。」

「那個盲人……」穆里茨打住了，嚥了口唾沫。

「他很快就會從厄拉欽恩回來。」雷托說，「到時候，我們再來看他究竟瞎到什麼程度。你背離弗瑞曼傳統多遠了，穆里茨？」

「什麼？」

「他是你的wadquiyas。你的人發現他獨自在沙漠中流浪，於是把他帶回舒洛克。他是你最寶貴的發現！比香料礦脈還要珍貴。他和你生活在一起。他是你的『wadquiyas』。他的水與你部落的水混在一起。他是你們靈魂之河的一部分。」雷托用刀緊緊地頂著穆里茨的長袍，「小心，穆里茨。」他舉起左手，解下穆里茨的面罩丟掉。

穆里茨知道雷托在想什麼，他說道：「如果你殺了我們兩個，你能去哪裡？」

「回迦庫魯圖。」

雷托將自己的大拇指伸進穆里茨的嘴裡：「咬一下，喝我的血。否則就選擇死亡吧。」

穆里茨猶豫了一下，隨後惡狠狠地咬破雷托的手指。

雷托看著那人的喉嚨，看著他吞嚥，然後撤回刀子，並把刀還給了他。

「Wadquiyas。」雷托說道，「除非我背叛部落，否則你不能拿走我的水。」

穆里茨點了點頭。

「你的毒鏢槍在那裡。」雷托以下巴示意。

「你現在信任我了？」穆里茨問道。

「不然怎麼和流犯住在一起？」

雷托再次在穆里茨的眼睛裡捕捉到一絲狡黠，但看得出來，這次他是在衡量利益得失。他突然一轉，說明他已經下定決心。他撿回自己的毒鏢槍，回到撲翼機的舷梯旁。「來吧，」他說道，「我們在沙蟲的巢穴逗留太久了。」

50

預象中的未來不可能總是遵守過去的法則。生命的線依照許多未知的法則相互糾結。預象中的未來堅持自身的法則，既不遵從禪遜尼的秩序，也不符合科學規則。它需要當下這一刻發揮的作用，並永遠提出警告：你不能把每線織入過去的織品中。

——哈克・阿拉達《真道：摩阿迪巴語錄》

• • •

穆里茨熟練地將撲翼機飛到舒洛克上空。雷托坐在他身旁，身後是荷槍實彈的貝哈萊斯。從現在起，他只能相信這兩個人，還有那條出現在他預象中、他緊抓不放的線。如果這些都失敗，那就靠真主保佑了。有時候，人們不得不屈服於更強大的力量。

舒洛克的孤山在沙漠中很醒目。它的存在意味著無數賄賂和死亡，以及許多位高權重的朋友。雷托能看到在舒洛克中心有一處峭壁包圍下的盆地，四周有多座深不可測的裂谷。谷底兩側是鬱鬱蔥蔥的榆錢和灌木，中央還長著一圈蒲葵，顯示出這地方水量豐沛。建築物看上去像散落在沙地上的綠色鈕扣，那裡住著遭流亡者放逐的人，一群走投無路的人。

穆里茨在盆地上降落，離其中一條裂谷的入口不遠。撲翼機正前方是一座孤零零的棚屋，屋頂由沙藤和貝伽陀葉子編成，襯有一層散熱的香料纖維。這是第一代簡陋蒸餾帳棚的複製品，訴說著某些舒洛克居民的窮途潦倒。雷托知道這種建築會洩漏水氣，而且有夜蟲肆虐。這就是他父親的生活環境。還有可憐的莎巴赫，她將在這裡接受懲罰。

在穆里茨的指示下，雷托爬出撲翼機，跳到沙地上，大步朝棚屋走去。他看到很多人在裂谷深處的蒲葵林工作，衣衫襤褸的窮苦模樣表明了這個地方所存在的壓迫，這些人甚至不敢朝他或撲翼機看上一眼。雷托看到工人身後有水渠的岩堤，感覺到空氣中明顯的潮濕：這裡有露天水域。經過棚屋時，雷托往裡面看了看，不出所料，陳設相當簡陋。他走到水畔，低頭看了看，只見暗色的水流中有掠食魚游動時產生的旋渦。工人只是繼續清掃岩堤上的沙塵，避免和他四目相交。

雷托身後的穆里茨說道：「你站的地方是掠食魚和沙蟲的分界。每座裂谷中都有沙蟲。我們剛剛挖開這條水渠，打算除去掠食魚，好把沙鱒吸引過來。」

雷托說道：「你們把沙鱒和沙蟲賣到外星球。」

「這是摩阿迪巴的建議！」

「我知道。但你的沙鱒和沙蟲在離開沙丘後無法活很久。」

「是的，」穆里茨說道，「但總有一天……」

「一千年後也不行。」雷托說完，轉身看著滿臉怒意的穆里茨。各種問題像水渠中的水一樣在穆里茨心頭奔流。這個摩阿迪巴的兒子真的能預見未來嗎？有些人仍相信摩阿迪巴可以，但是……這類事情該怎麼判斷？

穆里茨轉了個身，帶著雷托回到棚屋。他掀開簡陋的密封門，示意雷托入內。屋內另一側的牆邊點著一盞香料燈，燈光下蹲著一道小小的身影。油燈散發出濃郁的肉桂味。

「他們送來一個新俘虜，讓她照料摩阿迪巴的穴地。」穆里茨譏諷地說，「如果她表現良好，或許能保住她的水。」他的眼睛盯著雷托，「有人認為這樣取水很邪惡。那些穿花邊襯衣的弗瑞曼人在他們的新城鎮堆滿垃圾！垃圾山！以前的沙丘星什麼時候見過垃圾山！當我們抓到這類人，就像眼前這一個——」他指了指燈光下的身影，「他們常常怕到近乎失常。他們墮落了，被同胞排斥，真正的弗瑞曼人不會接納他們。你懂嗎，雷托巴泰？」

「我聽懂了。」

蹲在那地方的身影沒有移動。

「你說要指引我們，」穆里茨說道，「弗瑞曼人只能由流過血的人來指引。你能指引我們去什麼地方？」

「克拉里茲克。」雷托說道，眼睛始終凝視蹲著的身影。

穆里茨死盯著他，全藍眼睛上的眉毛緊皺。克拉里茲克？那不僅僅是戰爭或革命，那是終極的戰鬥。這個詞彙出自最古老的弗瑞曼傳說：宇宙末日之戰。克拉里茲克？

高個子弗瑞曼人艱難地嚥了口唾沫。這小子就像城裡那些紈褲一樣讓人都猜不透！穆里茨轉身看著蹲在燈光下的身影。「女人！Liban wahid！」他命令道，給我們上香料飲料！

她遲疑了一下。「照他說的做，莎巴赫。」雷托說道。

她倏地站了起來，猛地轉身，緊盯著他，目光無法將從他臉上移開。

「你認識這個人？」穆里茨問道。

「她是納穆瑞的侄女。她在迦庫魯圖犯了錯，所以他們把她交給了你。」

「納穆瑞？但是……」

她飛快從他們身邊跑開。門外響起她飛奔的腳步聲。

「她跑不遠的，」穆里茨說著，用手摸了摸鼻子，「納穆瑞的親戚？嗯，有趣。她做錯了什麼？」

「她讓我逃走了。」說完，雷托轉過身去追莎巴赫。他看到她站在水渠邊，便走到她身旁，低頭看著水流。旁邊的蒲葵中有鳥，雷托聽到鳥鳴和拍翅聲，還聽到工人掃走沙子時發出的唰唰聲。但他仍然像莎巴赫那樣，低頭看著水流。他眼角的餘光看到了蒲葵中藍色的長尾小鸚鵡，其中一隻飛過水渠，身影倒映魚兒游動帶出的銀色旋渦上，彷彿和掠食魚在同一個天空中游動。

莎巴赫清了清嗓子。

「妳恨我。」雷托說道。

「你讓我蒙羞。你讓我在我的族人面前蒙羞。他們召集了裁決會，把我送到這裡來，讓我在這裡失去自己的水。這一切都是因為你！」

在兩人身後不遠處，穆里茨笑出了聲：「看到了嗎，雷托巴泰，我們的靈魂之河有這麼多人供應水。」

「但我的水流淌在妳的血管中。」雷托轉身說道，「她不是你的供水者。她是我預象中的天數，我跟隨她。我穿過沙漠來到舒洛克，尋找我的未來。」

「你和……」他指了指莎巴赫，隨後仰頭大笑。

「未來不會如你們兩人所以為的那樣。」雷托說道，「記住這句話，穆里茨，我找到了我的沙蟲足跡。」

他感到淚水盈滿了他的眼眶。

「他把水給了死者。」莎巴赫輕聲道。

連穆里茨都驚訝地瞪著他。弗瑞曼人幾乎不哭泣，眼淚代表靈魂最深處的禮物。穆里茨窘迫地戴上面罩，又把兜帽往下拉，蓋住眉毛。

雷托望著穆里茨身後，說道：「在舒洛克，他們仍然在沙漠邊祈求露水。走吧，穆里茨，為克拉里茲克祈禱吧。我向你保證，那必將到來。」

51

弗瑞曼人說話非常簡潔，表達極為準確，並且深陷在「純粹」的假象中。此種語言的預設是長出專制宗教的沃土。更有甚者，弗瑞曼人熱衷於說教，他們以諺語來面對所有令人恐懼的不確定性。他們說：「我們知道世上沒有知識大全，那是神的禁品。但人們只要學到了什麼，都可以保存下來。」透過這麼直截了當的宇宙觀，他們對跡象、預兆及自己的命運形成了一種奇妙的信念。這就是克拉里茲克——宇宙末日的戰爭這套傳說的起源。

——《貝尼・潔瑟睿德祕密報告》80081頁

・・・

「他們讓他待在一個絕對安全的地方。」納穆瑞說道，朝正方形石室內另一端的葛尼・哈萊克笑了笑，「你可以把這個消息報告給你的朋友。」

「那個安全的地方在哪裡？」哈萊克問道。他不喜歡納穆瑞的語氣，也覺得潔西嘉的命令讓他綁手綁腳。那個該死的女巫！除了提醒他，雷托一旦無法掌控體內可怕的記憶會產生什麼樣的後果，其他的說明都跟沒說一樣。

「在安全的地方，」納穆瑞說道，「我只能告訴你這麼多。」

「你怎麼知道？」

「我收到了消息。莎巴赫和他在一起。」

「莎巴赫！她剛剛讓他……」

「這次不會了。」

「你會殺了他嗎？」

「這已經不再由我決定了。」

哈萊克苦笑了一下。密波器。那些該死的蝙蝠能飛多遠？他經常能看到牠們掠過沙漠表面，叫聲中隱藏著資訊。但是，牠們在這地獄行星上究竟能飛多遠？

「我必須親眼見到他。」哈萊克說道。

「不行。」

哈萊克深吸了一口氣，讓自己平靜下來。為了等待搜尋結果，他已經熬了兩天兩夜。現在是第三個早晨了，他覺得自己快要演不下去，就要露出真面目了。他從來就不喜歡發號施令，下命令的人總是在等待結果，與此同時，其他人卻在執行有趣、危險的任務。

「為什麼不行？」他問道。安排這個安全穴地的走私者留下太多疑問，他不希望納穆瑞也這樣應付他。

「有人認為，看到我們這個穴地時，你就已經知道得太多了。」納穆瑞說道。

哈萊克聽出他話中的威脅，於是身體更加放鬆——訓練有素的戰士才能這麼若無其事。他的手放在刀旁，但沒有握住刀柄。他很希望能再有一面屏蔽場，但屏蔽場會引來沙蟲，在沙暴的靜電中也撐不了多久，所以早就被棄用了。

「我們的協議不包括保密。」哈萊克說道。

「如果我殺了他，那包括在我們的協議內嗎？」

哈萊克再次感到有某種未知勢力在暗暗運作，而潔西嘉事先並未警告他。她那個計畫真該死！或許真不應該相信貝尼・潔瑟睿德。他立即覺得自己太不忠誠了。她對他解釋過其中的困難，而他加入時就預料到這次就如同所有計畫一樣，需要在半途調整。她並不是隨便哪個貝尼・潔瑟睿德。她除了是他的朋友，他的支柱，還是亞崔迪氏族的潔西嘉。沒有她，他知道自己注定漂泊在比現在這個行星還要危險的地方。

「你還沒回答我的問題。」納穆瑞說道。

「只有當他露出自己……被附身，變成了妖煞以後，」哈萊克說道，「你才能殺他。」

納穆瑞鄭重地抬起手：「你的女士知道我們能驗出他是不是妖煞。她很明智，知道應該讓我來裁決。」

哈萊克挫敗地抿緊嘴唇。

「你也聽到聖母是怎麼對我說的。」納穆瑞說道，「我們弗瑞曼人知道怎麼聽懂這些女人的意思，你們這些外人不懂。弗瑞曼女人經常送她們的兒子去死。」

哈萊克咬牙道：「你是說，你已經殺了他？」

「他還活著，他在安全的地方。他會繼續服用香料。」

「如果他活下來，我要送他回到他祖母那裡。」哈萊克說道。

納穆瑞只是聳了聳肩。

哈萊克知道，這就是他能得到的全部回答。該死！他不能帶著這些沒有答案的問題回到潔西嘉那裡！

「你是無法改變那些事的，為什麼還要咬著不放？」納穆瑞問道，「你已經得到足夠的報酬。」

他搖了搖頭。

哈萊克恨恨盯著那個人。弗瑞曼人！他們相信所有外來者都財迷心竅。但是，納穆瑞的話中還不只有弗瑞曼人的偏見。這裡還有其他勢力在影響局勢，這一點對於受過貝尼・潔瑟睿德訓練的眼睛來說真是太明顯了。整個事件散發出計中計的氣味。

哈萊克換回無禮的老樣子，說道：「潔西嘉女士會很憤怒。她會派軍隊——」

「你只不過是個傳話的！」納穆瑞罵道，「根本進不了默赫拉忒，我會很樂意替那些比你高貴的人沒收你的水！」

哈萊克將一隻手放在刀上，同時準備好用左衣袖來發動小小的突襲。「我沒看到誰的水被潑在這裡，」他說道，「或許你的驕傲讓你瞎了眼睛。」

「你能活著，是因為我想讓你在死之前看明白，你的潔西嘉女士不會派軍隊對付任何人。你不該這麼安寧地走向沙暴，外星人渣。我是高貴的民族，而你——」

「而我只是亞崔迪氏族的僕人。」哈萊克溫和地說道，「我們是把你們酸臭的脖子從哈肯能的絞索中解放出來的人渣。」

納穆瑞不屑地一笑，露出潔白的牙齒：「你的女士早已成了薩魯撒·塞康達斯上的囚徒。你以為來自她的命令，實際上來自她女兒！」

哈萊克竭力保持語氣平穩：「沒關係。厄莉婭會——」

納穆瑞拔出他的晶刃匕。「你了解天堂之源？我是她的僕人，你這個雜種。奉她的命，我來取走你的水！」說完，他直直衝過屋子，向他一刀砍來。

哈萊克沒有被對手看似笨拙的動作騙過。他抬手揮動左袖，特意加長加厚的一截假袖射出，纏住納穆瑞的刀，同時用身上的衣袖蒙住納穆瑞的頭，右手持刀，穿過左袖的下方，朝納穆瑞的臉直刺而去。他感到刀尖刺入皮膚，隨後，納穆瑞的身體撞到他身上。隔著納穆瑞的長袍，他感覺到了那人衣服裡穿著盔甲。弗瑞曼人發出慘叫，往後退了幾步，倒在地上，血從嘴裡湧出，眼睛死死盯著哈萊克，漸漸暗淡下去。

哈萊克噓了一口氣。愚蠢的納穆瑞，怎麼會認為別人看不出他長袍底下穿著盔甲？他撿回假袍袖，刀子拭淨，收回鞘中。「你不知道我們這些亞崔迪僕人是怎麼訓練的嗎，傻瓜？」

他深深吸了口氣，開始思索起來：現在，我又是誰的棋子？納穆瑞透露了某些真相。潔西嘉成了柯瑞諾氏族的人質，厄莉婭正在進行邪惡的計畫。潔西嘉警告過他會有許多不測，要把厄莉婭當成敵人，但她沒料到自己會成為人質。然而，他仍有命令要執行，首先必須離開這個地方。幸運的是，穿上長袍的弗瑞曼人看上去都差不多。他把納穆瑞的屍體滾進牆角，蓋上幾張坐墊，拖過一張地墊蓋住血跡。完成之後，他和所有準備進入沙漠的人一樣，調整了蒸餾服的鼻管和集水管，戴上面罩，拉下兜帽，開始了漫長的旅途。

無事一身輕，他想，腳下輕快，一派蹓躂的模樣。他有一種奇妙的解脫感，彷彿他正在遠離危險，而不是步步逼近危險。

我一直都不喜歡她對那個男孩的計畫，他想，如果我能再一次見到她，我要告訴她。萬一納穆瑞的話是真的，他就只能進行那個最危險的計畫了。一旦厄莉婭抓到他，絕不會讓他活得太久。所幸他還有史帝加——一個弗瑞曼好人，而且保留了良好的弗瑞曼民間信仰。

潔西嘉曾經對他解釋過：「史帝加的本性上只蒙著薄薄一層的文明，除去這層東西的方法是……」

52

摩阿迪巴的精神超越語言，也超越以他的名義形成的法則條文。摩阿迪巴永遠都必須是一股內在怒火，用以對抗自大的權力、謊言和狂熱的宗教分子。這股內在憤怒必須自己發聲，因為摩阿迪巴教導我們一件最重要的事：只有在公正、友愛的社會中，人類才能長久存續。

——弗瑞曼敢死隊契約

• • •

雷托背靠棚屋的一堵牆坐了下來，注視著莎巴赫——出現在預象中的線正在慢慢解開。她已經準備好咖啡，放在他身旁。現在她正蹲在他面前，為他準備晚餐：充滿香料味道的稀粥。她用勺子快速攪拌，在碗口留下靛青色的痕跡。她攪拌得十分認真，那張瘦臉幾乎垂到粥面。她身後有張簡陋的膜，這膜能讓棚屋變成蒸餾營帳。膜上那片材質較輕的補丁形成一道灰色的光暈，閃耀的火光和燈光正將她的影子映在那光暈中。

那盞燈引起雷托的興趣。那是盞油燈，而不是燈球。舒洛克人用起香料油毫不手軟。他們保存了最古老的弗瑞曼傳統，同時又使用撲翼機和最先進的採收機，將傳統與現代混攪一氣。

莎巴赫滅了火，將粥遞給他。

雷托沒碰那個碗。

「如果你不吃，我會被懲罰。」她說道。

他盯著她，想著：如果我殺了她，就會粉碎一個預象。如果我告訴她穆里茨的計畫，就會粉碎另一個預象。如果我在這裡等待父親，這一條預象中的線將會變成粗壯的繩索。

他在腦中理清這些線。其中一些很甜蜜，在他心頭縈繞不去。某個有莎巴赫的未來誘惑著他，威脅要將其他未來排擠出去，讓他沿著這條路走向悲痛的終點。

「你為什麼那樣看著我？」她問道。

他沒有回答。

她把碗朝他推了推。

雷托噍了口唾沫，潤了潤乾渴的嗓子。殺死莎巴赫的衝動在他體內翻湧，身體為此而不停顫抖。要粉碎預象是多麼容易啊！釋放自己的野性吧。

「這是穆里茨的命令。」她指著碗說。

是的，穆里茨的命令。迷信壓倒一切。穆里茨想要一場預象。他像古代的野人，命令巫醫丟下一把牛骨，讓他根據骨頭散落的位置占卜未來。穆里茨已經取走他的蒸餾服，作為「簡單的防範措施」。穆里茨嘲笑納穆瑞和莎巴赫，只有傻瓜才會讓囚犯逃走。

穆里茨有個很重大的問題：靈魂之河。俘虜的水在他的血管中流淌。穆里茨想找出某個跡象，讓他有藉口殺死雷托。

有其父必有其子，雷托想。

「香料只能給你帶來預象。」莎巴赫說道，雷托長久的沉默讓她很不自在，「我在部落狂歡中也有過許多預象，可惜全都沒什麼意義。」

沒錯！他想。他讓身體進入封閉的靜止狀態，皮膚變得又冷又溼。貝尼．潔瑟睿德的訓練接管了他的意識，一道精準的照射光越過他散開，讓莎巴赫和她那些被驅逐的夥伴浴沐在預象的光明中。古老的貝尼．潔瑟睿德教誨說得很清楚：

「語言反映生活方式的特異化。每種特異化都能藉由其文字、假設及句法結構來認出。留意斷句。特異化代表生命結束之處。生命的活動在這些地方被攔下、凍結了。」正如所有服用香料的人，莎巴赫也可以創造自己的預象。但她卻輕忽自己那些被香料激發的預象。那些預象讓她不安，因此必須丟開，刻意遺忘。她的族人崇拜沙胡羅，因為沙蟲是他們許多預象的主角。他們祈求沙漠邊緣的露水，因為水限制了他們的生命。儘管如此，他們卻縱情享用香料資源，還把沙鱒誘進開放的水渠。莎巴赫用香料激發他的預象，但對這些預象卻無動於衷。然而，她的話卻令他恍然大悟：她依賴絕對，尋求限制的邊界。她無法處理那些涉及自己肉身的可怕決定。她執著於偏頗的宇宙觀，儘管那可能蒙蔽了她，讓她感覺不到時間的流逝，但是其他的可能性卻令她膽戰心驚。

反之，雷托卻能任意遊走。他是一道膜，包入無數時空。而且，因為他能看見這些時空，因此能夠作出可怕的決定。

就如我父親過去所做的。

「你必須吃！」莎巴赫暴躁地說道。

現在，雷托看到了預象的整套模式，知道自己必須跟隨哪條線。我的皮膚不是我自己的。他站起來，裹緊長袍。沒有蒸餾服的保護，長袍直接抵著皮膚，帶來一種奇異的觸感。他光著腳站在地板的香料織物上，感受著嵌在織物中的沙粒。

「你在做什麼？」她問道。

「這裡面空氣太差，我要到外面去。」

「你逃不了的，」她說，「每條裂谷都有沙蟲。如果你走到水渠對岸，沙蟲們能從你散發的水氣感覺到你。這些被關起來的沙蟲十分警覺，一點也不像沙漠中的沙蟲。而且——」她幸災樂禍地說，「你沒有蒸餾服。」

「那妳還擔心什麼呢？」他問，想知道自己還能不能激起她的真實反應。

「因為你還沒有用餐。」

「妳會因此受罰。」

「是的！」

「但我體內已經充滿香料，」他說道，「每時每刻都有預象。」他用裸露的腳指了指碗，「倒在沙地上吧，誰會知道？」

「他們在看著。」她輕聲說道。

他搖了搖頭，把她逐出自己的預象中，立即感到一種全新的自由。沒必要殺掉這可憐的棋子。她隨著別人的音樂起舞，甚至不知道自己的舞步，卻相信自己也可以分到一些權力。雷托走到門邊，打開密封門。

「要是穆里茨來了，」她說道，「他會非常生氣……」

「穆里茨是買空賣空的商人。」雷托說道，「我的姑母已經把他吸乾了。」

她站了起來：「我和你一起出去。」

他想：她還記得我是如何從她身邊逃走的。現在她覺得自己的看管太不嚴密了。她有自己的預象，但她不聽從預象的指引。其實她只需要想想：在狹窄的裂谷裡，他要如何騙過被關起來的沙蟲？沒有蒸餾服和弗瑞曼求生包，他要如何在塔奈茲魯夫特生存？

「我必須一個人待著，向我的預象求教。」他說道，「妳得留在這裡。」

「你要去哪裡？」

「水渠那裡。」

「晚上那裡有成群的沙鱒。」

「沙鱒不會吃了我。」

「有時沙蟲就待在對岸，」她說道，「如果你越過水渠……」她沒有說完的話裡帶著強烈恐嚇。

「沒有矛鉤，我要怎麼駕馭沙蟲？」他問道，好奇她能否撈回一點她自己的預象。

「你回來之後會吃嗎？」她問道，再次走到碗邊，拿起勺子攪拌稀粥。

「凡事皆有定時。」他說道。他知道她不可能覺察他巧妙地運用了魅音，由此悄悄影響了她的決定。

「穆里茨會過來看你是否產生了預象。」她警告道。

「我會用自己的方式來對付穆里茨。」他說道，注意到她的動作變得十分遲緩。弗瑞曼人的生活型態自然而然地切合他剛才下給她的指示——弗瑞曼人在太陽升起時朝氣蓬勃，入夜後則陷入昏沉的憂鬱。她已經昏昏欲睡了。

雷托獨自一人走進夜晚。

星辰滿天，他能依稀分辨四周孤山的形影。他直直走向水渠邊的蒲葵。

雷托在水渠岸邊蹲坐良久，聽著遠方裂谷傳來的煩躁沙沙聲。應該是條小沙蟲，體型無疑是牠被選中的原因。小沙蟲比較容易運送。他想像著捕獲沙蟲的情景：獵人用水霧讓牠變得遲鈍，然後就像準備部落狂歡那樣，用傳統的弗瑞曼方法抓住。但牠不會被淹死，而會被送上宇航的巨型運輸艦，運到那些野心勃勃的買家手中。然而，外星沙漠可能過於潮濕了。很少有外星世界的人能意識到，是沙鱒在厄拉科斯上維持著必要的乾燥。曾是這樣！因為即使是在塔奈茲魯夫特，空氣中的水分也比任何沙蟲所經歷的要多上好幾倍——除了那些在穴地蓄水池中淹死的沙蟲。

他聽到莎巴赫在他身後的棚屋內輾轉反側，遭到壓制的預象刺激著她，讓她不得安寧。他不知道拋開預象和她共同生活會是什麼樣子。兩個人共同迎接並分享每一刻。這個想法比任何香料所引發的預象都更吸引他。未知的未來帶著獨一無二的清新氣息。

「穴地的一個吻相當於城市中的兩個。」

古老的弗瑞曼格言說得很清楚。傳統的穴地是野性與羞澀的混合體。迦庫魯圖／舒洛克的人至今仍然保留一絲羞澀的痕跡，但也只是痕跡。傳統已經消失了，一念及此，雷托不禁悲從中來。

雷托慢慢回過神來，然後才發現事情已經開始了。他聽到自己身邊盡是小生物發出的沙沙聲。

沙鱒。

很快他就要從一個預象轉入另一個了。他感受著沙鱒的活動，彷彿在感受自己體內的活動。弗瑞曼人和這些奇異生物共同生活了無數世代。他們知道，如果你願意用一滴水來做誘餌，你就能將牠們誘到身旁。瀕臨渴死的弗瑞曼人常會冒險賭上僅剩的最後幾滴水，知道或許可以誘騙沙鱒分泌綠色糖漿，從而獲取一些能量。但捕抓沙鱒是小孩子的遊戲，既是為了取得水，也是為了玩樂。

但一想到此刻的玩樂代表什麼，雷托就不禁打了個寒顫。

雷托感到有條沙鱒觸碰到了他的光腳。牠遲疑了一下，隨後繼續前行。水渠中大量的水在呼喚牠。

在一瞬間，他活生生感受到自己的決定有多可怕。沙鱒手套。這是小孩子的遊戲：把沙鱒抓在手裡，沿著自己的皮膚抹開，牠會形成活手套。沙鱒能感受到皮膚下毛細血管中的血液，但與血液中的水相混的某種物質會令相當牠難受。或早或晚，手套會跌落到沙地上，隨後被撿起放入香料纖維籃子中。香料撫慰著牠，直到牠被倒入穴地的亡者蒸餾器中。

他能聽到沙鱒掉入水渠的聲音，還有掠食魚捕食牠們時激起的水花。水軟化了沙鱒，讓牠們變得柔韌。孩子很早就知道，一口唾沫就能騙來糖漿。雷托傾聽著水聲。水聲代表沙鱒正向露天水域遷徙，但有掠食魚在，牠們無法吸收水渠中的水。

牠們仍在前進，仍在發出嘩啦聲。

雷托用右手在沙地裡摸索，直到手指碰到一條沙鱒堅韌的皮膚。正如他所期望，這是條大沙鱒。這傢伙並沒有想要逃走，而是急切地爬上他的手。他用另一隻手感覺著牠的外形——大致呈菱形。牠沒有頭，沒有肢體，沒有眼睛，卻能敏銳地發現水源。牠的身體和其他夥伴相連，用突出的纖毛相互扣連，變成一大塊能鎖住水分的生物體，把水這種「毒物」和沙胡羅隔絕開來，並在最後變成沙胡羅這種巨型生物。

沙鱒在他手中蠕動、延展。牠移動時，他感到他所選擇的預象也在隨之延展。就是這條線，不是其他的。他感到沙鱒變得越來越薄，在他的手上攤開。沒有哪隻沙鱒接觸過這樣的手，每個細胞都含有過度飽和的香料。也沒有哪個人曾在香料如此飽和的狀態下存活，而且還能思考。雷托精心調節體內的酶平衡，運用他從入定得到的啟發。來自他體內無數的生命已與他融為一體，所提供的知識為他指明了前進道路，他只需再做些精細的微調，避免一次釋放過多的酶，因一瞬間的疏忽而遭滅頂之災。與此同時，他將自己與沙鱒融合在一起，沙鱒的活力成了他的活力。他的預象是他的嚮導，他只需跟隨預象就行。

雷托感覺到沙鱒變得更薄，覆蓋了他手上更多的部位，並朝他的手臂前進。他找到另一條沙鱒，放在第一條上面。這種接觸使兩隻沙鱒狂亂地蠕動了一陣子，纖毛相扣，形成一整張膜，覆蓋到他的手肘。沙鱒曾經是兒童遊戲中的活手套，但這一次，牠們成為雷托皮膚的共生體，變得更薄、更敏感。他戴著活手套，彎腰撫摸沙子，感受到每顆沙粒都有自己獨特的個性。覆蓋在皮膚上的沙鱒不再只是沙鱒，變得堅韌而強壯，而且會隨著時間流逝而更加強壯，同時也使他強壯起來……他那隻摸索的手又碰到一條沙鱒，牠迅速爬上他的手，與剛才那兩條結合。這團堅韌的柔軟物體逐漸蔓延到他的手臂，然後是肩膀。

他全神貫注到駭人的程度，成功將新皮膚融入他的肉身，杜絕了排斥反應。他沒有用任何一絲意識去思考這麼做的後果。唯一重要的是他在入定中獲得的預象，只想著這種苦難帶來的黃金之路。

雷托脫下長袍，裸身躺在沙地上，戴著手套的手臂橫在沙鱒行進的路線上。他記得珈尼瑪曾經和他抓住一條沙鱒，兩人在沙地上反覆摩擦牠，直到牠收縮成一條幼期沙蟲——一條僵直的管狀物，內含綠色糖漿。在管子的一頭輕咬，趁傷口癒合之前吸吮幾口，就能吸到幾滴糖漿。

沙鱒爬滿他的全身。他能感到自己的脈搏在這張有生命的膜下跳動。一條沙鱒想覆蓋他的臉，他粗暴地搓揉，直到牠縮成薄薄的一卷，比幼期沙蟲長得多，而且保持著彈性。雷托咬住末端，嘗到一股甜甜的細流，細流維持的時間比任何弗瑞曼人碰過的久得多。他感到糖漿帶給自己的力量。一陣奇異的興奮感瀰漫他體內。膜再次想要覆上他的臉，他迅速地反覆搓揉，直到膜在他臉上形成一道僵硬的環，從他的下巴延伸到額頭，露出耳朵。

現在，預象必須接受檢驗了。

他站起來，轉身向棚屋跑去。移動時，他發現自己的腳動得太快，難以平衡，一頭栽倒在沙地上，隨後翻了個身，又跳起來。這一跳，就跳了兩公尺高。當他落地想重新奔跑時，腳又開始動得過於迅速。停下！他命令自己。他強迫自己進入普拉那－並度的放鬆狀態，將神志貫注到內在的意識之池。他在這對當下每一刻的關注中感受時間。讓自己的預象溫暖自己。現在，膜作用正跟預象的預測一模一樣。

我的皮膚不是我自己的。

但他的肌肉還得接受訓練，才能配合加快的動作。他不斷起步走，不斷倒在地上，然後又不斷翻身躍起。幾回之後，他坐在地上。平靜下來以後，他下巴上的隆起想變成一張膜，蓋住他的嘴巴。他用手壓下後咬住，吮吸了幾口糖漿。在手掌的壓力下，膜又退了回去。

那張膜與他的身體結合得夠久了。雷托趴在地上，開始向前爬行，在沙地上摩擦那張膜。他能敏銳地感覺到每顆沙粒，但沒有任何東西在摩擦他自己的皮膚。沒過多久，他已經在沙地上前進了五十公尺。他感覺到摩擦產生的熱量。

那張膜不再嘗試蓋住他的鼻子和嘴巴，但現在他面臨進入黃金之路前的第二個重要步驟。他剛才已經越過水渠，進入關著沙蟲的裂谷。沙蟲被他的行動吸引了。他聽到沙蟲正發出沙沙聲，逐漸向他靠近。

雷托躍起身來，想站著等待沙蟲，但結果仍和剛才一樣：動作太大太快，他一下子往前竄出了二十幾公尺。他竭力控制自己，坐在地上挺直上身。此時，沙地開始在他面前脹大、鼓起，在星光下變成一道巨大駭人的圓弧。接著，在離他只有兩個身長的地方，沙地爆裂開來，微弱的光線下，水晶般的牙齒一閃而過。他看到沙洞內張開的巨嘴，沙洞深處還有昏暗的火光在移動。濃郁的香料味瀰漫四周。但是，沙蟲沒有向他衝來，而是停在眼前。此時，一號月亮正從山丘升起。光線從沙蟲的牙齒反射出來，勾勒出怪物體內深處化學火焰的夢幻光芒。

弗瑞曼人對沙蟲的本能恐懼如此之深，雷托發現自己就要被逃走的欲望擊潰了。但他的預象卻令他保持不動，讓他沉迷於眼前這似乎無限延長的時刻。還沒有人能站得離沙蟲牙齒這麼近還成功逃生。雷托輕輕移動右腳，卻絆倒在一道隆起的沙脊上，放大的動作使他衝向沙蟲的巨嘴。他連忙膝蓋著地，停住身體。

沙蟲仍然沒有移動。

沙蟲只感覺到沙鱒。牠不會攻擊自身這支物種的前身。在自己的領地或露天香料礦上，沙蟲可能會攻擊同類，只有水能阻擋牠們，還有沙鱒——胞囊內盛滿水的沙鱒與水無異。

雷托試著將手伸向那張可怕的巨嘴。沙蟲往後退了幾公尺。

恐懼消除之後，雷托轉身背對沙蟲，開始訓練他的肌肉，以適應剛剛獲得的新能力。他小心朝水渠走去。沙蟲仍在他身後一動也不動。越過水渠後，他開心地跳了起來，一躍就是十幾公尺遠。落地後，他四肢大開躺在地上，翻滾著、大笑著。

小棚屋門的密封門開了，亮光灑在沙地上。莎巴赫站在油燈黃紫色的燈光下，愣愣地盯著他。

雷托邊笑邊跑過水渠，在沙蟲面前停下來，轉過身，伸開雙臂看著她。

「看啊！」他呼喊道，「沙蟲聽從我的命令！」

她目瞪口呆。他轉身圍著沙蟲轉了一圈，然後跑向裂谷深處。逐漸適應新皮膚後，他發現自己只要稍微動一下肌肉就能快速奔跑，幾乎毫不費力。隨後，他開始發力，在沙地上飛奔，感到風擦過臉上裸露的皮膚，一陣陣發燙。到了裂谷盡頭，他沒有停下，而是向前一躍，跳了十五公尺高。他攀在斷崖上，亂扒亂蹬，像蟲子般爬上俯視塔奈茲魯夫特的山頂。

沙漠在他眼前展開，在月光下如同巨大的銀色波濤。

雷托的狂喜漸漸平復。

他踱著步，感受異常輕盈的身體。剛才的運動使他的身體表面產生了一層光滑的汗水膜。蒸餾服會吸收這層膜，過濾出鹽分。而此刻，等到他放鬆下來，這層汗水已經消失，被覆蓋在他身體表面的膜吸收了，而且吸收的速度遠比蒸餾服快得多。雷托若有所思地拉開嘴唇下的那道隆起，放入嘴中，吮吸著甜蜜的液體。

他的嘴巴並沒有被覆蓋。憑著弗瑞曼人的本能，他感到自己體內的水分隨著每次呼吸散入空氣。這是浪費。雷托拉出一段膜蓋住嘴巴。當那段膜試圖鑽入他鼻孔時，他拉了下來。他不斷重複，直到那片膜封住他的嘴巴但又不會繼續往上封住他的鼻孔。隨後，他立即採用沙漠中的呼吸法：鼻孔吸氣，嘴巴呼氣。他嘴上的那片膜鼓成一個小球，但不再有水氣從嘴巴流失，而鼻孔又得以保持暢通。

一架撲翼機飛在他和月亮之間，傾斜著機翼轉了個彎，降落在離他大約一百公尺遠的孤山上。雷托看了一眼，然後轉身眺望他來時的裂谷。下面水渠的對岸，許多燈光正晃來晃去，亂成一團。他聽到微弱的喊聲，聽出聲音中的激動。兩個人從飛機上下來，朝他走來，手中的武器在月光下閃閃發光。

靈魂測試，雷托想著，不禁有些難過。現在是通向黃金之路最關鍵的一步。他已經穿上有生命的、由沙鱒膜形成的蒸餾服，這是厄拉科斯上的無價之寶……我不再是人類。今晚的傳奇將傳開來，被加油添醋，直到當事人都認不出來。但傳說終將成為事實。

他朝山崖俯瞰，估計自己離沙地大約有二百公尺遠。月光照亮了山崖上的凸起和裂縫，但找不到下山的路。雷托站在那裡，深吸一口氣，回頭看看朝他跑來的人，隨後走到斷崖邊，縱身一躍。下落約三十公尺後，他彎曲的雙腿碰到一道岩架。變強的肌肉吸收了衝擊力，將他彈向旁邊的另一道岩架。他雙手一伸，抓住一塊岩石，穩住身體，接著繼續下降二十公尺左右，然後抓住另一塊岩石，又再次下降。他不斷跳躍，不斷抓住岩架，然後下躍完成了最後的四十公尺，雙膝彎曲著地，然後側身一滾，扎進沙丘光滑的表面，沙子和塵土灑落他一身。他站起來，躍上沙丘頂部。嘶啞的叫喊聲從他身後的山頂傳來，他沒有理睬，而是集中注意力，從一座沙丘頂跳到另一座。

適應增強的肌肉之後，他覺得在沙漠上長途奔躍成了一種超乎想像的享受。這是沙漠上的芭蕾，是對塔奈茲魯夫特的挑釁，是任何人都未曾經歷過的事。

他估算那兩名撲翼機飛行員從震驚中回神並重新開始追蹤需要多長時間。覺得時間差不多到的時候，一頭扎入某座沙丘的背光面，鑽了進去。獲得新力量之後，沙子對他而言就像比重稍大的液體，但當他鑽得太快時，體溫就升高到危險的程度。他從沙丘的另一側探出頭來，發現膜已經封住自己的鼻孔。他拉了下來，感到新皮膚正忙著吸收他的汗水。

雷托把一段膜塞入口中，吸吮著甘露的同時抬頭觀察天空。他估計自己離舒洛克有十五公里遠。一架撲翼機劃過天空，彷彿一隻大鳥。天空中出現了一隻又一隻大鳥。他聽到機翼拍動的聲音，還有低音引擎發出的輕微聲響。

他吸吮著有生命的管子，等待著。一號月亮落下了，接著是二號月亮。

黎明前一小時，雷托爬了出來，走到沙丘頂部，觀察著天空。沒有獵人。他知道自己已經踏上不歸路。他前方的時空有重重陷阱，踏錯一步，他和人類就會得到永世難忘的教訓。

雷托朝東北方前進五十公里，隨後鑽入沙地以躲避烈日，只在沙地表面用沙鱒管開了個小孔。他和膜都在學著如何和彼此相處。他克制自己不去想那張膜還會對他的肉體造成什麼影響。

明天我要襲擊戛拉．魯能，他想，我要摧毀他們的水渠，把水放到沙漠中。然後我要去聞達克、古豁口和哈格。一個月內，生態改造計畫會被延後整整一個世代。這會給我足夠的時間擬定新的時程表。

自然，沙漠中的反叛部落會成為代罪羔羊。有些人可能還會想起迦庫魯圖盜水者的往事，厄莉婭會被這些事纏住，至於珈尼瑪……雷托默唸著那個能喚醒她記憶的詞彙。以後再來處理這件事吧……如果兩人能在紛雜的線團中活下來。

黃金之路在沙漠中引誘著他，幾乎像是有形的實體。他想像黃金之路的情景：動物遊蕩在大地上，牠們的存在取決於人類。無數個世代以來，牠們的發展被阻斷了，現在需要重新走上演化的正軌。

隨後他想起了自己的父親，他告訴自己說：「用不了多久，我們就要像男人一樣面對面了，預象中的未來只有一個能在最後化為現實。」

53

氣候設下生存的極限。緩慢的氣候變遷可能在一個世代內無法察覺。最極端的天氣設下了氣候模式。孤獨的、終將一死的人類能觀察到氣候區，感受到一年中天氣的波動，有時還可能會注意到其他東西，例如「這是我所知道最冷的一年」。這些都很明顯。但人類對跨越多年的溫和變化卻缺乏警戒。但要生存在任何行星上，都必須有這份警戒。他們必須學習觀察氣候。

——哈克．阿拉達《厄拉科斯的變遷》

•••

厄莉婭盤腿坐在床上，想用背誦制驚禱文使自己平靜下來，但她頭顱中迴盪的嘲笑聲阻撓了每一次嘗試。那個聲音控制了她的耳朵和意識。

「真是愚蠢！妳有什麼好怕的？」

她想逃走，但小腿上的肌肉抽搐著。她逃不掉。

黎明即將到來。她穿著純天然的絲綢睡衣，睡衣下的身體已開始腫脹。過去三個月的報告躺在她眼前的紅色床單上。她能聽到空調發出的嗡嗡聲，還有微風吹起魁迦藤卷軸上標籤的聲音。

兩個小時以前，她的副官慌慌張張地叫醒了她，向她報告最新的破壞行動。厄莉婭要來了卷軸，想從中找出規律。

她不再背誦禱文。

這些破壞行動肯定是叛徒幹的。越來越多人開始反抗摩阿迪巴的宗教。

「那又有什麼關係？」她體內嘲諷的聲音說道。

厄莉婭用力甩了甩頭。納穆瑞讓她失望了。居然相信這麼一個人，她真是傻瓜。她的副官不斷提醒她懲罰史帝加，他在祕密造反。還有，哈萊克怎麼樣了？和他那些走私盜賣的朋友待在一起？可能吧。

她拿起卷軸。還有穆里茨！這個人瘋了。這是唯一可能的解釋，否則她只能相信世上真有神蹟。沒有人，更別說是個孩子（即使是像雷托那樣特別的孩子），能從舒洛克的孤山上跳下，還能從這座沙丘頂一步跳到另一座沙丘上，從沙漠中逃出生天。

厄莉婭手中的鯎迦藤冷冰冰的。

那麼，雷托去哪裡了？珈尼瑪堅信他已經死了。真言師證實了她的說法：雷托被拉扎虎咬死了。那麼，納穆瑞和穆里茨報告的那個孩子又是誰？

她渾身顫抖。

四十條水渠被摧毀了，水流入了沙漠。四十條水渠，分別屬於忠誠的弗瑞曼人、叛徒，還有那些愚昧的迷信者，全部！她的報告中充滿神奇的故事。沙鱒跳入水渠，讓自己碎裂，然後每個碎片又長成新沙鱒。沙蟲故意淹死自己。二號月亮滴下鮮血，落在厄拉科斯上，引發了巨大沙暴。沙暴爆發的頻率急劇上升！

她想起被發配到泰布的艾德侯，史帝加遵從她的命令嚴密看管他。史帝加和伊若琅整天都在談論種種無法無天背後隱藏著什麼。這些傻瓜！可是就連她的密探都受到這些暴行的影響。

為什麼珈尼瑪要堅持拉扎虎的故事？

厄莉婭嘆了口氣。這麼多報告中，只有一個讓她安心。法拉肯派出一隊家族侍衛，來「幫助妳處理麻煩，並籌備正式訂婚儀式」。厄莉婭和頭顱裡的聲音一起笑了。至少這個計畫仍原封不動。至於其他報告，她一定會找出合理的解釋，消除那些怪力亂神的一派胡言。

同時，她將利用法拉肯的人去關閉舒洛克，逮捕那些異議分子，尤其是耐巴中的異議分子。她盤算著著該怎麼處置史帝加，但體內的聲音提醒她應該慎重。

「時機未到。」

「我母親和女修會仍有自己的盤算，」厄莉婭輕聲道，「她為什麼要訓練法拉肯？」

「或許他引起了她的興趣。」老男爵說道。

「他那樣冷冰冰的人？不會的。」

「妳不想叫法拉肯把她送回來嗎？」

「我知道這麼做的風險！」

「好。話說，姿亞最近帶來的那個年輕助手，我想他的名字可能叫作阿格威斯——是的，布林．阿格威斯。如果妳今晚能邀他來這裡……」

「不！」

「厄莉婭……」

「天就要亮了，你這個貪得無厭的老蠢貨！今早有個軍事委員會的會議，祭司將……」

「不要相信他們，親愛的厄莉婭。」

「當然不會！」

「很好。現在，這位布林．阿格威斯……」

「我說了，不！」

老男爵在她體內沉默下來，但她開始頭疼。疼痛首先從她的左臉頰冒出，一直竄入她大腦內。他以前也對她用過這個把戲。但現在她下定決心要拒絕他。

「你再玩下去，我會服用鎮靜劑。」她說道。

他聽出她是認真的。頭疼開始減弱。

「很好，」他說道，「改天吧。」

「改天。」她同意道。

54

你用力量分裂沙粒，你長著沙漠惡龍的頭顱。是的，我把你視為來自沙丘的野獸。你雖然長著羊羔的角，但是你談吐有如惡龍。

——《新編奧蘭治合一聖書》第二章第四節

• • •

未來已定，不會再有變化了。線變成了繩索，雷托彷彿從一出生就對這繩索如此熟悉。他遠眺落日餘暉下的塔奈茲魯夫特。從這裡往北一百七十公里是古豁口，一道穿過大盾壁的裂口，蜿蜒曲折。第一批弗瑞曼人就是從那裡開始向沙漠遷徙。

雷托的內心不再有任何疑惑。他知道自己為何獨自站在沙漠中，感覺自己是整片大地的主人，大地必須聽從他的號令。他感受到連接自己和全體人類的弦，以及對經驗世界的深刻需求。那是合乎邏輯的世界，在永恆變化中有規律可循的世界。

我了解這個世界。

那條載著他前來的沙蟲在昨晚爬到他腳底，然後竄出沙地，停在他眼前，像頭溫馴的野獸。他跳到沙蟲身上，用被膜強化的手拉開牠第一節身體的鱗甲，讓牠不敢鑽回地底。向北奔馳整晚之後，沙蟲已經筋疲力盡，體內的化學「工廠」已經達到運作的極限。牠大口呼出氧氣，形成一道渦流，包圍著雷托。沙蟲的氣息不時令雷托暈眩，出現各種奇特的感知。他開始關注內在的祖先，重拾他在地球上的部分過去，用歷史對照現在的變化。

他意識到，自己已經遠遠不是「正常」的人類。他吃下了他所能找到的所有香料，在香料的刺激下，覆蓋他體表的膜不再是沙鱒，就像他不再屬於人類。沙鱒的纖毛刺入他體內，從而創造出一種全新生物，將在未來無數世代中展開自己的蛻變。

你看到了這些，父親，但你拒絕了，他想，你無法面對這種恐懼。

雷托知道人們如何看待父親，也知道原因。

摩阿迪巴死於預象。

但是保羅．亞崔迪在活著時就已越過現實宇宙，進入預象所顯示的未來，逃離他兒子大膽探索的這件事。

於是現在只有傳道人。

雷托大步走在沙漠上，目視北方。沙蟲將從那個方向來，背上騎著兩個人：一個弗瑞曼少年和一個盲人。

一群灰白蝙蝠從雷托的上空飛過，朝東南方向而去，在逐漸暗下來的天空中，看起來就像隨意灑在空中的斑點。經驗豐富的弗瑞曼雙眼能根據蝙蝠的飛行軌跡判斷庇護處的位置。不過，傳道人會避開那個庇護處。他的目標是舒洛克，當地人會驅趕野生蝙蝠，以免引來陌生人。

沙蟲出現了，一開始只是北方天空和沙漠之間一道竄動的黑線。即將平息的沙暴從高空撒下沙塵雨，遮蔽了他的視野。幾分鐘後雨水落盡，沙蟲變得更為清晰，離他也更近了。

在雷托腳下，沙丘底部陰冷的地方開始冒出水氣。他嗅聞著鼻端細微的潮味，調整蒙在嘴上的沙鱒膜。他再也不用四處尋找水源。遺傳自母親的基因讓他擁有強壯的弗瑞曼腸胃，幾乎能吸收攝取的全部水分。而他身上那件有生命的蒸餾服也能捕獲接觸到的任何水分。即使他坐在這裡，與沙地相接的膜也伸出偽足，採集可以儲存的點滴能量。

雷托研究著不斷向他靠近的沙蟲。他知道，那名年輕領路人此刻應該已經發現自己——沙丘頂部的一個黑點。距離這麼遠，沙蟲馭者無法辨別黑點是什麼，但弗瑞曼人早已知道如何應對這個問題。任何未知的東西都是危險的。即便沒有預象，他也能預測年輕領路人的反應。

不出所料，沙蟲前進的路線稍稍轉移，直接朝雷托而來。弗瑞曼人時常將巨大的沙蟲當成武器。在厄拉欽恩，沙蟲幫助亞崔迪人擊敗了沙德姆四世。然而，這條沙蟲卻沒能完成駕馭者的命令。牠停在雷托面前十公尺外，不管領路人如何驅策，就是不肯繼續前進，哪怕只是移動一粒沙子的距離。

雷托站起來，感到纖毛立刻縮回後背的膜中。他拉開嘴上的膜，大聲喊「Achlan, wasachlan」！歡迎，雙倍的歡迎！

盲人站在嚮導身後，一隻手搭在年輕人肩上，高高仰起頭，鼻子對準雷托腦袋，彷彿要嗅出對方是誰。落日在他的額頭染上一層金黃。

「是誰？」盲人搖搖著嚮導的肩膀問道，「我們為什麼停下來？」聲音從蒸餾服面罩中傳出，顯得有些悶。

年輕人一臉畏懼地低頭看著雷托，說道：「只是一個沙漠裡的人。看上去還是個孩子。我想叫沙蟲撞倒他，但沙蟲不肯往前走。」

「為什麼不早說呢？」盲人問道。

「我以為他只是沙漠裡的一個人！」年輕人抗議道，「誰知卻是個魔鬼。」

「你講起話來就像真正的迦庫魯圖之子。」雷托說道，「還有你，閣下，你是傳道人？」

「對，我是。」傳道人的聲音中帶著恐懼，他終於和他的過去碰面了。

「這裡沒有庭園，」雷托說道，「但我仍然歡迎你與我在此共度這個夜晚。」

「你是誰？」傳道人問道，「你為什麼可以停下我們的沙蟲？」傳道人的語氣中有股不祥的認命。現在，他回憶起另一個預象……知道自己可能走到盡頭了。

「他是魔鬼！」年輕領路人不情願地說，「我們必須逃離，否則我們的靈魂——」

「安靜！」傳道人喝道。

「我是雷托・亞崔迪。」雷托說道，「你們的沙蟲是因為我的命令而停下。」

傳道人靜靜站在那裡。

「來吧，父親，」雷托說道，「下來和我共度這個夜晚吧。我有糖漿給你吸吮。我看到你帶來了弗瑞曼求生包和水瓶。我們將在沙地上分享我們的物資。」

「雷托還是個孩子，」傳道人反駁道，「他們說他已經死於柯瑞諾的陰謀。但你的聲音中沒有孩子的語氣。」

「你了解我，閣下，」雷托說道，「我年齡雖小，但我擁有古老的經驗，我的聲音也來自這些經驗。」

「你在沙漠深處做什麼？」傳道人問道。

「Bu ji。」雷托道。什麼也不做。這是禪遜尼流浪者的回答，他們隨遇而安，不與自然對抗，而是尋求與環境和諧相處。

傳道人晃了晃領路人的肩膀：「他是個孩子嗎？真的是孩子？」

「是的。」年輕人說道。他一直害怕地盯著雷托。

傳道人的身體顫抖著，終於發出一聲長嘆。「不！」他說道。

「那是化身為兒童的魔鬼。」領路人說道。

「你們將在這裡過夜。」雷托說道。

「按他說的做吧。」傳道人放開領路人的肩膀，走到沙蟲身體的邊緣，沿著其中一節滑了下來，著地後向外跳了一步，在他和沙蟲之間留出足夠的距離。隨後，他轉身說道：「放了沙蟲，讓牠回到地底。牠累了，不會來打攪我們的。」

「沙蟲不肯動！」年輕人不滿地回應道。

「牠會走的。」雷托說道，「但如果你想騎在牠身上逃走，我會讓牠吃了你。」他向外走了幾步，離開沙蟲的感應範圍，指著他們來時的方向。「朝那個方向。」

年輕人用刺棒敲打沙蟲在他身後的那節身體，晃動著拔出矛鉤。沙蟲開始緩緩在沙地上移動，隨矛鉤的指揮轉了半圈。

傳道人循著雷托的聲音爬上沙丘的斜坡，站在雷托兩步外，全程神態自若。雷托明白，這將是一場艱難的比賽。

預象在此分道揚鑣。

雷托說道：「取下你的面罩，父親。」

傳道人照辦了，把兜帽甩在腦後，取下面罩。

雷托在腦中想像自己的面容，同時打量著眼前這張臉。他看到臉孔的相似處。輪廓難以言喻地一致，基因傳承的路徑沒有鮮明邊界，也沒有誤差。這些輪廓從那些鬧哄哄的日子、從水滴落的日子、從卡樂丹上的神奇海洋傳到雷托臉上。但是，在這個夜幕即將籠罩沙丘的時刻，兩人卻站在厄拉科斯的這個地方，迎向決裂。

「父親。」雷托說著，眼睛向左瞟，看著年輕領路人從他釋放沙蟲的地方走來。

「Mu zein」，傳道人說著，揮舞右手做了個下劈的手勢。這不好！

「Wubakh ul kuhar」，雷托輕聲道。我們也只做到這樣。他又用契科布薩語補充了一句：「我在此，我歸於此！我們不能忘記這句話，父親。」

傳道人的肩膀垂下。他用雙手捂住塌陷的眼窩。

「我曾經把我眼中所見傳給你，並取走你的記憶。」雷托說道，「我知道你的決定，我去過你的藏身地。」

「我知道，」傳道人放下雙手，「你會留下嗎？」

「你以那個人的名字為我命名。」雷托說道，「既來之，即安之——這是他說過的話！」

傳道人深深嘆了口氣：「你做到什麼地步了，你對自己做的這些事？」

「我的皮膚不再屬於我，父親。」

傳道人全身一震：「我總算明白你是怎麼在這裡找到我。」

「是的，」雷托說道，「我需要和我的父親共度一晚。」

「我不是你父親。我只是可悲的複製品，一件遺物。」他轉身傾聽領路人向這邊走來的腳步聲，「我不再為我的未來進入預象。」

他說話時，夜幕完全降臨了。星辰在他們上空閃爍。雷托也回頭看著走來的領路人。「Wubakh ul kuhar」，雷托衝著年輕人喊道。你好啊！

年輕人回答「Wubakh ul kuhar」。

傳道人用沙啞的嗓音低聲說道：「那個年輕的阿桑．塔里格是危險人物。」

「所有流亡者都是危險的，」雷托低聲道，「但他不會威脅到我。」

「那是你的預象，我沒有看到。」傳道人說道。

「或許你根本沒有選擇，」雷托說道，「你是fil-haquiqa，現實。你是Abu Dhur，時間不朽之路的父親。」

「我不過是陷阱中的誘餌罷了。」傳道人說道，語氣帶著一絲苦澀。

「厄莉婭吞下了那個誘餌，」雷托說道，「但我沒有，我不喜歡誘餌的味道。」

「你不能這麼做！」傳道人嘶啞地說道。

「我已經這麼做了。我的皮膚不屬於我。」

「或許你還來得及……」

「來不及了。」雷托將頭轉向一側。他能聽到阿桑．塔里格正沿著沙丘斜坡爬來，聲音已到達前方。「你好，舒洛克的阿桑．塔里格。」雷托說道。

年輕人在雷托下方的斜坡上停步，身影在星光下隱約可見。他縮著脖子，低下頭，一副遲疑的模樣。

「是的，」雷托說道，「我就是那個從舒洛克逃出來的人。」

「當我聽說時……」傳道人欲言又止，「你不能這麼做！」

「我正在這麼做。即使你的眼睛再瞎上一次也改變不了。」

「你以為我怕死嗎？」傳道人問道，「難道你沒看到他們配了什麼樣的領路人給我？」

「我看到了，」雷托再次看著塔里格，「你沒有聽見我的話嗎，阿桑？我就是那個從舒洛克逃出來的人。」

「你是魔鬼。」年輕人用發顫的聲音說道。

「是你的魔鬼，」雷托說道，「但你也是我的魔鬼。」雷托感到自己和父親的衝突正在加劇。兩人周圍彷彿正在上演一齣皮影戲，將兩人潛意識中的想法演示出來。此外，雷托還感受到內在父親的記憶，那是一種反向預知，從這一刻熟悉的現實中篩選出預象。

塔里格察覺到眼前正上演一場預象的交鋒，連忙沿著斜坡向下滑幾步。

雷托感覺到兩人間的矛盾，那是他終生都要對抗的宇宙元素。他或他的父親將被迫盡快行動，藉此

「你無法控制未來。」傳道人低聲道。他說話時顯得非常費勁，彷彿在舉起千斤重物。

下定決心，選出一個預象。他父親是對的：如果你想控制宇宙，你只是在向宇宙獻出武器，而宇宙也終將用這些武器打敗你。若要選擇並操縱某個預象，你就要站在一條細線上保持平衡——在一根高懸的鋼絲上扮演神，兩側都是孤絕的宇宙。參賽者無法以死亡擺脫這場詭局，每個人都看到了預象和規則。從前的一切幻覺都消逝了。某個參賽者一移動，另一個可能就會作出相反的動作。對於他們而言，唯一有意義的，是讓自己掙脫預象的現實。沒有安全的地方，只有瞬息萬變的關係，在他們畫定的範圍內標出界限。他們能依靠的只有放手一搏的勇氣，但雷托多了兩個優勢：他已有義無反顧的覺悟，並接受自己的悲慘下場，而他父親則仍希望有迴旋的餘地，並且還未下定決心。

「你絕不能這麼做！你絕不能這麼做！」傳道人吼道。

他看到了我的優勢，雷托想。

雷托壓下焦慮，保持鎮定，以應付這種等級的對決。他用閒聊的語氣說道：「我對真相沒什麼熱切的信仰，除了我自己創造的東西，我別無信仰。」隨後，他感覺到父親和他之間有什麼東西在動，某種顆粒狀的東西觸及了雷托對自己的熱切信仰。帶著這種信仰，他知道自己已經立起黃金之路的路標。總有一天，這個路標將指引後人成為真正的人類，而送出這份奇異禮物的生物在那一天卻已不再是人類了。但路標會始終在那裡。雷托覺得自己的內在四處都有這些路標，並準備好進行這場終極冒險。

他輕輕嗅了嗅空氣，搜尋他和父親都知道必將到來的信號。還有一個未解的問題：他父親會警告那

個等在下方、惴惴不安的年輕領路人嗎？

雷托聞到臭氧的氣味，表明附近有屏蔽場。為了遵從指令，年輕的塔里格正準備殺了這兩個危險的亞崔迪人，但並不知道此舉會帶來什麼慘劇。

「不要。」傳道人低聲說道。

雷托聞到了臭氧，但周圍的空氣中並沒有滋滋聲。塔里格用的是沙漠屏蔽場，專為厄拉科斯設計。霍茲曼效應會召喚沙蟲，並使沙蟲暴怒。沒有任何東西能阻擋這樣的沙蟲——無論是水還是沙鱒……任何東西都不行。是的，年輕人剛才在沙丘的斜坡上埋下了這種裝置，現在他正想偷偷逃離這個極度危險的地方。

雷托從沙丘頂躍起，耳邊傳來父親的勸阻。增強的肌肉釋放出可怕的力量，推動他的身體如火箭般向前射去。他的一隻手抓住塔里格蒸餾服的領子，另一隻手抱在那可憐傢伙的腰間。一聲輕微的喀嚓聲，他擰斷塔里格的脖子。隨後他再次縱身一躍，撲向埋有沙漠屏蔽場的地方。他的手指摸到了，伸手一抓，奮力朝南擲去。

沙漠屏蔽場的埋藏處響起劇烈的沙沙聲。聲音逐漸變小，最後完全消失。沙漠又恢復寧靜。

雷托仰望站在沙丘頂的父親，他仍一臉強硬，但被擊敗了。那上面站著的是摩阿迪巴，眼睛失明，一臉憤怒，知道自己正在遠離雷托的預象，因而瀕臨絕望。保羅回想著禪遜尼的精準預言：在準確預測未來時，摩阿迪巴將發展及成長的元素引入預知中，並從中看出人類生命的意義，卻因此為自己帶來不確定性。他在追尋有序的、一絲不錯的預測時，放大了無序的、扭曲的預知。

雷托躍回沙丘頂，說道：「從現在起，我是你的領路人。」

「不行！」

「你想回舒洛克嗎？看到你獨自回去，沒有塔里格的陪伴，他們依然會歡迎你嗎？再說，你知道舒洛克搬到哪裡去了嗎？你的眼睛能看到它嗎？」

保羅與兒子對峙，沒有眼珠的眼窩盯著雷托：「你真的了解你在這裡創造的世界嗎？」

雷托聽出他特別加重的語調。兩人都知道的這個預象在此刻發生了劇烈的變動，未來的某一刻必須要有一場開創性的行動。在這之前，整個宇宙都有線性的時間觀，具有循序漸進的特性。但是，從這一刻起，他們可能會登上一輛前進的車子，只能任由車子一路狂奔。

但雷托掌控了許多條線，在被預象照亮的多線性、多迴圈時間觀中保持平衡。他是盲人宇宙中的明眼人。他的父親已不再握有轠繩。在雷托看來，是兒子改變了過去。做夢都想不到的遙遠未來提供了思維，那思維可以用來反思現在，並移動他的手。

僅能移動他的手。

保羅知道這一點，因為他再也無法看清雷托是如何操縱轠繩，只能看到雷托為此付出的代價——他不再是人類。他想：這是我祈求的變化。為什麼我會害怕？因為那是黃金之路！

「在此，我為演化訂下目標，因此，也讓我們的生命具有意義。」雷托說道。

「你希望活上數千年，展開如今你已經知道的改變嗎？」

雷托知道父親並不是在說他外形上的變化。兩人都知道他的外形將發生什麼變化：他將不斷適應，不屬於他的皮膚也將不斷適應。兩方的演化推力將相互融合，最終出現的將是單一的變異體。當變態一完成，如果那能夠完成，一種尺度駭人的智慧生物將出現在宇宙中，令宇宙跪地崇拜。

不……保羅指的是內在變化，是將深刻影響崇拜者的想法和決定。

「那些認為你已死的人，」雷托說道，「你知道，他們在傳揚你所謂的遺言。」

「當然。」

「為生命效力。我將做所有生命都必須做的事。」雷托道，「你從來沒有說過這句話，但某個認為你再也不會回來拆穿騙局的祭司卻假冒你的名義大肆宣揚。」

「我不會叫他騙子，」保羅深吸一口氣，「這是很好的遺言。」

「你要留在這裡，還是回到舒洛克盆地的棚屋？」雷托問道。

「此時是你的世界了。」保羅說道。

他話中的失落刺痛了雷托。保羅早在抵達泰布穴地的頭幾年就做了決定，要努力帶領他預象中的最後幾條線。為此，他甘願成為迦庫魯圖殘黨的復仇工具。他們汙染了保羅，但是保羅寧願如此，也不願意走向雷托選擇的世界。

雷托悲痛異常，好幾分鐘都無法開口。當他終於控制情緒後，他開口道：「這麼說，你對厄莉婭設下圈套，誘騙她，迷惑她，讓她變得遲鈍，作出錯誤的決定。現在她知道你是誰了。」

「她知道……是的，她知道。」

保羅蒼老的聲音隱含不以為然，神態仍很倨傲。他說道：「如果我可以，我會從你這裡奪走預象。」

「數千年的和平，」雷托說道，「這就是我將給予他們的。」

「休眠！停滯！」

「當然。另外，我還會允許一些暴力。人類將永遠不會忘記這些教訓。」

「我唾棄你的教訓！」保羅說道，「這種選擇，你以為我以前沒有看到嗎？」

「你看過。」雷托承認道。

「你預見的未來比我的更好嗎？」

「不，可能反而更糟。」雷托說道。

「那麼，除了拒絕之外，我還有什麼選擇？」保羅問道。

「或許你該殺了我。」

「我沒有那麼天真。我知道你的行動。我知道動盪，還有不少水渠被摧毀了。」

「既然阿桑・塔里格再也回不了舒洛克，你必須和我一起回去。」

「我不回去。」

他的聲音聽上去多麼蒼老啊，雷托想，這令他內心隱隱作痛。他說道：「我把亞崔迪氏族的鷹戒藏在我的罩袍中。你想要我還給你嗎？」

「如果我死了，該有多好。」保羅輕聲道，「那天晚上，我走入沙漠時一心求死，但我知道我無法離開這個世界。我必須回來，然後——」

「修復傳奇。」雷托說道，「我知道。迦庫魯圖的爪牙在那一晚等著你，而你知道他們會這麼做。他們需要你的預象！你知道。」

「我拒絕了。我從未給他們任何預象。」

「但是他們汙染了你。他們餵你吃香料萃取物。你產生過預象。」

「有時候。」他的聲音聽上去多麼虛弱。

「你要拿走你的鷹戒嗎？」雷托問道。

保羅頹然坐到沙地上，看上去就像星光下的一塊石頭。「不！」

所以他知道那條路是死路了，雷托想。真相正在浮現，但還不夠。預象的交鋒已經從精細的抉擇升級成粗暴地丟棄其他可能性。保羅知道自己不可能獲勝，但仍希望雷托緊抓不放的預象可以失效。

保羅開口說道：「是的，我被迦庫魯圖汙染了。但是你汙染了自己。」

「說得對。」雷托承認道。

「你是優秀的弗瑞曼人嗎？」

「是的。」

「你會允許盲人最終走入沙漠嗎？你會讓我以自己的方式找到平靜嗎？」他跺了跺身邊的沙地。

「不，我不允許。」雷托說道，「但如果你堅持，你有自刎的權利。」

「然後你將擁有我的身體！」

「對。」

「不！」

所以，他知道那條路，雷托想。由摩阿迪巴之子來供奉摩阿迪巴本人的屍體，這樣可以使雷托的預象更加牢不可破。

「你從未告訴他們，是嗎，父親？」雷托問道。

「我從未告訴他們。」

「但我說了，」雷托說道，「我告訴穆里茨了。克拉里茲克，終極鬥爭。」

保羅的肩膀一沉。「你不能這麼做，」他低聲道，「你不能。」

「我現在是沙漠中的生物了，」雷托說道，「你能對大沙暴說不嗎？」

「你認為我是懦夫，不敢接受那個未來。」保羅以沙啞的聲音顫抖著說道，「哦，我太了解你了，兒子。占卜和預知永遠是種凌遲，但我從來沒有迷失在可能的未來中，因為那太可怕了！」

「跟那個未來相比，你的聖戰簡直就是卡樂丹上的野餐。」雷托同意道，「我現在帶你去見葛尼・哈萊克。」

「葛尼！他透過我母親向女修會效力。」

雷托立即明白父親預象的極限。「不，父親。葛尼不再為任何人效力。我知道在哪裡能找到他，我這就帶你去。該是創造新傳奇的時候了。」

「我知道無法說服你。但我想摸摸你，你終究是我兒子。」

雷托伸出右手，迎向那幾根四處摸索的手指。他感到父親手指上的力量，於是開始施力，抗禦保羅手臂傳來的陣陣動作。「即使是淬了毒的刀，也無法傷害我。」雷托說道，「我體內的化學結構已經全然不同了。」

眼淚從盲眼中湧出，保羅放棄了，雙手無力地垂在大腿旁：「如果我選擇了你的未來，我會變成魔鬼。而你，你又會變成什麼？」

「剛開始，他們會稱我為魔鬼的使者。」雷托說道，「然後他們會開始思索，最終他們將理解。你的預象伸得不夠遠，父親。你的手既行善，也行惡。」

「惡通常只在事後暴露！」

「很多罪大惡極之事確實如此。」雷托說道，「你只看到我預象中的一部分，是因為你的力量不夠強大嗎？」

「你也知道，我不能在那個預象中久留。如果我事先就知道某件事是邪惡的，我絕不會去做。我不是迦庫魯圖。」

「有人說你從來不是真正的弗瑞曼人。」雷托說道，「我們弗瑞曼人知道該如何任命阿理伐。我們的裁決者能在惡與惡之間作出抉擇。我們一直都是這麼做的。」

「弗瑞曼人，是嗎？成為你一手創造的未來的奴隸？」保羅向雷托邁了一步，朝雷托伸出手，撫摸他長出外殼的手臂，沿著手臂一直往上，摸了摸他暴露在外的耳朵和臉頰，最後還摸了他的嘴，「啊，它還沒有成為你的皮膚。」他說道，「這層皮膚會把你帶去哪裡？」他垂下手。

「去一個人類無時無刻都在創造自己未來的地方。」

「這種話，妖煞也有可能說。」

「我不是妖煞，儘管我過去可能是。」雷托說道，「我看到厄莉婭身上發生的事。一個魔鬼住在她體內，父親。珈尼和我認識那個魔鬼，他就是老男爵，你的外公。」

保羅將臉深深埋在雙手間，肩膀顫抖了一會兒，隨後他放下雙手，露出抿緊的嘴唇。「這是壓住我們家族的詛咒。我曾不斷祈禱，但願你能把那只戒指扔進沙漠，我祈禱你能拒絕承認我的存在，回過頭去……開始你自己的生活。你能辦到的。」

「代價是什麼？」

一陣長長的沉默之後，保羅開口說道：「終點會調整後方的路徑。只有那麼一次，我放棄了自己的原則。只有一次。我接受救世主降臨的說法。我這麼做是為了荃妮，但這卻讓我成了不合格的領袖。」

雷托發覺自己無法回應父親。他的內在生命記得那場決定。

「我再也不能像自欺欺人了，」保羅說道，「我清楚這一點。我只問你一件事：真的有必要進行那場終極鬥爭嗎？」

「要麼如此，要麼人類滅亡。」

保羅聽出雷托話中的真誠。他意識到兒子預象的寬廣和深邃，低聲說道：「我沒有看過這種選擇。」

「我相信女修會已經猜到，」雷托說道，「否則無法解釋祖母的行為。」

凜冽的夜風颳過兩人身旁。風拍打著保羅長袍的下襬。他在發抖。雷托看在眼裡，說道：「你有個求生包，父親。我來支好帳篷，讓我們能舒服地度過今晚。」

然而保羅卻只能暗自搖頭，他知道，從今晚開始，自己再也不會有舒服的感覺了。英雄摩阿迪巴必須被摧毀，他自己這麼說過。只有傳道人才能繼續活下去。

55

弗瑞曼人最早開發出貫穿意識／潛意識的符號系統，並以這套符號系統感受沙丘星系統的變動和關係。他們最早以準數學的語言來表達氣候，其書面符號體現（並內化）了外部關係。語言本身就是它所描述的系統的一部分。書寫的形式反映了它所描述的事物外形。這樣的發展過程隱含了對行星上維生系統的深入理解。弗瑞曼人接受自己是採集、吃草的動物，人們可以憑這個事實看出語言和系統如何相互影響。

——哈克·阿拉達《列特－凱恩斯的故事》

•••

「Kaveh wahid」，史帝加說道。把咖啡送來。他舉起一隻手，朝站在簡樸石室門邊的僕人示意。他通宵未睡。弗瑞曼耐巴通常在這個房間享用清苦的早餐。現在已經到了早餐時間，但是經歷了這樣一個夜晚之後，他並不覺得餓。他站起身，伸了個懶腰。

鄧肯·艾德侯坐在門邊的矮榻上，壓下哈欠。直到這時，他才意識到他和史帝加已經談了整整一晚。

「請原諒，史帝加，」他說道，「我讓你整晚都沒睡。」

「熬個通宵，代表你多了一天的生命。」史帝加一邊接過門外遞進來的咖啡托盤，一邊說道。他推了推艾德侯面前的矮几，把托盤放上去，隨後面對客人坐下。

兩人都穿著黃色喪服。艾德侯這一身是借來的，泰布穴地的人厭惡他身上亞崔迪氏族制服的綠色。

史帝加從圓滾滾的銅瓶中倒出深色咖啡，先啜幾口，然後舉杯向艾德侯示意。這是古老的弗瑞曼傳統：咖啡沒毒，我已經喝了幾口。

咖啡是赫若的手藝，按史帝加喜歡的口味煮成：先將咖啡豆烘成玫瑰色，不等冷卻便在石臼中研磨成細粉，馬上煮開，最後再加一小撮香料。

艾德侯吸了一口濃郁的香料味，小心但大聲抿了一口。他還不知道自己是否已經說服史帝加。他的晶算師能力從清晨就開始遲鈍地啟動，所有運算最終都必須面對葛尼．哈萊克傳來的資料。

厄莉婭已經知道雷托的動向！她知道了。

一定是賈維德得到的消息。

「你必須還我自由。」艾德侯開口說道，再次挑起同一個話題。

史帝加堅持立場道：「我簽下了中立協議，必須下艱難的判斷。珈尼在這裡很安全。你和伊若琅也是。但你不能向外傳送消息。是的，你可以從外界接收消息，但不能傳送。我已經作出保證。」

「這不是通常的待客之道，更不能這樣對待一個曾與你出生入死的朋友。」艾德侯說道，知道自己已經用過這個理由。

史帝加端著杯子，小心翼翼放在托盤上。開口說話時，目光一直盯著杯子。「其他人會覺得內疚的事，不會影響我們弗瑞曼人。」說完，他抬起頭，看著艾德侯。

必須說服他讓我帶著珈尼離開這地方，艾德侯想。他開口說道：「我並不想激起你的愧疚。」

「我知道，」史帝加說道，「是我自己提起這個問題。我想讓你牢記弗瑞曼人的態度，因為這才是我們要處理的事：弗瑞曼人。就連厄莉婭都以弗瑞曼人的方式思考。」

「祭司呢？」

「他們是另一個問題，」史帝加說道，「他們想要人民吞下罪行，終身都無法吐出。他們想用這種手段來了解人民夠不夠虔誠。」他語氣很平靜，但艾德侯從中聽出了苦澀。不知道為什麼，這種苦澀沒能使史帝加動搖。

「這是非常古老的獨裁把戲，」艾德侯說道，「厄莉婭很清楚。溫順的國民必須感到愧疚。愧疚始於失敗感，而精明的獨裁者為大眾提供了大量失敗的機會。」

「我注意到了，」史帝加淡淡地說，「但是請原諒，我得再次提醒你，你口中的獨裁者是你的妻子，也是摩阿迪巴的妹妹。」

「她被附身了，我跟你說過！」

「很多人都這麼說。總有一天她會接受測試。但同時，我們必須考慮更重要的事。」

艾德侯悲傷地搖了搖頭：「我告訴你的一切都有證據可以證實。與迦庫魯圖的通訊總是要透過厄莉婭的神殿。針對雙胞胎的陰謀也是在那裡策畫的，出售沙蟲的收入同樣流向那裡。所有線索都指向厄莉婭的人馬，指向攝政。」

史帝加搖搖頭，深深吸了口氣：「這裡是中立區。我發過誓。」

「不能再這樣下去了！」艾德侯抗議道。

「我同意。」史帝加點了點頭，「有許多方法可以判斷厄莉婭的所作所為，我對她的懷疑無時無刻不在增加。這就像我們一夫多妻的老習俗，一下就能發現誰是不育的男性。」他注視著艾德侯，「你說他背著你找其他男人——『以性為武器』，如果我沒記錯的話，你是這麼說的。這樣一來，你就有了完美的合法途徑解決這件事。賈維德帶著厄莉婭的訊息來到泰布。你只要——」

「在你這個中立區？」

「不，在穴地外的沙漠中……」

「如果我趁機逃走呢？」

「你不會有機會。」

「史帝加，我向你發誓，厄莉婭被附身了。我要怎麼做你才會相信？」

「這很難證實。」史帝加說道。昨晚他已經用這個理由搪塞很多次了。

艾德侯想起潔西嘉的話，他說：「但是你有辦法證實。」

「辦法，是的。」史帝加說道，然而他再次搖了搖頭，「很痛苦，而且無可挽回。所以我才會提醒你我們的罪惡感。我們弗瑞曼人有辦法擺脫任何可能毀滅自己的罪惡感，除了附身測試。為此，審判法庭，也就是全體人民，必須承擔全部責任。」

「你以前做過，不是嗎？」

「我相信聖母已經全部告訴你。」史帝加說道，「你很清楚，我們以前確實做過。」

艾德侯感覺到史帝加語氣中的不快：「我不是在設什麼圈套，只是——」

「這是個漫長的夜晚，還有那麼多沒有答案的問題，」史帝加說道，「現在天已經亮了。」

「我必須傳個訊息給潔西嘉女士。」艾德侯說道。

「也就是說你要傳訊息到薩魯撒。」史帝加說道，「我不會輕易許諾，但說了就會絕對遵守。泰布是中立區。我要讓你保持沉默。我用全家人的生命發過誓。」

「厄莉婭必須接受你的測試！」

「可能吧。但我們首先得尋找她是否情有可原。也許只是官員的疏失？甚至可能只是倒楣。也可能只是人性本惡，而不是被附身。」

「你想確認我並不只是個蒙受冤屈的丈夫，想要借刀殺人。」艾德侯說道。

「這是別人的想法，我沒這麼想過。」史帝加說道，他笑了笑，讓他的話不那麼刺人，「我們弗瑞曼人有自己的一套傳統。當我們害怕晶算師或聖母時，我們會向宗教典籍求助，裡面有說，唯一無法打消的恐懼，是對自身罪咎的恐懼。」

「我們必須通知潔西嘉女士，」艾德侯說道，「葛尼說——」

「那消息可能並不是來自葛尼．哈萊克。」

「還能是誰？我們亞崔迪人有驗證消息的方法。史帝加，你難道就不能——」

「迦庫魯圖已經滅亡了，」史帝加說道，「在好幾代人以前就被摧毀了。」他碰了碰艾德侯的衣袖，「無論如何，我不能動用戰士。現在局勢正亂，水渠正面臨威脅……你理解嗎？」他坐了下來，「話說回來，厄莉婭什麼時候——」

「厄莉婭已經不存在了。」艾德侯說道。

「那是你說的。」史帝加又抿了口咖啡，然後把杯子放回原處，「到此為止吧，艾德侯，我的朋友。要拔掉手上的刺，用不著扯斷整條手臂。」

「那就讓我們談談珈尼瑪。」

「沒有必要。她有我的支持、我的效忠，在這裡沒人能傷害她。」

他不會這麼天真吧，艾德侯想著。

史帝加站起身來，示意談話已經結束。

艾德侯也站起來。他發覺自己的膝蓋很僵硬，小腿也麻了。就在艾德侯起身時，一名副手走進屋子，站在一旁。賈維德跟在他身後進了屋。艾德侯轉過身。史帝加站在四步外。艾德侯沒有絲毫猶豫，拔出刀來，飛快刺入毫不設防的賈維德。那人挺直身體後退了幾步，胸口從刀身脫出。接著，他轉了個身，臉朝下摔倒，蹬了幾下腿之後氣絕身亡。

「流言就到這裡為止。」艾德侯說道。

副手站在拔出的刀子旁，但不知道該作何反應。艾德侯將自己的刀子收回刀鞘內，黃色長袍一角留下斑斑血跡。

「你汙辱了我！」史帝加叫道，「這是中立——」

「閉嘴！」艾德侯盯著震驚中的耐巴，「你戴著頸枷，史帝加！」

這是最能羞辱弗瑞曼人的三句話之一。史帝加的臉色變得蒼白。

「你是奴僕，」艾德侯說道，「為了得到水而出賣弗瑞曼人。」

這是第二嚴重的侮辱，正是這句話毀了過去的迦庫魯圖。

史帝加咬著牙，手搭在刀柄上。副手從門口的屍體旁走開，退到一旁。

艾德侯轉身背對耐巴，繞過賈維德的屍體走出門口。他沒有轉身，口中飆出第三句侮辱：「你沒有永生，史帝加，你的後代沒人流著你的血！」

「你要去哪，晶算師？」史帝加朝艾德侯離去的背影問道，聲音跟極地的風一樣冷冽。

「去尋找迦庫魯圖。」艾德侯仍然頭也不回地說道。

史帝加拔出了刀：「或許我能幫你。」

艾德侯已經走到外側通道。他沒有停下腳步，直接說道：「如果你要用你的刀幫我，水盜，請刺向我的後背。戴著魔鬼頸枷的人只配這樣殺人。」

史帝加兩大步走出屋子，跨過賈維德的屍體，趕上外側通道的艾德侯。一隻骨節粗大的手拉住艾德侯。史帝加咬牙切齒，手拿著刀，面對艾德侯。他憤怒到極點，甚至沒有察覺艾德侯臉上奇異的笑容。

「拔出你的刀，晶算師人渣！」史帝加咆哮道。

艾德侯笑了，出手狠狠搧了史帝加兩巴掌——左手一下，接著右手，火辣辣地打在史帝加臉上。

史帝加大吼著將刀刺入艾德侯的腹部，刀鋒一路向上，挑破橫膈膜，刺入心臟。

艾德侯軟綿綿地垂在刀鋒上，勉強抬起頭，朝史帝加笑了笑。史帝加的狂怒刹那間化為震驚。

「為亞崔迪氏族死了兩次，」艾德侯喘息著說道，「第二次的理由並不比第一次好。」他蹣跚幾步，隨後臉朝下倒在岩板上。鮮血從他的傷口湧出。

史帝加低頭看去，目光越過仍在滴血的尖刀，停在艾德侯的屍體上。他顫抖著，深深吸了一口氣。賈維德死在他身後，而厄莉婭——天堂之源的配偶，死在自己手上。他可以辯稱耐巴必須捍衛自己的尊嚴，這樣或許可以維持他所承諾的中立。但死去的是鄧肯．艾德侯。無論他能找到什麼藉口，無論現場的情況是多麼「情有可原」，都無法抹消他的行為。即使厄莉婭私下可能巴不得艾德侯死去，仍不得不當眾宣誓復仇，畢竟她也是弗瑞曼人。要統治弗瑞曼人，她只能當弗瑞曼人，即使是再不純粹的弗瑞曼人。

直到這時，史帝加才意識到，目前這種情勢正是艾德侯想以「第二次死亡」交換的結局。

史帝加抬起頭，看到一臉驚嚇的赫若——他的第二個妻子。她躲在漸漸湧現的人潮中，凝望著他。無論朝哪個方向看，史帝加看到的都是相同的表情：震驚，還有對未來的憂慮。

史帝加慢慢挺直身體，在衣袖上擦了擦刀身，然後收起。他面對眼前的一張張臉，以輕鬆的語氣說道：「想跟我走的人立刻收拾行囊。派幾個人先去召喚沙蟲。」

「你要去哪裡，史帝加？」赫若問道。

「去沙漠。」

「我和你一起去。」她說道。

「妳當然要跟我一起去。我所有妻子都得跟著我。還有珈尼瑪。去叫她，赫若，馬上。」

「好的，史帝加……馬上，」她猶豫了一下，「伊若琅呢？」

「如果她願意。」

「好的，夫婿。」她仍然在猶豫，「你要把珈尼當作人質嗎？」

「人質？」這個想法扎扎實實嚇到了他，「女人……」他用大腳趾輕輕碰了碰艾德侯的屍體，「如果這個晶算師是對的，我是珈尼唯一的希望了。」他記起了雷托的警告：「要小心厄莉婭。你必須帶著珈尼逃走。」

56

在弗瑞曼人之後，所有行星生態學家都將生命視為能量的展現，並開始尋求最重要的關係。在人類一點一滴地發展出共識的過程中，弗瑞曼人的智慧被轉化成新的公理。弗瑞曼這支民族所擁有的東西，任何民族也都能擁有。他們只需要理解能量的關係，他們只需要觀察能量吸納事物的模式，以及如何用那些模式壯大自己。

——哈克・阿拉達《厄拉欽恩的悲劇》

・・・

這裡是杜埃克的穴地，位於虛妄岩的豁口。哈萊克站在穴地前方岩石孤山的陰影下，岩山遮蔽了穴地高處的入口。他在等待，等著裡面的人決定是否收留他。他眺望北方的沙漠，然後又抬頭看了看早晨灰藍色的天空。當這裡的走私者得知這名異星人竟然俘獲了一條沙蟲，並騎著牠來到此地時，個個驚訝異常。對他們的反應，哈萊克也同樣感到驚訝。畢竟，身手敏捷的人只要觀察夠多次，就可以輕易學會駕馭沙蟲。

哈萊克再次盯著沙漠。銀白的沙漠上點綴著發亮的岩石，還有一片片灰綠色的田園，水源正在那裡發揮神奇的作用。他猛然一驚——眼前的一切是個巨大的容器，裡面裝著能量，以及生命，變化的模式只要突然有變，一切都將面臨危險。

他知道自己為什麼會產生這種想法，那來自下方沙漠上鬧哄哄的行動。裝著死沙鱒的容器被拖進穴地，牠們將被分解，水分也將被回收。那裡有成千上萬條沙鱒，牠們前撲後繼爬向湧出的水流。正是這水流讓哈萊克一時千頭萬緒。

哈萊克低下頭，目光越過穴地的田園，看著環繞穴地的水渠。渠裡已經不再有珍貴的流水。他看到水渠岩堤上的缺口，水就是沿著這道殘破的岩堤流入沙漠。是什麼造成這些缺口？有些缺口沿著水渠最脆弱的部位蔓延二十幾公尺，流出的水在細沙上形成一個個水坑，裡面擠忙了沙鱒。穴地的孩子正忙著獵殺、捕捉那些沙鱒。

修補小組正在搶修水渠坍塌的岩堤。其他人拿著小壺給最需灌溉的植物澆水。連向捕風器下方巨大蓄水池的水源已經關閉，以防水繼續流入殘破的水渠。太陽能泵也關掉了。灌溉用的水來自渠底殘留的積水，還有一部分則艱難地取自穴地的蓄水池。

天氣漸漸暖和。哈萊克身後水氣密封門上的金屬門框響了一聲。他的目光彷彿被那聲音推開，他發現自己正盯著水渠最遠的彎道，那是漏水最嚴重的地方。抱著庭園夢的穴地規劃者在那裡種了一棵柳樹，現在那棵樹已難逃一死，除非水渠內的流水很快恢復。哈萊克看著那棵傻傻垂著枝條的柳樹，風沙正侵蝕樹身。對他來說，那棵樹正象徵他和厄拉科斯的新處境。

我們都是外來者。

他們在穴地內研議太久了，遲遲無法決定。他們極其需要優秀的戰士，走私者總是需要優秀的戰士，但哈萊克本人卻對他們不抱任何幻想。如今的走私者早已不是多年前他從公爵被占領的封地上逃出時收留他的那夥人。他們是一群新品種，對他們來說，利益高於一切。

哈萊克再次盯著那棵呆傻的柳樹。他突然意識到，突變的局勢也許能狠狠打擊這些走私者和他們的朋友，還可能摧毀史帝加脆弱的中立區，並讓原本效忠厄莉婭的部落改變立場。他們已經全部變成殖民地人民。哈萊克曾見證這樣的事情在故鄉發生，能體會這種痛苦、難堪。他看得一清二楚，這讓他想起城市弗瑞曼人的習性，想起郊區的生活型態，以及鄉間穴地難以錯認的生活方式，那甚至傳到了走私者的巢穴。鄉間地帶就是中心城市的殖民地。這裡的人已學會戴上加墊的牛軛，把他們領向這種奴役生活的，不是迷信，便是貪婪。即使是這裡，特別是這裡，人們的心態是被異族統治的心態，而非自由人的心態。這些人善於掩飾、防備心重、躲躲閃閃。任何權威都禁不起民怨——任何權威，包括攝政王朝、史帝加，還有他們自己的議會……

我不能相信他們，哈萊克想。他能做的就只有利用他們，並煽動他們對其他人的猜忌。這的確令人難過，但自由人之間的公平交易已經不復存在。古老之道已淪為儀式上的詞彙，他們的起源已經湮沒。

厄莉婭做得相當出色：嚴懲反對者，嘉獎支持者，隨意調動帝國的軍隊，掩蓋帝國權力的主要構成要素。還有那些密探！她手下不知道有多少密探！

哈萊克幾乎可以看見社會變動與反社會變動的致命節奏，厄莉婭希望藉此讓反抗勢力陣腳大亂。

如果弗瑞曼人繼續沉睡，她就贏了，他想。

他身後的密封門又響了一聲。接著，門開了。一個名叫麥利迪斯的僕人走了出來。這男人個頭矮，身形有如葫蘆，下端縮成兩條紡錘形的腿，身上的蒸餾服使他更難以入目。

「你可以留下來。」麥利迪斯說道。

哈萊克在他的語氣中聽到了算計，心中明白，這裡只是暫時的避難所。

只要能偷到他們的一架撲翼機就行，他想。

「請向議會表達我的謝意。」他說道。他想到了埃斯馬．杜埃克，這個穴地就是以他命名的。由於被人出賣，埃斯馬在很早以前就已死去。但如果他還活著，在第一眼看到這個麥利迪斯時就會毫不留情殺死他。

57

任何一條道路，只要限制了未來發展的可能性，都可能變成致命陷阱。人類的發展並不是在穿越迷宮，而是展望那充滿獨特機會的寬廣地平線。迷宮中受限的視角只適用於將頭埋入沙地的生物。有性繁殖產生的獨特性和差異性是物種的生存保障。

——《宇航公會手冊》

• • •

「為什麼我不覺得悲痛？」厄莉婭對著小接見室的天花板問道。只需十步，她就能從屋子的這一側走到另一側，換個方向的長度也不過只有十五步。牆上有道窄長的窗戶，透過窗戶能看到厄拉欽恩市內各種建築的屋頂，還有遠處的大盾壁。

快到正午了，太陽烘烤著城市所在的盆地。

厄莉婭垂下目光，看著布林．阿格威斯，神殿侍衛隊指揮官姿亞的助手。阿格威斯帶來賈維德和艾德侯已死的消息。一幫弄臣、助手和侍衛跟著他一起擁了進來，更多人擠在外面的走廊。這一切都顯示他們已經知道阿格威斯帶來的消息。

在厄拉科斯，壞消息總是傳得很快。

阿格威斯是個矮小的男人，長著一張弗瑞曼人少見的圓臉，看上去像嬰兒。他是新生代中的一員，肌膚豐潤。在厄莉婭眼中，他彷彿分裂成兩個形象：其中一人有著嚴肅的臉、深沉的靛青色眼睛，還有發愁的嘴；另一個則既肉感又脆弱，令人心癢的脆弱。她尤其喜歡他那雙厚厚的嘴唇。

儘管還沒到正午，厄莉婭仍覺得她四周的寂靜訴說著落日的淒涼。

艾德侯本應在日落時死去，她告訴自己。

「布林，你是怎麼得到壞消息的？」她問道，注意到他的表情立刻警覺起來。

阿格威斯艱難地嚥了口唾沫，啞著嗓子，回話的聲音只比耳語大一點：「我和賈維德一起去的，您還記得嗎？當……史帝加派我到您這裡來時，他讓我轉告您說，我帶來他最後一次的服從。」

「最後一次的服從，」她重複道，「他是什麼意思？」

「我不知道，厄莉婭夫人。」他說道。

「再跟我講一次你看到了什麼。」她命令道，詫異自己的皮膚怎麼會變得這麼冷。

「我看到……」他緊張地搖搖頭，盯著厄莉婭面前的地板，「我看到王夫死在中央通道的地上，賈維德死在附近的一條支路。女人已經在準備他們的後事。」

「史帝加把你叫到現場？」

「是的，夫人。史帝加叫我了。他派莫迪博來，他的傳話人。莫迪博只是告訴我史帝加要見我。」

「然後你就在那裡看到我丈夫的屍體？」

他飛快地與她對視一眼，點了點頭，隨後又將目光轉回她面前的地板上：「是的，夫人。賈維德死在那附近。史帝加告訴我……告訴我，是王夫殺了賈維德。」

「那我的丈夫，你說是史帝加——」

「他親口跟我說的，夫人。史帝加說是他幹的。他說王夫激怒了他。」

「激怒，」厄莉婭重複道，「他是怎麼激怒他的？」

「他沒有說，也沒人說。我問了，但沒人說。」

「他當場命令你回來向我報告？」

「是的，夫人。」

「你什麼都不能做嗎？」

阿格威斯用舌頭舔了舔嘴唇，這才說道：「史帝加下了命令，夫人。那是他的穴地。」

「我明白了。你總是服從史帝加。」

「是的，夫人，直到他解除我的誓約。」

「你是說，在他派你來為我服務之前？」

「我現在只服從您，夫人。」

「是嗎？告訴我，布林，如果我命令你去殺了史帝加，你的老耐巴，你會服從嗎？」

他堅定地迎向她的目光：「只要您命令，夫人。」

「我就是要下這樣命令。你知道他去了哪裡嗎？」

「去了沙漠。我知道的就這麼多，夫人。」

「他帶走多少人？」

「大概有穴地的一半戰力。」

「他帶走了珈尼瑪和伊若琅！」

「是的，夫人。那些留下的人是因為有女人、孩子和財物的拖累。史帝加讓每個人自己選——和他一起走，或者解除他們的誓約。很多人都選擇了解除誓約。他們將選出一位新耐巴。」

「我來選出他們的新耐巴！那就是你，布林．阿格威斯，在你把史帝加的首級交給我的那一天。」阿格威斯也可以用決鬥來取得繼承權，那是弗瑞曼人的傳統。他說：「我服從您的命令，夫人。關於軍隊，我能帶多少——」

「去和姿亞商量。我不能給你很多撲翼機，撲翼機有其他用途。但你會擁有足夠的戰士。史帝加已經名譽掃地。大多數人將樂於向你效力。」

「我這就去辦，夫人。」

「等等！」她打量他，思索她能派誰去監視這個脆弱的嬰孩。必須先嚴密監視，直到他證明自己。姿亞知道該派誰去。

「我還不能退下嗎，夫人？」

「是的。我必須私下和你詳談怎麼對付史帝加。」她用一隻手捂住臉，「在我完成復仇之前，我不會哀悼。給我幾分鐘，讓我冷靜一下。」她放下那隻手，「我的僕人會帶你去。」她向一名僕人做了個手勢，並向她的新女官莎路絲耳語道：「給他洗個澡，噴上香水。他聞上去有股沙蟲味。」

「好的，夫人。」

厄莉婭轉過身，裝出悲痛的樣子，跑回她的私宅。在臥室內，她狠狠摔上房門，跺著腳咒罵著。

該死的鄧肯！為什麼？為什麼？為什麼？

她明白艾德侯是有意挑釁。他殺了賈維德，還激怒史帝加。據說他知道賈維德的事。這一切肯定都要當成鄧肯．艾德侯在向她送出訊息，是他最後的報復。

她再次跺了跺腳，在臥室內瘋狂走來走去。

他該死！他該死！他該死！

史帝加投奔了叛徒，珈尼瑪跟著他。還有伊若琅。

所有人都該死！

她的腳踢到了一個障礙物，是一塊金屬。她痛得叫出聲，低頭看去，發現自己的腳被一個金屬帶扣撞傷。她一把抓起那個帶扣，在認出的瞬間楞住了。那是一個老舊帶扣，銀和白金的質地，產自卡樂丹，由雷托．亞崔迪一世賞賜給他的劍客鄧肯．艾德侯。她以前經常看到艾德侯戴在身上，現在，他把帶扣丟在這裡。

厄莉婭的手指痙攣似的緊緊握住帶扣。艾德侯是什麼時候把帶扣丟在這裡的，是什麼時候……

淚水頑強地戰勝了弗瑞曼人的心理阻力，從她雙眼湧出。她的嘴往下一垂，痛苦地扭曲著。她感到那場古老戰役又在腦中開打，一路蔓延到手指和趾尖，自己也分裂成兩個人，其中一人震驚地看著她扭曲的臉，另一人則屈服於胸部擴散開來的巨大悲痛。淚珠開始不受控制地從她眼中滑落。她內部那個震驚的人怒氣沖沖地質問道：「誰在哭？是誰在哭？到底是誰在哭？」

但什麼也無法阻止淚水。她因胸部傳出的疼痛而倒在床上。

仍有個聲音以異常震驚的語調在質問：「誰在哭？是誰在……」

58

雷托二世以這些行為脫離了演化支。他以決絕的行動完成這件事。他說：「想要獨立，首先必須脫離。」雙胞胎都認為記憶不只是評估的過程，更是判斷自己離人類本源有多遠的方式。但最終作出這大膽之舉的人是雷托。他知道，真正的創造，是獨立於創造者的。他拒絕重複演化序列，他說：「那樣也會讓我越來越遠離人類。」他看出其中的暗示：生命不可能存在真正封閉的系統。

——哈克・阿拉達《神聖的蛻變》

・・・

遭到破壞的水渠邊，聚在潮濕沙地上的昆蟲引來了眾鳥，有鸊鷉、鵲、松鴉等。這裡是蓋在裸露玄武岩上的最後一座新城鎮，此時已成荒廢穴地，但植栽還在。珈尼瑪利用早晨的時間觀察植栽外側的區域。她注意到那地方有動靜，定睛細看，發現了一隻橫紋蜥蜴。更早她還看到一隻啄木鳥在新城鎮的土牆上築巢。

她把這裡想像成穴地，但眼前不過是一堵堵泥磚砌成的矮牆，四周種有防沙植物。該地位於塔奈茲魯夫特，撒哈亞山脊以南約六百公里。由於沒有人維護，已經開始慢慢沒入沙中。牆壁受沙暴侵蝕，植物正在死去，植栽區的土地在太陽曝曬下也開始龜裂。

然而水渠後方的沙地仍然潮濕，表示大型捕風器仍在運作。

逃離泰布穴地後的幾個月內，這批逃亡者已經見到幾個像這樣被沙漠魔鬼破壞後無人居住的地方。珈尼瑪不相信世上有沙漠魔鬼，儘管水渠遭到破壞的證據非常確鑿。

一行人偶爾會碰到造反的香料獵人，他們帶來北方拓荒區的消息。有幾架（有人說是六架）撲翼機正在搜索史帝加，但厄拉科斯很大，而沙漠對於逃亡者又相對有利，因此仍搜尋無果。據說另有部隊接下了殲滅史帝加一行人的行動，但那支由阿格威斯率領的部隊似乎還有其他任務，不時會返回厄拉欽恩。

反叛者說，他們和厄莉婭的軍隊已很少開戰。沙漠魔鬼神出鬼沒的破壞使保衛家園成為厄莉婭和耐巴的首要任務。甚至連走私者都遭到攻擊，但據說他們也在沙漠竄動，想以史帝加的人頭換取賞金。

史帝加憑著他那管對潮氣異常敏銳的弗瑞曼鼻子，帶領隊伍在昨日天黑之前進入新城鎮。他向眾人保證自己將很快帶領大家繼續南行至大草原，但不願訂定具體日期。現在，史帝加項上人頭的賞金能買下一顆行星，他卻比誰都快活、輕鬆。

「對我們來說，這是個好地方。」他指著仍在運作的捕風器說道，「我們的朋友給我們留下了一些水。」

他們現在是一支小隊伍，共有六十人。長者、病人和孩子已經陸續南下抵達大草原，住進可靠的弗瑞曼家族中，只留下最強悍的人。他們在南方和北方都有很多朋友。

珈尼瑪不知史帝加為何不願談論這顆行星正在發生的事。難道他沒看到？水渠被摧毀，弗瑞曼人退回南方和北方的沙漠邊緣，那裡曾經是他們定居的邊界。這些變動都只能是帝國命運的前兆，兩者就像鏡裡鏡外。

珈尼瑪伸出一隻手抓住蒸餾服的領子，重新拉緊。儘管憂心忡忡，她還是覺得異常自在。內在生命不再折磨她，雖然偶爾仍會感覺到他們的記憶侵入她的意識，她也因而得知沙漠在生態改造之前的模樣。

像是，那時候更乾燥。無人維護的捕風器之所以還能運作，是因為現在的空氣濕度比較高。在以前，這是不可能的。

許多一度逃離這片沙漠的生物都大膽回來了。隊伍中很多人都注意到貓頭鷹數量激增。珈尼瑪還看到蟻鳥。這些鳥不斷沿著水渠兩側濕地上一行行的昆蟲俯衝、飄舞。獾很罕見，更格盧鼠倒是多不勝數。

迷信的恐懼籠罩弗瑞曼人，在這方面，史帝加並不比別人好。在水渠於十一個月內連遭五次浩劫之後，這座新城鎮終於被沙漠收回。他們維修了四次沙漠魔鬼造成的破壞，但到了第五次，已經沒有多餘的水可以失去。

很多古老穴地和新城鎮都經歷了類似的浩劫。九片拓荒區空了八片，許多老穴地從來沒有擠入過這麼多人。沙漠進入新紀元，弗瑞曼人卻在回歸古老的生活方式。他們在所有事物中都看到了凶兆。除了在塔奈茲魯夫特，沙蟲不正變得日益稀少嗎？這是沙胡羅的審判！到處都有死去的沙蟲，卻怎麼也看不出死因。沙蟲死後很快就會化作沙漠中的塵土，少數撞見沙蟲殘軀的弗瑞曼人總是心驚膽戰。

史帝加一行人在上個月就看到了這麼一具殘軀，心中的不適過了整整四天才緩和。屍體散發酸臭的毒氣，躺在巨型的香料噴發上，大部分香料都已經腐敗。

珈尼瑪將目光從水渠邊收回，轉身看著新城鎮。正前方是一堵殘牆，那曾經守護著一座小花園。她懷著強烈好奇搜索，在一具石盒中發現許多扁平、未發酵的香料麵包。

史帝加毀了那些麵包。他說：「弗瑞曼人絕不會留下還能吃的食物。」

珈尼瑪懷疑他錯了，但不願跟他爭論。弗瑞曼人在改變。過去，他們能自在穿越大平漠。驅動他們的是自然需求：水、香料和貿易。動物的活動就是他們的鬧鐘。但現在，動物的習性變得古怪，而大多數弗瑞曼人都縮在北方大盾壁下擁擠的穴地內。塔奈茲魯夫特已經很少見到香料獵人，只有史帝加的隊伍仍以古老的方式行進。

她信任史帝加，也理解他對厄莉婭的恐懼。伊若琅則沉浸在古怪的貝尼．潔瑟睿德冥想中。在遙遠的薩魯撒，法拉肯仍然活著。這筆帳總有一天要算。

珈尼瑪抬頭仰望清晨銀灰色的天空，腦中思緒萬千。到哪裡才能找到人幫她？當她想訴說她對周遭變化的觀察時，應該找誰？潔西嘉女士仍然待在薩魯撒——如果報告可信的話。厄莉婭高高在上，日益自大，離現實越來越遠。葛尼．哈莱克也不知身在何方，儘管有報告說到處都有他的身影。還有傳道人，他也躲起來了，那些異端的演講已經成了遙遠的回憶。

還有史帝加。

她的目光越過殘牆，看著正在幫忙修復蓄水池的史帝加。史帝加對自己現在的角色很滿意，他又成了過去那個史帝加，代表沙漠的意志。他頭顱的價格每個月都在上漲。

一切都毫無道理可言。一切。

沙漠魔鬼到底是誰？那傢伙摧毀了水渠，彷彿水渠是應該推倒在沙地上的異教神像。會是一條凶殘的沙蟲嗎？或是第三種反叛勢力，由許多人組成的團體？沒人相信那是沙蟲。水會殺死任何膽敢接近水渠的沙蟲。許多弗瑞曼人相信沙漠魔鬼其實是一群革命者，決心推翻厄莉婭的統治，讓古老的生活方式回歸厄拉科斯。相信這種說法的人認為這是好事。那貪婪的宗徒傳承除了暴露這種制度的平庸，並沒有什麼作為，早就該除去了。應該回歸摩阿迪巴擁護的真正宗教。

珈尼瑪發出長嘆。哦，雷托，她想，我幾乎要為你高興，你不用活著看到現在這一切。我要追隨你，但我的刀還沒有染上鮮血。厄莉婭和法拉肯。法拉肯和厄莉婭。老男爵是她體內的魔鬼——絕對不能容忍。

赫若踏著穩重的步伐向她走來，在她身前停住腳步，問道：「妳一個人在這裡幹麼？」

「這是個奇怪的地方，赫若，我們應該離開這裡。」

「史帝加等著和一個人會面。」

「哦？他沒和我說過。」

「他為什麼要把所有事情都告訴妳？」赫若拍了拍珈尼瑪長袍下突起的水袋，「妳是可以懷孕的成熟女人嗎？」

「我已經懷孕過許多次，數都數不清。」珈尼瑪說道，「別跟我玩成人孩子那一套！」

赫若被珈尼瑪惡狠狠的語氣嚇得退了一步。

「你們是一群傻瓜，」珈尼瑪說道，用手畫了道圈，將新城鎮、史帝加及他的手下統統圈了進去，「我真不應該跟著你們。」

「如果妳不跟著，妳早就死了。」

「也許吧。但你們看不清眼前發生的一切！史帝加到底在等什麼人？」

「布林．阿格威斯。」

珈尼瑪盯著她。

「紅裂谷穴地的朋友會把他祕密帶到這裡。」赫若解釋道。

「厄莉婭的小玩具？」

「他們會給他蒙上眼睛。」

「史帝加相信他嗎？」

「要求會面的是布林。他答應了我們所有的條件。」

「為什麼不告訴我？」

「史帝加知道妳會反對。」

「反對……這太瘋狂了。」

赫若昂起頭：「不要忘了布林是……」

「是家族的一員！」珈尼瑪打斷道，「他是史帝加表兄的孫子。我知道。我要殺死的法拉肯也是我的近親。妳認為這就足以阻止我拔刀嗎？」

「我們收到了密波器帶來的訊息。沒人跟著他。」

珈尼瑪低聲道：「不會有什麼好結果，赫若。我們必須馬上離開。」

「妳看到什麼預兆了？」赫若問道，「我們看到的那條死沙蟲！會不會——」

「把這些話塞進子宮，去別的地方生出來吧！」珈尼瑪罵道，「我不喜歡這次會面，也討厭這個地方。這難道還不夠嗎？」

「我會跟史帝加說妳——」

「我自己告訴他！」珈尼瑪大步越過赫若。赫若在她身後比了個沙蟲角的手勢阻擋魔鬼。

但對於珈尼瑪的擔憂，史帝加只是一笑置之，並命令她去尋找沙鱒，彷彿她只是個孩子。她跑進新城鎮某間棄屋，在牆角蹲下，努力平息怒火。憤怒很快就過去了，她感到內在生命的煩躁。她想起來了，某人說過：「如果我們能癱瘓他們，事情就會按照我們的計畫發展下去。」

多麼奇怪的想法啊。

但她想不起來這是誰說的了。

59

摩阿迪巴被人剝奪了繼承權，他為所有遭遇相同命運的人發聲。他高聲反對極度的不公正，要求帝國將信仰和天賦人權返還給人民。

——哈克·阿拉達，摩阿迪巴分析

・・・

葛尼·哈萊克坐在舒洛克的一座孤山上，身邊的香料纖維坐墊上放著巴利斯琴。他下方的盆地到處是正在栽種植物的工人。流犯原本在斜坡的一條小徑鋪上香料引誘沙蟲，如今那斜坡已被一條新水渠阻斷。植栽沿著斜坡向下蔓延，以保護水渠。

午餐時間將至，哈萊克已在孤山坐了將近一小時。他需要獨處，好好思考。下面的眾人正在辛勤勞作，這裡的一切勞動都與香料有關。據雷托估計，香料產量很快就會下滑，然後停在哈肯能時期產量高峰的十分之一左右。帝國內各地庫存香料的價值每次盤點時都會翻倍。據說有人以三百二十一公升香料從梅圖利氏族手中換到半顆諾文布朗斯行星。

流犯工作很賣力，像有魔鬼在驅使他們。或許實際情況也正是如此。每次進餐之前，他們都要面朝塔奈茲魯夫特，向沙胡羅的象徵祈禱。在他們眼中，雷托正是那個象徵。透過他們的眼睛，哈萊克看到了一個未來，幾乎所有人都相信這個未來必將實現。但哈萊克不知道自己是否會喜歡這樣的未來。

當雷托駕駛哈萊克偷來的撲翼機，載著哈萊克和傳道人來到此處時，他立即規畫好藍圖。單憑兩隻手，他就摧毀了舒洛克的水渠，將五十公尺長的岩石拋來擲去。流犯想阻止他，而他不過揮了揮手，第一個跑到他身邊的人就被斬去頭顱。他把那人的軀體扔回他的同伴中間，朝他們的武器放聲大笑。他以魔鬼的聲音向他們吼道：「火燒不到我！你們的刀傷不了我！我披著沙胡羅的皮膚！」

流犯認出他，想起他逃跑時如何「從斷崖直接跳到沙漠上」。他們在他面前屈服了。隨後他發布命令：「我給你們帶來兩位客人。你們要保護他們、尊敬他們。你們要重新修築水渠，並種植綠洲花園。某一天，我將把我的家安置在這裡。你們要準備好。你們不能再出售香料，但要把採集來的任何一小撮香料都貯存起來。」

他繼續發布命令。流犯聽到了每一個字，以驚恐的目光看著他，又敬又畏。

沙胡羅終於從沙子底下鑽出來了！

當雷托在小型反叛穴地革爾．魯登找到和哈登．阿法利待在一起的哈萊克時，哈萊克並沒有意識到雷托的變異。雷托和他的盲人同伴一起沿著古老的香料之路從沙漠深處走來。兩人騎在沙蟲上，穿過如今已很少能見到沙蟲的區域。他說他們不得不數次改變路線，因為沙子中的水分已多得足以殺死沙蟲。他們是在午後不久到達的，隨即被侍衛帶進一間岩石搭建的公共休息室。

當時的場景仍在哈萊克心頭揮之不去。

「這位就是傳道人啊。」他說道。

哈萊克圍著盲人轉了幾圈，仔細打量。他想起這位傳道人的故事。由於身處穴地內部，傳道人沒有戴上蒸餾服面罩，哈萊克能直接看到對方的五官，並拿來跟記憶中的形象對照。這人很像雷托的老公爵祖父。這是巧合嗎？

「你知道那個故事嗎？」哈萊克扭頭問身旁的雷托，「大家都說他是你的父親，從沙漠深處回來了。」

「我聽說過。」

哈萊克轉身端詳雷托。雷托穿著老舊的蒸餾服，臉龐和耳朵邊緣都已捲起。黑色長袍掩蓋了他的身體，沙地靴藏起他的腳。哈萊克不知道的事情有很多：雷托為什麼會出現在這裡？他是怎麼再次逃脫的？

「你為什麼把他帶來這裡？」哈萊克問道，「在迦庫魯圖，他們說傳道人為他們工作。」

「不再是這樣了。我帶他來，是因為厄莉婭想要他死。」

「那麼，你認為這裡是他的避難所嗎？」

「你是他的避難所。」

談話過程中，傳道人一直站在旁邊，傾聽兩人交談，但看不出他對哪個話題更感興趣。

「他對我很盡心，葛尼。」雷托說道，「對於為我們效力的人，亞崔迪氏族不會放棄應該承擔的責任。」

「亞崔迪氏族？」

「我代表亞崔迪氏族。」

「在我完成你祖母交代的測試之前，你就逃離了迦庫魯圖。」哈萊克冷冰冰地說，「你怎麼能代表——」

「你要像保護自己的生命一樣保護這個人。」雷托斬釘截鐵說道，毫無畏懼地迎著哈萊克的目光。

哈萊克從潔西嘉那裡學到很多貝尼．潔瑟睿德的觀察方式。在雷托的表情中，他只看到沉著的自信。然而潔西嘉的命令仍然有效。「你的祖母命令我完成對你的教導，並確保你不會被附身。」

「我沒有被附身。」雷托淡淡說道。

「那你為什麼要逃走？」

「納穆瑞接到指示，無論如何都要殺死我。命令來自厄莉婭。」

「怎麼，你是真言師嗎？」

「是的。」另一句平淡但自信的陳述。

「珈尼瑪也是嗎？」

「不是。」

傳道人打破了沉默，將空洞的眼眶對著哈萊克，但手指著雷托：「你認為你能測試他嗎？」

「你對問題和問題的後果一無所知，請不要干涉。」哈萊克頭也不回地下令道。

「哦，我很清楚後果。」傳道人說道，「我曾經被一個老太婆測試過，她自以為知道在做什麼，然而結果卻證明不然。」

哈萊克轉頭看著他：「你也是真言師嗎？」

「任何人都能成為真言師，你也可以。」傳道人說道，「只要忠於自己的感受，你的內心必須承認明顯的真相。」

「你為什麼要干涉？」哈萊克問道，邊將手伸向晶刃匕。這個傳道人到底是誰？

「我必須向這些事件負責。」傳道人說道，「我母親可以將自己的血脈放上祭壇，但我有不同的動機。而且，我還看出了你的問題。」

「哦？」哈萊克終於感興趣了。

「潔西嘉女士命令你去分辨狼和狗。根據她的定義，狼是擁有力量也會濫用力量的人。不過，狼和狗之間有重疊期，在那段時間，你無法分辨兩者。」

「說得還算有道理。」哈萊克說道，他注意到越來越多穴地人湧進了公共休息室，傾聽他們談話，「你是怎麼知道的？」

「因為我了解這顆行星。你不明白嗎？好好想想。地表下是岩石、泥土、沉積物和沙子。這就是行星的記憶，刻畫出行星的歷史。人類也一樣。狗擁有狼的記憶。每個世界都圍繞著存在的核心運轉。從這個核心向外，才是一層層岩石、泥土等等記憶，直到地表。」

「很有趣，」哈萊克說道，「這對我執行命令又有什麼幫助呢？」

「回顧你自己的一層層歷史吧。」

哈萊克搖了搖頭。傳道人有一種令人信服的坦率。他在亞崔迪家庭成員中常能發現類似特質，而且他還隱約察覺這人正在使用魅音。哈萊克感到自己的心臟開始狂跳。有可能嗎？

「潔西嘉需要一場最終測試，用這種壓力來一層層揭開她孫子的構造。」傳道人說道，「但他的構造就在那裡，你只需睜大眼睛去看。」

哈萊克不禁轉頭盯著雷托，彷彿有某種無法抗拒的力量在驅使他。

傳道人繼續說著，好像在教導頑劣的學童：「這個年輕人讓你捉摸不透，因為他不是單一的個體，他是個集體。就像任何受壓迫的集體一樣，任何成員都有可能取得指揮權。這種指揮權並不總是良性的，因此我們才有了妖煞的故事。你以前傷害過這個集體，但是，葛尼．哈萊克，你沒有看到這個集體正在蛻變嗎？這個年輕人已經取得內部合作，這種合作威力無窮，所向披靡。即使沒有眼睛，我也看到了。我曾經反對他，但現在我追隨他。他是醫治者。」

「你究竟是誰？」哈萊克問道。

「我就是你所看到的這個人。不要看我，看這個你受命要教導和測試的人。危機造就了他，而他就在這裡。」

「你是誰？」哈萊克堅持問道。

「我告訴你，只需看著這個亞崔迪年輕人！他是我們這個物種生存所需要的終極反饋，他將過去的結果重新注入整個系統。任何人都無法像他一樣了解過去。這樣一個人，你卻想毀掉他！」

「我受命去測試他，並沒有——」

「但你這麼做了！」

「他是妖煞嗎？」

傳道人的臉上浮現古怪的笑容：「你還死守著貝尼・潔瑟睿德的無稽之談。你看她們如何創造育種的神話！」

「你是保羅・亞崔迪嗎？」哈萊克問道。

「保羅・亞崔迪已經死了。他試圖成為至高無上的道德象徵，同時放棄了一切道德上的自我標榜。他成了聖人，但封聖的神並不存在，每句話都成了褻瀆。你怎麼能認為——」

「你的聲音很像他。」

「你要測試我嗎？小心點，葛尼・哈萊克。」

哈萊克嚥了口唾沫，強迫自己將注意力放回冷眼旁觀的雷托。「被測試的人是誰？」傳道人問道，「有沒有可能潔西嘉女士是在測試你，葛尼・哈萊克？」

這個想法讓哈萊克極其不安，他不明白自己對傳道人的話為何有這麼強烈的反應。據說亞崔迪氏族的追隨者都有服從獨裁統治的天性。潔西嘉曾說明這件事，卻越說越玄。哈萊克感到自己的內心正在發生某種變化，若不是接受過潔西嘉的教導，他自己也無法察覺這種變化。他不想改變！

「你們之間，誰在扮演最終裁決的神？目的又是什麼？」傳道人問道，「回答這個問題，但不要單純憑理智來回答這個問題。」

慢慢地，哈萊克刻意將注意力轉移到盲人身上。潔西嘉一直教導他要學會平衡，掌握「汝可與汝不可」。她說，這是一種修練，但沒有文字、沒有語言、沒有規則、沒有爭論。那是敏銳的內在真實，令人著迷。這個盲人的聲音、語氣和態度點燃了一團猛烈的火苗，使他內心出現一種炫目的平靜。

「回答我的問題。」傳道人說道。

哈萊克感到他的話讓自己更專注在此時、此刻，以及他話中的要求上。他在世界的位置只由他的心思決定。他不再有疑慮，這就是保羅．亞崔迪。他沒有死，他回來了。還有這個不是孩子的孩子，雷托。哈萊克再次看了雷托一眼，真正看見了他。他看到他眼睛四周的壓力、他姿態中的協調感，還有那張妙語如珠此刻卻緊閉的嘴。雷托的身影異常鮮明，彷彿有聚光燈打在他身上。他因不抗拒而達到了內在和諧。

「告訴我，保羅，」哈萊克說道，「你母親知道嗎？」

傳道人發出喟嘆：「對女修會來說，只要接受現實，就能達到和諧。」

「告訴我，保羅，」哈萊克說道，「你母親知道嗎？」

傳道人再次嘆息：「對女修會來說，我已經死了。不要嘗試讓我復活。」

哈萊克追問道：「但為什麼她——」

「她做了她必須做的事。她過著自己的生活，認為自己掌控許多人的生命。我們都是這樣做的，扮演神。」

「但你還活著。」哈萊克喃喃道。他豁然開朗，轉頭看著這個人。保羅應該比自己年輕，但風霜使這人看起來比自己的年齡要大上一倍。

「那是什麼呢？」保羅問道，「活著？」

哈萊克環顧四周的弗瑞曼人。他們臉上有懷疑也有敬畏。

「我的母親從不需要經歷我的考驗。」這是保羅的聲音！「成為神，你終究躲不過厭煩、墮落。自由意志的產生不是沒有理由的！即使是神，可能也會希望用睡眠逃避一切，並只活在無意識投射的夢境中。」

「但你的確還活著！」哈萊克的聲音稍稍大了些。

保羅沒有理會老友話中的激動。他問道：「你真的要讓這個年輕人在你的附身測試中和他的妹妹決鬥？愚不可及！這對兄妹只會說：『不！殺了我！讓對方活下去！』這樣的測試能有什麼結果？活著又有什麼意義，葛尼？」

「測試不是這樣的。」哈萊克抗議道，他不喜歡周圍的弗瑞曼人漸漸靠過來。他們只顧著注視保羅，完全忽視了雷托。

但雷托突然間插話了：「看看結構，父親。」

「是的……是的……」保羅抬起頭，彷彿在嗅著空氣，「這麼說，是法拉肯了！」

「我們太容易追隨我們的思考，而不是感覺。」雷托說道。

哈萊克沒能理解雷托的想法。他剛想開口提問，雷托就伸手抓住他的手臂，打斷了他。「不要問，葛尼。你可能會因此再次懷疑我被附身。不！讓該發生的都發生吧，葛尼。如果硬要強求，你可能會毀了自己。」

但哈萊克覺得自己被重重迷霧圍住。潔西嘉警告過他：「出生前就有記憶的人很擅長迷惑人心。他們的把戲你永遠想像不到。」哈萊克緩緩搖了搖頭。還有保羅！保羅還活著，而且和自己可疑的兒子聯手！

圍著他們的弗瑞曼人再也克制不住。他們插進三人之間，將哈萊克和雷托擠到後面。空氣中充滿嘶啞的嗓音。「你是摩阿迪巴嗎？你真的是摩阿迪巴？這是真的嗎？告訴我們！」

「你們必須把我當作傳道人。」保羅推開他們說道，「我不可能是保羅．亞崔迪或是摩阿迪巴，再也不是了。我也不是荃妮的配偶或皇帝。」

哈萊克開始憂慮，這些挫敗的提問若得不到合理的回答，局面可能會失控。他正想行動，雷托已經搶先了。也正是在這時，哈萊克才第一次看到雷托身上發生的可怕變化。一陣雄獸的怒吼響起：「讓開！」隨後雷托向前擠去，將成年弗瑞曼人推開，有些人被推倒在地。他用手臂驅趕他們，用手直接抓住他們拔出的刀，把刀扭成一堆廢鐵。

一分鐘內，那些還站著的弗瑞曼人驚恐地緊貼著牆壁。雷托站在父親身旁。「沙胡羅說話時，你們只需服從。」雷托說道。

幾名弗瑞曼人想要反駁。雷托從通道的岩壁上掰下一塊石頭，用手碾碎，過程中始終面帶微笑。

「我能在你們面前拆了這個穴地。」他說道。

「沙漠魔鬼。」有人低聲說道。

「還有你們的水渠，」雷托點點頭，「我會撕裂。我們沒有來過這裡，你們聽明白了嗎？」所有人都不斷搖頭，以示屈服。

「你們沒有人見過我們。」雷托說道，「要是走漏任何消息，我會立刻回來把你們趕入沙漠，一滴水也不准帶。」

哈萊克看到很多手舉了起來，作出格擋的手勢，那是沙蟲的標誌。

「我們現在就離開，我的父親和我，還有我們的老朋友。」雷托說道，「給我們準備撲翼機。」

隨後，雷托帶著兩人來到舒洛克。途中他向他們解釋必須盡快行動，因為「法拉肯很快就要來厄拉科斯了。就像我父親說的，屆時你就能看到真正的測試了，葛尼」。

哈萊克坐在舒洛克山丘上，俯瞰山下的景象，再次自問。他每天都會問自己這個問題：「什麼測試？他是什麼意思？」

但雷托已經離開舒洛克，而保羅不願回答。

60

教會和國家、科學和信仰、個體和集體、進步和傳統——所有這些，都能在摩阿迪巴的教導中達成和諧。他教導我們，除了人類的執念，不存在無法妥協的對立。任何人都可以掀開時間之幕。你可以在過去或你的想像之中發現未來。如此，你便能贏回你的內在意識。你會明白宇宙是一致的整體，你與宇宙是無法分割的。

——厄拉欽恩的傳道人，哈克・阿拉達引述

・・・

珈尼瑪坐得遠遠的看著布林・阿格威斯，香料燈照射不到她。她不喜歡他的圓臉和激動的眉毛，還有他說話時雙腳動個不停的樣子，彷彿他的話中暗含旋律，而他的腳在隨之起舞。

他來這裡不是為了和史帝加談判，珈尼瑪告訴自己。她從那人的一舉一動看得清清楚楚。她又往後挪了一段距離，離議會的圈子更遠了。

每個穴地都有這樣的屋子，但在這個荒廢的新城鎮內，會議廳卻令珈尼瑪感覺很擁擠，因為屋頂實在太低了。室內面積倒是很大，史帝加這邊有六十人，加上阿格威斯的九個人，也只占據會議廳的一側。香料燈光照在幾根低矮的主柱上。空氣因刺鼻的油煙而充滿了肉桂味。

會議在祈禱和晚餐結束後的黃昏時分開始，已經進行了一個多小時，但珈尼瑪仍然沒能看穿阿格威斯的動向。他吐字清晰，但是動作和眼神卻不然。

阿格威斯正在說話，回答史帝加手下一名副手的問題。那個副手是赫若的侄女，名叫拉佳。她是皮膚黝黑、表情嚴厲的年輕女人，嘴角永遠下垂，以致總是一臉懷疑的表情。珈尼瑪覺得當下的情境確實很需要這樣的表情。

「我完全相信厄莉婭會饒恕你們，」阿格威斯說道，「否則，我就不會到這裡來。」

拉佳還想再次開口，史帝加打斷了她：「我們倒並不在意她是否值得信任，我反而有點擔心她是否信任你。」史帝加的語氣有隱隱的怒意。阿格威斯提議要他恢復原職，這讓他難以安心。

「她信不信任我並不重要。」阿格威斯說道，「老實說，我不認為她信任我。為了找你們，我花了太多時間。但我總覺得她並不真的想抓到你。她——」

「我殺了她的丈夫，」史帝加說道，「我承認那是他自找的。即使我不殺了他，他也很有可能自殺。但是厄莉婭的態度看起來——」

阿格威斯跳了起來，臉上帶著明顯的怒氣：「她原諒你了！我還得說多少遍！她讓祭司演了一場問神的戲——」

「你提出一個新問題。」是伊若琅，她身體前傾，越過了拉佳，金色的頭髮遮住了拉佳的黑髮，「她說服了你。但事實上，她可能另有計畫。」

「祭司團已經——」

「到處都有流言，」伊若琅道，「說你不只是個軍事幕僚，還是她的——」

「夠了！」阿格威斯憤怒至極。他的手在晶刃匕附近晃動，幾乎控制不住抽刀殺人的衝動，連面孔都開始扭曲。「信不信由你，但我無法再和那女人繼續下去了！她弄髒了我！她玷汙了她觸摸到的每樣東西！

我被利用了。我一身髒泥——但我從來不會拿刀對付我的族人。到此為止！」

看到這一幕，珈尼瑪想：他總算流露真情了。

史帝加出乎意料地大笑起來。「哈，我的侄子，」他說道，「原諒我，但羞惱會讓人洩漏本性。」

「你同意了？」

「我沒這樣說，」他舉起一隻手，阻止阿格威斯的另一次怒罵，「這不是為了我，布林，是為了大家。」他伸手指向四周的人，「他們是我的責任。我們需要時間考慮厄莉婭提出的補償。」

「補償？從來沒有補償這回事。只有饒恕，但沒有……」

「那麼她提出哪些保證？」

「泰布穴地和你的耐巴地位，保持完全的自治和中立。她現在理解了——」

「我不會加入她的人馬，也不會提供戰士給她。」史帝加警告說，「了解嗎？」

珈尼瑪聽出史帝加開始動搖了。她想：不，史帝加！不！

「不需要那些，」阿格威斯說道，「厄莉婭只希望你把珈尼瑪還給她，讓她履行婚約——」

「原來如此！」史帝加皺起眉頭，「珈尼瑪是我獲得赦免的代價。她以為我——」

「她認為你是明理的人。」阿格威斯道。

珈尼瑪高興地想：他不會答應的。別浪費力氣了。他不會答應的。

就在這時，她聽到左後方傳來一陣沙沙聲。她想躲閃，但一雙有力的手抓住了她。她還沒來得及叫出聲，一塊浸過迷藥的粗布就蒙住了她的臉。在失去意識之前，她感受到自己被扛著朝會議廳內最暗的那扇門前進。她想：我早該猜到的！我應該防備的！抓住她的那雙手是成年人的手，強壯有力。她無法掙脫。

珈尼瑪最後意識到的是冷冽的空氣、星辰的微光和一張蒙住的臉。這張臉望著她。接著響起一個聲音：「她沒有受傷吧？」

她沒能聽見回答。星空在她的視野中飛速旋轉，最後，隨著一道閃光，星空消失了。

61

摩阿迪巴給我們一門特殊知識，那就是洞悉未來。他讓我們知道伴隨這種洞悉而來的是什麼，以及預知未來的能力將如何影響那些似乎已經「準備就緒」的事件（即被預見到的、在相關系統中注定要發生的事件）。如前所述，這種洞悉成了怪誕的陷阱，困住預知者本人。他很可能成為犧牲品，為自己知道的事情獻祭——人類普遍有這樣的弱點。危險在於，他很可能會沉溺於自己所預知的真相中，忽視了一點：他們的預象會產生兩極化的作用。他們很容易忘記，在一個兩極分化的宇宙中，所有東西都需要其對立面才能存在。

——哈克·阿拉達《預象》

•••

風捲起的沙塵如同大霧般浮在地平線上，遮擋了上升的旭日。沙丘陰影下的沙子仍然很涼。雷托站在大草原外緣眺望遠處的沙漠。他聞到塵土味，還有荊棘散發的芳香，聽到人和動物在清晨活動。這裡的弗瑞曼人沒有修建水渠。他們只有寥寥幾株親手種下的植物，幾個女人在澆水，水來自她們隨身攜帶的皮袋。他們的捕風器不怎麼堅固，沙暴一來就故障，但又很容易修復。艱苦、苛刻的香料貿易，再加上冒險，共同構成這裡的生活方式。這些弗瑞曼人仍然堅信天堂就是能聽到潺潺水聲的地方，但也正是這些人仍然珍惜雷托也認同的古老自由理念。

自由是一種孤獨的狀態，他想。

雷托調整白色長袍的繫帶，長袍覆蓋了他那件有生命的蒸餾服。他能感覺到沙鱒的膜是如何改變自己，也必須強迫自己克服深沉的失落感。他已經不完全是人類了。他的血液中流淌著奇怪的東西。沙鱒的纖毛已經刺入所有器官，他的器官不斷變化、適應，沙鱒也在變化、適應。雷托知道這一切，但他仍然感到殘留的人性在撕扯他的心，感到生命因被連根拔而飽受煎熬。但是，他知道沉溺於這種感覺的後果，他很清楚。

讓未來自然發生吧，他想著，創造的唯一法則，就是創造本身。

他的目光不願離開沙漠和沙丘，不願離開那巨大的空無。沙漠邊緣躺著零星幾座岩石，那令人聯想到風、沙塵、稀有而孤零零的植物和動物，想起沙丘如何融入沙丘、沙漠如何融入沙漠。

身後傳來晨禱的笛聲。在這位新生的沙胡羅聽來，歌詠水氣的禱告彷彿是稍微變調的情歌。有了這種體認之後，音樂中似乎帶上了永恆的孤寂。

我可以就這麼走入沙漠，他想。

如果這樣做，一切都將改變。他可以任選一個方向走下去，無論哪個方向都一樣。他已經學會手無長物的生活，將弗瑞曼人的祕訣提升到可怕的程度：他攜帶的任何東西都是必需品，也只帶著必需品。他身上就只有長袍、藏在衣褶的亞崔迪氏族鷹戒，還有原本不屬於他的皮膚。

從這裡一走了之，太容易了。

空中的動靜引起他的注意——翅膀的形狀表明了那是一隻禿鷹。這景象令他心頭一痛。像弗瑞曼人一樣，禿鷹選擇在此生活，是因為這裡是牠們的出生地。牠們不知道還有什麼更好的地方。沙漠造就了牠們。

然而，在摩阿迪巴和厄莉婭的統治下，新的弗瑞曼人種誕生了。正是因為他們，他才不能像他父親那樣就此走入沙漠。雷托想起艾德侯很早以前說過的一句話：「這些弗瑞曼人，他們活得很有尊嚴。我從來沒碰過貪婪的弗瑞曼人。」

現在卻出現了很多貪婪的弗瑞曼人。

一陣悲傷襲上。他決心要踏上那條路，去改變這一切，但是為此付出的代價實在是太高昂。而且，隨著他逐漸接近旋渦，那條路也越來越難掌控。

克拉里茲克，終極鬥爭，就在眼前……但那是迷失的代價，甚至更糟。

雷托身後傳來說話聲，然後是清脆的童音：「他在這裡。」

雷托轉過身去。

傳道人從大草原走了出來。一個孩子在前頭領著他。

為什麼我仍然把他當成傳道人？雷托問自己。

答案清晰印在雷托腦中：因為不再有摩阿迪巴，不再有保羅・亞崔迪。沙漠造就了他現在這個樣子——沙漠，還有迦庫魯圖的爪牙餵給他的大量香料，再加上他們不時的引誘。傳道人比他要老得多，香料並沒有延緩他的衰老，反而加劇了衰老。

「他們說你想見我。」小領路人停下後，傳道人開口說道。

雷托看著大草原的孩子，他幾乎和自己一樣高，一臉既畏懼又好奇的神情。小號蒸餾服面罩上方露出炯炯發亮的少年眼睛。

雷托揮了揮手：「退下。」

有那麼片刻，孩子聳著肩，一副不樂意的模樣。但很快，弗瑞曼人尊重隱私的本性占了上風，他離開了他們。

「你知道法拉肯已經到了厄拉科斯嗎？」雷托問道。

「葛尼昨晚載著我飛到這裡時，已經告訴我了。」

傳道人想：他的話多麼冷淡，就像過去的我。

「我面對困難的抉擇。」雷托說道。

「我以為你早就作出決定。」

「我們都知道那個陷阱，父親。」

傳道人清了清嗓子。緊繃的氣氛告訴他危機已近在眼前。雷托不再依靠純粹的預象了，他開始掌握預象。

「你需要我幫忙？」傳道人問道。

「是的，我要回厄拉欽恩，我希望以你領路人的身分回去。」

「為什麼？」

「你能再去厄拉欽恩傳一次道嗎？」

「也許。我還有些話沒說完。」

「你無法再回沙漠了，父親。」

「如果我答應跟你去的話？」

「對。」

「我會遵從你的任何決定。」

「你考慮過嗎？法拉肯來了，你母親肯定和他在一起。」

「毫無疑問。」

傳道人再次清了清嗓子。這洩漏了他內心的緊張，摩阿迪巴絕不會允許自己有這種表現。這具軀體離過去的自律太遠了，他的神智常會洩漏迦庫魯圖造就的瘋狂。傳道人認為回厄拉欽恩或許並不是明智的選擇。

「你無需和我一起回去，」雷托說道，「但我的妹妹在那裡，我必須回去。你可以和葛尼一起走。」

「如果只有你一個人，你也會去厄拉欽恩嗎？」

「是的，我必須見法拉肯。」

「我和你一起去。」傳道人嘆了口氣。

雷托從傳道人的舉止中感受到幾絲古老預象的狂熱。他想：他還在玩那套預知的把戲嗎？不。他不會再走那條路了。他知道與過去糾纏會掉入什麼陷阱。傳道人的每句話都證實了他已經將預象全托付給兒子，因為他知道，兒子已預知宇宙的萬事萬物。

「我們幾分鐘後離開，」雷托說道，「你想告訴葛尼嗎？」

「葛尼不和我們一起去？」

「我想讓葛尼活下來。」

緊張就緊張吧，傳道人不壓抑了。周圍的空氣中、他腳下的土地裡，緊張無處不在，但主要集中在那個不是孩子的孩子身上。過去的預象哽在他的喉嚨裡，隨時可能發出吶喊。

這該死的神聖！

他躲不掉恐懼。他知道他們在厄拉欽恩將面對什麼。他們將再次和那種可怕、致命、永不給他們安寧的力量對決。

62

孩子拒絕戴上父親的枷鎖，這象徵了人類最獨一無二的能力。「我無需成為我父親那樣的人。我無需遵從父親的命令，甚至無需相信他所相信的。身而為人，我有能力選擇相信什麼、不相信什麼，成為什麼、不成為什麼。」

——哈克・阿拉達《雷托・亞崔迪二世》

• • •

朝聖的女人在神殿廣場上隨著鼓聲笛聲起舞。她們的頭上沒有頭巾，脖子上也沒有項圈，衣衫輕薄透明，轉圈時，長長的黑髮時而筆直地甩動，時而披散在臉上。

厄莉婭在神殿高處看著底下的場景，又是入迷，又是厭惡。早晨已經過了一半，不久後，香料咖啡的香氣將從遮陽棚下的商鋪中傳出，瀰漫整座廣場。很快，她將出去迎接法拉肯，送上正式的禮物，並監督他和珈尼瑪的第一次會面。

一切都按照計畫順利進行。珈尼將殺了他，然後，在接下來的混亂中，只有一個人準備好收拾殘局。線繩拉動，木偶開始跳舞。一如她的期望，史帝加已經殺死阿格威斯。阿格威斯在不知情的情況下將她的人帶到新城鎮，綁架了史帝加等人。她送給阿格威斯的新靴中藏著信號發射器。史帝加和伊若琅此時被關押在神殿的地牢裡。或許應該馬上處死，但兩人可能還有利用價值，再等等也無妨。

她注意到下方的城市弗瑞曼人正在觀賞朝聖者跳舞，眼神熱烈而堅定。離開沙漠之後，城鎮裡的弗瑞曼人仍維持基本的性別平等，但男性和女性的社會差異已悄悄入侵。這一點也在計畫中。分裂及軟弱。從這些欣賞異星舞蹈的弗瑞曼人身上，厄莉婭能感受到這種細微的變化。

讓他們看吧。讓他們的腦中塞滿七情六欲。

上半截窗戶開著，厄莉婭能感到外面溫度在急劇上升。在這個季節，溫度將在日出後升高，並在午後達到高峰。廣場石板上的溫度要比這裡高出許多，舞者會很不舒服，但她們仍舊在旋轉、下腰、甩開雙臂，髮絲仍舊隨著舞姿飄散。她們將舞蹈獻給厄莉婭，天堂之源。一名副官和她提過這件事，而且對這些異星人的奇特行為相當不屑。副官解釋那些女人來自伊克斯星，那裡還殘留了一些違禁的科學和科技。

厄莉婭哼了一聲。這些女人和沙漠中的弗瑞曼人一樣無知、迷信且落後……那個不屑的副官說得沒錯。但是，那副官和這些伊克斯人都不知道，在某種已經消亡的語言中，伊克斯這個詞只是一個數字。

厄莉婭輕輕笑了笑，想：讓她們跳吧。舞蹈能消耗能量，而這些能量原本可能被用於破壞。再說音樂也很動聽，在葫蘆鼓和拍手聲之間，一陣陣似有若無的樂聲不住飄盪。

突然間，廣場遠端傳來的嘈雜聲淹沒了音樂。舞者踏錯舞步，短暫的遲疑之後又重新舞動，但已經無法做到整齊劃一，連注意力都飄到廣場另一端的入口。那裡有一群人擁到石板上，像流水通過開啟的水渠。

厄莉婭盯著那股人流。

她聽到了喊叫聲，有個詞蓋過了其他聲音：「傳道人！傳道人！」

隨後，她看到了他，隨著第一道波浪大步走來，一隻手搭在年輕領路人的肩上。

朝聖的舞者不再轉圈，退回到厄莉婭下方的臺階附近，和觀眾擠在一起。厄莉婭感覺到了人群的敬畏。她自己也心慌意亂。

他竟敢！

她半轉過身，想召喚侍衛，轉念一想又放棄了。人群擠滿了廣場。如果阻擾他們聆聽盲人的預言，場面可能會很難看。

厄莉婭握緊拳頭。

傳道人！為什麼保羅要這麼做？有一半的人認為他是「沙漠狂人」，因此害怕他；另一半人則在市集或商鋪竊竊私語，說他就是摩阿迪巴，不然祭司團怎會允許他傳布乖戾的異端邪說？

厄莉婭在人群中看到了難民，那些從廢棄穴地逃出來的殘存者，身上的長袍破爛不堪。

「夫人？」

聲音從厄莉婭身後傳來。她轉過身，看到姿亞站在通向外廳的拱廊。全副武器的皇室侍衛緊跟在她身後。

「什麼事，姿亞？」

「夫人，法拉肯在外面請求會面。」

「在這裡？我的宅邸內？」

「是的，夫人。」

「他一個人嗎？」

「還有兩名護衛和潔西嘉女士。」

厄莉婭一隻手放在喉嚨上，想起上次與母親的對峙。時空不同了，新的情勢決定了兩人的關係。

「他太急躁了，」厄莉婭說道，「他有什麼理由嗎？」

「他聽說了那個……」姿亞指了指居高臨下的窗戶。「他說，他聽說妳有最好的視野。」

厄莉婭皺起眉頭：「你相信他的話嗎，姿亞？」

「不，夫人。我認為他聽說了一些流言。他想看看您的反應。」

「是我母親教唆的！」

「顯然是，夫人。」

「姿亞，我親愛的，我要求妳執行一系列非常重要的命令。過來。」

姿亞走到離她只有一步遠的地方：「夫人？」

「讓法拉肯、他的護衛，還有我母親進來。然後把珈尼瑪帶來這裡。她全身上下都要打扮成弗瑞曼新娘——全身上下。」

「帶著刀嗎，夫人？」

「帶著刀。」

「夫人，那……」

「珈尼瑪不會對我構成威脅。」

「夫人，有充分的理由顯示她和史帝加一起逃走比較是為了保護他而不是——」

「姿亞！」

「夫人？」

「珈尼瑪已經為史帝加請命，而史帝加還活著。」

「但她是第一順位繼承人！」

「儘管執行我的命令，讓珈尼瑪準備好。同時，派祭司團的五名神殿侍祭到廣場上，讓他們伺機搭話，把傳道人請來我這裡，除此之外什麼也別做。他們不能用武力。邀請時務必要恭敬，絕不能使用武力。還有，姿亞——」

「夫人？」她繃著臉確認。

「必須同時將傳道人和珈尼瑪帶來。我打出手勢時，兩人要一起進來。明白了嗎？」

「我知道這個計畫，夫人，但是——」

「去辦就是了！一起帶進來。」隨後厄莉婭一揚頭，示意女侍衛離去。姿亞轉身走了。厄莉婭說道：「順便讓法拉肯他們進來，但是要找十個最可靠的人帶他們過來。」

姿亞轉過頭來，邊走出屋子邊說：「遵命，夫人。」

厄莉婭轉身望向窗外。只要再過幾分鐘，計畫就會結出血淋淋的果實。保羅將當場目睹他女兒發出致命的一擊，終結他的自命不凡。厄莉婭聽到姿亞的侍衛隊走了進來。很快就要結束了，一切都將結束。她洋洋自意，俯視傳道人站在第一級臺階上，年輕領路人隨侍在側。厄莉婭看到身穿黃色長袍的神殿祭司等在左邊，隨著人群推擠慢慢後退。然而他們在對付人群方面很有經驗，仍設法接近目標。傳道人的聲音在廣場上空迴盪，人群屏氣凝神等待他講道。讓他們聽吧！很快，他的話將被解讀成別的意思，而且不會再有傳道人來糾正了。

她聽到法拉肯一行人走了進來。潔西嘉的聲音傳來：「厄莉婭？」

厄莉婭沒有轉身，直接說道：「歡迎，法拉肯王子，還有妳，母親。過來欣賞好戲吧。」她向身後瞥了一眼，見身材魁梧的薩督卡泰卡尼克正怒視著攔路的侍衛。「太失禮了，」厄莉婭說道，「讓他們過來。」兩名侍衛顯然接到了姿亞的指令，走上前站在她和其他人中間。其他侍衛退到一旁。厄莉婭退到窗戶右側，示意道：「這裡是視野最好的位置。」

潔西嘉穿著傳統黑色長袍，兩眼盯著厄莉婭，陪著法拉肯走到窗前，站在他和厄莉婭的侍衛之間。

「妳真是太客氣了，厄莉婭夫人，」法拉肯說道，「我聽到太多關於這位傳道人的傳言。」

「那底下就是他本人。」厄莉婭說道。法拉肯穿著灰色薩督卡軍服，軍服上沒有任何裝飾，舉手投足間的優雅吸引了厄莉婭。或許這位柯瑞諾王子不只是遊手好閒的紈褲。

傳道人的聲音被窗戶下的監聽器放大之後，傳遍整個屋子。厄莉婭感到自己的骨頭都隨之震動，她開始入迷地傾聽他講道。

「我發現自己來到了禪沙漠，」傳道人喊道，「身處哀嚎的荒地。神命令我把那個地方清理乾淨。因為我們在沙漠上被激怒，在沙漠上悲痛。我們在曠野中受到誘惑，放棄了我們的道路。」

禪沙漠，厄莉婭想，第一批禪遜尼流浪者接受試煉的地方，而弗瑞曼人正是這些流浪者的後裔。他在說什麼？他難道是在暗示，那些效忠於皇室的穴地被摧毀有他的一份？

「凶暴的野獸躺在你們的土地上，」傳道人說道，話聲在廣場上迴盪，「陰沉的生物占據了你們的房屋。你們這些逃離家園的人無法回到沙漠上生活。是的，你們這些背棄正道的人，如果再執迷不悔，將死在汙穢的巢中。但如果你們留意我的警告，神將指引你們穿越深淵，進入神的山嶺。是的，沙胡羅會指引你們。」

人群發出低吟。傳道人停了下來，空洞的眼窩跟著聲音從這頭掃到那頭。接著他舉起雙手，張得很開，叫喊道：「哦，神，我的肉體渴望回到乾涸的土地！」

一名老婦人站在傳道人面前，從她破爛的長袍就能看出她是難民。她朝著他舉起雙手，祈求道：「幫幫我們，摩阿迪巴，幫幫我們！」

厄莉婭的胸腔因恐懼而緊縮。她問自己那個老婦人是否知道事情的真相。她瞥了母親一眼，但潔西嘉女士並沒有移動，而是在法拉肯、厄莉婭的侍衛和窗戶外的景象之間來回打量。法拉肯則彷彿在那裡生了根，牢牢地被吸住了。

厄莉婭又朝窗外看去，想尋找那幾名神殿祭司。他們沒有出現在她的視野中，她懷疑他們已經繞到神殿的大門下，想從那裡找條路直接走下臺階。

傳道人用右手指著老婦人的頭喊道：「能幫助你們的，只有你們自己！你們都是反叛者，你們帶來了乾燥的風，挾帶著沙塵和熱浪。你們背負著沙漠的重擔，以及來自沙漠，來自那可怕地方的旋風。我從荒野中走來。水從破裂的水渠流過沙漠。河流在大地縱橫交錯。沙丘中心竟然有水從天空落下！哦，我的朋友，神給我下了命令，在沙漠中為我們的主建造一條大道吧。」

他伸出一根僵硬的手指，顫抖著指了指腳下的臺階：「新城鎮永遠不再能居住，那並不是我們的損失！我們曾吃著來自天堂的麵包，然而陌生人的喧鬧將我們趕離家園！他們給我們帶來了荒蕪，讓我們的土地不再適合居住、不再有生機。」

人群開始騷動，難民和城市弗瑞曼人怒視著身邊的異星朝聖者。

他可能會發動血腥暴亂！厄莉婭想，好吧，隨他去。我的祭司可以趁亂接近他。

她看到了那五名身穿黃色長袍的祭司結成緊密的小隊伍，沿著傳道人身後的臺階慢慢往下走。

「我們灑在沙漠上的水變成了鮮血，」傳道人揮舞著手臂說道，「流淌在我們土地上的鮮血！看哪，我們的沙漠可以安樂又繁榮。這樣的沙漠引來了陌生人，陌生人藏在我們中間，帶來了暴力！他們的部隊在集結，最後的克拉里茲克就要來臨了！他們奪取沙漠的豐饒物產，挖走藏在地底的珍寶。看哪，他們仍然在繼續邪惡的工作。書上是這麼寫的：『我站在沙漠上，看到沙地中躍起一頭野獸，野獸的頭上刻著神的名字！』」

人群發出憤怒的低語，紛紛舉起拳頭，揮舞著。

「他在做什麼？」法拉肯小聲問道。

「我也想知道。」厄莉婭說道。她一隻手撫著胸口，感受著此刻的緊張和刺激。如果他再繼續說下去，人群就要對朝聖者動手了！

然而傳道人卻側轉身體，空洞的眼窩對準神殿，伸出手，指著高處厄莉婭宅邸的窗戶。「褻瀆仍然存在，」他叫喊道，「褻瀆！褻瀆者就是厄莉婭！」

廣場上的人目瞪口呆。

厄莉婭全身一僵。她知道人群看不到她，但仍然覺得自己正暴露在大庭廣眾之下，顯得那麼無助。她腦中那個想安慰她的聲音與她的心跳在相互較量。她只能定定看著底下那場精彩的演出。傳道人的手仍繼續指著窗戶。

然而，祭司再也無法忍受他的話。他們打破了沉默，發出憤怒的呼喊，向臺階下衝去，撞開一條路。人群也開始反抗，如同波浪般衝上臺階，將站在第一排的觀眾撞得七零八落。波浪捲住了傳道人，衝散他和年輕領路人。隨後，人群中伸出一隻套著黃色衣袖的手臂，手臂末端的手揮舞著一把晶刃匕。她看到那把刀刺了下去，扎進傳道人的胸膛。

神殿大門關閉的巨響讓厄莉婭從震驚中回過神來。侍衛這麼做顯然是為了防止人群衝入神殿。但人們已經後退了，在臺階上圍著一具坍縮的物體。可怕的死寂籠罩著廣場。厄莉婭看到很多屍體，但只有那一具單獨躺在那裡。

人群發出痛苦的叫喊：「摩阿迪巴！他們殺了摩阿迪巴！」

「神啊，」厄莉婭顫抖著，「神啊。」

「現在祈求已經晚了，不是嗎？」潔西嘉說道。

厄莉婭轉過身，注意到法拉肯被她嚇到——他看到她臉上的狂怒。「他們殺死了保羅！」厄莉婭尖叫道，「那是妳兒子！當那些人證實了這一點之後，妳知道會發生什麼事嗎？」

潔西嘉靜靜站在那裡，久久不動。厄莉婭告訴她的事，她早已知道。法拉肯伸出手拍了拍她，打破了此刻的安靜。「女士。」他說，聲音飽含同情，潔西嘉心想，她或許會被那樣的同情淹死。她看看厄莉婭臉上冰冷的怒容，再看看法拉肯臉上的哀傷和憐憫，不禁想：或許我的工作做得太出色了。

厄莉婭的話沒有可疑之處。潔西嘉記得傳道人聲音中的每個語調，從中聽出自己的心血。她花了多年時間栽培那個人。他注定要成為皇帝，現在卻躺在神殿臺階前那張血淋淋的墊子上。

加弗拉讓我變得盲目，潔西嘉想。

厄莉婭向一個副官示意：「把珈尼瑪帶來。」

潔西嘉強迫自己理解那幾個詞的意思。珈尼瑪？現在？為什麼？

副官轉身向外屋的大門走去，正想下令打開門閂，但話還沒有出口，整扇門就鼓了起來。鉸鏈崩裂了，門閂也彈到一旁。厚鋼板製成、能抵擋可怕能量的大門就倒在屋內。侍衛手忙腳亂躲開倒下的大門，紛紛拔出武器。

潔西嘉和法拉肯的護衛緊緊圍著柯瑞諾王子。

然而門框下只站著兩個小孩：珈尼瑪站在左方，身穿著黑色婚禮長袍；雷托站在右側，沾滿沙塵的白色長袍下方是灰色緊身蒸餾服。

厄莉婭站在倒下的大門旁，看著這兩個孩子，不由自主抖了起來。

「家族成員都在這裡歡迎我們。」雷托說道，「祖母。」他朝潔西嘉點了點頭，然後將注意力轉到柯瑞諾王子身上，「這位一定是法拉肯王子。歡迎來到厄拉科斯，王子。」

珈尼瑪的眼神空蕩蕩的。她的右手抓住腰間的儀式用晶刃匕，努力想從雷托手中掙脫。雷托搖了搖她的手臂，她整個身體隨之一晃。

「看著我，各位家人，」雷托說道，「我是亞崔迪氏族的雄獅。還有這位——」他又搖了搖她的手臂，她的身體再次晃了幾下，「這位是亞崔迪氏族的母獅。我們來引導你們走上Secher Nbiw，黃金之路。」

珈尼瑪聽到了那個暗語，「Secher Nbiw」。被封存的記憶立刻重新流回她的意識，整整齊齊地排列著、流淌著，體內母親的意識在記憶之流周圍巡守，她是記憶大門的守衛。此刻，珈尼瑪知道自己已經征服體內的喧嚷呼喊。她擁有了一扇大門，需要時，她可以透過門觀察過去。幾個月的自我催眠為她打造了一個安全的堡壘，她可以在裡面管理自己的肉身。當她意識到自己站在何處以及和誰站在一起之後，立刻轉向雷托，想向他說明自己身上的變化。

雷托放開她的手臂。

「我們的計畫奏效了嗎？」珈尼瑪低聲問道。

「夠有效了。」雷托說道。

厄莉婭從震驚中回過神來，衝著站在她左邊的侍衛喊道：「抓住他們！」

雷托彎下腰，單手抓起地上的門，扔向侍衛。兩名侍衛被釘在牆上，剩下的都驚恐地向後退去。這扇門有半噸重，而這孩子卻能隨手拋擲。

厄莉婭這才意識到門外的走廊肯定還躺著更多侍衛，雷托進來時已經消滅了他們，而且，這孩子還毀了她那扇牢不可破的門。

看到那兩具被釘在牆上的屍體，目睹雷托擁有的力量之後，潔西嘉也有相同的猜測。但珈尼瑪剛才的話觸發了她的貝尼·潔瑟睿德內心，迫使她維持鎮定。

「什麼計畫？」潔西嘉問道。

「黃金之路，為了帝國所作的計畫，我們的帝國。」雷托說道，他朝法拉肯點了點頭，「別把我想得太壞，表兄。我也在為你效力。厄莉婭想讓珈尼瑪殺了你，我則寧願你多少能幸福地過自己的生活。」

厄莉婭朝走廊裡畏畏縮縮的侍衛尖叫道：「我命令你們，抓住他們！」

但侍衛不願進入屋子。

「在這裡等我，妹妹，」雷托說道，「我還有討厭的任務要完成。」他穿過屋子，朝厄莉婭走去。她在他面前往後退，縮到角落裡，蹲下身體，拔出了刀。刀柄上綠色的珠寶反射著窗戶透入的陽光。

雷托繼續前進。他赤手空拳，但手已經張開，做好了準備。

厄莉婭的刀猛地刺來。雷托跳了起來，幾乎撞上天花板。他左腿踢出，踢中她的頭。她四腳朝天跌倒在地，額頭留下了一道血痕。晶刃匕從她的手中飛落，順著地板滑到屋子另一頭。厄莉婭慌忙朝刀子爬去，卻發現雷托站在她前方。

厄莉婭猶豫了一下，回憶起她所受過的一切貝尼．潔瑟睿德訓練，從地板上爬了起來，保持著放鬆的平衡姿態。

雷托繼續向她走去。

厄莉婭向左佯攻，右肩一旋，踢出右腿，腳尖直戳過去。如果攻擊到位，這一腳可以把人的內臟都踢出來。

雷托用手臂承受這一踢，然後一把抓住她的腳，把她整個人拎了起來，揮動手臂掄轉。轉動的速度越來越快，她的長袍不斷抽打著她的身體，啪啪聲傳遍整間屋子。

其他人都低下頭，躲到一邊。

厄莉婭不斷尖叫，但雷托繼續揮動她。叫聲漸漸停下。

雷托放慢速度，輕輕把她放在地板上。她躺在那裡，喘著粗氣。

雷托朝她彎下腰。「我本來可以把妳甩到牆上，」他說道，「或許這是最好的解決辦法。但是，妳應該自己選擇。」

厄莉婭的眼睛瘋狂地左右掃視。

「我已經征服了內在生命，」雷托說道，「看看珈尼吧，她也——」

珈尼瑪打斷道：「厄莉婭，我可以教妳——」

「不！」厄莉婭發出淒厲的喊叫，胸膛不住起伏，聲音開始滔滔不絕從她口中湧出，支離破碎，有的在咒罵，有的在懇求。「看到了吧！妳為什麼就是不聽！」還有「你為什麼這麼做！發生了什麼事？」接著是「讓他們住嘴！」

潔西嘉蒙住雙眼。她感到法拉肯把一隻手放在她肩上，安慰著她。

厄莉婭仍在咆哮：「我要殺了你！」她飆出駭人聽聞的咒罵，「我要喝光你的血！」各種語言從她的嘴裡冒出，亂七八糟，令人驚駭。

走廊裡擠成一團的侍衛擺出沙蟲手勢，用拳頭堵住耳朵。她被附身了！

雷托搖搖頭，走到窗戶旁，飛快捶了三下，擊碎牢不可破的超玻璃。

厄莉婭的臉上現出一絲狡猾的神色。從那張扭曲的嘴中，潔西嘉聽到了類似自己的聲音，拙劣地模仿貝尼·潔瑟睿德的魅音。「你們所有人！站在那裡別動！」

潔西嘉放下雙手，發現上面沾滿淚水。

厄莉婭翻了個身，吃力地站了起來。

「你們不知道我是誰嗎？」她問道。這是她以前的聲音，是小厄莉婭那甜美輕快的聲音，「為什麼你們都那樣看著我？」她把懇求的目光對準潔西嘉，「母親，阻止他們。」

潔西嘉只能搖搖頭，極端的恐懼讓她全身虛軟。貝尼・潔瑟睿德那些古老的警告全變成了現實。她看著並肩站在厄莉婭身旁的雷托和珈尼瑪。對可憐的雙胞胎來說，這些警告又意味著什麼？

「祖母，」雷托的語氣帶著懇求，「我們非得進行附身測試嗎？」

「你有什麼資格談測試？」厄莉婭的聲音變成男人，那個暴躁、專橫、好色的男人。

雷托和珈尼瑪都聽出了這個聲音。老哈肯能男爵。同樣的聲音也在珈尼瑪的海中響起，但她體內的大門關閉了，她能感受到母親在為她守衛門口。

潔西嘉仍無法開口。

「那麼由我來決定吧。」雷托說道，「選擇在妳，厄莉婭。附身測試，或者……」他朝破碎的窗戶揚了揚頭。

「你憑什麼叫我選擇？」厄莉婭問道。仍然是老男爵的聲音。

「魔鬼！」珈尼瑪尖叫道，「讓她自己決定！」

「母親，」厄莉婭用小女孩的聲音懇求道，「母親，他們在幹什麼？妳想讓我怎麼辦？幫幫我。」

「妳幫助自己吧。」雷托命令道。隨即，在那瞬間，他在她眼中看到他姑母破碎的影像，她透過那雙眼睛無助地看著自己。影像很快消失。她的身體動了起來，像根棍子一樣僵硬而又艱難地走著。她搖搖晃晃，不斷摔倒，不斷轉身回來，而後又不斷轉身繼續前進。離窗戶越來越近了。

老男爵的聲音從她的嘴唇中發瘋般湧出。「停下！停下，我說！我命令妳！停下！感受這個吧！」厄莉婭伸手抱住頭，跌跌撞撞來到窗前。她把腿靠在窗臺上，那個聲音仍在咆哮。「別這麼做！停下，我能幫妳！我有個計畫。聽我說。停下，我說。等等！」厄莉婭把手從頭上拿開，抓住破損的窗扉，猛一用力，把自己拉離窗臺，消失在窗外。摔落的過程中甚至沒有發出一聲尖叫。

他們在屋內聽到人群大喊大叫，隨後傳來沉悶的撞擊聲。

雷托看著潔西嘉：「我們告訴過妳，要憐憫她。」

潔西嘉轉身將臉埋入法拉肯的上衣。

63

有這麼一個假設：攻擊某個系統中具有意識的部分，系統可以運作得更順暢。這洩漏了危險的無知。那些自稱科學家或科技專家的人常會走上這種無知的路。

——哈克・阿拉達《巴特勒聖戰》

・・・

他和珈尼瑪待在堡壘的小會客廳，雷托要兩人在那裡等他。泰卡尼克站在一側，因為身邊的潔西嘉女士而渾身不自在。潔西嘉現在顯得非常孤僻，彷彿活在另一個世界。早餐結束還不到一個小時，但很多事情都已經動了起來：傳召宇航，還有發訊息給鉅貿聯會和蘭茲拉德會。

法拉肯發現自己很難理解這些亞崔迪人。關於這一點，潔西嘉女士已經警告過他，但他還是大惑不解。他們仍然在討論婚禮，儘管政治聯姻的理由已經不存在。雷托將登上皇位，這一點沒什麼疑問。當然，他那身奇怪的活皮膚需要蛻掉……但是，到時候……

「他在晚上奔跑，表兄，」珈尼瑪說道，「你見過他奔跑嗎？」

「沒有。」法拉肯說道。

「他奔跑是為了讓自己疲憊，」珈尼瑪說道，「他是克拉里茲克的化身。沒有風能快得過他。當他用盡力氣，他會回來，枕著我的腿休息。『讓我們內在的母親找個方法讓我死去。』他這樣求我。」

法拉肯盯著她。廣場騷亂過後的一星期內，堡壘內有種奇異的節奏，日子過得神神祕祕。從泰卡尼克（目前正為亞崔迪氏族提供軍事建言）那裡，他還得知大盾壁後方爆發了激烈的戰爭。

「我聽不懂。」法拉肯說道，「找個方法讓他死去？」

「他叫我讓你預備好。」珈尼瑪說道。這位柯瑞諾王子古怪的天真不止一次令她震驚。這是潔西嘉的功勞嗎？抑或是他的天性？

「預備什麼？」

「他不再是人類了。」珈尼瑪說道，「昨天你問我，他什麼時候才會除去那身活皮膚。不會的。那是他身體的一部分，他也是那皮膚的一部分。雷托估計他能在那張膜毀掉他之前活上四千年。」

法拉肯試圖嚥口唾沫潤潤嗓子。

「你明白他為什麼要奔跑了嗎？」珈尼瑪問道。

「但如果他能活這麼久，又是那麼——」

「因為他體內有太多人類記憶。想想那些生命吧，表兄。不，你無法想像，因為你沒有這方面的經驗，但是我有。我能想像他的痛苦。他的奉獻比世上任何人還要多。我們的父親走入沙漠，想逃避那些記憶，厄莉婭因為害怕而成了妖煞。在這方面，我們的祖母只是迷糊的嬰兒，然而她卻必須窮盡貝尼．潔瑟睿德的把戲來保護自己。但是雷托！他就是他自己，他是獨一無二的。」

法拉肯被她的話嚇到了。統治四千年的皇帝？

「潔西嘉知道，」珈尼瑪看著她的祖母說道，「他昨晚告訴她了。他把自己稱作人類歷史上第一個真正的長期計畫師。」

「那個計畫……是什麼？」

「黃金之路。他之後會跟你解釋。」

「他也給我指派了角色嗎，在這個……計畫裡？」

「擔任我的配偶。」珈尼瑪說道，「他接管了女修會的育種計畫。我相信我祖母已經跟你說過，貝尼·潔瑟睿德一直夢想培育出能力超凡的男性聖母……」

「妳的意思是，我們只是——」

「不是只是，」她抓住他的手臂，親密地捏了捏，「他將指派很多重要任務給我們，但不會是在我們照顧孩子的時候。」

「妳的年齡還太小。」法拉肯說道，掙脫她的手。

「不要再犯這種錯了。」她以冰冷的語氣說道。

潔西嘉和泰卡尼克一起走上前來。

「泰卡告訴我戰爭已經擴展到外星球，」潔西嘉說道，「巴力剋星的中央神殿已經被包圍了。」

法拉肯體會著她那種平靜的語氣。他昨晚已經與泰卡尼克一起分析了那份戰報。帝國內部的叛亂野火正熊熊燃起。當然，火能撲滅，但是等待著雷托的可能是個殘破的帝國。

「史帝加來了，」珈尼瑪說道，「他們一直在等他。」她再次抓住法拉肯的手臂。弗瑞曼老耐巴從遠處那扇門外走了進來，兩名過去時代的敢死隊員隨侍在側。他們都穿著正式的喪服：黑色長袍，鑲著白色滾邊，頭上綁著黃色頭巾。他們沉穩地向這邊走來，但史帝加一直盯著潔西嘉，然後停在她面前，鄭重地點了點頭。

「你仍然擔心鄧肯·艾德侯之死。」潔西嘉說道。她不喜歡她的老朋友表現出的戒慎。

「聖母。」他說道。

所以要這樣了！潔西嘉想著，照弗瑞曼人的規矩公事公辦，帶著難以抹滅的血跡。

她說道：「在我們看來，你只是做了鄧肯指派給你的任務。有人將生命獻給亞崔迪氏族，這已經不是第一次了。他們為什麼要這麼做，史帝加？你也曾不止一次準備獻出你的生命。為什麼？是因為你知道亞崔迪氏族將給你什麼樣的回報嗎？」

「我很高興妳沒有找藉口報復我，」他說道，「但是我有些事必須和妳孫子談一談。這些事可能會把我們和你們永遠分開。」

「你是說泰布不會效忠他？」珈尼瑪問道。

「我的意思是我保留我的決定，」他冷冷盯著珈尼瑪，「我不喜歡我的弗瑞曼人現在這個樣子。」他咆哮道，「我們要回歸古老之道，如果有必要，就和你們決裂。」

「只能暫時如此。」珈尼瑪說道，「沙漠正在死去，史帝加。沒有了沙蟲，沒有了沙漠，你能怎麼辦？」

「我不相信！」

「百年之內，」珈尼瑪說道，「世上的沙蟲將剩下不到五十條，而且還是病蟲，生活在精心維護的保護區，產出的香料只供應給宇航，至於價格……」她搖了搖頭，「我看到雷托定下的數字。他走遍了這顆行星。他知道情況。」

「這是又一個讓弗瑞曼人成為你們附庸的把戲嗎？」

「你什麼時候當過我們的附庸了？」珈尼瑪問道。

史帝加吼了一聲。不管他說什麼或做什麼，這對雙胞胎總有辦法讓人覺得錯全在他。

「昨晚他和我說了黃金之路，」史帝加脫口而出，「我不喜歡！」

「這就怪了，」珈尼瑪瞥了祖母一眼，「大半個帝國都會很歡迎。」

「黃金之路會毀了我們所有人。」史帝加喃喃道。

「但是所有人都嚮往黃金年代，」珈尼瑪說道，「難道不是嗎，祖母？」

「所有人。」潔西嘉贊同道。

「他們盼望強大的帝國，雷托能滿足他們的願望。」珈尼瑪說道，「他們盼望和平、豐厚的收成、繁榮的貿易、平等的地位，只是不要黃金統治。」

「對於弗瑞曼人來說，這一切意味著滅亡！」史帝加抗議道。

「你怎麼能這麼說？難道我們不再需要士兵和勇敢的戰士來解決偶爾的不滿嗎？史帝加，你和泰卡那些勇敢的人將受命去完成這些任務。」史帝加看著薩督卡指揮官，兩人之間碰撞出一陣奇特的理解火花。

「還有，雷托將控制香料。」潔西嘉提醒他們。

「他將完全控制香料。」珈尼瑪說道。

憑藉潔西嘉傳授給他的新覺知，法拉肯聽出珈尼瑪和她的祖母在演出一場事先排練好的戲。

「和平將持續下去，」珈尼瑪說道，「戰爭的記憶將會消失。雷托將率領人類在美好的花園中至少前進四千年。」

泰卡尼克困惑地看著法拉肯，清了清嗓子。

「什麼事，泰卡？」法拉肯問道。

「我想私下跟你談談，王子。」

法拉肯笑了，他知道泰卡尼克那個軍人的腦中會有什麼樣的問題，他也知道現場至少還有兩個人也猜出了他的問題。「我不會出售薩督卡。」法拉肯說道。

「沒有必要。」珈尼瑪說道。

「你聽從這個孩子的話？」泰卡尼克問道，他怒了。那個老耐巴清楚這個陰謀將引發什麼樣的問題，但其他人卻對此一無所知。

法拉肯嘆了口氣。他很容易在不經意間忘記這個不是孩子的孩子有多特殊。他可以想像若要和她共度一生，每次親暱時他都會有所保留。這樣的未來不盡然令人愉快，但是他開始意識到他躲不掉了。完全控制日益減少的香料供應！沒有香料，任何東西都無法在宇宙中移動。

珈尼瑪冷笑一聲：「告訴他，法拉肯。」

「以後再說吧，泰卡。」法拉肯說道。

「但是——」

「我說了，以後！」他第一次對泰卡尼克用了魅音，看到那個人奇怪地眨了眨眼睛，然後陷入沉默。

潔西嘉的嘴角浮現一絲不易察覺的微笑。

「他在同一句話中既提到和平，也提到死亡。」史帝加喃喃道，「黃金之路！」

珈尼瑪說道：「他將率領人們度過死亡崇拜，進入生機勃發的自由空氣！他談到死亡，因為那是必須的，史帝加。對死亡的焦慮能讓生者意識到自己還活著。當他的帝國倒塌……是的，他的帝國會倒塌。你以為現在就是克拉里茲克，但是克拉里茲克尚未到來。當它到來時，人類將更新自己的記憶，重新體會活著的感受。只要有人還活著，這個記憶就不會消失。我們將再次經歷嚴酷的考驗，史帝加。我們將通過這次考驗。我們總是能從廢墟中站立起來，總是。」

聽到她的話後，法拉肯終於理解剛才她所說的雷托在奔跑是什麼意思。他將不再是人類。

史帝加還是沒有被說服。「沒有沙蟲了。」他怒吼道。

「哦，沙蟲會回來的。」珈尼瑪向他保證，「所有沙蟲將在兩百年內死去。但在這之後，牠們還會回來。」

「怎麼回——」史帝加嚥下後半句話。

法拉肯感到自己的意識正在覺醒。他在珈尼瑪開口之前就知道了她要說什麼。

「宇航能勉強撐過那些供應不足的年份，靠他們和我們的庫存。」珈尼瑪說道，「但在克拉里茲克之後，將會有大量香料。在我兄長走入沙漠之後，沙蟲將回歸厄拉科斯。」

64

和許多宗教一樣，摩阿迪巴的黃金永生會也退化成流於表面的巫術。神祕的宗教徵兆被簡化為深層心理歷程的象徵，而那些歷程當然有如狂風暴雨。他們需要活著的神，然而他們卻沒能擁有，而摩阿迪巴之子修正了這個情勢。

——據稱是呂洞賓的話

• • •

雷托坐在獅子皇座上，接受各部落宣誓效忠。珈尼瑪站在他身旁低一階的地方。大廳裡的儀式已經進行了數小時。弗瑞曼部落代表團和耐巴一個個在雷托面前走過。每支代表團都帶來了禮物獻給這位神。這位復仇之神不但法力駭人，也答應賜予他們和平。

上星期，他降服了這些人，在所有部落的阿理伐面前露了幾手。這些裁決者目睹他走過火坑，又毫髮未損地走了出來。他們在近處仔細觀察，雷托的皮膚上沒有任何疤痕。他命令他們拔刀向他進攻，牢不可破的皮膚蓋住他的臉，進攻全以失敗告終。朝他潑灑濃酸也只是讓他的皮膚騰起一陣薄霧。他還吞下他們的毒藥，嘲笑他們。

最後他召來一條沙蟲，當著他們的面站在沙蟲口中。然後他來到厄拉欽恩的登陸區。在那裡，他舉起降落架，推倒宇航的一艘護衛艦。

滿懷敬畏的阿理伐向各自的部落回報這一切。現在，所有部落都派出代表團宣誓歸順。大廳的拱頂上有消音設計，能夠吸收各種尖銳的聲音。但沙沙的腳步聲仍順著飄揚的塵土味和燧石味悄悄滲入在場眾人的感官。

潔西嘉拒絕出席，她從皇座後方高處的窺視孔觀察大廳，望著法拉肯，意識到她和法拉肯都在這場計謀的較量中落了下風。雷托和珈尼瑪當然早就識破女修會！這對雙胞胎能和內在的無數貝尼．潔瑟睿德求教，而且，兩人內在的貝尼．潔瑟睿德比世上活著的任何女修會姊妹還要強大。

她尤其悲痛的是，正因為女修會一手製造的神話，厄莉婭才會落入恐懼的陷阱。恐懼創造了恐懼！無數世代的恐懼在她身上刻下妖煞的命運，她看不到希望，最終屈服了。她的命運使潔西嘉更加無法面對雷托和珈尼瑪的成功。跳出陷阱的不是一個人，而是兩個。珈尼瑪戰勝了內在生命，並堅持厄莉婭值得憐憫，而這兩件事是她最無法面對的。壓力下的催眠抑制以及向仁慈的長輩懇求，二者結合救了珈尼瑪。同樣的辦法也許能拯救厄莉婭。但絕望的她沒有作任何嘗試，一切都太晚了。厄莉婭的水被倒在沙漠上。

潔西嘉嘆了口氣，回神望向高居皇座的雷托。一只巨大的骨罈盛著摩阿迪巴的水，被放在他的右側的尊位上。他曾告訴潔西嘉，他內在的父親雖有幾絲佩服，但仍嘲笑這種安排。

那個骨罈和雷托的話更加堅定她的決心。她知道只要自己還活著，就無法接受保羅透過雷托之口說話。她為亞崔迪氏族能夠倖存感到高興，但只要一想到事情原本還有其他可能，便心如刀割。

法拉肯盤著雙腿坐在摩阿迪巴骨罈旁邊。那是皇家書記官的位置，他剛接下這項榮譽。

法拉肯感到自己很能接受現實，但泰卡尼克依然很憤怒，不時說今後會出現可怕的後果。泰卡尼克和史帝加組成互不信任的聯盟，雷托似乎讓這件事逗樂了。

在效忠儀式的那數小時內，法拉肯的心理從敬畏轉向厭倦，又從厭倦再次轉向敬畏。人流看不到盡頭。這些無敵戰士對亞崔迪氏族重申的忠誠是無可置疑的。他們站在他面前，又溫馴又敬畏，阿理伐的報告完全震懾了這些人。

儀式終於接近尾聲。雷托面前站著最後一位耐巴——史帝加，被賜予「壓軸的榮譽」。其他耐巴帶來的是最名貴的禮物，堆放在皇座前。史帝加則不同，他只帶來一條香料纖維編成的髮帶，上面用金線和綠線繡出亞崔迪之鷹。

珈尼瑪認出了髮帶，扭頭看了雷托一眼。

史帝加把髮帶放在皇座下的第二級臺階上，深深彎下腰。「我獻給您一條髮帶，在我帶著您的妹妹走進沙漠並保護她時，她就戴著這條帶子。」他說道。

雷托擠出微笑。

「我知道你現在很艱難，史帝加，」雷托說道，「你想要什麼東西作為回禮嗎？」他伸手指了指那堆名貴的禮物。

「不用，陛下。」

「我接受你的禮物。」雷托身子向前探，抓住珈尼瑪長袍的衣襟，撕下一條布，「作為回禮，我把珈尼瑪的這一小段長袍送給你，她在沙漠中當著你的面被人綁架，逼得我出手相救，那時她就是穿著這件長袍。」

史帝加用顫抖的雙手接過禮物：「您在嘲弄我嗎，陛下？」

「嘲弄你？以我的名義，史帝加，我永遠不會嘲弄你。我賜給你的是無價之寶。我命令你好好收藏，時刻提醒自己：所有人都會犯錯，而所有領導者都是人。」

史帝加露出一絲笑容：「您可以成為優秀的耐巴。」

「我是耐巴！我是耐巴的耐巴！不要忘了這一點！」

「是，陛下。」史帝加嚥了口唾沫，想起他的阿理伐給他的報告。他想：我曾經想要殺了他，現在太晚了。他的目光落到骨罈上，典雅的黃金罈身，綠色罈蓋。「這是我們部落的水。」

「也是我的，」雷托說道，「我命令你朗讀刻在罈身上的文字。大聲讀，讓每個人都能聽到。」

史帝加疑惑地朝珈尼瑪看了一眼，但她的回應只是抬起下巴。這個冰冷的回應使他心下一寒。這對亞崔迪小魔鬼是鐵了心要他面對自己的衝動和錯誤嗎？

「讀吧。」雷托指著瓶子說道。

史帝加緩緩走上臺階，在瓶子前彎身，高聲朗讀：「這裡的水是最終的精華，是創造力湧出的源泉。雖然靜止不動，卻代表一切活動。」

「這是什麼意思，陛下？」史帝加低聲問道。這些詞語觸碰到他心中一個自己也不理解的地方，令他敬畏。

「摩阿迪巴的身軀是乾枯的殼，就跟蟲蛻一樣。」雷托說道，「當他掌控內在世界時，他輕忽外部世界，招來了災禍；當他掌控外部世界時，他排斥內在世界，這就把他的後代交給了魔鬼。黃金永生會將從沙丘上消失，然而摩阿迪巴的種子將流傳下去，他的水仍將推動宇宙。」

史帝加俯首。神祕事物總讓他心神混亂。

「開始和結束是一體的。」雷托說道，「你活在空氣中，但你看不到空氣。一個時期已經結束。結束的過程中，這個時期的對立面開始形成。由此，我們將經歷克拉里茲克。所有東西都將回歸，只是換上不同面貌。你思考時，你的頭腦感受到你的思考，而你的後代將用腹部感受思考。回泰布穴地去，史帝加。葛尼·哈萊克將在那裡和你會合，他將作為我的幕僚參與你們的議會。」

「你不信任我嗎，陛下？」史帝加的聲音十分低沉。

「我完全信任你，否則我不會派葛尼到你那裡去。他將負責招募新兵，我們很快就會用上他們。我接受你的效忠。下去吧，史帝加。」

史帝加深深鞠了一躬，退下臺階，轉身離開大廳。根據弗瑞曼習俗，「最後進來，最先出去」，其他耐巴跟在他身後。皇座附近仍能聽到他們離開時的幾句追問。

「你在上面說什麼，史帝加？那些刻在摩阿迪巴骨罈上的文字是什麼意思？」

雷托對法拉肯說道：「你都記下了嗎，書記官？」

「是的，陛下。」

「我祖母告訴我，你精通貝尼．潔瑟睿德的記憶術。很好，我不想看到你在我身邊總是忙著在紙上寫東西。」

「謹遵所命，陛下。」

「過來站在我面前。」雷托說道。

法拉肯聽命行事，他由衷感謝潔西嘉對他的訓練。當你意識到雷托不再是人類、無法像人類一樣思考這個事實之後，你會更加畏懼他那條黃金之路。

雷托抬頭看著法拉肯。侍衛都站在聽不到的地方，只有內廷駐守的參事還留在大廳，而他們都謙卑地聚在第一級臺階下方很遠的位置。珈尼瑪湊了過來，一隻手搭在皇座的靠背上。

「你還沒有同意交出你的薩督卡，」雷托說道，「但你遲早會答應。」

「我欠你很多，但這個不算。」法拉肯說道。

「你認為他們無法順利融入我的弗瑞曼人？」

「就像那對新朋友——史帝加和泰卡尼克一樣。」

「你在拒絕我嗎？」

「我在等你出價。」

「那麼我現在就出價，我知道你不會給我第二次機會。但願我祖母出色地完成了她那部分工作，讓你做好了準備，足以理解我的話。」

「你要我理解什麼？」

「任何文明總有無處不在的神祕性。」雷托說道，「這種神祕性阻礙改變，於是當宇宙變節時，人們總是措手不及。在充當變化的障礙物上，所有神祕性都會這樣阻礙改變，無論這神祕性是來自宗教、英雄領袖、救世主、科學及科技、自然本身，統統如此。我們活在一個由這樣的神祕性塑造的帝國之中，現在這個帝國正在崩潰，因為大多數人無法分辨何者是神祕性，何者是他們的宇宙。你明白了嗎，神祕性就像魔鬼附身，總想控制你的意識，成為別人眼中的一切。」

「我在你的話中聽到你祖母的智慧。」法拉肯說道。

「很好，表兄。她問我到底是不是妖煞，我給了她否定的回答。這是我的第一個無奈。你明白嗎，珈尼瑪逃過了劫難，而我並沒有。我被迫用過量香料來平衡內在生命。我必須尋求內在那些被喚醒的生命與我積極合作。這麼做讓我躲開了最邪惡的生命，但也不得不選出力量最強大的幫手壯大我的精神意識，而那就是我父親。但事實上，我不是我的父親，但我也不是雷托二世。」

「繼續說明。」

「你的直率令人讚賞，」雷托說，「我可以說是一個共同體，以一個古代的偉大強人為首。這個人建立了歷時三千年的王朝。他的名字叫哈倫。在他的後代因先天缺陷和迷信而逐漸衰落之前，他的子民都活在一種有節奏的崇高生活中。他的人民隨著季節變化無意識地遷移，生下的後代總是短命、迷信，從不質疑神化的君權。但整體來說，他們還是強大的民族，並習慣了人類物種的這種生存方式。」

「這種事，我不太喜歡。」法拉肯說道。

「我也不喜歡，真的。」雷托說，「但這就是我要創造的宇宙。」

「為什麼？」

「這就是我在沙丘星上得到的教訓。我們過去都把死亡當成一種無所不在的幽靈，與生者共存。在這種情況下，死亡會改造生命。這樣一個社會中的人會逐漸衰弱。但當時代走向相反的方向時，他們就會崛起，變得偉大而美麗。」

「那並沒有回答我的問題。」法拉肯抗議道。

「你不信任我，表兄。」

「你祖母也不信任你。」

「而且她有充足的理由，」雷托說道，「但她被迫同意我的做法。貝尼．潔瑟睿德終究是實用主義者。你知道，我同意她們的宇宙觀。你身上烙有那個宇宙的標記。你還保有統治者的習慣，將周圍的一切分門別類，看何者有潛在的價值，何者可能造成威脅。」

「我同意成為你的書記官。」

「這項任命讓你竊喜，而且能讓你發揮真正的才能。你是優秀的歷史學家，有以古鑑今的天賦，已經好幾次猜中我的行動。」

「你的話總是含沙射影，我不喜歡。」法拉肯說道。

「好。你從原來的萬丈雄心降到現在這個位置。我的祖母沒有警告你要提防無限的雄心嗎？那就像夜晚的照明燈一樣吸引我們，使我們盲目。」

「貝尼．潔瑟睿德的警句！」法拉肯語帶抗議。

「但再精準不過。」雷托說道，「貝尼．潔瑟睿德認為她們可以預測演化的進程。但在那個進程中，她們忽視了自身的變化。她們假定在推動育種計畫時，自己能保持靜止。我不像她們那麼盲目。好好看著我，法拉肯，我已經不是人類了。」

「你的妹妹告訴我了。」法拉肯猶豫了一下，「妖煞？」

「根據女修會的定義，也許是吧。哈倫殘酷又專制，而我吸收了那份特質。好好記住我的話：我具有農夫的冷酷，而人類的宇宙是我的農田。弗瑞曼人曾把馴化的鷹當作寵物，但我要把馴化的法拉肯留在身邊。」

法拉肯的臉色沉了下來：「小心我的爪子，表弟。我知道我的薩督卡會比你的弗瑞曼人先倒下，但我們能造成重創，別忘了旁邊還有等著朝傷患下手的豺狼。」

「我會好好利用你，我向你保證，」雷托身子往前一伸，「我不是說過我已經不是人類了嗎？相信我，表兄。我不會有孩子，因為我沒有生殖能力。這是我的第二個無奈。」

法拉肯靜靜等待著，他終於看到雷托話題的方向。

「我將違背所有弗瑞曼戒律，」雷托說道，「他們會接受的，他們別無選擇。我用婚約的藉口把你留在這裡，但這並不是你和珈尼瑪的婚姻。我的妹妹將要嫁給我！」

「但是你——」

「我說的是婚姻。珈尼瑪必須延續亞崔迪的血脈，還要考量貝尼．潔瑟睿德的育種計畫。現在那已經是我的育種計畫了。」

「我拒絕。」法拉肯說道。

「你拒絕成為亞崔迪皇朝之父？」

「什麼皇朝？你將坐在皇座上好幾千年。」

「而且會把你的後代塑造成我的樣子。這將是歷史上最徹底、最激烈的訓練課程。我們會形成微型的生態系統。你明白嗎，無論動物選擇在哪個系統中生存，那個系統都必須以環環相扣、相互依存、在共同的設計中一起運作的模式為基礎。這樣一個系統將產生史上最有智慧的統治者。」

「你用最華麗的詞藻描繪了一件最無恥的——」

「誰將在克拉里茲克中倖存？」雷托問道，「我向你保證，克拉里茲克肯定會到來。」

「你是狂人！你將摧毀這個帝國。」

「我當然要這麼做……再說，我也不是人。但我會為所有人創造新意識。我告訴你，在沙丘星的沙漠下方有一個神祕的地方，那裡藏著有史以來最重要的寶藏。我沒有撒謊。當最後一條沙蟲死去，沙漠上的香料被採光之後，地底的寶藏將爆發出來，散落整個宇宙。當香料壟斷的力量逐漸消退，埋藏的物資露面，人類的領域將遍布新的力量，屆時人類將再次學會依靠自己的本能生存。」

珈尼瑪從皇座靠背抬起手臂，伸向法拉肯，抓住他的手。

「就像我的母親不是妻子一樣，你也不會是丈夫。」雷托說道，「但你們之間或許會有愛。這就足夠了。」

「每一天、每一刻都會帶來改變。」珈尼瑪說道，「人是經由認識當下來學習。」

法拉肯感覺到珈尼瑪的小手不斷傳來的溫度。他聽出雷托話中的蕭索和意興風發。整個過程中他沒有使用魅音。雷托是在對他的內在感受說話，而不是他的大腦。

「這就是你對薩督卡出的價？」他問道。

「我出的價更高，表兄。我把整個帝國傳給你的後代。我給你和平。」

「你的和平最終會有什麼結果？」

「和平的對立面。」雷托略帶嘲諷地說道。

法拉肯搖了搖頭：「你出的價太高了。我是不是必須留下當你的書記官，並成為皇室後裔的地下父親？」

「你必須。」

「你會強迫我接受你所謂的和平？」

「我會。」

「我將在有生之年的每一天反對你。」

「這就是我期望你發揮的作用，表兄。這就是我選擇你的原因。我會正式宣布我的決定。我將賜予你一個新名字。從此刻起，你將被稱作『打破習慣的人』，以我們的語言來說就是哈克・阿拉達。來吧，表兄，別再猶豫了。我的母親把你訓練得不錯。把薩督卡給我。」

「給他吧，」珈尼瑪回應道，「無論如何，他終究會得到。」

法拉肯聽出她聲音中隱藏的擔憂。是愛嗎？雷托要求的不是理智，而是直覺之躍。「拿去吧。」法拉肯說道。

「很好。」雷托說道。他從皇座上起身，動作顯得很怪異，彷彿在小心控制自己那可怕的力量。他向下走到珈尼瑪所在的那級臺階，輕輕轉動她，讓她的臉背對自己，隨後他自己也轉了身，與珈尼瑪背對背。「記下這段話，哈克・阿拉達表兄。我們永遠都會這樣。我們結婚時，也會這樣站立。背對背，互相依靠，以這種方式保護自己。我們一直以來就是這樣做的。」他轉過身，略帶譏諷地看著法拉肯，低聲說道，「記